有學

清代文学论稿

蒋寅 著

浙江古籍出版社

图书在版编目(CIP)数据

清代文学论稿 / 蒋寅著. —杭州:浙江古籍出版社,2022.6

(有学)

ISBN 978-7-5540-2198-9

Ⅰ.①清… Ⅱ.①蒋… Ⅲ.①中国文学—古典文学研究—清代 Ⅳ.①I206.49

中国版本图书馆 CIP 数据核字(2022)第 044167 号

有學

清代文学论稿

蒋 寅 著

出版发行	浙江古籍出版社 (杭州市体育场路 347 号 邮编:310006)
网　　址	https://zjgj.zjcbcm.com
责任编辑	伍姬颖
责任校对	吴颖胤
封面设计	吴思璐
责任印务	楼浩凯
照　　排	浙江时代出版服务有限公司
印　　刷	浙江新华印刷技术有限公司
开　　本	880mm×1230mm 1/32
印　　张	11.875
字　　数	300 千
版　　次	2022 年 6 月第 1 版
印　　次	2022 年 6 月第 1 次印刷
书　　号	ISBN 978-7-5540-2198-9
定　　价	70.00 元

自 序

如果以读研究生作为学术研究的开始，那么我研究古典文学已有二十六年。虽然我常被视为唐代文学研究者，但实际上我致力于唐诗研究不过十年，而用功于清代文学却已近二十年了。从 1990 年开始做清代诗学文献的调查，1993 年写完《大历诗人研究》后，我就将主要精力投入到清代诗学研究上，由考索清代诗学文献入手，进行王渔洋和清代前期诗学的研究。十多年沉潜的结果，凝结为《王渔洋事迹征略》、《王渔洋与康熙诗坛》、《清诗话考》三部专著。虽然每年仍发表一二论中唐诗人的论文，但那都是多年形成的想法慢慢写出来，远不如对清代文学这么全力以赴。这一选择和转向，基于我对生活、对学术的理解，也基于我对自己的兴趣和能力的认识。这是非常个人化的内容，作为学者的个人经验殆不足道。若从学术目标的确定来说，倾注精力研究清代文学，则是基于我对学科发展现状的判断。

相比日渐趋于饱和的前半段文学史来说，后半段文学史留有太多的空白。清代文学尤其是清代诗文词曲和文学批评，还有大量的作家、作品无人问津。学术投入的这种不平衡已深刻地影响到整个古典文学研究和文学史写作。我们知道，对上古文学的评价是与中古文学研究相联系的，而对中古文学的评价又与近古文学研究有关。毫无疑问，当代文学的日益延长和丰富，同时在压缩现代文学的分量和自足性，明清文学史的不断充实也必将改变我们对之前文学史的看法。这就是 T. S. 艾略特所精辟指出的,“诗人,任何艺术的艺术家,谁也不能单独的具有他完全的意义”,“现存的艺术经典本身就构成一个理想的秩序,这个秩序由于新的(真正新的)作品被介绍进来而发生变化”(《传统与个人才能》)。从这个意义上说,明清文学不清楚的文学史就像是一副不全的骨牌,每张牌在哪儿还不确定,要待牌齐全后(这是相对而言的)才能落实。六朝时期的陶渊明,是到苏东坡出来才排定他的位置的;李颀、刘长卿、韦应物、黄庭坚、元好问、王彦泓这些诗人的位置,恐怕也要等明清文学研究透了,才能准确定位。所以到今天,即使为了唐宋以前的文学史,也必须研究明清文学,更不要说唐宋以前的文学田野耕耘已久,渐多重复,开展元明清文学广袤田野的作业是势在必行的。

我之所以选择清代诗学为研究对象,首先是基于这样一种认识,即现有的古典诗学研究著作大多依托文学概论的框架,将诗话材料填充进去,结果像是用诗话材料印证了若干一般文学原理,而真正属于诗学本身的理论问题却很少被触及。这种情形让我为古典诗学的丰富性被严重遮蔽而感到遗憾,同时也激发起我研究古典诗学的冲动。既然要研究古典诗学,就不能不涉猎清代诗学著述,就像治经学必从清儒入手一样。清代毕竟是集古代一切学问之大成的总结时期。而从另一方面说,学术研究的长期投入,是必须有强烈的兴趣为动力的。研究清代诗学首先可以满足我的阅读兴趣,因为我供职的中国社会科学院文学研究所,藏书非常丰富。其基础是民国间著名学者兼藏书家张寿镛后人捐赠的约园旧藏,以历代总集、别集和通俗文艺书籍最具特色。何其芳先生任所长期间又购进大量明清别集、戏曲小说和诗文评类著作,研究清代文学有着得天独厚的条件。一整排书架的清诗话和一整面墙的目录书志直接激发了我阅读和考索清代诗学文献的志向。

实际上,从还在写作《大历诗人研究》的 1990 年起,我就开始调查清代诗学文献的传世情况了。通过检阅馆藏的所有公私图书目录，托友人复印查阅国内外图书馆的书目，以及出差、开会顺便到各地图书馆访求，四年后我已编成一份收见存书八百余种的《清代诗学著作简目》，不仅著录现知的所有版本，凡孤本、珍本还注明收藏机构。在《中国诗学》(南京大学出版社 1995 年版)第五辑发表后，颇为同道所嘉许，以为治清代诗学从此有门径可入。通过这番考察，我同时也掌握了王渔洋著述和顺康雍三朝文献的收藏情况。从 1995 年开始，我就投入到三朝文献和清诗话的阅读中。先是本所和历史所藏书，然后是北京图书馆、中国科学院图书馆、首都图书馆，以后是地方和大学图书馆，一家一家地访读计划范围内的文献。

1997 年我受聘为日本京都大学研究生院客座教授，又得以获见东瀛所藏的一些稀见清集和诗话。京大收藏汉籍之富甲于日本，我在一年任期内，除几种常见书外，看完了校图书馆、文学部图书馆我前所未读的全部清集，光留存以备查的借书单就有 325 种。人文科学研究所的图书馆一直在整理，到我离任前夕才开放，只在阅览室读了几十种较少见的清人别集。平时课余将《王渔洋遗书》中的资料陆续输入电脑，到 2000 年撰成《王渔洋事迹征略》一稿，凡与王渔洋有关的资料，只要有年月可系，巨细无遗地罗列出来，有些年份王氏一天一天的活动都有记载。不止一个友人说，古代作家年谱从来没有做得如此详细的。我的想法是，像王渔洋这样一位达官、名作家、批评家、文坛领袖、学者、老师，一部详细的年谱可以告诉我们许多东西，比如一个清初士大夫的日常生活，一个诗人兼学者的读书、写作密度，一个批评家与作家交往及编辑、评论其作品的经历，一次旅行的行进速度及写作量，等等。这些内容无论对社会史或文学史研究都是很有意义的，对作家研究就更不用说了。事实上，在编撰《征略》的过程中已形成若干有趣的题目，像王渔洋与清初宋诗风的关系、王渔洋对清词中兴的推动作用、王渔洋与清代古诗声调之学、王渔洋诗学与其藏书的关系、《唐贤三昧集》与神韵论的完成等等，大多是有开拓意义的论题；类似王渔洋与钱谦益、赵执信的关系这样的老题目也有全新的发明，这些研究最终形成《王渔洋与康熙诗坛》一书。

严格地说，《王渔洋与康熙诗坛》是一部文学史研究著作，而不是作家论，所以导言题为“进入‘过程’的文学史研究”。文学史原是研究文学发展过程的，中国文学的历史漫长而复杂，不同时代的文献资源为我们进入文学史过程提供了不同的条件，而明清两代的条件无疑是最为优越的。对清初文献的初步阅读，已让我树立起一个信心：治清代文学，只要肯翻书，肯思考，几乎没有弄不清楚的问题（戏曲小说等通俗文学方面容有例外）。明确这一点很重要。以前读先秦典籍，每考虑一些文学问题，便遇到难以确定作品年代和时代背景的困惑。甚至唐代文学研究也很难避免这种遭遇，以致一些有意思的看法只能停留在初步推测和假说的阶段，一想深究便苦于文献无征。我写作《权德舆与贞元后期诗风》一文时就隐约感觉到这种局限，所以在“余论”中做了保留性的交代。我的确不敢自信论文的结论在多大程度上可以成立，毕竟材料太少，只能姑妄言之。清代则不存在这样的问题，丰富的史料足以让我们深入到文学史的具体过程中去阐明其细节和深层的结构要素。这是清代文学对研究者的特别恩赐，我们应该心怀感激，充分领受这份恩惠，将研究深入到文学史的具体展开中去，为它提供一个忠实、细致而贴近历史语境的描述和诠释。这或许是文学史研究中最有价值、最有魅力的工作也说不定，起码我已体会到了它的魅力。

在考索王渔洋事迹、研究王渔洋诗学的过程中，我实际上已完成了清代前期诗学文献的阅读，一个日渐清晰的清初诗学轮廓呈现在我眼前，让我产生描述它的冲动。虽然清代诗学研究近年出版了若干种论著，但仍存在不少有待开掘和展开的问题。在本所重点项目基金资助下，我开始了“清代前期诗学史”的撰写，希望能勾画一幅虽未必简明清晰但会相对丰富的清初诗学图景，一段包含更多问题和内容的诗学史。日后还会向清中叶、后期延伸，最终完成整个清代诗学史的研究。研究清代诗学的乐趣是可以总是读新鲜的书，接触新的作家和作品，获得新的资料，产生新的想法。这确实是非常愉快的事！虽然我很佩服多少年钻研一部书、打一眼深井的专家，但我的性格不适合做那种研究。清代诗学比较适合我，大量的阅读可以让我对课题保持一定的新鲜感，从而激发思维的活力。由于问题涉及的时间跨度较大，历时性的展开更能凸现历史的连续性，并激活以往的知识积累，一些诗学命题的形成、发展过程便在更广阔的历史视野中浮现出来。自从涉猎清代诗学，我电脑里论文的题目就急剧增多起来，陆续写成一批阐释中国古典诗学基本理论和命题的论文，后来结集为《古典诗学的现代诠释》一书。这些论文使我从唐诗中获得的艺术经验与从清诗话获得的理论命题融会起来，经验得到升华，理论则得到印证，我对中国古典诗学的经验形态和理论品格都有了全新的认识。

研究清代诗学，时常需要调动以往的知识印证比照，这就促使我不断反思前代的诗歌，对诗歌史产生新的看法，形成新的研究思路和视角。1996 年我去台湾参加第三届唐代文化学术讨论会，所提交的《韩愈七古的声调分析》一文，就是研究清代古诗声调论的副产品。清代古诗声调论，除王力先生在《汉语诗律学》有过部分评述外，学术界再无人涉猎。通过梳理清代研究古诗声调的论著，我发现清代的古诗声调论实际上经历了一个由总结、提出规则，到补充、修正规则，再到改造、扬弃规则的认识过程，其学理的展开有着清楚的逻辑。究竟是什么原因，促使诗论家们热心探讨古诗的声调规则？又是什么理由让他们放弃了这种努力？其核心问题是：古诗声调究竟有没有规则？清人提出的规则究竟有多大的可信度？带着这些疑问，我以韩愈诗为标本作精细的统计，终于得出明确的结论，对清人提出的古诗声调规则作了有根据的判断。这项研究虽是为寻求理解和评价清代古诗声调学说的学理基准而做，但于唐代古诗研究不失为一个有参考价值的个案。

类似这样的回溯性反观和验证，经常触发我对唐诗的思考，形成更有历史纵深感的论述。近几年我写作的唐诗研究论文，大多是这样产生的。由于跳出唐诗的框框，从整个古代诗歌史的走向来观察，往往从旧题中发掘出新义，或从寻常材料中看到不寻常的历史意义。比如权德舆这位作家，学术界一向很少注意，我正是通过王渔洋研究引发的对文坛盟主的思考，对权德舆及其台阁诗人群的诗史意义有了新的认识，进而对贞元诗史的进程作出新的描述和解释；后来，仍然是在清代诗学的研究中，我又萌生了对权德舆赠内诗和早期创作的看法。《权德舆集》是唐代较完整地保存了作家创作全貌的少数别集之一，存有大量青少年时代的作品，还有整整一卷赠内诗，它们为研究作家心理的成长和家庭关系提供了宝贵的材料。这种研究思路的获得，往往依赖于对整个古代诗歌发展过程的全盘观照。清人讨论的问题基本包括全部古代诗史，治清代诗学很大程度上就是对全部诗史的摸索，以往积累的零星知识和问题不知不觉就一点一点连缀起来。先师程千帆先生常说，做学问既要专，又要通。我的体会是，专而不通，眼界易陷狭隘，虽专而必不能深；通而不专，则泛滥无所归，似通而不免空疏。两者实际上是互为表里，互相依存的。写完《大历诗人研究》时，虽然很想恪遵师命，继续做贞元、元和诗研究，但感觉无从下手，无话可说。研究清代诗学十多年，却陆续写了十几篇中唐诗论文，形成对中唐诗歌的整体看法。正所谓“旧学商量加邃密，新知培养转深沉”，学问实质上就是在旧学和新知的不断摩荡和激发中酝酿出来的。

我对清代文学的研究本来集中于清初，着眼于具体的作家和著作，所作论文也都是作家的生平考证和诗学研究方面的，2002 年协助傅璇琮先生主编《中国古代文学通论》，清代卷由我负责，有几个题目无人承担，无奈之下，只得自己操刀，因而就有了《科举阴影中的明清文学生态》、《清代文学与地域文化》、《清代诗文集的类型、特征与文献价值》等论文。而《清诗话与小说文献》与论黄承吉、汪端、郑珍三文，则是为参加散文、小说、女性文学及地域文化的学术研讨会而撰写的，基本上都是学界很少触及的问题。也正因为都是筚路蓝缕的作业，考证、论述都不免粗疏和肤浅。蒙姜小青先生垂青，嘱将近年写的清代文学论文编个集子，遂从历年发表的六十篇清代文学论文中选择内容较独立的十五篇，略加修订，分为两编，前编为综合性论述，后编为作家研究。凡是为清代诗学史写的论文都没有收入，但不排除部分内容相关，如论清代诗学史分期一篇。

我在《王渔洋与康熙诗坛》后记里曾提到，我对学术的基本态度是志在高远，脚踏实地。至于说具体的学术追求，则可以“平正通达”四字尽之。“平”是本着平常心考量历史，有一分材料说一分话，不诡不随，既不矫激立异，也不乡愿趋时。“正”是坚守学者的独立品格，以追求真理为目标，同时坚持文学本位的学术立场，不走偏锋——这是基于我对中国文学研究水准的不满，我们对文学本身的研究还十分薄弱，需要文学研究者倾注全力。“通”不只是上文说的前后贯通，还要古今贯通。对现实生活漠不关心或缺乏清醒的认识，便意味着欠缺人文学者的基本素质，更不要说远大的文化抱负和学术追求了。“达”指具有良好的感受、理解和思考能力，同时兼备良好的表达能力。不仅要把问题想透，还要能说得透，所谓“辞达而已矣”，简练精确而又明晰晓畅的学术语言，是我向往的境界。这“平正通达”四个字，看似简单，却不容易做到。为此我一直在努力，如太史公所云，虽不能至，然心向往之。

目　录

清代文学的特征、分期及历史地位

文学的历史虽是生生不息的永恒过程,但在一定的时间内却呈现为某种明显的历史、文化特征,文学史家根据这种特征划分出文学史的时代。在许多时候,文学史的时代并不和王朝的起讫相吻合,但在一些时期,由于王朝政治、社会、经济、文化状况的特殊性,使得孕育于其中的文学史具有一种相对的自足性时,以王朝为单位来叙述文学史,就变得简明而有效。清代从长时段的眼光来看,往往被视为现代性发生和社会转型的时代,清代的历史因而被分割为分属古代史和近代史的两段。但如果从文学史的眼光来看,则清代正是古代文学史的终结,现代文学的蜕生。这是中国古代文学史的黄昏,西天的晚霞依然灿烂,但夕阳的余晖终究不能使古典文学的天空更加绚丽。20 世纪伊始,古典文学衰亡与现代文学孕育相交织的文学史,在黄昏的挽歌中迎来黎明的欢欣。

一、清代文学的历史地位

自元代虞集倡"一代之兴,必有一代之绝艺足称于后世者"之说,焦循《易余籥录》历举商周《三百篇》、楚骚、汉赋、魏晋六朝五言、唐律、宋词、元曲、明人八股为"一代之所胜",而没有提到本朝。相比往代,清代确乎难以举出公认的代表性文体,似乎什么文体都有成就,又似乎什么文体都缺乏有力度的创造，让人感到清代文学缺乏特点。如果硬要举出清代文学的特点的话，这缺乏特点本身或许可视为一个特点。正如郭绍虞在《中国文学批评史》绪论中指出的：

> 清代学术有一特殊的现象，即是没有它自己一代的特点，而能兼有以前各代的特点。它没有汉人的经学而能有汉学之长，它也没有宋人的理学而能撷宋学之精。他如天算、地理、历史、金石、目录诸学都能在昔人成功的领域以内，自有它的成就。就拿文学来讲，周秦以子称，楚人以骚称，汉人以赋称，魏晋六朝以骈文称，唐人以诗称，宋人以词称，元人以曲称，明人以小说、戏曲或制义称，至于清代的文学则于上述各种中间，或于上述各种以外，没有一种比较特殊的足以称为清代的文学，却也没有一种不成为清代的文学。盖由清代文学而言，也是包罗万象兼有以前各代的特点的。①

文学发展到清代，不仅各种文体都已齐备，文体资源的开掘也达到一定的程度，创作更积累了相当的经验，以致清人没有多少拓荒的余地，只能在守成的基础上做点雕镂润饰的工夫，丰富一下古代文学经验的艺术细节。叶燮论古代诗歌发展史曾说："汉魏诗如初架屋，栋梁柱础门户已具，而窗棂楹槛等项，犹未能一一全备，但树栋宇之形制而已。六朝诗始有窗棂楹槛，屏蔽开阖。唐诗则于屋中设帏帐床榻器用诸物，而加丹垩雕刻之工。宋诗则制度益精，室中陈设种种玩好，无所不蓄。大抵屋宇初建，虽未备物，而规模弘敞，大则宫殿，小亦厅堂也。递次而降，虽无制不全，无物不具，然规模或如曲房奥室，极足赏心，而冠冕阔大，逊于广厦矣。夫岂前后人之必相远哉？运会世变使然，非人力之所能为也，天也。"②这段话指出了后人在追求文

① 郭绍虞《中国文学批评史》，上海古籍出版社1979年版，第6页。

② 叶燮《原诗》外篇下，《清诗话》，上海古籍出版社1978年版，下册第602页。

学独创性时面临的困难，不同时代的文学家所面对的文学遗产确实是不同的，这在很大程度上决定了他们的文学史命运。两千多年的文学史积累为清代作家提供了最丰富的艺术经验，同时也最大限度地压缩了他们的创造空间，再考虑到科举制度在排斥文学、消耗士人的创造力上对整个文学生态的负面影响①，清代文学要取得超越前代的伟大成就简直就没有希望。无论在“影响的焦虑”还是在“英华果锐之气皆敝于时文”的意义上②，清人对此都是有清楚的意识的。在内心深处，大多数人已完全丧失了与古人竞争的信心，在这种情况下，怎么还能指望他们的写作爆发创造力的火花呢？

但这么说绝不意味着清代文学整体上缺乏创造性和艺术水准，事实上不同文学门类在清代所取得的成绩并不是等值的，戏曲小说方面的成就要更高些。清代戏曲首先是“协律订谱，实远出朱明之上”，其次是结构紧密，剪裁得当，“长剧无冗费之辞，短剧乏局促之弊”③，在音乐性和戏剧性两方面都向更适宜舞台演出的方向前进了一步。洪昇《长生殿》和孔尚任《桃花扇》，将作家自身经历沧桑世变的体验融入历史叙述中，大大强化了历史剧思想内容的深度和戏剧结构的复杂性，提升了戏曲的艺术表现力；李渔的剧作则以丰富的舞台经验为依托，格外强化了舞台演出的观赏效果。花部的加入使古典戏曲的形式和内容愈益丰富，不仅丰富了传统戏曲音乐的风格，同时也丰富了戏曲作品的题材和表现手法。清代小说创作也很繁荣，白话小说不仅诞生了《红楼梦》、《儒林外史》这样的旷世巨著，也涌现了《歧路灯》和《镜花缘》等一批风格鲜明、技巧成熟的长篇，显示出文人小说形式的成熟和技巧的进一步开拓；以《聊斋志异》、《子不语》、《阅微草堂笔记》为代表的文言小说，也在传统小说形式中注入了新

---

① 参看本书所收《科举阴影中的明清文学生态》一文。

② 方苞《方苞集》卷七《赠淳安方文辀序》，上海古籍出版社 1983 年版，上册第 190—191 页。

③ 吴梅《中国戏曲概论》，岳麓书社 1998 年版，第 170 页。

鲜的现实生活内容，以风格和表现手法的多样化，在唐宋传奇之外开辟一个新的境界。此外如弹词、宝卷、子弟书及各种时调俗曲的创作，到清代由附庸蔚为大观，大大丰富了俗文学的阵容，形成市民阶层的俗文学与士大夫阶层的雅文学分庭抗礼的局面。传统文学样式的写作，虽不及通俗文学成就卓著，但细加品量，也有不俗的成绩：填词号称中兴，名家、流派辈出，以致晚近名家有“词的境界，到清朝方始开拓”之说①；骈文依托于作家普遍的学术背景，名家云起，创造出深闳博丽的时代风格，足以与六朝前后辉映；古文以桐城派为代表，熔义理、考据、词章于一炉，在经学的滋养下，推陈出新，形成强大的流派阵容；散曲创作蔚为大观，作品空前丰富；辞赋作品在艺术技巧上虽较少开拓，但题材多样，内容广泛，使古老的文学体裁焕发了新的生命力。清代文学中创作量最大的诗歌，由于作品浩繁和时代接近，未经历史淘汰，鱼龙混杂，一向颇遭人轻视。实际上如果将清诗汰剩五万首，其精美程度也许就不亚于唐诗。即使以绝对标准来衡量，从清诗中选五十家也不会输于唐人的。如果选十家，比如钱牧斋、吴梅村、施愚山、屈翁山、王渔洋、袁简斋、赵瓯北、黄仲则、黎二樵、龚定庵，那就不仅能与唐人分庭抗礼，甚或有唐人未到之境。文学史是否适宜用进化论来解释尚可斟酌，但退化论的观念却是绝对不适宜的，尤其是在文学批评方面，文学批评的水准一定是随着时代的发展而进步的。在学术风气浓厚的清代，文学批评也受到学术风气的熏陶，显示出鲜明的学术性和实证精神，提升了批评的学术性。如果硬要在清代文学中举出一门代表性艺术的话，那我倾向于投文学批评一票。

二、清代文学的历史分期

清代文学的历史分期较以往任何一个时代都要困难，难点在于

① 叶恭绰《全清词钞序》述文廷式语，中华书局 1982 年版。

清代二百多年的历史上，横跨着一个比附政治史上的“近代”概念而生的“近代文学”概念，其起讫是道光二十年（1840）至民国八年（1919），以鸦片战争为界，清代前、后期的文学被分属于古代和近代两大文学史时段。在尚未受“近代”概念范围影响的早期文学史著作，如谢无量《中国大文学史》中，还能简单地将清代文学分为清初遗臣文学、康熙文学、乾嘉文学、道咸以后之文学四期，后来的著作几乎都不能摆脱“近代”概念的影响。袁行霈主编《中国文学史》三期七段的划分，上古期（3 世纪以前）先秦、秦汉，中古（3 世纪到 16 世纪）魏晋至唐天宝末，唐至德至南宋末，元至明正德末，近古（16 世纪至 20 世纪初）明嘉靖至鸦片战争，鸦片战争至五四运动，清代文学实际上是被分为前后两个时期①。以王朝为单位的李修生著《中国文学史》第四卷，将清代文学史分成三个时期，前两段与一般看法相同，第三段则以近代文学史的起点为限，将道光二十年以后划为晚清文学。这样的处理虽“主要着眼于文学本身的发展变化，体现文学本身的发展变化所呈现的阶段性”，但不可否认其中仍有对政治史分期的依赖。政治史分期是否可以成为文学史分期的依据，文学史的阶段是否与历史时代的演进相吻合，还是有待于深入研究的问题②。本书既是按王朝分卷，仍旧以清代为自然段时来考虑其分期。

但即使以朝代为单位来划分时期，依然遇到一个棘手的问题。文学发展到明清两代，除了社会和精神内容的空前丰富外，创作格局上一个最明显的态势就是文学样式齐备，诗文辞赋、戏曲小说、弹词说唱和文学批评各部门都涌现数量可观的作品。文学样式的丰富和创作的多元化，已使文学史叙述难以作单一视角或标准的分期。马积高《清代学术思想的变迁与文学》是少有的按文学的总体倾向来划

---

① 袁行霈主编《中国文学史》，高等教育出版社 1999 年版，第 12 页。

② 章培恒《关于中国现代文学的开端——兼及“近代文学”问题》，章培恒、陈思和主编《开端与终结——现代文学史分期论集》，复旦大学出版社 2002 年版。

分清代文学史的尝试，分为顺康雍、乾嘉、道光至光绪十五年、光绪十五年至清末四段。第四段以光绪十五年为起点的理由是前一年康有为上书请求变法，本年又是光绪亲政的开始①。虽然作者说这只是约略的划分，前后几年也没关系，但这仍是个政治视角的划分，要适用于众多文体，恐怕还有一定困难。文学样式间的不同步性，决定了文学史著作的分期不得不顺应文学生态的变异而变通，文学史叙述只能是多线式的，不同文体分别对待。刘大杰《中国文学发展史》将清代诗歌分为清初、康雍、乾嘉、鸦片战争前后、诗界革命及清末五期，而散文只分三期②；袁行霈主编的《中国文学史》以鸦片战争为界分前后两部分外，不再做进一步的分期，而代以不同作家群和不同文体的分论，都反映了文学史叙述的这种特殊要求。中国社会科学院文学所主持编纂的十四卷本文学通史，明清两代干脆按文学样式而非时期来分卷，也不失为一种实事求是的态度。事实上，也只有进入文体发展史的内部，我们才可能谈论一种具体的阶段性，从而避免庞杂和混淆的解释以及不必要的纷争。这一工作是留待给正文的任务，绪论不能成为各种文学门类的历史进度表。绪论要讨论的是较能体现整个文学发展的阶段性特征，它通常集中于较能体现不同时期的文学精神和风格特征的文体，就清代来看仍然是诗歌。这不只因为诗歌拥有最丰富的作品和相关参考文献，还因为诗歌最直接和全面地表达了那个时代的精神内容和艺术趣味。

关于清代诗歌的分期，学术界的看法基本是四期，只不过具体年代的划分有所不同。晚清杨希闵在《诗榷》中曾将清代诗歌分为四期，其断限分别为清初至康熙三十年（1691）、康熙中至乾隆四十年

---

① 马积高《清代学术思想的变迁与文学》，湖南人民出版社 1996 年版，前言及第 248 页。
② 刘大杰《中国文学发展史》下卷，中华书局 1963 年版。

(1775)、乾隆中至道光末(1850)及咸丰以后[①]。杨书成于同治至光绪中叶,其分期基本对应了清代诗歌的几次转折,很有历史眼光,但此书只有稿本存世,未产生影响。后陆草《清诗分期概说》一文见解大致相同,差别只在第二期始于康熙二十年,终于雍正末[②]。朱则杰《清诗史》只写到龚自珍[③],而将道光以下归入近代,合顺康、雍乾、嘉道三段实际是四期。严迪昌《清诗史》分顺康、乾嘉和道光以后三段[④],但顺康段分上下编,分别讨论遗民诗人群和新朝诗人群,其实是将顺治、康熙前期和康熙中后期、雍正分为两个阶段。我的看法,康熙中期、乾隆中期和咸丰初分别是清代诗歌发生转变的关节点,其间的雍正、道光属于过渡时期,究竟从前还是从后,按不同的诗歌史解释会有不同的归属。所以粗分则为四期,细分则为五期,差别只在道光以后是否再分为二。1923 年陈衍在《近代诗钞序》中曾从诗坛盟主的更替来划分清诗的时期:

> 有清二百余载,以高位主持诗教者,在康熙曰王文简,在乾隆曰沈文悫,在道光、咸丰则祁文端、曾文正也。文简标举神韵,神韵未足以尽风雅之正变,风则《绿衣》、《燕燕》诸篇,雅则"杨柳依依"、"雨雪霏霏"、"穆如清风"诸章句耳。文悫言诗,必曰温柔敦厚。温柔敦厚,孔子之言也。然孔子删诗,《相鼠》、《鹑奔》、《北门》、《北山》、《繁霜》、《谷风》、《大东》、《雨无正》、《何人斯》以迄《民劳》、《板》、《荡》、《瞻卬》、《召旻》,遽数不能终其物,亦不尽温柔敦厚,而皆勿删。(中略)夫文简、文悫生际承平,宜其诗为正风正雅,顾其才力为正风则有余,为正雅则有不足。文端、文

① 杨希闵《诗榷・国朝人诗补录》,江西省图书馆藏稿本。其中收入同治元年所撰《诗轨序》,书当编成于同治间。

② 陆草《清诗分期概说》,《中州学刊》1986 年第 5 期。

③ 朱则杰《清诗史》,江苏古籍出版社 1992 年版。

④ 严迪昌《清诗史》,台湾五南图书出版公司 1998 年版。

正时，丧乱云膴，迄于今变故相寻而未有届，其去小雅尽废而诗亡也不远矣。

他没有提到清初的诗坛盟主钱谦益。正是由于钱谦益的鼓动，王渔洋继而提倡，这才有清初诗坛炽盛一时的宋诗风气[①]，是为清诗一变。康熙十八年(1679)，清廷武功告成，肇兴文治，开博学宏词科，王渔洋以新朝诗人领袖羽仪风流，宏奖后进，影响所及，整个康熙中后期直到雍正间，神韵诗风成为诗坛主潮，清诗为之一变，而自家面目出。雍正后期延及乾隆中，康熙朝名家逐渐凋落，神韵诗末流弊端渐显，沈德潜以耆年宿望主盟诗坛，以格调之实救神韵之虚，守成而已。乾隆中袁枚声名日盛，以性灵说摧廓传统的羁绊，最大限度地发挥诗歌的自我表现机能，天下向风，百态杂陈，清诗于是又一变。乾隆三十二年(1767)王鸣盛撰《苔岑集序》云："集中所录，类皆弄草拈花，模山范水，或吊古而伤逝，或送别而怀人，风月之外，绝少慨慷；酒歌之余，都无感慨。在曲论者，漫以浅易见遗；而深识者，正复以高奇见贵。何者？(中略)吾侪生长升平，优游熙洽，立言固宜尔尔，孰谓闲适之文，无与于论世之助，必无病呻吟，乃系名教哉?"这不只是当时文士为他们歌舞升平、风流自赏的辩解，言下也曲折地流露出避忌文网的意识。嘉道之间，学术盛而诗不济，与学风的调和汉宋相应，诗歌观念也趋于折衷与融合，文章写作则出现不拘骈散的倾向[②]，文学创作总体以流连光景、嘲风弄月为主流，度过一个最平庸的时期。

道光二十年(1840)的鸦片战争，向来被视为中国社会历史产生突变的转折点，此后的八十年被称为近代史，道光二十年后的清代文学也就顺理成章地被称近代文学。学术史研究者认为，最早把近代文学史界定为鸦片战争到五四运动的是吴文祺《近百年来的中国文

---

① 蒋寅《王渔洋与清初宋诗风的兴替》，《文学遗产》1999 年第 3 期。

② 参看曹虹《清嘉道以来不拘骈散论的文学史意义》，《文学评论》1997 年第 3 期。

艺思潮》,吴文开宗明义就指出鸦片战争是“中国历史上一块画时期的界石”[①],其观点显然是比附于政治史分期的。但文学史的节奏毕竟不同于政治史。照梁启超的看法:“文化史的年代,照例要比政治史先走一步。”[②]而具体到文学,我看情况恰好相反,文学史的年代似乎总比政治史后走一步。吴文祺指出,在鸦片战争促发的诸多变动中,文学的变动最晚,直到戊戌变法后才开始,突出标志是维新派的“文学改良运动”、“王国维的文学批评”和“章炳麟的文学主张”。的确,鸦片战争对文学的影响并没有像近代文学史分期所象征的那么大——那毕竟只是天朝的边警,仅仅在广东和长江下游部分作家的创品中略有反映,而未曾在文坛激起广泛的反响。这一事件对历史的深远影响要到很多年以后才能为人们品味出来。当时真正对社会产生巨大影响的是太平天国起义,这场波及大半个中国的内战给文学带来的影响,不是“沉重地打击了以孔孟为核心的文艺观”[③],而是整体冲击了传统的礼乐社会及其思想基础[④],从而使整个文学的创作风貌发生转变,连带文学批评也随之变异,诗文中正面或侧面涉及战乱的作品层出不穷,诗话也出现魏秀仁《陔南山馆诗话》、徐贤杰《三山诗话》、盛钟歧《崇道堂诗话》等热衷于记载时事之作。这可以理解为清代文学第四期的发端,从此以后文学风气日渐由轻浮转向质实,由流连光景转向干时济世。

历来谈清代学术,通常说清学凡三变,顺、康间为程朱、陆王之争,乾、嘉间为汉、宋学之争,道光以后为古、今文经学之争。实际到

---

① 吴文祺《近百年来的中国文艺思潮》,原载《学林》第 1 期,1940 年 11 月出版。转引自《中国古代文论研究论文集》,上海古籍出版社 1989 年版,第 558 页。

② 梁启超《明清之交中国思想界及其代表人物》,《饮冰室合集·文集》第 14 册,中华书局排印本。

③ 叶易《中国近代文艺思潮史》,高等教育出版社 1990 年版,第 119 页。

④ 参看杜书瀛、钱竞主编《中国 20 世纪文艺学学术史》第一部,钱竞、王飚撰,上海文艺出版社 2001 年版,第 198—299 页。

咸、同之际，又出现了第四变——中、西学之争。咸丰十一年(1861)，清廷设总理各国通商事务衙门，以务实的态度对待国际事务；同治六年(1867)设同文馆，聘请西人教习西语西学，举国上下，风气为之一变。以致时人感慨："今之以学外夷为经济者，遍天下皆然。其始盖犹以汉学为名，近且公然横议，号曰西学。"[①]"盖自寇乱平而洋教兴，儒生诵习，亦惟时务是趋，人人骛于功利矣。"[②]这是清代社会进入变革时期的显著标志。黄人《清文汇序》论同治太平天国平定后的思想文化变革态势，说："中兴垂五十年，中外一家，梯航四达，欧、和文化，灌输脑界，异质化合，乃孳新种，学术思想，大生变革。"文学精神也随之嬗变。陈衍《近代诗学论略》云："道光之际，盛谈经济之学。未几，世乱蜂起，朝廷文禁日弛，诗学乃盛。故《近代诗钞》断自咸丰之初年，是时之诗，渐有敢言之精神耳。"与敢言相伴的，不仅是时事内容进入诗歌，艺术风格也出现了醒目的变化，即陈衍指出的，同光以后"蕲向杜韩，为变风变雅之后，变本加厉。言情感事，往往以突兀凌厉之笔，抒哀痛逼切之辞。甚切嬉笑怒骂，无所于恤。矫之者则为钩章棘句，僻涩聱牙，以至于志微噍杀，使读者悄然而不怡"。由此看来，最早阐释近代文学发展的胡适以曾国藩之卒为象征性标志，将同治十一年(1872)定为近代文学的开始[③]，还是可取的。

至于陈子展《中国近代文学之变迁》以光绪二十四年(1898)戊戌维新为近代文学的起点，认为直到此时"古旧的中国总算有了一点近代的觉悟"，才是"中国文学有明显变化的时候"[④]，乃至刘纳认为文学

① 孙葆田《校经室文集》卷三《答夏涤庵书》，刘承幹刊求恕斋丛书本。

② 孙葆田《校经室文集》卷三《复徐季和先生书》，刘承幹刊求恕斋丛书本。

③ 胡适《五十年来中国之文学》，《胡适文存二集》卷二，上海亚东图书馆 1924 年版。

④ 参看陈子展《中国近代文学之变迁》，中华书局 1929 年版，第 3 页。作者在一年后出版的《最近三十年中国文学史》中又将近代文学的起点上推到甲午战争(1894)。又，卢前《近代中国文学讲话》也是"从同光讲起"，上海会文堂新记书局 1930 年版。

的观念、主题、形式的变化到光绪二十八年(1902)以后才开始[①],都有各自的道理。事实上是甲午的战败,彻底打消了国人最后一点盲目自大之心,于是士大夫竞讲新学,议富国强兵之道,社会风气因而自由开放。戊戌维新后,梁启超的报章文体风靡天下,与方兴未艾的西洋文学翻译相呼应,造就了晚清小说创作的繁荣,大众传媒的迅速发展使文学的变革较以往任何时代都更为急剧并迅速传播,最终接引新文学运动的到来。问题是既然以变革为文学史分期的依据,就应该考虑到渐变和突变的不同。突变可以取转变之点为断限,而渐变通常只能以滥觞为断限。正如上文所述,咸丰初是晚清文学渐变之滥觞,取为分界点是适合的。顺便提到,民国间学者的"近代"概念,有可能受日语名词的影响,是指今所谓的"现代"。呈现在学术史视野中的有关从鸦片战争到五四的文学分期的歧见[②],部分原因是术语的歧义,部分原因是学者们在分期依据上缺乏共识。这暴露出我们的文学史研究在元理论上的薄弱,有必要加强有关基础理论的研究,同时进一步反思文学史"近代"概念成立的依据[③]。

三、清代文学的时代特征

无论从哪方面看,清代都是中国历史上政治、经济和社会文化最复杂的时代。它是中国古代社会的末日和现代社会的前夜,是中国社会现代化进程中最重要的一段;它是一个北方民族建立的王朝,疆

① 刘纳《开始于一九〇二、一九〇三年间的文学变动》,《中国近代文学的特点、性质和分期》,中山大学出版社1986年版。

② 有关近代文学的分期及断限之争,可参看北京出版社"20世纪中国文学研究"系列中裴效维、牛仰山撰《近代文学研究》第二章"近代文学史的分期与断代研究",此书对近代文学研究中的重要论争都有清楚的梳理。

③ 近年学界主张取消"近代文学"的见解,见郑利华《中国近世文学与"近代文学"》,《复旦学报》2001年第5期。

域最为辽阔,人口最为众多,清廷既崇尚汉文化又压抑汉族士大夫的民族政策和政治制度,使满汉关系一直处于尖锐对立和斗争的紧张状态中。明清易代之际,士人以文学寄托亡国之恨和对清廷统治者的仇恨;鸦片战争以后,国势的衰亡,使汉族士大夫的排满意识重新在政治改革的呼声中高扬。面对清廷的政治禁锢和文字狱恐怖,文化启蒙和个性解放的欲求始终在文学中涌动,并借助于某些时机迅速地澎湃开来;置身于封建社会末世,对国运世事充满失望和无奈的感伤心态,接触西方近代文明而产生的新奇感受和进退失据的复杂心情,无不反映在文学中,使文学再现社会生活的广度和表现内心情感的深度都达到前所未有的境地。更兼政治、法律、教育乃至新闻制度的滞后,许多本应由政治、法律等承担的思想文化建设被转嫁给文学,使文学负荷了过于沉重的思想内容。以致清代留下的大量文学文本常首先被作为政治、经济和思想史文献来阅读,而各种《经世文编》和《清诗纪事》正是在这样的意识主导下编纂的,无形中将人们对清代文学的注意引向经世而非审美的方向。

事实上,当代学者眼中的清代文学,首先在纪实性和叙事性上显出特色。相对于历来的文学传统,清代的文学创作首先表现为叙事文学的繁荣。在传统文学形式中,诗歌的叙事性最引人瞩目。“以诗歌叙说时政,反映现实,蔚为有清诗坛总的风气,十朝大事往往在诗中得到表现,长篇大作动辄百韵以上。作品之多,题材之广,篇幅之巨,都达到了前所未有的水平。叙事性是清诗的一大特色,也是所谓超明越元、上追唐宋的关键所在”①。从吴梅村《永和宫词》、《圆圆曲》、胡天游《烈女李三行》,到王闿运《圆明园词》、刘师培《癸丑纪行六百八十八韵》、王国维《颐和园诗》,这类叙事性的长篇巨制已同人们对清诗的联想联系在一起,成为清诗标志性的特点。骈散文章中

① 涂晓马《犹有壮心歌伏枥——钱仲联先生访谈录》,《文艺研究》2003 年第 5 期。

叙事性和纪实性作品也占有很重要的位置，重大事件、人物传记、祥瑞灾祸乃至奇闻逸事，都被热心地记述和书写，充实着叙事文学的库存。不能不提到的是，社会阶层的进一步分化和城市生活的繁荣，造成表现市民阶层的生活和意识的通俗文学的长足发展。戏曲、小说以及鼓词俗曲等说唱文学，不仅成为市民阶层文化消费的主要形式，甚至也深入到士大夫及其眷属的日常生活中，同时将市民阶层的价值观、审美趣味和文学素材带进士大夫的写作，对士大夫文学产生了不同程度的影响，导致士大夫文学传统的分裂和变形。

明清时代，传统形式的文学写作与前代最大的不同就是遭受科举严重的侵害，正如黄生所说："谈诗道于今日，非上材敏智之士则不能工。何也？以其非童而习之，为父兄师长所耳提而面命者也。大抵出于攻文业举之暇，以其余力为之，既不用以取功名，博科第，则于此中未必能专心致志，深造自得，以到古人所必传之处。"[①]士人只有少年得志方能究心文学，否则白首场屋，精力消耗于举业，文学难以有成。这总体上决定了明清两代传统文学形式的创作难与前代争胜的结局，时人很清楚这一点，并深感绝望，这使他们更加气馁，丧失与前人争长的气概[②]。严酷的科举竞争将大批失意才人挤出仕途，而商业化的通俗文学领域适时地接纳了他们，甚至诱惑他们。通俗文学市场的商业竞争造成新的人才流向，市场竞争机制与刻书业的发达相呼应，共同造就了通俗文学创作的繁荣局面，同时改变了传统的文学格局。而作家的才能也适应这种变革走向多元化，涌现出吴伟业、丁耀亢、金圣叹、尤侗、黄周星、董说、蒲松龄、廖燕、曹寅、吴绮、孔尚任、洪昇、徐大椿、吴敬梓、郑板桥、蒋士铨、屠绅、黎简、王昙、舒位、姚燮、汪端、魏秀仁、苏曼殊等一大批在传统文学和通俗文学两方面都取得很高成就的作家，他们在通俗文学方面的成就也许更为今人所

---

① 黄生《诗麈》卷二，《皖人诗话八种》，黄山书社 1995 年版，第 85 页。

② 参看本书所收《科举阴影中的明清文学生态》一文。

瞩目，当代学者编纂的文学史已表明这一点。

比起戏曲小说创作的辉煌成就来，清代传统诗文的写作似乎没什么特别的光彩夺目之处。在今人撰著的文学通史中，清代诗文词赋已退居较边缘的位置，被用简略的笔墨轻轻地带过。诚然，清代传统文学领域的创作，确乎不如通俗文学那样表现出更多的创造性，更具有鲜明的时代特征，但这绝不意味着通俗文学的总体成就超过了传统文学，或者说通俗文学取代传统文学占据了主流地位。毫无疑问，传统文学依旧是清代文学的主流，只不过它已丧失了在前代拥有的强大势能而已。对文学来说，最大的困难永远来自形式方面，如何用一个新颖的或者说独特的形式来表达自己想要说的东西，是每一个欲有作为的文学家无法摆脱的苦恼。生当封建时代的末世，似乎古汉语的一切表现形式都已被前人用完，甚至连要表达的东西也都被前人表达过了。在近代社会姗姗来迟之前，作为传统文学创作骨干的士大夫阶层似乎已失去了表达新东西的冲动。传统文学形式正在变成无源的死水，还有什么能在死水上激起微澜呢？

清代是个学问的时代，学人未必都能诗，但一定能写文章，而诗人也很少没有学问，于是在一部分作家手中，学问成了他们向前代作家挑战的利器——以学问为文，以学问为诗，甚至以考订议论为诗。朱彝尊《斋中读书》五古组诗滥觞于前，赵翼、洪亮吉、翁方纲、施朝干等人扬波于后，在乾、嘉之际煽起一股以诗论学的时尚，招致袁枚“误把抄书当作诗”的批评。尽管如此，清人仍以为这是不得已而为之的出奇制胜之道，所谓“竹垞以经解为韵语，赵瓯北以史论为韵语，翁覃溪以考据金石为韵语，虽各逞所长，要以古人无体不备，不得不另辟町畦耳”①。虽然他们努力的结果，无论在当代在后世都鲜被认可，批评家往往在负面的意义上指出清代文学的这一特征，但这努力本身

① 吴仰贤《小匏庵诗话》卷一，光绪八年刊本。

还是值得肯定的。“另辟町畦”的意识毕竟反映了一种力图反抗文学传统的强烈要求和冀望超越前代经验的创新精神，在这股思潮的驱动下，人们以各种方式、各种途径尝试了更新诗文写作面貌的努力。

然而所有的努力，方向和结果是不同的。古文在充实以学问的同时，也在向日常化、实用化的方向发展，桐城文章游刃于经师论说、幕客案牍和文士闲情之余，没能在精神境界上重现清初古文的宏大格局，更不能再造唐宋文章那蓬勃的气势和酣畅的笔调。当桐城教师爷半天下，文士操觚无不奉行桐城义法时，桐城文法也就不可避免地堕落到琐屑而匠气的地步。诗歌的情形略有不同，以文为诗、以考据为诗，只是某个时期的短暂风气，在更多的时候，抒情传统仍发挥着强大的影响力。只不过当一切抒情题材都被写遍，一切感情经验都变得不新鲜，变得日常化以后，反抗日常经验成了诗歌写作中一种最迫切的要求。清代诗人为此付出了种种努力，其中最引人注目的是大力开拓旅行和怀古题材，通过旅行接触新异景观，通过怀古想象历史情境，作家由此摆脱日常经验的包围，磨去日常感觉的厚茧，获得全新的感觉和体验。

浏览清代别集，我们一定会对数量众多的以“游草”命名的纪行、游览诗专集和怀古组诗留下深刻印象。游览一地风景，如叶封《嵩游诗》、蔡铎《观光堂游草》、陈文述《岱游集》、丘逢甲《仓海君庚戌罗浮游草》；或一次旅程，如王士禛《蜀道集》《南海集》《雍益集》、乔莱《使粤集》、徐兰《出塞诗》、叶燮《已畦西南行草》、吕履恒《使滇草》。有些诗人的诗集甚至全是以纪行草构成的，比如复旦大学图书馆藏朱戴曾诗集稿本和抄本，即由《圣湖草堂集》、《滇南草》、《上谷草》、《粤游草》、《东粤草》、《大梁草》、《北游草》、《庆阳草》、《晋游草》、《台游草》、《豫游草》、《塞上草》、《魏塘十咏》、《禾中草》、《西湖怀古诗》、《漫游草》、《豫章草》、《金台草》、《古北草》、《海壣草》、《伴岩草》组成。这数量众多的专集，留下不少成功的范例。田肇丽《送卢抱孙之任洪雅》

云:"才子方宜西蜀去,渔洋标格许谁同?"[①]王渔洋典四川乡试写作的《蜀道集》为诗坛树立了一个"得江山之助"的典范,追慕者固然竞相仿效,即不满者也不能摆脱它的影响[②]。以致像桑调元《庚辰四月十七日赣州登舟纪程》七绝163首,题下注"一日一首";袁嘉谷《卧雪诗话》卷二所载其师檠门先生自云南入京《纪程诗草》120首,"每驿必作一绝句,每诗必提明驿名"[③],后来成为清人别集中习见的形式,也可以说是清诗的一个特色。至于怀古所包括的咏怀古迹和咏史两类,虽都是传统样式,但清人扩大了规模,由组诗发展为专集。咏怀古迹如郭士璟《广陵旧迹诗》、陈文述《西泠怀古集》、汤濂《金陵百咏》等,咏史如张笃庆《明季咏史百一诗》、鲍瑞俊《桐华舸明季咏史诗钞》、谢启昆《树经堂咏史诗》等,不胜枚举。咏史的亚类宫词以及介乎游览、咏古之间的竹枝词,也都有数量庞大的组诗和专集传世,共同构成了清代诗歌的新奇景观。很显然,这些游览胜景和尚友古人的诗篇,正是诗人们脱离狭窄的有限的日常生活,自觉扩展、更新经验世界的记录,我们可以沿此进入诗人的写作,理解他们的感觉和表达方式。

与旅行和怀古相通,摆脱日常经验的另一种方式是拓展写作题材。歌咏题材广泛是清诗的又一大特色,几无物无事不可入诗。写日常生活,有咏鸡蛋、大头菜、腌菜、醋,咏煤球,咏裹脚,咏痔;写新奇事物,有咏眼镜,咏淡巴菰,咏摄影,咏显微镜。马位见法华老衲有咏棺诗,乃劝其补足衣、衾、棺、椁四首,并一一和之(《秋窗随笔》),这种题材前代是很少见的。清人咏物之作往往连章叠韵,刺刺不休。吴

① 卢见曾辑《国朝山左诗钞》卷四一,雅雨堂刊本。黄臣燮《平泉诗稿》卷首张应麐题诗卷云:"蜀江水碧蜀山青,襆被曾为万里行。到处留题传绝唱,不教能事让新城。"末句自注:"渔洋诗以《蜀道集》为最。"道光十四年刊本。

② 《湖海诗传》卷三论王峻诗云:其诗宗尚两冯,参以赵秋谷、何义门之说,不独前后七子深加摈斥,即渔洋尚书,亦多未惬。然集中黔行诗最为清矫刻削,转似《蜀道集》,何也?

③ 《袁嘉谷文集》,云南人民出版社2001年版,第2册第525页。

梅村作《八幻诗》,海内多和者,林鹤招和至百首[①]。杜甫连章诗只到八首,而清人动辄数十首。晚清朱庭珍说:“近人尤好以一题顺押上下平韵作三十首,甚至咏物小题亦多至数十首,且有至百首者。”[②]元代中峰和尚和冯海粟《梅花百咏》,叠用神、真、人、尘、春字,已称奇观。清初赵吉士依韵答于仪部七律四首,自后一直叠此韵作诗,竟得千余首,名《千叠余波》,又有《叠韵千律诗》二卷。清代诗社雅集,也常以叠韵的方式咏物、赋题。清代的诗社不像明代那样讲究组织形式,也很少政治色彩,往往是不定期集会,分题赋咏,其题不像唐宋人多取咏物,而常是咏歌一种人物角色或情境。如佚名《养拙山房诗草》有《社课十老吟》咏十种老人,又有《社课十六声》分咏读书、度曲、弹琴、敲棋、卖花、煎茶、夜蛩、山禽、寺钟、牧笛、捣衣、纺纱、窗雪、阶雨、流泉、落叶。史善长《秋树读书楼遗稿》卷一六有《戏作二十四影诗》,分咏松、竹、梅、桐等二十四物之影;李铸《次青小阁诗集》卷下有咏月二十七首,分咏芦月、宫月、团月、无月等二十七种赏月情境;林鹤年《福雅堂诗钞》有《山居杂咏》,以山为题,分咏山鸟、山花、山泉等三十题。秋也是诗人们热衷歌咏的题材,黄鹫来《友鸥堂集》卷三有咏秋诗六十一题,徐谦《秋兴杂诗》分咏信、影、心、气、声、色、(⿰口熏)、月、汉、露、风、云、烟、雨、霜、霁、阴、晓、晚、宵、山、嵩、岱、华、栈、原、邙、瀑、海、湘、江、涨、潮、舫、滩、帆、郭、宫、寺、圃、闺、漠、燐、塞、猎、戍、驿、旅、樵、渔、获、梦、觞、别、笳、砧、笛、斥、钟、漏、琴、屐、衣、扇、簟、灯、帘、鹤、隼、鹰、雕、燕、雁、骑、猿、蝉、萤、蛩、蝶、鲈、兰、菊、莼、芦、蕖、薜、林、梧、枫、箨,共九十题,为古来罕见。即使纯粹的咏物诗,清人也每出以奇异的主题。如张贞生《庸书》卷一七咏船诗二十六首,分咏漕船、钦差官船、现任官船、新任官船、去任官船、假归官船、遣归

① 王原《西亭文钞》卷三《林鹤招百幻诗序》,光绪十七年不远复斋刊本。

② 朱庭珍《筱园诗话》卷二,张国庆编《云南古代诗文论著辑要》,中华书局 2001 年版,第 269 页。

官船、巡河官船、武官船、龙衣船、商客船、抽丰客船、游客船、汛兵船、盐船、进香船、渡船、渔船、柴船、酒船、月船、雪船、顺风船、避风船、冰船、雨船，在咏物中融入了各种人情世态和生活体验。

诗歌是古代最普及的文学体裁，也是文学生活中最受重视的对象，通过诗歌我们能把握一个时代文学的精神脉搏和一般风貌。清代诗歌正是在这个意义上，为我们呈现了清代文学的整个生态和发展趋势。如果说清诗的阶段性最大程度地体现了清代文学史运动的基本轨迹，折射出清代文人在不同时期的心态和文学观，那么清代诗人在诗歌语言上的多样化开拓，则反映了古典文学向近代转型的总趋势。与题材和内容的丰富性相应，清代诗歌的语言从语料到表现力都有大幅度的拓展，成为清诗引人注目的贡献之一。清人的学问基础普遍胜于前代，谙熟传统典籍，究心地域文化，兼之文艺兴趣广泛，多方面的传统文化和地方知识为他们的文学创作提供了丰富的语言素材，带来不同文体的相互渗透，体制和修辞层面的变异、更新。像靳荣藩指出吴梅村诗俗字俚语都入陶冶①，朱庭珍指出赵翼"街谈巷议、土音方言以及稗官小说、传奇演剧、童谣俗谚、秧歌苗曲之类，无不入诗，公然作典故成句用"②，再如施闰章《浮萍兔丝篇》摹写《警世通言》中"范鳅儿双镜重圆"③，傅扆《过桃园结义处因伤今日交道之薄赋得世人结交须黄金》、王士禛《落凤坡吊庞士元》、唐炯《庞士元墓》，俱以《三国演义》的虚构内容为史实，冯班《赠董双成》"旦末双全"四字本自元人《玉箫再世姻缘》杂剧④。王士禛《秦淮杂诗》用《牡丹亭》"雨丝风片，烟波画船"曲词，袁枚《随园诗话》说崔念陵长歌责

---

① 靳荣藩《吴梅村诗集笺注》卷四《芦州行》笺，上海古籍出版社1983年版。

② 朱庭珍《筱园诗话》卷二，张国庆编《云南古代诗文论著辑要》，中华书局2001年版，第290页。

③ 详沈金浩《论清代诗歌戏曲小说间的联系渗透与互补》所举，《中国文学与中国文化》，江苏文艺出版社1997年版，第182页。

④ 中国社会科学院文学所藏《钝吟全集·钝吟老人集外诗》何义门批。

关公华容道放曹操乃是以小说为信史，而王浔却指出袁氏《费宫人刺虎行》中细节也本自戏曲描写①，李渔诗的语言洋溢词曲风调，曹雪芹、魏秀仁以小说表现诗才，黄遵宪摭拾大量新名词入诗，直到光绪中夏曾佑、谭嗣同、梁启超“挦扯新名词以自表异”②，凡此等等，绝不只是个人癖好，而是一个时代的风气，也是文学发展的必然趋势。

日益复杂的城市生活，日益世俗化的生活趣味，必然带来语言素材的更新，最终造成诗歌风格的异化和传统文学体制的裂变。如果说明代以前的诗古文辞演进更多地表现为声律、句法和结构的因袭或创变，那么清代文学的变异更多地表现在语言风格的多样化上，举凡古近体诗、骈散文、辞赋、词曲、戏曲、小说、说唱莫不皆然。由于语言色彩的变化比较微妙，不像声律、结构乃至题材等方面的变化那么显豁，往往被人们所忽视，造成清代文学缺乏鲜明特征、缺乏创新力度的一般印象。这是清代文学研究不足所导致的结果，它作为一种价值判断，反过来又对清代文学研究的投入和成果估量产生影响。在阅读和研究清代文学之前，我们首先要破除这种迷执。

清代文学是丰富的，但也是良莠不齐、有待淘汰的；清代文学总体上是缺乏创造力的，但也是复杂多样、有待认识的。在习惯于厚古薄今的中国，离我们最近的东西往往最不为人重视，文学史上的清代就是如此。迄今为止，清代文学还是研究投入得最少，成果积累最薄弱的领域，我们所讨论的问题还只是冰山露出海面的一角，更广泛和深入的研究还有待学界共同努力。

（本文初刊于《烟台师范学校学报》2004 年第 4 期，以《绪论》形式收入《中国古代文学通论·清代卷》，辽宁人民出版社 2005 年版）

---

① 王浔《药坡诗话》卷三，道光二十六年刊本。

② 梁启超《饮冰室诗话》，时代文艺出版社 1998 年版，第 52 页。

科举阴影中的明清文学生态

科举考试作为古代中国独创的官吏选拔制度，一直为史学研究所关注。但有关科举制度和文学的关系，除了唐代有程千帆《唐代进士行卷与文学》、傅璇琮《唐代科举与文学》加以研究，宋元以后便无人注意。到社会生活愈益复杂、史料愈益丰富的明清时代，相比科举制度本身，有关科举和文学之关系的研究，显得尤其缺乏①。盖明清以来对八股文的鄙弃和抨击，已使这种文体及其写作难以进入当代的文学史叙述。这一看似顺理成章的结果，无意中竟伤害了文学史生态的完整——当八股文这一庞大的写作事实被文学史话语遮蔽时，明清时代笼罩在科举阴影下的文学生态也部分地被遮蔽了。这一缺陷影响到我们对明清文学的整体认识，因为明清两代的科举制度同样对文学创作产生了极大影响，只不过不是像唐代那样激励了文学技巧的钻研、文学才能的磨炼，而是在某种程度上阻碍了八股文

① 关于明清两代科举制度的研究，已有章中如《清代考试制度》(黎明书局 1932 年版)、傅增湘《清代殿试考略》(天津大公报社，1933 年)、商衍鎏《清代科举考试述录》(三联书店 1958 年版)、丁榕萍《明代国子监教育与科举之研究》(台湾华光书局 1975 年版)、刘兆璸《清代科举》(台湾东大图书公司 1977 年版)、李世愉《清代科举制度考辨》(中央电视大学出版社 1999 年版)等专著，而关于科举和文学关系的研究，仅知有柯敏菁《科举在清代小说中的运用》(台湾大学中国文学研究所硕士论文，1982 年)、司马周《为儒有幸逢明主，及第由来拜美官——洪武科举制度与诗文之关系》(《江苏文史研究》2002 年第 2 期)。

以外的文学修习。清初黄生曾说:“谈诗道于今日,非上材敏智之士则不能工。何也?以其非童而习之,为父兄师长所耳提而面命者也。大抵出于攻文业举之暇,以其余力为之,既不用以取功名,博科第,则于此中未必能专心致志,深造自得,以到古人所必传之处。”[①]这还是从用心之专的角度说的,施闰章更从教育到出版,对当日的文学写作表达了近乎绝望的无奈。他说:

> 才之相去,古今人不甚远也。古人之取之也博,用之也约,其学不惟诗歌文词也,而所为乃绝工。商周以下洎乎魏晋之作者,可考而知也。唐以诗为业矣,李杜数家而外,以集名者,卷帙不多。以彼一代之制,竭其平生之勤,存者不逮什一,又不取备体,其矜慎如此。今人束发受举子业,父师之所督,侪友之所切磨,胥是焉在,犹患不工。及壮长通籍,或中年放废,始涉笔于诗,稍顺声律,便登简帙。以不专之业,兼欲速之心,弋无涯之名,怀难割之爱,固宜出古人下也。[②]

今人考论“一代有一代之文学”,包括我自己,往往从文体表现机能的演进及文体资源的开掘来审视文学发达的可能性[③]。然而文学在不同时代,还受到各种社会环境因素的影响,这些影响总体上决定了一个时代的文学生态,决定了人们在什么样的生存状态下写作,它和社会的普遍需求是什么样的关系。参照我们亲历的当代文学史,不难体会政治环境和商业氛围对文学生态的巨大影响。而在明清两代,对文学生态产生重大影响的环境因子是科举。围绕八股文而形成的

---

① 黄生《诗麈》卷二,《皖人诗话八种》,黄山书社 1995 年版,第 85 页。

② 施闰章《天延阁诗序》,《施愚山集》,黄山书社 1993 年版,第 1 册第 141 页。又见梅清《天延阁删后诗》卷首,康熙刊本。

③ 详蒋寅《一代有一代之文学》,《文学遗产》1994 年第 5 期。

一整套科举文化体系，构成一种文化环境[①]，文学写作在它的巨大压力下扭曲变形。从黄生、施闰章的议论可以看出，当时人们是多么深刻感受到，举业如何给文学创作造成极大伤害，甚至从根本上褫夺了人们在文学上取得伟大成就的可能。他们的感受究竟在多大程度上反映了现实，当时从事文学事业的人们又怎么看？这关系到如何看待明清时代的文学生态及文学写作的命运。弄清这一点，对我们整体把握明清文学的历史特征至关重要。

一、明清科举与士风

科举是从隋代正式形成的考试选拔制度，历唐宋愈益完善。明朝开国不久，即于洪武三年(1370)诏令开科举，翌年二月正式举行首次会试，从此确立明清两代科举的制度形式。其考试科目，“沿唐宋之旧，而稍变其试士之法，专取四子书及《易》、《书》、《诗》、《春秋》、《礼记》五经命题试士，盖太祖与刘基所定。其文略仿宋经义，然代古人语气为之，体用排偶，谓之八股，通谓之制义”[②]。考试文体的变化只是表面现象，明代科举不同于唐宋的实质在于相应的官吏擢用制度。洪武三年，明太祖诏：“中外文臣皆由科举而进，非科举毋得与官。”[③]这就彻底堵死了往代所有的其他出仕途径，将士人统统驱赶到科举一途上来。就像《儒林外史》里马二先生说的，“人生世上，除了这事就没有第二件可以出头”。从《明清进士题名碑录》看，明代一科

---

① 有关八股文化学术体系的问题，可参看罗时进《论中国明清时代的八股文》，《花园大学文学部研究纪要》第31号，日本京都花园大学文学部1999年版。

② 《明史》卷七〇“选举志”，中华书局排印本第1693页。据顾炎武《日知录》卷一六、梁章钜《制义丛话》卷一考，吴伯宗《荣进集》载其明代首科洪武四年(1371)会试中式之文，尚无八股之法，盖天顺以前经义之文不过敷衍传注，或对或散，初无定式，成化以后始定为八股之体也。

③ 《明史》卷七〇，中华书局排印本，第1695—1696页。

取进士少则几十名，多也不过三百余名，清代略同。两朝人口较唐宋时代剧增，而取士名额不增反减，使得本不宽敞的科场变得更加拥挤，竞争也格外地残酷。袁枚说“古之科有甲乙，有目；今之科无甲乙，无目，其途甚隘。古进士多至八百人，今进士率三百人，其进甚难”[①]，这的确是明清科举的实情。

洪武十七年(1384)，朝廷颁布《科举成式》，规定经义所据注解，调整考试科目，二场在原有的论一道上又增加了判五道，诏、诰、表内科一道，三场由原先的策一道变为经史时务策五道，明显增加了实用文体的分量。这样，除初场试经义四道、四书文三道外，后两场主要考察的是公文写作和综合知识，强化了科举的务实倾向。这种改革原出于崇本抑末的动机，所谓“先之经术以询其道，次之论判以观其学，次之策时务以察其才之可用。诗赋文辞之夸乎靡丽者，章句训诂之狃于空谈者，悉屏去之”[②]。但对举子来说，最关键的仍在于首场的八股文，钱大昕说明代“乡会试虽分三场，实止一场。士子所诵习，主司所鉴别，不过四书文而已”，考官阅卷往往也只看首场三篇四书文[③]。清代照旧，“名为三场并试，实则首场为重，首场又四书艺为重”[④]，首场不售，后两场再好也白搭。而八股文体式之严、考试之难，则诚如彭蕴章所说：

> 前明以制艺取士，立法最严。题解偶失，文法偶疏，辄置劣等，降为青衣社生。故为诸生者，无不沉溺于四书注解及先辈制艺，白首而不暇他务。[⑤]

---

① 袁枚《小仓山房文集》卷一七《答袁蕙纕孝廉书》，上海古籍出版社1988年版，第3册1151页。

② 茅大芳《希董堂集》卷上《乡试小录序》，道光十五年重刊本。

③ 黄汝成《日知录集释》卷一六“三场”条钱大昕注，花山文艺出版社1990年版。

④ 《清史稿》卷一〇八，中华书局排印本，第12册第3149页。

⑤ 彭蕴章《归朴龛丛稿》卷一〇《又书何大复集后》，同治刊本。

更兼八股文的写作过程缺乏抒发性情和随意挥洒的乐趣，故人称“磨难天下才人，无如八股一道”[①]，而八股文的学习对士人来说就成为人生莫大的痛苦：

> 人生苦境已多，至我辈复为举业笼囚。屈曲己灵，揣摩人意，埋首积覆瓿之具，违心调嚼蜡之语，兀度兰时，暗催梨色，亦可悲已。[②]

明清科举制度规定只有学校出身的生员才能参加乡试，而生员资格的获取必须经过县、府、院三级考试，再经受岁考和科考，以维持生员资格，才能争取参加乡试的机会。士人自童生为秀才，由秀才考举人，由举人试进士，奔走风尘，白首场屋。铩羽者固然悲叹“年年随计多辛苦，十上风尘竟何补”[③]，即使侥幸博得一第，也是“白首穷一经，得禄未足喜”[④]。对大多数人来说，功名总是晚来，而晚来的功名总不能补偿那为此耗尽的青春岁月。想想最富有生气、性情最为活跃的青春岁月，最终消磨在僵死无用的文字中，这在一个时代的文学创造力是多大的损失，而对文学之士的写作能力又是多大的伤害！

在明代，也许八股文体初创，人们还有一些新鲜感；也许为此付出毕生心血，人们倍加珍视。总之，八股文名家对本朝时文也自视为一种创造。如艾南英《答杨淡云书》说：

> 弟以为制义一途，挟六经以令文章，其或继周，必由斯道。今有公评，后有定案。吾辈未尝轻恕古人，后来亦必苛求吾辈。使有持衡者，衡我明一代举业，当必如汉之赋、唐之诗、宋之文升降递变，为功为罪，为盛为衰，断断不移者。则兄以为今日置我

---

① 伍涵芬《读书乐趣》卷六，康熙刊本。

② 俞琬纶《与客》，周亮工辑《赖古堂名贤尺牍新钞》卷九，宣统三年国学扶轮社石印本。

③ 张羽《静庵集》卷一《送金秀才归侍》，文渊阁四库全书本。

④ 刘琏《自怡集·遣兴五首》之五，文渊阁四库全书本。

辈于功乎罪乎？[1]

纯粹从写作的角度，当然也可以这么说。但问题是八股文究竟何补于世何益于人，没有人能得出有力的结论；相反其脱离实际、无所用于世，却是千夫所指，众口一词。梁份《复贺天修书》写道：

盖制科取士，三百年来，豪杰士亦出其中。然所学非所用，童而习之，以至老死，皆无用之空言，故不足以得真才，而适售其伪。又取之不必公，文运日衰，士气日弱，学校未废而废莫或过之矣。[2]

周吉《冒辟疆文序》也说，“国家以文章取士，非专重文章也，重乎其文章之人”，因为文如其人——“文神骨棱层者，其人必脂韦不入；文丰致高洁者，其人必风尘不染；文规矩自绳者，其人必波流不迁”。话是这么说，“今日海内操觚家，自负为宗工巨匠不少，然有当于此者寥寥。岂章句之学不足凭，竟貌是精去，而其人卒无所用于世耶？盖圣贤之语，皆是修身仪型、治平药石。吾未能内治其心，而仅图捷售于外；拈一题模空杜撰，而真血脉不存；终身与理远，而徒矜赝质售世：又何怪乎其人卒无所用于世也。况效颦西施，文亦不终日为识者鄙乎？”[3]这番话从科举的意义到实际结果，很典型地表达了明清之际人们对科举的看法，八股文与道德修养、政治才能、性情识理乃至文学创造的相关性被彻底否定。

本来，明代社会经济的发达曾为文化发展奠定了雄厚的物质基础，兴盛的印刷业、成熟的图书流通体制带来图书的极大丰富和普及，这是学术文化发展的良好条件。然而遗憾的是，这一良好的机遇并未带来相应的学术繁荣，以致明人自已对此也叹恨不已：

---

① 周亮工辑《赖古堂名贤尺牍新钞》卷三，宣统三年国学扶轮社石印本。

② 梁份《怀葛堂集》卷一，豫章丛书本。

③ 冒辟疆辑《同人集》卷一，道光间冒氏水绘园刊本。

> 近岁市人转相摹刻，诸子百家之书，日传万纸。学者之于书，多而且易致如此，其文词学术当倍蓰于昔人。而后生科举之士，皆束书不观，游谈无根，此又何也？[①]

“束书不观，游谈无根”语出焦竑《笔乘》续集卷三，原是对本朝士大夫侈谈心性、空疏不学的批评，胡应麟这里取以批评科举之士，着眼于八股文的影响。盖明朝士大夫的不学，除阳明心学的影响外，举业是另一个重要原因。当时沉溺于举业的经生，鄙陋不学已到极可笑的地步。如明田艺蘅《留青日札》载，一督学出《诗经》题“彼美人兮，西方之人兮”，有生员不知出处，出而语人曰：“圣经中如何亦有西方菩萨之说？非观世音不能当也。”此生巨富，不久即中举[②]。王士禛《香祖笔记》卷八也记宋琬言曰：“幼时读书家塾，其邑一前辈老甲科过之，问：‘孺子所读何书？’对曰：‘《史记》。’又问：‘何人所作？’曰：‘司马迁。’又问：‘渠是某科进士？’曰：‘汉太史令，非进士也。’遽取而观之，读未一二行，辄抵于案，曰：‘亦不见佳，何用读为！’”[③]这由举业与心学共同导致的空疏学风，被清代学者一致认为是明代覆亡的首要原因。清人总结明亡天下的历史教训，推原空疏学风产生的因由，往往将八股举业与心学相提并论，予以无情的批判。

二、清人对八股取士制度的批判

考试作为相对公平的人才选拔制度，至今尚无更好的方式取代。但考试是否真能测验应试者的水平，却很早就为人们所怀疑。宋代邱宗卿说“场屋之文如校人之鱼，与濠上之得意异矣”[④]，田艺蘅也说

---

① 胡应麟《少室山房笔丛》卷四，中华书局上海编辑所 1958 年版，第 68 页。

② 田艺蘅《留青日札》卷三七，上海古籍出版社 1992 年版，第 697 页。

③ 王士禛《香祖笔记》，上海古籍出版社 1982 年版，第 149 页。

④ 王应麟《困学纪闻》卷一七，翁元圻注，道光刊本。

考试"言行未必其相符,而德业未必其相副也。盖是者恒十三,而非者恒十七矣",都对考试制度本身的有效性表示了怀疑①。当然,在网罗人才的抽象意义上,人们对科举制度也不无颂扬,尤其是像宋濂《庚戌帝畿乡闱纪录序》、《会试纪录序》这类有关考试记录的文章。但具体到科举对社会的影响,比如教养,明代梁潜就说:"经义论策,以为取士之一端则可也,以为天下教养之格律则不可。"②清承明制,殷鉴不远,人们对八股取士的流弊已看得很清楚,于是八股文就成了众矢所集的批判目标。"论者往往谓制义之文,困天下之聪明才智于行墨尺幅之中,而究为空疏无用之学"③。

八股文就其发挥经义的内容来说是一种知识形态,而就其缜密的文体结构及写作难度来说又是一种文学形态,不幸的是八股文的写作实践非但没有光耀知识和文学,反而扮演了反知识、反文学的角色,以至于从"《集注》而外无学问"堕落到"制艺而外无诗文"④。明清两代学人对八股的批判也因此深入其反知识、反文学的各个层面。陈瑚《同学会艺序》首先指出八股取士制度对知识和才能取向的总体影响:

> 后世以科举取士,则虽有贾董之策、韩范之才、程朱之德,而非由制科则不能置身通显而有以自见。故必先磨砻其科举之业,以为进身之羔雉。⑤

陈瑚指出,明清以来仕途与前代最大的不同就是由科举出仕的单一性,这使得士人在知识和才能的培养上只能举业优先。他虽未进一步说明这将带来什么后果,但举业对进德、练识、学文的负面影响是

---

① 田艺蘅《留青日札》卷三七"非文事"条,上海古籍出版社 1992 年版,第 695 页。
② 梁潜《泊庵集》卷二《务实学四》,文渊阁四库全书本。
③ 卫既齐《廉立堂文集》卷四《汪我长罗美堂稿序》,《清代诗文集汇编》,第 165 册第 276 页。
④ 参看钱锺书《谈艺录》,中华书局 1984 年订补本,第 101—109 页。
⑤ 陈瑚《确庵文稿》,康熙刊本。

显而易见的，论者都有具体的指摘。关于举业对志道的影响，王阳明在《重刊文章轨范序》中就已揭示：

夫自百家之言兴，而后有六经；自举业之习起，而后有所谓古文。古文之去六经远矣，由古文而举业，又加远焉。士君子有志圣贤之学，而专求之于举业，何啻千里？①

阳明既论定举业与圣贤之学背道而驰，其后学黄宗羲的门人郑梁推导出"科举兴而圣学亡"的结论就是顺理成章的了②。顾炎武在《生员论》中论述了举业对器识的影响：

老成之士，既以有用之岁月，销磨于场屋之中，而少年捷得之者，又易视天下国家之事，以为人生之所以为功名者，惟此而已。③

至于举业对学问的影响，则钱谦益《复徐巨源书》谈到古人分年读书之法，感叹"去古日远，学法芜废。自少及壮，举其聪明猛利、朝气方盈之岁年，耗磨于制科帖括之中。年运而往，交臂非故。顾欲以余景残晷，奄有古人分年程课之功力，虽上哲亦有所不能。况如仆者，流浪壮齿，泛滥俗学，侵寻四十，赁耳佣目，乃稍知古学之由来，而慨然有改辕之志，则其不逮于古人也，亦已明矣"④。邵长蘅《赠王子重先生序》也从古今教育体制的不同，论述了举业对学问的排斥：

进士之名犹古也。古者学成而为进士，后世成进士始可以为学。士之入于学者，春诵夏弦，秋学礼，冬读书，而其养之之渐，必自一年历七年，谓之小成；九年知类通达，强立而不反，谓之大成。然后论选于乡，升于司徒司马，而名曰进士。故古者无

---

① 王守仁《王阳明全集》，上海古籍出版社 1992 年版，上卷第 875 页。

② 郑梁《郑寒村全集·见黄稿》卷一《送王文三之钱塘序》，康熙间紫蟾山房刊本。

③ 顾炎武《顾亭林诗文集》，中华书局 1983 年版，第 23 页。

④ 钱谦益《牧斋有学集》，上海古籍出版社 1996 年版，下册第 1324 页。

> 不学之士，士无未成之才。今世则不然，其急者科名也，其习者辞章训诂也。兢兢守四子一经之说，童而习之，白首而浸淫焉。一切经史子集兵农天文礼乐律历象数诸书，相戒屏斥，以为是不利于制举。间有一二瑰奇辩博之士，稍思旁涉其源流，其父师之操之也惟恐不严。幸而成进士矣，然后得释去经生家言。①

考据家阎若璩曾举钱谦益那段话，说："其言之沉痛深愤，真可流涕。三百年文章学问，不能直追配古唐及宋元者，八股时文害之也！"②在清代的文集、书信中，常见对幼年"馆塾不令读八股之外文"经历的回顾③，无奈中不乏解嘲的味道，就像魏象枢所深慨的："只因八股文章，担阁了多少学问！"④的确，科举与八股取士所导致的最大恶果，就是排斥一切学问，还有技艺。画家李修易也曾说："吾辈幼而读书，长而帖括，中年以后则又牵于尘鞅，不能如文长之潇洒。再以牛毛茧丝，刻划为工，其用心不太苦耶？故宋而二米，元而倪黄，明而沈董，若伯驹、伯骕、野夫、圣举诸公，只存而勿论矣。"⑤最具讽刺意味的莫过于焦袁熹《答曹谔廷书》说的："弟自幼不曾读书，虽本经正文未必字字看到，无言熟也。用功稍多者惟八股耳。"⑥在经学最盛的清代，一个著名文人竟然连本经正文也没通读过，多么不可思议！八股试题虽出自经书，但八股文却排斥经学本身，多么滑稽和反讽！经学尚且如此，更不要说经世之学了。魏禧《送新城黄生会试序》曾感叹："三百余年来，以八股取士，所求非所教，所用非所习，士子耳目无闻见，迂疏庸陋，不识当世之务，不知民之疾苦。"⑦其侄世俨《复外舅曾止山先

---

① 邵长蘅《青门旅稿》卷三，康熙间家刊本。

② 阎若璩《潜邱札记》卷一，乾隆十年家刊本。

③ 黄中坚《蓄斋集》卷六《与大瓢山人书》，国家图书馆藏钞本。

④ 林昌彝《射鹰楼诗话》卷七引，上海古籍出版社 1988 年版，第 146 页。

⑤ 李修易《小蓬莱阁画鉴》卷六，商务印书馆 1934 年排印本。

⑥ 焦袁熹《此木轩文集》卷一《答曹谔廷书》，中国社会科学院文学所藏稿本。

⑦ 魏禧《魏叔子文集》卷一〇，道光二十五年谢若庭绂园书塾重刊宁都三魏文集本。

生书》也说：

> 夫八股虽明之文宪，而所习非所用。昔汉以贤良方正、孝弟力田举士，宋以策论为科，可以敦化厚俗，而论策亦足以造识量经济之才。若季年八股之弊，徒习为排偶借替皮肤之辞，其真至者百不获一。俨意当日必有豪杰贤人老死于沟壑之中，必有长才而束缚于斯文，不得行其志。甲申之变，公卿束手屈膝，绝未尝如汉、宋之断而复续者，未必非八股取士之流弊也。①

明代灭亡的惨痛教训，让人们彻底看清了八股取士的恶果及其所主导的教育的失败，因而对八股文的批判和抨击在清初达到了顶峰。钱谦益斥八股为“俗学”②，郑梁嗤之为“灰尘”③，李雯斥之为“误国之物，无用之具”④，庞天池断言“今之必不能传于后者，八股也”⑤。

在这股猛烈的批判浪潮中，也有为制度辩护的声音，这不外乎是考试官员或其代言人一辈的颂辞。蔡世远《九闽课艺序》云：

> 国家以制义取士，非徒使人敝精劳神，猎取词华，组织文字以为工也。盖以从古圣贤之言，无过于四子之书，读者玩心力索于此，则内自家庭之间，以及于事君交友、治国平天下之道，毕具于此。而又恐人之目为平淡无奇而不加意也，于是乎标以题目，定以科名，不入彀者，虽有高才无由自见。此朝廷取士之深心，使天下画然而出于一者也。近世之士循名者多，务实者少。师之所以教，弟子之所以学，皆曰此科举之学而已，因科举之故，始

---

① 魏世俨《魏敬士文集》卷一，道光二十五年谢若庭绂园书塾重刊宁都三魏文集附。

② 钱谦益《初学集》卷七九《答唐训导汝谔论文书》，上海古籍出版社 1985 年版，下册第 1701 页。

③ 郑梁《郑寒村全集 · 见黄稿》卷二《范国雯稿序》，康熙刊本。

④ 李雯《冒辟疆文序》，《同人集》卷一，道光重刊本。

⑤ 张潮《幽梦影》卷上评语，雍正刊本。

治经书,视经书之言止供科举,负圣贤觉世之心,辜朝廷取士之意。[①]

在他看来,八股取士制度本身是好的,只是士人态度不正确,急功近利,这才导致人才不盛的局面。《黄元杜文集序》说得更清楚:“人材之所以不及古而国家少可用之才者,由为士者识趣卑近,志量薄狭浅陋,株守时文一册。”[②]这是彻头彻尾的倒果为因的议论——人心之卑岂不正是制度诱导所致?当时有识之士都能洞悉这一点,论士风之坏都归根于制度的诱导。如康乃心《路东山遗诗序》断言:

世道江河日下,士风尤甚。今日匡时要务,非如晦庵所云罢科举,返本复始,决不能为国家得真才,收实用。[③]

该文作于康熙四十三年(1704),其罢科举的建议可以看作是清代又一轮废科举宣言。我们知道,清廷对八股取士制度的态度是不无矛盾的。明代的空疏学风与本朝士人对科举的抨击,他们不会不知道,八股取士的流弊他们也是很清楚的。所以才会有在野的废八股之议[④],康熙二年(1663)朝廷的废八股之举。当时士林反应很迅速,马上就讲起时务经世之学[⑤]。可惜此举只延续了两科,康熙七年(1668)又恢复了首场试八股文。道理很简单,天下尚未平定,士林尚未归心,值此之际,科举毕竟是最有力的笼络士大夫阶层的工具,八股更是思想控制的有效武器。后来饶廷襄说得极透彻:“明祖以枭雄阴鸷猜忌驭天下,惧天下瑰伟绝特之士起而与为难,(中略)求一途可以禁锢士人之心思材力,不能复为读书稽古有用之学者,莫善于时文,故

---

① 蔡世远《二希堂文集》卷二,雍正十年刊本。

② 蔡世远《二希堂文集》卷二,雍正十年刊本。

③ 康乃心《莘野文续集》卷二,中国社会科学院文学所藏莘野先生遗书稿钞本。

④ 黄周星《惭书序》:“草野抵戏之徒,愤时嫉俗,往往倡为废八股之说。”《周九烟集》卷二,咸丰刊本。

⑤ 裘琏《横山文集》卷二《胡澹溪淑问录叙》,民国三年宁波旅遁轩排印本。

毅然用之。其事为孔孟明理载道之事，其术为唐宗英雄入彀之术，其心为始皇帝焚书坑儒之心。”[①]所以，尽管乾隆三年(1738)兵部侍郎舒赫德一度又提出改革考试条款的动议，“但时大学士鄂尔泰当国，力持议驳，科举制义得以不废”[②]。

《清史稿·选举志》论本朝科举流变，说“雍、乾间作者辈出，律日精而法益备。陵夷至嘉、道而后，国运渐替，士习日漓，而文体亦益衰薄。至末世而剿袭庸滥，制义遂为人诟病矣”[③]。其实如上文所述，清代对八股文的批判绝不是嘉、道以后才开始出现的，自清初迄光绪末废科举，八股文一直受到持续的批判。人们称举业为“敲门砖”[④]，“以制义之体为极卑”[⑤]，谓不必根柢经书，但求涂饰有司耳目，便可骗得[⑥]。道光间名学者朱九江说：“今之子弟所志者科名而已，所力者八股八韵八法而已，故今之所谓佳子弟，皆古之所谓自暴自弃之尤者也。”[⑦]汪缙《合订杨顾两先生时文叙》更自哂道：“时文之士，士之贱焉者也。以是贩夫竖子下至田间僋粪汉，皆得而笑之。”[⑧]而另一位名学者胡培翚在《送程中允春海之任贵州学政序》中批评当时习举业之士，“陋者乃徒于制义中求制义，雷同剿说，师师传效，甚至六经子史终其身不一寓目者，所在皆有”[⑨]。在《泾川书院志学堂记》里他更指出当时八股文本身的堕落，说：“今士子多敝其力于时文，株守兔园册子，竟不知此外有何学问；其下者又或剿袭雷同，日思为窃取功名之

---

① 冯桂芬《校邠庐抗议·改科举议》引，光绪二十三年聚丰坊刊本。

② 《清史稿》卷一〇八，中华书局排印本，第12册3151页。

③ 《清史稿》卷一〇八，中华书局排印本，第12册3153页。

④ 冯班《钝吟杂录》卷一《家诫上》：“吾少年学举子之业，教我者曰：‘此敲门砖也，得第则舍之矣。但猎取其浅易者，可以欺考官而已，远者高者不足务也。’”丛书集成初编本。

⑤ 彭绍升《二林居集》卷六《蒙泉制义叙》，光绪七年刊本。

⑥ 焦循《雕菰楼集》卷二三《先考事略》，道光三年刊本。

⑦ 简朝亮《读书堂集》卷一《朱九江讲学九记》，民国十九年刊本。

⑧ 汪缙《汪子文录》卷二，道光三年刊本。

⑨ 胡培翚《研六斋文集》卷六，光绪四年世泽楼重刊本。

计,即以时文论,亦恶劣极矣,尚安有人才出其中哉?”[①]左宗棠也从科举制度的弊端分析了人才不出的根由:“近来时事日坏,都由人才不佳,人才之少,由于专心做时下科名之学者多,留心本原之学者少。(中略)试看近时人才,有一从八股出身者否?八股愈做得入格,人才愈见庸下。此我阅历有得之言,非好骂时下自命为文人学士者也。”[②]置身晚清内忧外患、国运日衰的无奈之中,左宗棠的这番话是感触最为深刻、最为沉痛的。如果说明代和清初文人对科举的批判还多从经生方面着眼,多指责士人的学风而不敢公然指斥科举制度本身,甚至在网罗人才的意义上还抽象地肯定八股取士的意义,那么到晚清,人们已断然拒绝在任何意义上将八股取士制度与某种价值联系起来。在中国社会的近代化要求迫切地摆到人们面前时,腐朽和不切实用的八股取士制度再无存在的理由,只能寿终正寝了。

三、时文与传统文学的分流

八股文之排斥学问、不切实用已如上文所述,那么它与文学写作的关系又怎么样呢?不难想象,当然也是相抵触的。事实上,正因为人们对八股文体裁僵化、困人神智的憎恶,诗古文作家总是有意识地将自己与时文作家区分开来,于是能文之士明显地划分为时文作家与文章作家(包括诗文赋词曲)两个阵营。诚如刘绎所说:“文无所谓今古也,盖自制义兴,而风会趋之。学者习乎此,则纡乎彼,于是遂视如两途。”[③]

但由于科举主宰着仕途,人们面对八股文显出万般无奈的矛盾心理。道光间山东作家王晓堂有诗云:“蒐册思将坚处钻,求工八股

---

① 胡培翚《研六斋文集》卷八,光绪四年世泽楼重刊本。

② 吴庆坻《蕉廊脞笔》卷八引,中华书局1990年版,第234页。

③ 刘绎《存吾春斋文钞》卷二《笃志堂古文存稿序》,同治刊本。

学寒酸。固知此物原无用，不到名成弃转难。”[①]最好的结果当然是早将门敲开，好快点丢掉敲门砖，专心治古文词之学。袁枚《答袁蕙纕孝廉书》说：“仆科第早，又无衡鉴之任，能决弃之，幸也；足下未成进士，不可弃时文。”[②]古文名家朱仕琇说：“近世李西涯、王济之、何大复、高子也、王道思、唐应德、王贻上、李厚庵俱早宦，何病于学？若储同人以老诸生，自述科举败其业，尤甚病也。”[③]都是这个意思。为此家族长辈谆谆告诫后学：“做举子业，宁苦三年，不苦一世；若不肯苦三年，则苦一世，终无有成。”[④]这种现实策略，使时文和诗文两种文体不是到作家扬名立万之日才分疆划畛，而是在幼学启蒙时即已分道扬镳。李绂《应敬庵纵钓居文集序》云：

> 今人以应科目八股之文为时文，以古人论议序记碑铭之作为古文，判然若秦越。其甚陋者，以学古为戒，切切然若厉人生子，惟恐其肖之，以为妨于科目也。[⑤]

毛奇龄《吴应辰诗序》云：

> 旧习举义者，戒勿为诗；而为诗者，谓为举义家，必不工。[⑥]

在这样的教育中长成，两种文体在士人心目中常判若泾渭，势若水火，“工于时艺未必长于古文，或好古之士，又以八股为不急，往往略焉”[⑦]，甚至出现汪懋麟《雄雉斋选集序》的更绝对的说法：“方今制科取士，专试时文，士皆斤斤守章句，习程式，非是则目为外道，而于诗

① 王晓堂《历下偶谈》续四，道光十一年自刊鹊华馆三种本。
② 袁枚《小仓山房文集》卷一七《答袁蕙纕孝廉书》，上海古籍出版社 1988 年版，第 3 册 1151 页。
③ 朱仕琇《梅崖居士文集》卷二七《又与石君书》，乾隆四十七年家刊本。
④ 彭任《草亭文集·示儿仁方》，民国十三年刊本。
⑤ 李绂《李穆堂诗文全集·穆堂初稿》卷三四《应敬庵纵钓居文集序》，道光十一年阜祺堂重刊本。
⑥ 毛奇龄《西河文集》序一〇，乾隆间萧山书留草堂刊本。
⑦ 汤来贺《内省斋文集》卷二〇《许师六文集序》，康熙五十五年刊本。

尤甚，曰旁及者必两失。然则诗非绝意进取、山林穷僻之徒，未有能专工者也。”[①]不仅如此，两派作者还从各自的价值观出发相互轻视。“好古者每薄视时文，为时文者亦笑其违时而取困”[②]。其相轻的理由不只在对方不切于实用或不切于时用，更在于写作才能此长彼短，一人不能兼擅。蒋汾功《从兄绍孟杂稿序》说：“国家功令在制举业，而诗文之学未尝不见推于世。是故言乎决科之利，则制举业为先，而诗古文为后；言乎行远之功，则诗古文为重，而制举业犹轻。斯二者情相左也，各有所专，遂各有所就，而兼工者难矣。兼其可兼，又利其所利，蕲两得者，益难言之。”[③]正因为如此，应扮谦评毛先舒时文说：“读制艺，洵是今时名手，然坚苍之致，视古文如出两人，可异也。（中略）盖吾兄之为古文，其高者理博群书，文成篆隶，欲与汉、唐作者争衡，而制艺则未免求悦于时人之目，宜其异也。”[④]他显然也认为古文与时文不能兼工，所以劝毛先舒：“吾兄以古文传可矣，不必兼也。”当然，也不是绝对没有兼工两种文体的作家，那通常被认为是禀赋杰出才能的人[⑤]。一般人遇到古文、时文兴趣上的抵触，总是先时文而后古文，先取功名后读书。就像曹谔廷说的：“尝考古人大有成就者，皆自弱冠左右即了科举一事。故志欲早得志于场屋，然后一意读书，为古人之所为，以偿其夙愿。”[⑥]这显然是个很艰难的历程，所以彭蕴章《又书何大复集后》说：“唯聪明之士不为举业所困，始得早屏俗学，致力于古文词。甚矣其难也。”[⑦]在他看来，何景明、李攀龙所以能倡古文

① 顾图河《雄雉斋选集》卷首，康熙刊本。

② 黄定文《东井文钞》卷一《史耕应时文序》，清刊本。

③ 蒋汾功《读孟居文集》卷三，乾隆刊本。

④ 应扮谦《应潜斋先生集》卷七《与毛稚黄论制艺书》，咸丰四年刊本。

⑤ 张世炜《秀野山房二集》徐时夏序云：“国朝仍前朝八股取士之法，学者无不争事帖括。父命其子，师教其弟子。舍是莫由矣。而为诗古文辞者，非有兼人之才弗能也。”道光二年重刊本。

⑥ 焦袁熹《此木轩文集》卷一《答曹谔廷书》引，中国社会科学院文学所藏稿本。

⑦ 彭蕴章《归朴龛丛稿》卷一〇，同治刊本。

词以振兴一世，不外乎两人都是少年登第，较早挣脱了举业的桎梏，这才能潜心研究诗古文辞。若未第而学诗古文辞，便意味着走一条无希望之路，即抱一种超越功利的胸襟，纯粹以爱好从事它，所谓“虽迫之以风雪而不睹，困之以饥寒而不知，又安有穷通得失世俗悲欢是非毁誉在其胸次哉？”高兰曾答其子问古文法，缕述自己不顾功名、力学古文的经过，最后告诫说：“然我国家功令，制科取士，非八股则不能寸进，飞附青云之列，汝其审图之。”[①]这里的权衡实际上就是曹丕《典论·论文》所谓“目前之务”和“千载之功”的斟酌，它不只是及身富贵和寿世荣名的选择问题，同时也是如何看待事功的问题[②]。事功因素的介入，使举业的权重有所增加。本来无论选哪一方都很简单，现在多数人都不愿放弃另一方，那就只有选择“早得志于场屋，然后一意读书”的道路，而这不啻是在用青春与科举相搏。结果除了像新城王家、武进庄家那样的簪缨世家，家塾积累了丰富的教学经验，子弟能够顺利取得功名外，大多数士子都不免为输家。老于场屋，白首无成，固然是血本无归，即便侥幸博得一第，而后从事文学，终究也嫌太迟了。

乾隆间古文名家朱仕琇曾自述“生平精神十九耗于时文，以隙治古籍”[③]，古文家方濬颐《答于汉卿书》也称抱诗癖者垂四十年，通籍后始弃帖括而为韵语[④]，四川名诗人彭端淑晚年回顾写作经历则说：“余一生精力尽于制义，四十为古文，五载成集；近五十始为诗，今已二十

① 高兰曾《自娱集文稿》卷六《苏省旅居与秉礼论作古文书》，道光二十八年刊本。

② 如董沛《正谊堂文集》陆廷黻序云：“始余弱冠后馆陈氏之旧雨草堂，而君馆徐氏之城西草堂。是时余与陈氏昆季方为科举之学，力务进取；而君与徐柳泉先生习，独好为古文，岸然而负异。余尝语之曰：‘勤一世之力，以侥幸于后世不可知之名，君之为古文是也。夫文之传于后者，未有不传以名位，而声施远焉者也。且上之所以求士，与士之所以自待者，将第为后世之名计耶？’君用其言，由是稍稍为科举之文，亦遂取科第以去，以循吏称。”

③ 朱仕琇《梅崖居士文集》卷二二《又答雷副宪书》，乾隆四十七年家刊本。

④ 方濬颐《方忍斋所著书·二知轩文存》，台湾联经事业有限公司影印本。

五年矣，总计前后所作六百余篇。"[①]至于中年绝望于科举而走上文学道路的，如罗以智《魏伯滋攘臂吟序》载己与魏"两人从未冠时辄喜为杂体诗，方锐志于应制文字，不复专门为之涉猎焉而已。既而年各四十，皆淡于进取，夙好数辈结吟社，恒擘笺迭相唱和"[②]，沈希辙序黄臣燮诗称"少岁沉沦举业，间一吟弄，存亦綦尠。一自橐笔遨游，蜡屐登览，燕云蜀栈，还往如梭。当夫霜月晓风，船唇马背，新知旧雨，茶熟酒酣，辄复衔其山川，形为歌咏"[③]，梅曾亮《黄铁香诗序》称作者"尝戒诗，专科举学，一不自得，复以诗释戒，诗愈昌"[④]，陈栩《栩园诗话》载沈宗畸"幼习举业，未尝留意诗词，三十后两耳聋废，绝意仕途，乃纵情诗酒"[⑤]，这都应该看作是一种庆幸之情，出于憾恨和无奈。这种遗憾和无奈贯穿在本文所引的许多文字中，还有一段更沉痛的议论见于陈玉璂《徐竹逸愿息斋文集序》：

> 唐宋以来，好学者有分年法，自八岁入小学，至二十四五莫不贯穿经史。有失序者，更展一二年。今世士子，少壮之年多耗于帖括，有志为古文者，往往在举制科之后。其不能举制科者，废然知返，亦多在迟暮之时。呜呼，时至迟暮，欲仿古人分年课程之功，盖已难矣。[⑥]

这里值得注意的是再三被人提到的读书分年法，这显然是清人的一个情结，对自身启蒙教育深感不满和无奈的情结。他们对个人乃至本朝文学总体上无法与前人竞争的所有憾恨，都可以追溯到这一点。

八股文作为仕途的敲门砖，对科举及第者固然是已陈之刍狗，在

---

① 彭端淑《白鹤堂诗稿·晚年稿序》，同治六年彭效宗重刊本。

② 罗以智《恬养斋文钞》补遗，合众图书馆丛书本。

③ 黄臣燮《平泉诗稿》卷首，道光十四年刊本。

④ 梅曾亮《柏枧山房文集》卷五，咸丰六年刊本。

⑤ 陈栩《栩园诗话》卷三，光绪间刊本。

⑥ 陈玉璂《学文堂文集》序四，康熙刊本。

科举绝望者也弃若敝屣。这决定了它在价值上面临永恒价值与社会评价的分裂。时文可能有一定的社会评价,但肯定与永恒价值无缘。韩程愈《明文潭抄序》写道:

> 明朝以八股开科取士,士之喜功名而爱富贵者,争尽心趋之。自头童至齿豁,无论薄海内外,其不专心致志者寡矣。(中略)其应功名应富贵而少藉径于八股者,自不得不为之;而功名富贵既得,与终不可得之人,则学士大夫多不肯俯首就缚而终于一八股已也。是则八股者,取功名取富贵之瓦砾也。(中略)大明三百年养育栽培,人文辈出,其间道德性命、经济闲适之士,咸奕奕赫赫,落落磊磊,而量其本心,似皆不欲以八股独见重于后世也者,其轻重盖可知已。①

钱谦益像庞天池一样,也断言时文必不传②。在与人书中又说:

> 余观唐末尝录有名儒者方干等十五人,赐孤魂及第。每念瞿元初(纯仁)、邵茂齐(濂)、顾云鸿(郎仲),辄泫然流涕。唐以诗取士,如干者虽不第,其诗已盛传于后世。而三君子之擅场者,独以时文耳。呜呼,今之时文有不与骨肉同腐朽者乎?三君子之名,其将与草亡木卒,澌尽而已乎!③

我所见到的最深刻地阐述时文与文章的价值对立及其根源的文章,是陆庆曾《冒辟疆文序》。作者首先提出朝廷科举和民间月旦两个评价体系的并存、对立及其舆论力量:“科目之权在上,文章之权在下。在上者重之而适以轻,在下者轻之而适以重,其势然也。”在这种形势下,科目之士和文章之士的现实成功与实际的成就感

---

① 韩程愈《白松楼集略》卷七,中国社会科学院文学所藏康熙刊本。

② 康乃心《莘野文集》卷八《论文帖》,中国社会科学院文学所藏莘野先生遗书稿钞本。

③ 钱谦益《与人》,周亮工《赖古堂名贤尺牍三选·结邻集》卷一三,宣统三年国学扶轮社石印本。

产生极大的反差：

> 缙绅先生掇巍第者，其业既效矣，出其文章悬诸国门，罔不家拱璧而人灵珠也。而海内有意之士一寓目而窃议者什之九，以为若辈倖而获耳。夫居温食厚，不堪留名人之一盼；纡青紫于万夫之上，不考以服蓬室陋巷之寒儒。当此时，王公大人亦复志气摧阻，穷愁卑贱之不若，安能以富贵骄人哉？今若夫高古淹博之流，虽遭时不偶，而挥洒翰墨之间，娱玩篇章之圃，内有性情之乐，外有朋友之助，即小得失庸何伤？故礼俗之家嫉之若仇，而风声日远。[①]

这种反差所导致的直接后果，就是人们由否定时文价值进而对科举能否测验写作才能产生怀疑。周镐《汪恬庵先生时文序》云："自世以科名为轩轾，而文无定评。其得者必不肯曰天也倖也，文之功也，其失者亦不敢曰天也屈也，文之罪也。"所以究竟"科第重文章耶，文章重科第耶"，就成了让人困惑的问题。顺理成章的结论是两不相关，所谓"科第不足重文章，即文章亦何足重科第"[②]。这一方面令"工为制举业者必兼为诗，即上不以此取士，又无人督之使必为，而士若非此无所容于世者"[③]，另一方面让人产生"古之取士以经史词赋，故文学与名位常相合；今之取士以帖括制义，故文学与名位常相离"的印象[④]。这种印象甚至波及试帖诗，导致试帖诗在人们观念中也产生价值的分裂。陶元藻《唐诗向荣集序》说"有素以诗名而工为是诗者，亦有素不以诗名而工为是诗者"，这就是说试帖诗与诗才无关。即使工于此体者，"第工于一日，工于一题，使异日易题为之，而工者又忽拙。盖作者每狃一偏之论，以求合于体裁，是以下笔辄重浊而不灵，而俗

---

① 冒辟疆辑《同人集》卷一，道光间冒氏水绘园刊本。

② 周镐《犊山类稿》，嘉庆二十二年启秀堂刊本。

③ 周亮工《赖古堂集》卷一九《与镜庵书》，康熙刊本。

④ 潘耒《遂初堂文集》卷八《潘饮人诗序》，康熙刊本。

响浮言,层见叠出”①。

基于这种价值观,作者对时文、试帖与诗古文词的态度也有所不同。申颋《耐俗轩课儿文训》云:“书记序传之文切于人事,人自不能废也;诗歌声韵之文,无益人事而人自乐为之者,性情之业。独时文一道不切人事,无益性情,苟非设科取士,则无一人为之矣。”②时文结构之复杂与表现技巧之简单,令写作者享受不到创造的乐趣,惟余愤怒和无奈。陈文述为厌薄举业的侄子葆鲁选时文,题两句告诫道:“切莫横行学螃蟹,只须依样画葫芦。”③时文的这种德性让人说不出的厌恶,又让人哭笑不得,以致有人戏拟为画中之猪。或骇然问其故,答:“牛羊犬马各有专家,曾见有以刚鬣为点染者乎?今所流传字幅,诗文词赋以及杂言小说,无不可书之屏幛,曾见有录荆川、鹿门、归、胡、陶、董之制义者乎?”④所以同样是写作,在诗古文词和时文之间,作者的学习态度和写作目标遂有崇高、苟且之分。罗孚尹《与罗元玉》有个通俗的比喻:

> 吾辈作时艺,如业履然,履无十日之寿,而业之者亦只计其售耳,不问之十日以外也。作诗作古文词,若铸宣铜,虽售只一时,而作者之心则无有不欲其久远者。⑤

李绂《火余草诗自序》也有个较典雅的比喻:

> 昔诸葛武侯初南征孟获诸蛮,晚乃出祁山,君子惜其精锐之力不及用诸中原。今诗歌古文词,泸水之役也;帖括制艺,祁山

① 陶元藻《泊鸥山房集》卷一,衡河草堂刊本。

② 申颋《耐俗轩课儿文训》,清刊本。

③ 汪端《自然好学斋诗钞》卷一〇《苏孙侄秋赋归适举一子赋此示之即赠三娣王雪清夫人》自注,同治十三年重刊本。

④ 钱泳《履园丛话》卷二一,中华书局1979年版;又见王用臣《斯陶说林》卷八,光绪刊本。

⑤ 周亮工辑《赖古堂名贤尺牍二选·藏弆集》卷三,宣统三年国学扶轮社石印本。

之师也。[①]

其实反过来说,“今帖括制艺,泸水之役也;诗歌古文词,祁山之师也”,才更切合“惜其精锐之力不及用诸中原”的意思。但李绂意在强调,人们对诗古文词和帖括制艺投入的精力终究是不同的。惟此之故,人们对作品的珍惜程度也全然不同:诗古文辞,零章片楮必加收拾[②];举业程文,则塞向覆瓿,弃之恐不及。八股文通常不入文集,试帖诗也不入诗集,少数名家工为此体,不忍自弃,或坊贾射利,往往单行其书,如王鏊《守溪文稿》、吴锡麒《有正味斋试帖》之类,但那也要做得好到超过或不亚于作者的古近体诗才行[③],否则只能起个像锡缜《时文未弃草》那样的名字,示自我解嘲之意。

四、举业对文学写作的具体影响

从明清两代对八股取士的批判及时文与文章的分流来看,社会普遍的价值观显然更重视诗古文词写作。然而现实中影响力更大的是科举,它所造成的彻底排斥传统学问和文章的结果,恰好产生与唐代科举相反的作用力——不是刺激文学繁荣,而是对文学发展造成阻碍和伤害。这种负面影响很难以量化的方式来显示,只能由当时人的自述窥见一斑。

正如前文所引黄生、施闰章语所示,清人论及举业对文学创作的影响,大抵是与前代相比,因而自伤或自嘲。如清初作家熊伯龙曾说:“今之学者干禄之余,翱翔声韵,既未尝以全力深思六义,而又非天地间生,如宋之眉山、明之虞山,能以一人之身,古文诗赋众体兼

① 李绂《李穆堂诗文全集·穆堂初稿》卷首,道光十一年阜祺堂重刊本。

② 关于清代诗人对作品的珍视和搜集,参看蒋寅《中国古代对诗歌之人生意义的理解》,《山西大学学报》2002年第2期。

③ 吴仰贤《小匏庵诗话》卷五,光绪八年刊本。

尽。故虽有志者,或不能责其如古耑家之学。”[①]叶映榴也说:“吾辈少习举子业,穷年矻矻,何暇问诗古文词。即颇能旁及者,大率习之不专,则所致亦浅。”[②]他们都强调本朝人从事文学,乃是以习举业的余力为之,根本不可能与古人争长。潘耒则就明清易代之际的特殊情形,从另一个角度论证了科举对文学的压抑:

> 吾邑固多人材,然有明三百年,其卓然可列于儒林文学者,盖亦无几,则科举之学驱之使然。沧桑以还,士之有才志者多伏而不出,尽弃帖括家言而肆力于学,于是学问文章彬彬可观。[③]

与前文所引不少材料一样,清初人眼中反映的科举,实际多为明代历史经验。这里以地方知识呈现的世道治乱、科举兴废与文学盛衰的相反相成关系,更可以追溯到宋代。宋末黄庚《月屋漫稿》自序有云:“仆龆龀时习举子业,何暇为诗。自科目不行,始得脱屣场屋,放浪湖海,凡平生豪放之气,尽发而为诗。”[④]后来王崇简《学古堂集序》论西北诗歌的传统,谈到“公车制举之言或终岁弗及于境,士大夫世其学者,惟左国班马及王孟李杜诸书耳”的情况,也得出“公车之业损则风雅之事进”的结论[⑤]。这一命题从反面说明了科举对文学的压抑,对于明清两代文学史可以说具有一般规律的意义。

明清士人切身感受到的举业对文学的负面影响,是深刻而多方面的,他们对这些感受的表达也具体到各种文体。宋濂虽从网罗人才的角度肯定了科举的意义,但涉及对诗歌创作的影响,他也不得不指出:“自科举之习胜,学者绝不知诗。纵能成章,往往如嚼枯蜡,较

---

① 熊伯龙《熊学士文集》卷中《貉唾裳诗序》,乾隆五十一年修补谷贻堂刊本。
② 叶映榴《叶忠节公遗稿》卷一《陈广陵诗集序》,乾隆十年刊本。
③ 潘耒《遂初堂文集》卷六《格轩遗书序》,康熙刊本。
④ 顾嗣立《元诗选》初集甲集引,中华书局 1987 年版,第 1 册 251 页。
⑤ 王崇简《青箱堂文集》卷六,康熙刊本。

之金头大鹅、芳腴满口者有间矣。”[①]而吴乔则说：“明之功名富贵在时文，全段精神俱在时文用尽，诗其暮气为之耳。”[②]罗万藻《西崖诗序》也曾指出“入明以来，学士大夫往往以全力用之制艺，而以其制艺之余及诗”的现实[③]。袁枚更以明代为鉴说明八股文妨害诗歌的结果：

> 程鱼门云：“时文之学，有害于古文。词曲之学，有害于诗。”余谓：“时文之学，不宜过深，深则兼有害于诗。前明一代，能时文又能诗者，有几人哉？金正希、陈大士与江西五家，可称时文之圣，其于诗，一字无传。陈卧子、黄陶庵不过时文之豪，其诗便有可传。《荀子》曰‘艺之精者不两能’也。”[④]

郑方坤甚至将明代古文家不能诗也归结于科举[⑤]，这显然没什么道理。还是清代诗家对今人举业妨诗的指陈比较中肯。毛奇龄《金子彂诗集序》云：

> 今人治诗以唐为归，而今之不能唐者，唐进士工诗，而今之求进举者，戒勿诗也。[⑥]

郑梁《野吟集序》云：

> 三四十年来，人士之没溺于科举者，不知何故以诗为厉禁，父兄师友摇手相戒，往往名登甲乙，而不识平平仄仄为何物。[⑦]

---

① 宋濂《文宪集》卷六《孙伯融诗集序》，文渊阁四库全书本。

② 吴乔《围炉诗话》卷四，《清诗话续编》，上海古籍出版社 1983 年版，第 1 册 598 页。

③ 罗万藻《此观堂集》，康熙三年刊本。

④ 袁枚《随园诗话》卷八，江苏古籍出版社 2000 年版，第 200 页。

⑤ 郑方坤《本朝名家诗钞小传》卷三《匠门诗钞小传》：“盖自三百年来，以经义取士，老生宿儒卒疲神埋照于其中，其于风雅一途未遑染指。以余所见，如望溪、廧东诸君子，皆不能诗。即前明之震川、鹿门诸老，间一为之，亦蹇辐不成家数。”台湾广文书局 1971 年影印本。

⑥ 毛奇龄《西河文集》序一，乾隆间萧山书留草堂藏板本。

⑦ 郑梁《寒村全集·五丁集》卷一，康熙刊本。

此外如蔡方炳《尺牍友声初集序》、彭维新《汉阳劳尊三诗序》、林昌彝《海天琴思录》卷七，都有相似的说法。更多的人则是通过自己的经历，述说幼习举业而致学诗甚晚。如汪师韩《诗学纂闻》自序："余于诗非童而习之也，少尝偶为之，而未尝学，学在通籍以后。"[①]钟骏声《养自然斋诗话》自序："仆少攻帖括，既通籍，犹孳孳绳墨间，于诗学源流懵焉未悉。"[②]彭蕴章《又书何大复集后》："余少时学诗服膺何李，顾亦为举业所困，未暇卒业。"[③]黄仲畬《读前人诗偶书所见》："绮岁困帖括，读书苦不早。"[④]类似说法，举不胜举。李佐贤《石泉书屋诗钞自序》道出清人在这个问题上的典型心态："童年爱读唐诗，辄学拈韵。弱冠后习帖括业，此事遂废。壮年通籍，渐有余暇，泛览历朝名作，微窥古人门户，不禁望洋而叹，为之搁笔，自知力薄才疏，于古人无能为役也。"[⑤]在内心深处，大多数人已完全丧失了与古人竞争的信心，还怎么能指望他们的诗歌爆发创造力的火花呢？

科举对古文写作的影响，也是文集序言中经常出现的话题。成城《拙隐斋集序》断言："自制举业之学兴，一切聪明瑰异之士皆锐意于其中，而古文遂替。"[⑥]关于明代古文的成就，黄宗羲《明文案序》写道："三百年人士之精神，专注于场屋之业，割其余以为古文，其不能尽如前代之盛，无足怪也。"[⑦]方苞《赠淳安方文辀序》论历代文章流变，以明代为尤衰，"盖唐宋之学者，虽逐于诗赋论策之末，然所取尚博，故一旦去为古文，而力犹可藉也。明之世，一于五经、四子之书，其号则正矣，而人占一经，自少而壮，英华果锐之气皆敝于时文，而后

---

① 汪师韩《诗学纂闻》，《清诗话》，上海古籍出版社 1978 年版，上册第 439 页。
② 钟骏声《养自然斋诗话》，同治十三年北京刊巾箱本。
③ 彭蕴章《归朴龛丛稿》卷一〇，道光二十八年刊本。
④ 黄仲畬《心字香馆诗钞》卷四，同治六年刊本。
⑤ 李佐贤《石泉书屋类稿序》卷二，同治十年刊本。
⑥ 成城《拙隐斋集》，乾隆二十二年刊本。
⑦ 黄宗羲《南雷文案》卷一，四部丛刊本。

用其余以涉于古，则其不能自树立也宜矣”[1]。而对本朝，王岩则说：

> 窃谓古之为古文也易，今之为古文也难。古之为古文也，自成童弱冠之时，六经之学已如今人读《学》《庸》《语》《孟》，幼而熟之，塾师夏楚而记忆之，要之老死而不忘，而又无科举帖括之文分其心力，故耳目一而心志专，其措思命辞，尔雅深厚，由韩、欧而溯秦汉，卓然成一家言故易也。今之为古文者，幼诵习科举之艺，经史之学莫或究心，及悔而思改，或宦成而慕著书，或老踬场屋而希有以自见，而学问粗疏，根原浅薄。近日之文，往往仅从八大家摹拟而为之，而得其态度，遗其神理。学八大家而不求八大家所自出，又生平举业烂熟心中，虽欲极力洗脱，以入于古，而胎骨已成，莫能脱换，潜入其笔端而不自觉。此古文之所无也。[2]

至于清代文章的成就，李绂《敬斋文集序》认为：“本朝政治还淳返朴，上自章奏，下至记序书札论议之文，芟薙浮靡，盖文敝而救以质，最为近古。而尚未能沛然复古，则八股文累之也。”[3]庄炘《韫山堂文集序》也说：“余尝慨士大夫殚精毕智于决科之文，业成名立，乃始以其余力治古文辞，故常不逮古人。”[4]他们一致认为明清两代的古文创作深为八股所累，主要是作家不能将精力全部投入到古文写作中去。蒋汾功《与宋太守书》曾以切身体会述说过这种苦恼[5]。更有甚者，则如毛奇龄《卢树侯诗集序》所说：“上自朝庙，下逮闾巷，凡钟石旍常碑板竹册以至移告质券柬札簿牒之细，皆未之学。于是通籍以后，悉请召记室，明明雇赁而不以为愧，曰：‘吾所学，无是而已。’”[6]照黎士弘的说

---

① 方苞《方苞集》卷七，上海古籍出版社 1983 年版，上册第 190—191 页。

② 王岩《寄严修人书》，《白田文集》卷一，中国社会科学院文学所藏清抄本。

③ 李绂《穆堂别稿》卷二四，道光刊本。又见《穆堂初稿》卷三三《应敬庵纵钓居文集序》，文字以《别稿》为长。

④ 管世铭《韫山堂文集》卷首，光绪二十年吴炳重刊本。

⑤ 蒋汾功《读孟居文集》卷一，乾隆刊本。

⑥ 毛奇龄《西河合集》序二七，乾隆间萧山书留草堂藏板本。

法,“时文足以取功名富贵,士自羁丱即已受父师之所督责,其为说甚备而实难工。古文无关进取,非负兼才与贵显自信及山林屏废深思苦学之人,无意为之”[①]。似乎两种文体各有用途,各有其作者群,并行不悖。但现实中两者的作者经常是交叉的,只写八股文或只写古文的作家毕竟是少数,多数作家两者兼习,而且两者的写作实际是占据了生命的不同时段。像范泰恒所说的,“少之时,没溺于时文,于古文则肄业及之耳。其壮也,若饮食嗜好之不可离,于古文则笃矣,而场屋之事未终,终不免兼营而并骛”。这样,就不能不让人感叹:“不专不精,古人且病之,况今人乎!”[②]这正是科举时代普遍的无奈。不以文得名的,如宋荦,固尝言:“余文不足传也。余少游场屋,涉猎举业家言,未遑覃精六艺。及服官中外,案牍纷纭,铅椠疏阔,纵有所作,大抵不别家数。”[③]即便是方苞这样的古文宗师,又何尝不遗憾:“我若不能时文,古文当更进一格。”[④]盖置身于当时的环境中,古文写作难免在时文的强势压迫下发生扭曲。姜宸英曾在《董文友新刻文集序》中以自己的经验述说那种困厄:“余少嗜书,于古人之微辞妙义,亦能时时猎取,涉其藩篱。既奔走于科举之学十五六年,见时之所谓科举者,非独无藉于古文,虽其音节之稍似,则同辈者群指以为哗笑,不待试之于有司而后知其抵牾也。于是姑暂释其所学,随时骫骳,务悦于观者之目,乃学废而所求益以不遂。”[⑤]这种缘木求鱼的滑稽结果及进退失据的茫然心态,非亲历其境,是难以体会的。至于一般人,则直接就是以时文之法来作古文而浑然不觉,“议论之文,改窜八股。平日举业烂熟于胸,虽欲先洗濯尽净而驱之不去,不召自来。

① 徐釚《南州草堂集》黎士弘序,康熙间菊庄刊本。
② 范泰恒《燕川集》卷四《古文自序》,乾隆刊本。
③ 宋荦《西陂文稿》周龙藻序引,康熙刊本。
④ 乔亿《剑溪说诗》卷上,乾隆十六年刊本。
⑤ 姜宸英《西溟文钞》卷一,《姜先生全集》卷一一,光绪刊本。

惟所学在是也”[①]。“醇”之所以成为古文家一个很高的境界，就因为长年受举业熏陶，人们作古文时很难摆脱时文习气的影响。

填词在世俗观念中本为小道，其写作因自身的边缘性质和业余状态，似乎较少为举业所殃及。尽管如此，专业词曲作家对举业仍不能释然。李渔《笠翁余集自序》叙述清初的填词状况，更说：“三十年以前，读书力学之士皆殚心制举业。作诗赋古文词者，每州郡不过一二家，多则数人而止矣，余尽埋头八股，为干禄计。是当日之世界，帖括时文之世界也。”[②]显然，在他看来，在帖括时文充斥这个世界，一切文章、学术都遭排斥之时，词曲当然也无法免遭冷遇。而词曲与诗相比，命运更不济。就像万树《词律自序》说的，“数百年来，士大夫辈帖括之外惟事于诗，长短之音，多置弗论”[③]。由此可以推想，明清时代的作家在别的文体上也都会感受到举业的强势压力，只不过目前我还没有读到有关议论罢了。

实际上，明清两代举业对文学的影响是多方面的，不只表现在对文学写作的排斥上，还深入到文学的表现层面去。吕留良《古处斋集序》曾指出八股文对诗文章法结构的影响：

> 今为举业者，皆有俗格以限之，循是者曰中墨，稍异则否。虽有异人之性，必折之使就格，而其为法则一之，曰套……试以为古文，则俨然周秦两汉六朝唐宋矣；以为诗，则俨然汉魏晋宋齐梁全唐矣，凡此皆可以套得之。[④]

关于八股文结构理论对诗法的渗透和对诗歌写作的影响，我已有文专论[⑤]，如今需要研究的是时文技法对古文写作的影响。刘文淇《乡

① 何絜《晴江阁文钞》王岩序，民国十九年国学图书馆影印本。

② 李渔《笠翁一家言·笠翁余集》，民国间上海文会堂石印本。

③ 万树《词律》卷首，上海古籍出版社 1984 年版，第 6 页。

④ 吕留良《吕晚村先生文集》卷五，民国十八年刊本。

⑤ 蒋寅《起承转合：机械结构论的消长》，《文学遗产》1998 年第 3 期。

贡士陈君墓表》有云:"自有时艺以来,论古文辞者,率以时文论古文,以提顿折落炼字炼句为法;而为时文者,又相与饰其辞,曼其声,而不知以阐明理义为主,此古文、时文所以交敝也。"[①]时文在形式方面对古文的影响,是需要专门研究的复杂课题,这里无法展开。我只想提出一个问题:对于举业和文学的这种尖锐对立以及举业对文学产生的基本是负面的影响,人们除了无奈地消极接受,难道就没有其他的反应?有没有人试图用一种积极的方式消解这种对立,甚至在两者之间寻求一种平衡或沟通呢?

五、寻求时文与文章的内在沟通

既然科举是出仕的必由之路,既然时文写作是无法回避的,无论是自我解嘲或自大其体,甚至真诚地将它视为一种文学资源来汲取——既然已付出那么多的精力,何必白白浪费呢——人们都需要为八股文寻找一点理由,使它看上去不是那么彻底的无价值,以便使自己为它耗费的精力不至于显得太无聊和可笑。

八股文被称为时文,表明它是相对于传统文体——古文而存在的,自艾南英后时文的文体特征愈益昭然,学者即有深嗜古文辞者,也"不敢以为古文辞者为时文,必降心伏气,以就绳尺"[②]。正像时尚作为流行趣味相对于传统趣味成立一样,正统古文作家出于维护文体纯洁性的动机,往往在与时文的区别中界定古文。如魏禧答人问古文,曰:"欲知君子,远于小人而已;欲知古文,远于时文而已矣。"[③]或像焦循那样,从文体特征入手,说明"古文以意,时文以形"的异

① 刘文淇《青溪旧屋集》卷下,光绪九年刊本。

② 许承宣《金台集》卷下《与宋既庭书》,康熙间衣德堂刊本。

③ 魏禧《日录》卷二,道光二十五年谢若庭绂园书塾重刊宁都三魏文集本。

趣[①]。但为八股文辩护的人，则认为两者之间其实并无不可逾越的藩篱，“古文时文，无二理也”[②]。如潘耒《吴楞香制义序》云：

> 国家设科取士，急欲得宏通英伟之材，以为当世用。然帖括绳尺之文，每不足以罗天下士；而士之才高意广者，或俯视制举业为不足为，于是有白首而不遇者。天下浅识谀闻之士，遂谓古学之与时趋判然若冰炭之不相入，以通经学古为戒，以速化捷得为贤，则亦过矣。夫世未有不通乎古而能通乎今者，亦未有高材闳览之士能为彼不能为此者。[③]

更值得注意的是焦袁熹的观点，他认为文学成就是由多方面因素决定的，不取决于学习经历，也不取决于科举是否顺利。“王元美最为早达，吾观其乡试王会图一表，笔力直类唐人，为三百年四六文字之冠，后乃转更不通耳。然则科举一事了之，亦无以为也。归熙甫潦倒公车，晚得一第，其集中文多是举人时作。举人之去秀才几何？然则科举之不了，亦未大害也”。关键还是在于人的才能有偏至：“有才识数十字，胸中无一寸书，而独能为墨卷之文者；又有檀左屈宋呼集腕底，韩柳欧苏奔凑毫端，而独不能为墨卷之文，强为之去之弥远者。”[④]这代表了思考科举与文学之关系的另一种思路。

不管这种思路是否有道理，当人们换一个角度来看八股文和文学的关系时，马上就发现两者在某些层次上是可以沟通的。有人甚至倡为“时艺古文不二”之说[⑤]，到清代中叶就出现了“时文与古文异，然所异者体制也，至气格理致意度波澜初无有异”的说法[⑥]。更激进

---

① 焦循《雕菰楼集》卷一〇《时文说二》，道光四年刊本。

② 曹学佺《曹学佺集·曹能始先生小品》，江苏古籍出版社 2003 年版，下册第 19 页。

③ 潘耒《遂初堂集》卷八，康熙刊本。

④ 焦袁熹《此木轩文集》卷一《答曹谔廷书》引，中国社会科学院文学所藏稿本。

⑤ 汤来贺《内省斋文集》卷二〇《许师六文集序》，康熙五十五年刊本。

⑥ 方熊《绣屏风馆文集》卷二《国朝十二家制义希古集自序》，道光刊本。

的见解出自张文虎，认为诗古文与时文的差别就像“古诗、近体不同者格，其因物托讽、谋篇立意奚以异?”世人高言诗古文词而薄时文，只因为“今之为时文者，倩妆巧笑，以求悦目”，其实这在为诗古文者也不能免。归根结底，“志时人之志，以为诗古文词，亦时文耳；志古人之志，以为时文，即亦何异于诗古文词?”①这在艺术特征上根本取消了诗古文和时文的差异，有点耸人听闻，没有严密的论证恐怕很难说服人。明代袁宏道《与友人论时文书》写道：“当代以文取士，谓之举业。士虽借以取世资，弗贵也，厌其时也。走独谬谓不然，夫以后视今，今犹古也；以文取士，文犹诗也。后千百年安知不瞿唐而卢骆之，顾奚必古文词而后不朽哉?”他是从“真”的角度来立论的。在他看来，所谓古文至今已敝极，“愈古愈近，愈似愈赝”，只有出主入奴的模仿，既无真气也无创造性。相比之下，倒是八股文还有些可取之处：“其体无沿袭，其词必极才之所至，其调年变而月不同，手眼各出，机轴亦异。二百年来，上之所以取士，与士子之伸其独往者，仅有此文。”为此他批评那些厚古薄今之士“彼不知有时也，安知有文”②。中郎对八股文艺术性的推崇，能否得人首肯很难说，但这至少表明，只要换个角度看，时文也有与一般文章相通的特性。所以到清代，站在时文立场的人敢于声称：“到得八股之法讲说既熟，则一切诗古文辞皆可自寻入路。故时文不通，不可以学古。”③而站在古文立场的人，也承认八股文的训练是有助于诗古文写作思理清晰的。王渔洋《池北偶谈·谈艺三》载：

> 予尝见一布衣有诗名者，其诗多有格格不达。以问汪钝翁编修，云：“此君坐未尝解为时文故耳。时文虽无与诗古文，然不解八股，即理路终不分明。”近见王恽《玉堂嘉话》一条，鹿庵先生

① 张文虎《舒艺室杂著》乙编卷上《妙香斋集序》，光绪刊本。

② 袁宏道《袁中郎全集》卷二一，日本元禄九年京都刊本。

③ 申颋《耐俗轩课儿文训》，清刊本。

曰:"作文字当从科举中来。不然,而汗漫披猖,是出入不由户也。"亦与此意同。①

梁章钜《制义丛话》卷二引此文,以为"此论实确不可易。今之作八韵试律者,必以八股之法行之;且今之工于作奏疏及长于作官牍文书者,亦未有不从八股格法来,而能文从字顺,各识职者也"②。无独有偶,袁枚《随园诗话》也记载了一段对话:

> 时文之学,有害于诗,而暗中消息,又有一贯之理。余案头有某公诗一册,其人负重名。郭运青侍讲适来,读之,引手横截于五七字之间,曰:"诗虽工,气脉不贯。其人殆不能时文者耶?"余曰:"是也。"郭甚喜,自夸眼力之高。后与程鱼门论及之,程亦韪其言。余曰:"古韩柳欧苏,俱非为时文者,何以诗皆流贯?"程曰:"韩柳欧苏所为策论应试之文,皆今之时文也。不曾从事于此,则心不细而脉不清。"③

这并不是八股时代的神话,因为评论家们的确在时文和诗古文词间看到某些一致性。比如黄生指出:"律诗之体,兼古文、时文而有之。盖五言八句,犹之乎四股八比也。今秀才家为诗,易有时文气,而反不知学时文之起承转合,可发一笑。至其拘于声律,不得不生倒叙、省文、缩脉、映带诸法,并与古文同一关捩。是故不知时文者,不可与言诗;不知古文者,犹不可与言诗。"④《儒林外史》第十一回也借鲁编修之口说:"八股文章若做的好,随你做甚么东西,要诗就诗,要赋就赋,都是一鞭一条痕,一掴一掌血。若是八股文章欠讲究,任你做出甚么来,都是野狐禅、邪魔外道。"他们能看到诗歌结构、技法与古文、

---

① 王士禛《池北偶谈》,中华书局1982年版,下册第301页。

② 梁章钜《制义丛话》,上海书店出版社2001年版,第35页。

③ 袁枚《随园诗话》卷六,江苏古籍出版社2000年版,第149页。

④ 黄生《诗麈》卷二,黄山书社1995年版,第87页。

时文的一致，应该说是有眼光的。当代学者也曾引申焦循《时文说》、江国霖《制义丛话序》的说法，承认八股文体确实融入了诗赋的文体特征和技艺[①]。但他们讥笑别人作律诗、古文不用时文技法，进而断言不知时文、古文者不可与言诗，就值得斟酌了。

正如钱仲联先生所指出的，古文和时文交相影响，主要在于古文影响时文的一面，“古文影响时文，所以提高时文的水准；而时文影响古文，则是降低古文的品格”[②]。钱先生未申说其中的道理，我认为这个问题涉及不同文体在体制、风格互涉时遵循的基本原则。在中国古代的艺术观念中，不同文体间体制、风格的互涉是有方向性的，基本原则是以古入近，以高行卑，即较古的体制、风格要素可行于后出文体，反之则不可。沈德潜说，“乐府中不宜杂古诗体，恐散朴也；作古诗正须得乐府意。古诗中不宜杂律诗体，恐凝滞也；作律诗正须得古风格。与写篆八分不得入楷法，写楷书宜入篆八分法同意”[③]，阐发的就是这个道理。依据这种互涉原则，古文笔意可入时文，时文笔意却不可入古文。正如徐时夏所论：“古文与时文原迥然不同。今之举人、进士侥幸厕名花榜，便自以昌黎、柳州，辄纵笔为人作序作传作碑铭，而人亦以其举人、进士也，重而求之。殊不知以古文之笔为时文，便妙不可言；以时文之笔为古文，便成笑谱。”[④]职是之故，在古文和时文之间，就出现两种截然对立的文体策略：古文为保持文体纯洁性，极力排斥时文及其他文体因素；而时文为充实其内涵，却积极引入古文因素。前者如古文家方苞《与熊艺成书》、《与章泰占书》劝对方力戒时文；吴德旋《初月楼古文绪论》也说：“古文之体忌小说，忌语录，

---

① 参看顾歆艺《论科举、四书、八股文的相互制动作用》，《北京大学中国古文献研究中心集刊》第 3 辑，北京大学出版社 2002 年版，第 160—161 页。

② 钱仲联《桐城派古文与时文的关系问题》，《梦苕庵清代文学论集》，中华书局 1993 年版，第 78 页。

③ 沈德潜《说诗晬语》卷下，《清诗话》，上海古籍出版社 1978 年版，下册第 550 页。

④ 徐时夏《与张山来》，张潮辑《友声新集》卷一，康熙刊本。

忌诗话，忌时文，忌尺牍，此五者不去，非古文也。”[①]后者则如郑苏年说：“八股与古文虽判为两途，然不能古文者，其八股必凡近纤靡，不足以自立。”[②]又如李时斋说：“时文中若饶有古文气息，朴茂渊涵，不啻横空盘硬语，亦何尝不可见道。”[③]事实上，明代唐顺之、茅坤、归有光、黄淳耀、艾南英等时文秀出一时，也都与援古文之笔入时文有关[④]。而清代康熙十二年状元韩菼则是这方面最成功的作家，“其举子业以古文为时文，大则鲸鱼碧海，细亦翡翠兰苕，辁才小生，率瞠目不解为何语。及掇取大魁以去，文名震一时，于是一哄之市、三尺之童，无不知有慕庐先生也者。残膏賸馥，沾丐后人；起衰之功，直比昌黎、斗山矣”[⑤]。此后还有“北随园”边连宝“以古文为时文”[⑥]，钱塘陈兆仑“生平以古文为时文”[⑦]，海陵沈龙祥“执以古文为时文之说”[⑧]，大荔马先登主“以古文之气息法度为时艺之魄力波澜”[⑨]，绩溪训导沈练教人作时文须多读苏文，缪武烈甚至说以古文为时文乃作时文之捷径[⑩]，这种观念形成清代时文中一股独特的潮流。

这种文体学上的价值取向，实际是作者立足于古文立场的反映，表明了作者最终是以古文为价值归宿的。我们从惠周惕《列科文录序》对自己学习和写作经历的叙述中，可以清楚地看出这一点：“余始

① 吴德旋《初月楼古文绪论》卷一，道光刊本。

② 梁章钜《退庵随笔》引，《清诗话续编》，上海古籍出版社 1984 年版，第 3 册第 1995 页。

③ 马先登《勿待轩文集》自序，光绪刊马氏丛书本。

④ 有关唐顺之、茅坤、归有光及唐宋派以古文为时文的研究，可参看邝健行《明代唐宋派古文四大家“以古文为时文”说》，收入《香港中国古典文学研究论文选粹》（小说戏曲散文赋卷），江苏古籍出版社 2002 年版。

⑤ 郑方坤《本朝名家诗钞小传》卷二，龙威秘书本。

⑥ 戈涛《随园征士生传》，《坳堂文集》抄本，转引自韩胜《南北随园诗论对比研究》，2002 年河北大学硕士论文。

⑦ 陶元藻《全浙诗话》卷四七，嘉庆元年怡云阁刊本。

⑧ 沈龙祥《依归草序》，《海陵文征》卷一九，道光二十三年刊本。

⑨ 马先登《勿待轩文集存稿》卷四《答原翔卿论制义文体书》，光绪刊马氏丛书本。

⑩ 胡培系《教士迩言》卷下，光绪七年世泽楼刊本。

入家塾,先君子授余先辈小题文一编,是时年幼,未能读也。及稍长,通五经章句,间取一读之,辨其对偶,别其体裁,以为时文之法度如是而止矣。是时心壮气盛,将有志于古文,斥之为不足学。每读史汉唐宋之文,爱其文笔驰骋,锐意欲效之。及为制义,辄仿佛其气象,摹拟其字句,自以为古文矣。或出以示人,或持以应试,亦无不以古文许之也。"中年见识既广,阅历亦富,始疑向之自以为古文者非也。于是退而读书,上自六经,下及唐宋元明诸家,乃恍然有悟。更读先辈制义,则"向之所谓平淡者,今之所谓隽永矣;向之所谓径省者,今之所谓骏快矣;向之所谓反复易厌者,今之所谓曲折萦回矣;向之所谓议论不足者,今之所谓气象沉郁矣;向之所谓绳检自困者,今之所谓首尾完密矣。盖其开合起伏顿挫擒纵之法一本于古文,特其辞少异耳"[①]。作者初以古文、时文为两途,弃时文不读;既而以古文为目标,求其气象、字句之形似;最终理解时文结构、笔法皆本于古文,得二者相通之理。整个学习过程完全是以古文为准则、为归宿的,体现了清代士人寻求时文与古文之内在沟通的一般路径。

考察这股援古入时之风在清代的流行,不能忽视桐城派所起的作用,这在当代学者的研究中已有论述[②]。早期桐城派作家戴名世即曾提出"以古文为时文"的主张,桐城派宗师方苞虽严戒时文入古文,但却主张将古文义法用于制举之文。这就是《古文约选序例》所说的"学者能切究于此,而以求《左》、《史》之义法,则能触类而通,为制举之文,敷陈策论,俾有余裕矣"。而在实际写作中,他的古文其实并没有杜绝时文习气的沾染,以致被目为"以古文为时文,却以时文为古文"[③],又被朱仕琇目为时文变调[④]。乾隆初,他还曾为朝廷编纂《钦

---

① 惠周惕《砚溪先生遗稿》卷下,庚辰丛编本。

② 参钱仲联《桐城派古文与时文的关系问题》;陈平原《中华文化通志·散文小说志》,上海人民出版社1998年版。

③ 钱大昕《潜研堂文集》卷三三《与友人书》引王若霖语,嘉庆十一年刊本。

④ 方东树《书林扬觯》卷下,庚辰丛编本。

定四书文》,显出他在时文方面的造诣。影响所及,桐城作家对时文与古文都不持截然对立的看法。刘大櫆论时文,主张“取左、马、韩、欧的神气、音节,曲折与题相赴,乃为其至者”[①],姚鼐《惜抱轩稿序》则说,读嘉靖、正德间人时文后,“乃见初立经义本体与荆川、震川所以为文章之旨,恍然曰:是亦古文耳,岂二道哉”。《阳山四书义序》又说:“使为经义者能如唐应德、归熙甫之才,则其文即古文也。”这不过是在时文中看出古文的理数,后来方濬颐则更进一步主张,不工时文,古文也不能工。他在《答于汉卿书》中指出:“文无今古,惟其是而已矣。帖括文字与碑版议论之作,体格不同而义理则一,未有不工于时文而能为古文者,未有工于古文而不能为时文者。”《复吴拙庵书》又说:“世动曰能时文者不能为古文。夫制艺代圣贤立言,其精思伟论皆从经史中出,时文之善学古文者,方足为大家。虽有排偶单行之分,然气足理足辞足,固无施不可。时文古文,二而一者也,未有不工于时文而独能长于古文者也。”[②]这种见解与前期桐城派作家比,与声称若不能时文,古文将更进一格的方苞比,已有了很大的不同。时文由难以躲避的压迫转化为一种积极的资源,甚至古文都必须靠它的滋养才能茂盛。这虽是一种提升时文价值和地位的努力,但同时也意味着古文的文体资源已开采告罄,文体变革的步履正殷殷临近。

透过以上征引的文献及其分析,笼罩在举业阴影中的明清文学生态已约略呈现在我们面前。生活在明清时代的作者,只有赢得科举的成功或彻底放弃科举,才能走出举业的阴影,步入自由写作的阳光地带,才有酣畅发挥性灵和天才的文学创作。而这往往需要经历漫长的时间,只有极少数人能较快走出阴影,他们背后往往有着家族或地域文化背景的支持。沿这一思路推进,一个顺理成章的结论就

① 刘大櫆《时文论》,《刘大櫆集》,上海古籍出版社 1990 年版,第 612 页。

② 方濬颐《方忍斋所著书·二知轩文存》,台湾联经事业有限公司影印本。

出现在我们面前:文学最繁荣的江浙一带也正是科举最成功的地方。清代260多年间112科进士,竟有25个状元出于苏州府,常州府、太仓州、江宁府、镇江府还有21人,再加浙江19人,清代一半以上的状元出自江南一带。由此推导出的结论,似乎正与"公车之业损则风雅之事进"相对立,乃是"科第盛则文学亦盛"。这一点似乎当时过来之人也清楚,袁枚《随园诗话》引述梅式庵的一段议论说的正是这个意思:"天欲成就一文人、一儒者,都非偶然。试观古文人如欧、苏、韩、柳,儒者如周、程、张、朱,谁非少年科甲哉?盖使之先得出身,以捐弃其俗学,而后乃有全力以攻实学。试观诸公应试之文,都不甚佳;晚年得力于学之后,方始不凡。不然,彼方终日用心于五言八韵、对策三条,岂足以传世哉?就中晚登科第者,只归熙甫一人。然古文虽工,终不脱时文气息;而且终身不能为诗:亦累于俗学之一证。"[①]但这与"公车之业损则风雅之事进"的命题并不矛盾,因为两者的着眼点各不相同:前者着眼于人们从事写作的专心程度,后者则着眼于文学人才的解放。它们都可以作为带有规律性的假说,引导我们进行明清文学的整体思考,并在更深入的历史研究中重新描写明清两代的文学史。

(本文初刊于《文学遗产》2004年第1期)

① 袁枚《随园诗话》卷七,江苏古籍出版社2000年版,第169页。

清代文学与地域文化

文学史发展到明清时代，一个最大特征就是地域性特别显豁起来，对地域文学传统的意识也清晰地凸显出来。理论上表现为对乡贤代表的地域文学传统的理解和尊崇，创作上体现为对乡里先辈作家的接受和模仿，在批评上则呈现为对地域文学特征的自觉意识和强调。以地域文学为对象的文学选本，也许是明清总集类数量最丰富、最引人注目的种群。而其中最主要的部分又是诗歌，数量庞大的郡邑诗选和诗话，显示出强烈的以地域为视角和单位来搜集、遴选、编集、批评诗歌的自觉意识[①]。这种意识是诗歌创作观念中区域性视野和创作实践中地域性特征的自然反映，也是我们研究清代文学首先必须注意的重要问题。

一、地域文化和地域文学的发展

正如拉布拉什所说："一国的历史不可同国人居住的地域相脱离。"[②]中国疆域辽阔，地形复杂，人口繁密，民族众多，自古以来产生

---

① 有关这方面的文献，详松村昂《清诗总集131种解题》，大阪经济大学中国文艺研究会1989年版；蒋寅《清代郡邑诗话叙录》，《古典文献研究》1993—1994年合辑，南京大学出版社1995年版。

② 引自布罗代尔《法兰西的特性》，顾良、张泽乾译，商务印书馆1994年版，第215页。

了丰富多样的地域文化。当代研究地域文化的学者，根据地貌特征将地域文化概括为河谷、草原、山岳和海洋四种类型，认为河谷文化内聚力和包容性突出，草原文化流动性和外向性强，山岳型文化具有封闭性和排他性，而海洋文化则以开放性和冒险精神为特征。中国从秦汉以后形成统一的集权国家，不同类型的地域文化互相接触、交融，结果以农业为主体的混合型文化——河谷文化逐渐成为主流，不断得到充实和发展[①]。这是就中国文化总体的地理特征来说的，具体到古代中国文化的内部，我们还需要具体分析在行政区划上形成的区域文化或者说乡土文化。布罗代尔曾指出："任何领土区划在过去同时也是社会区划，因为规模不等的每一个小社会都在一块领土上栖身，都有自己的边界和存在的理由，并且首先依赖自身的内在联系而生存。这些领土区划便是村庄、集镇、城市和省区。"[②]自从唐代行政区划将天下分为 10 道 358 州府，至元分为 12 省 392 州府，后世州县大体相沿，地名与行政疆界均趋定型，由是地域文化传统得以在漫长的时间内由逐渐认同而趋成型。

尽管地域传统的外延通常以行政区划为标志，但其精神特征在很大程度上是与风土即地理征候相关的。孟德斯鸠在《论法的精神》里曾提出，支配人们的东西有许多——气候、宗教、法律、政府的准则、过去的榜样、习惯、风俗，但只有包括土壤肥瘠在内的气候带才是"支配一切的东西"。这种地理环境决定论也是中国古代关于地理文化的基本思想，中国早期的思想家一致认为，人的气质决定于风土。《孔子家语》有云："坚土之人刚，弱土之人柔，墟土之人大，沙土之人细，息土之人美，坽土之人丑。"而有关风土与生活方式的关系的思考，最早可以追溯到《黄帝内经素问》卷二《异法方宜论篇第十二》，后《汉书·地理志》《乐志》就风土与人习性的关系做了解释，由此产生

① 参看李桂海《对我国地域文化发展特点的一点思考》，《云南社会科学》1989 年 3 期。

② 布罗代尔《法兰西的特性》，顾良、张泽乾译，商务印书馆 1994 年版，第 51 页。

曹丕《典论·论文》的地域气质论(徐幹时有齐气)。六朝时代,人们已注意到地域与学风的关系,《世说新语·文学篇》、《颜氏家训·风操篇》《音辞篇》都指出南北方学风、民俗乃至语音的差异,后引发王鸣盛《蛾术编》卷二“南北学尚不同”、王葆心《古文辞通义》卷一四、刘师培《南北文学不同论》的全面研究。然而就文学来说,直到唐代地域观念还很淡漠,文学很少从地域概念下谈论。虽然出现了殷璠《丹阳集》这样的地方性选集,杜佑在论述江南地域文化时也说:“闽越遐阻,僻在一隅,凭山负海,难以德抚。永嘉之后,帝室东迁,衣冠避难,多所萃止,艺文儒术,斯之为盛。今虽闾阎贱品,处力役之际,吟咏不辍,盖因颜、谢、徐、庾之风扇焉。”[①]但由于文化中心比较集中,尚不能形成多元的诗坛格局,偶有不同的流派和风格出现,也往往是由作家的不同身份形成的,如唐代大历年间的地方官、台阁官僚和方外之士三派。文学创作中的地域差异,实际上到宋代才开始凸显出来[②],江西诗派作为文学史上第一个真正意义上的文学流派,虽然其凝聚力在于风格而非地域,所谓“诗江西也,人非皆江西也”[③],但它以地域冠名仍标志着地域观念在诗学乃至文学中的普及和明朗化,具有划时代的意义。所谓后世谈到地域文学的意识,都断自宋始[④]。明清时代疆域开拓,交通发达,强大的统一国家的形成有力地促进了南方经济、文化的发展,不仅江、浙、赣、川等自唐宋以来文学基础雄厚的地区文学事业持续繁荣,闽、粤、滇、黔等历来较闭塞落后的地区,也成

---

① 杜佑《通典》卷一八二,中华书局影印本。

② 参看祝尚书《论南宋文学的东西部差异》,《四川大学学报》2000年第5期。

③ 杨万里《诚斋集》卷七九《江西宗派诗序》,四部丛刊本。

④ 如王棻《柔桥文钞》卷九《拟辑两浙文征凡例并序》:“文以地分,实始十五国风,后世如孔延之之《会稽掇英总集》、董棻之《严陵集》、程遇孙之《成都文类》、郑虎臣之《吴都文粹》,皆萃一郡之文有关建置掌故及国计民生利病,实与郡志相为表里。”民国三年上海国光书局排印本。今人龚鹏程《区域特性与文学传统》一文亦曾注意到这一点,载《古典文学》第12辑,学生书局1992年版。

为新兴的文学基地。除了东北、西北风不竞外，广袤的中华大地已形成不同往昔的多元文学格局和异彩纷呈的地域特征。明初开国，由越派、吴派、江西派、闽派、五粤派瓜分诗坛的局面，可以视为一个象征性的标志，预示了以地域性为主要特征的文学时代的到来①。清代的文坛基本是以星罗棋布的地域文学集团为单位构成的，除文学史常提到的桐城、阳湖派古文，常州派骈文，阳羡、浙西派词，吴江派戏曲，诗更有虞山派、河朔诗派、畿辅七名公、江左三布衣、岭南三大家、西泠十子、关中三李、浙西六家、岭南四家、娄江十子、江左十五子、吴会英才十六人、辽东三老、江西四才子、吴门七子、嘉定后四先生、后南园五先生、毗陵四子、越中七子、高密派、湘中五子等等，诗社更是不胜枚举。可以说，地域文学群体和流派的强大实力，已改变了传统的以思潮和时尚为主导的文坛格局，出现了以地域性为主的文坛格局。

在这样的文坛格局中，经常呈现多元的文学观念共存并兴的局面，风格倾向和艺术趣味异彩纷呈。明清之交，程孟阳、钱谦益提倡宋诗以矫七子拟古之弊，其弟子冯班辈却学晚唐温、李，世称虞山派；乾隆中，正是格调派和性灵派竞雄之际，山东高密人李怀民编《重订中晚唐诗主客图》二卷，提倡贾岛、姚合一派诗风，乡里景从，形成一个有理论主张，有纲领文件，有清晰的风格趋向的高密诗派②。到道咸之际，宋诗风方兴未艾，王闿运与邓辅纶等在长沙结“兰林词社”，不取唐宋近体，而效法曹阮二谢，后发展为湖南一地的汉魏六朝诗派。此类地域诗派的出现，改变了往常思潮和时尚主导的一统局面，使诗坛格局变得复杂起来。当代学者划分乾隆时代的诗歌流派，有

---

① 明初诗坛五派之说，出自胡应麟《诗薮》续编卷一，具体研究详王学泰《以地域分野的明初诗歌派别论》一文，载《文学遗产》1989年第5期。龚显宗《明洪建二朝文学理论研究》（华正书局1986年版）以岭南诸子无关乎文学理论之作，而代之以徽派，亦可参看。

② 汪辟疆《论高密诗派》，原刊于《国风半月刊》第7期，收入《汪辟疆文集》，上海古籍出版社1988年版。

沈德潜为首的格律派、姚鼐为首的桐城派、袁枚为首的性灵派，从厉鹗、杭世骏到钱载的浙派之分[①]，看似分类标准有逻辑缺陷，但某种意义上却反映了当时的实情——地域成为一个强有力的纽带，将诗人们联系起来，其力量甚至超过时尚。

明清时代流派纷呈、门户林立的文学创作，不只引发批评对文学风土特征的注意，更激起对文学的地域传统的自觉意识和反思，在传统的风土论基础上形成更系统的地域文学观念，并深刻地影响明清时代的文学创作和批评。从明代郭子章《豫章诗话》到晚近汪辟疆先生的《近代地域与诗派》，这部分著述构筑了诗学中地域研究的醒目景观。当代学者讨论清代诗学，也注意到地域特征，如李世英《清初诗学思想研究》第一章论“清初三大家的诗学思想”，第二章以后便分地域来研究各地的诗学思想，张伯伟《中国古代文学批评方法论》第五章“诗话论”论清代诗话的文化特征，也有一节专门谈地域问题。不过他们的着眼点是某个地域诗学的共同特征，而我要进一步指出的是清代批评家对地域问题本身的自觉意识及其对文学批评、研究所产生的影响。

二、清代风俗论和文论中的地域意识

在探讨清代批评家对地域文学的自觉意识及其批评实践之前，我们首先应该明确，清代批评家对文学之地域性的意识，是与明清之际文化普及和区域文化的发展，与人们对文化、风俗的地域性较以往有了更细致的认识分不开的。根据人类学家的看法，“由于传播作用，经过一个时期，彼此相邻的社会的文化就有了越来越多的共同之处。相邻或相近社会文化的趋同倾向造成某些地域中文化的相似

---

① 马积高《清代学术思想的变迁与文学》，湖南人民出版社 1996 年版，第 119 页。

性,称之为‘文化区’”[①]。这种“文化区”以及人们对它的意识乃是历史发展到一定阶段的产物,在中国似乎要晚到宋代以后,明清时期边远地区的文化开发,缩小了它们与中原文化发达地区的差距,人员流动和信息传播的频繁使风土和文化的比较有了进一步的可能。这一点在归允肃论士大夫仕宦兴趣的差异时曾被涉及:

> 古今风会不同,而仕宦之好尚亦异。唐宋以岭表为荒绝之区,昌黎莅任潮阳,极言其风土之陋;柳子厚以为过洞庭,上湘江,逾岭南人迹罕至,其情词可谓蹙矣。明之仕宦无所不及,亦未见人情如此之困。今国家统一宇内,梯山航海,无远弗届。仕宦者大率乐就外郡,而尤以南方为宜。五岭以南,珠崖象郡之饶,人皆欢然趋之,与唐宋间大异。岂非以海宇宁谧,无风波之阻,为仕者乐尽其长,宜德泽于万里之外,声教四讫之所致欤?[②]

正由于经济和交通的发展,岭南才具有了可与中原相提并论的文化地位,使人们在划分风土意义上乃至文化意义上地域时不能不给它留下一个席位。乔钵《海外奕心》“风气”条云:“自燕至越四千里,风气凡四:燕至河一气,河至大江一气,吴至杭一气,过钱塘至海一气。”这里将中国分为黄河以北的北方地区、黄河以南长江以北的江淮地区、长江以南钱塘江以北的吴越地区和钱塘江以南的南方地区四个地域,无论从方言或经济形态的角度来看,都与今天的看法比较接近了[③]。李淦《燕翼篇·气性》则将天下分为三大区域:

> 地气风土异宜,人性亦因而迥异。以大概论之,天下分三道焉:北直、山东、山西、河南、陕西为一道,通谓之北人;江南、浙

---

① 罗伯特·F.墨菲《文化和社会人类学引论》,王卓君、吕乃基译,商务印书馆1991年版,第251页。

② 归允肃《归宫詹集》卷二《赵云六倚楼游草序》,光绪刊本。

③ 乔钵《乔文衣杂著》,清刊本。

> 江、江西、福建、湖广为一道，谓之东南人；四川、广东、广西、云南、贵州为一道，谓之西南人。北地多陆少水，人性质直，气强壮，习于骑射，惮于乘舟，其俗俭朴而近于好义，其失也鄙，或愚蠢而暴悍。东南多水少陆，人性敏，气弱，工于为文，狎波涛，苦鞍马，其俗繁华而近于好礼，其失也浮，抑轻薄而侈靡。西南多水多陆，人性精巧，气柔脆，与瑶侗苗蛮黎蜒等类杂处，其俗尚鬼，好斗而近于智，其失也狡，或诡谲而善变。[①]

其区域划分虽粗，但描述习俗民情却较具体。相反，若区域划分较细，从风土出发比较不同地域的人的气质，就会得出较概括粗略的结论。如万寿祺《题佚》云："四海之内，生才实繁。就其方隅风气所近，荆扬之人剽急，兖豫之人蹇迟，青徐之人塞坟，幽冀之人确悍，梁州之人鄙实，敷其藻采，象其土风，大较然哉。"这种概括、比较不仅开眼界，广见闻，同时也有助于自我认识的深化，有助于自我认同的形成，逐步确立起地域传统观念，并反过来影响人们的日常行为和审美意识。

由风土出发进行的民俗比较，反映在文学批评中就变成一种由环境决定论出发探讨其地域特征的方法论。鲁九皋《书勉哉游草后》曾从古者采诗之典与政治的关系，论及人与地气的关系，说"后世采诗之典不行，学士大夫有所著述，人自为书，要其声之本于地气者，识者犹能辨之"，是故"后之论诗者，论其人当亦论其所得之地，而其地气见，其人亦可见"[②]。这种以地域差异为着眼点的比较批评，在文学中似乎也是由南北比较发轫的。元代诗论家傅若金《孟天伟文稿序》云："夫南北之气异，文亦如之。南方作者婉密而不枯，其失也靡；北方简重而不浮，其失也俚。"[③]明代李东阳《麓堂诗话》也说：

---

① 李淦《燕翼篇·气性》，张潮辑《檀几丛书》二集，康熙刊本。

② 鲁九皋《山木居士文集》卷一，道光十四年桐花书屋重刊本。

③ 傅若金《傅与砺文集》卷四，文渊阁四库全书影印本，第1213册第320页。

文章固关气运，亦系于习尚。周召二南王豳曹卫诸风，商周鲁三颂，皆北方之诗，汉魏西晋亦然。唐之盛时称作家在选列者，大抵多秦晋之人也。盖周以诗教民，而唐以诗取士，畿甸之地，王化所先，文轨车书所聚，虽欲其不能，不可得也。荆楚之音，圣人不录，实以要荒之故。六朝所制，则出于偏安僭据之域，君子固有讥焉。然则东南之以文著者，亦鲜矣。本朝定都北方，乃为一统之盛，历百又余年之久。然文章多出东南，能诗之士莫吴越若者，而西北顾鲜其人，何哉？①

这里讨论了南北文学消长的大势，后人进一步比较南北诗风之异，如茹纶常《梅崖刺史遗集序》云："近世之论诗者，每有南北之分。誉之则谓南多风雅，北多雄健；訾之则谓南多卑靡，北多伧父。"②这是很笼统的对比，道光间济南王偁《瓣香杂记》卷五有更具体的评骘：

南人学诗讲用字，故精于炼句；北人学诗讲用意，恒拙于谋篇。南人之所不能者，北人能之者亦少；北人之所不能者，南人能之者或多。盖北人性笨，南人性灵之故。然则咏物之作，北人断不及南，而考据吊古之诗，南人或逊于北。③

王氏对南北人才性巧拙的比较犹留有南北学风不同论的回声，但已寓有轩轾之意。自南宋迁都杭州，文化中心随之南移，元代即已出现北弱南强的局面。虽然在教育方面，每年国子监生五六百人，北人济济，南人仅数名而已。但在文学创作，尤其是传统的文人文学领域，无论作品数量、质量，北地都无法和南方分庭抗礼。以迄明清，更形成南方文学一边倒的局面。北人自伤之余，常有意强调北方文学的成就，如黄文焕《自课堂集序》云："地有南北之分，北方风气高劲，不

① 李东阳《麓堂诗话》，《历代诗话续编》，中华书局1983年版，下册第1377页。
② 茹纶常《容斋文钞》卷九，嘉庆刊本。
③ 王偁《瓣香杂记》，道光十四年刊本。

坠纤丽，本属诗文之区，空同、于鳞均擅北产。然南方唱和，习所渐染者多，至于以时论之，则宜少宜多又各分焉。”[①]王崇简《学古堂集序》论西北诗歌传统，则指出西北“山川辽阔，津梁疲远，公车制举之言或终岁弗及于境，士大夫世其学者，惟左国班马及王孟李杜诸书耳”，因而“风雅之事进”的情形[②]。即使承认北风不竞，论者也往往从南北比较出发思索原因。有人说南人诗占了天时地利，鄞人周容记载：“有伧父谓余曰，南人诗□好，亦生得地方便宜耳。如‘姑苏城外寒山寺’，有何心力，竟指为绝唱。若效之云‘通州城外金龙庙’，便耶揄之矣。余为之大笑，然亦可以悟诗中一境。”[③]伧父之言并非无理，南方非仅有好山水，还有丰厚的文化底蕴，寒山寺唐时或许还不出名，但姑苏城积淀多少历史蕴涵？那是通州城绝不能俦比的。又有人说北方出版落后，“北方诗人少，未必不由不能刻诗之故”[④]。还有人说北人性淳朴，不事张扬，故声名不著：

> 中州天下山水之会，为古今文章所归。汉贾生、唐昌黎子皆独立一代，伊洛瀍涧间，尤帝王所都。其人魁岸，为文章闳肆昌明，出所余溢，犹足以笼压天下。顾自元以还，东都不复，人日就浑朴，敛实黜华，不务为名高。至有骏伟奇杰之才足以直造古人者，天下或不能举其名。[⑤]

尽管这类议论在明清人的著作中往往有之，但我认为它们更多反映的其实是分裂时代遗留下来的文化记忆，的确，有关南北文化、文学的差异经常是历史追溯中的内容。明初陶安《张景远诗集序》云：“在昔作者，江左宫商振越，河朔词义朴厚，当其分裂，各随风气，以专一

---

① 程康庄《自课堂集》卷首，民国二十六年山西省文献委员会铅印山右丛书初编本。

② 王崇简《青箱堂文集》卷六，康熙刊本。

③ 周容《春酒堂诗话》，郭绍虞编《清诗话续编》，上海古籍出版社1983年版，第1册第112页。

④ 延君寿《老生常谈》，民国二十六年山西省文献委员会铅印山右丛书初编本。

⑤ 李绂《穆堂初稿》卷三四《阎仲容试草序》，道光刊本。

长。逮其末也,振越者流于轻靡而意浮,朴厚者流于陋率而味寡。今风气相当,无间南北,能诗之士,杰出相望。”①到疆域划一的明清时代,南北沟通和交流愈益普遍,带给人的是对地域文学传统的多样性感知。这些具体的感知转而深化人们对自身所属的地域传统的体认,促进自我认同的形成。事实上,地域传统观念正是在这对他者的认识中逐渐明确起来,并反过来陶铸人们的审美趣味,影响人们的创作观念的。

三、地域文学传统的自觉和建构

美国人类学家罗伯特·芮德菲尔德(Robert Readfield)曾在《农民社会与文化》一书中提出,“在某一种文明里面,总会存在着两个传统:其一是一个由为数很少的一些善于思考的人们创造出的一种大传统;其二是一个由为数很大的但基本上是不会思考的人们创造出的一种小传统”②。虽然他说大传统(great tradition)是在学堂或庙堂之内培养出来的,而小传统(litter tradition)是自发地萌生的,主要意味着精英文化、通俗文化的对立,但我们还是可以借用来指称文学史上的两种传统。就中国文学史的情况而言,即经典文学和地方文学。前者意味着整个民族文学传统,可以说是精英的;后者意味局部的地方文学传统,可以说是乡土的,但并非通俗的。中国古代以农耕文化为主体的漫长历史,培养了士大夫阶层的乡村生活方式和乡土传统意识。到文化的地域特征愈益鲜明、文学的地域色彩日益突出、文学的地域传统也愈益为人们所自觉的明清时代,人们在学习、模仿和创作之际,所面对的不是精英=城市=经典与通俗=乡村=流行

---

① 陶安《陶学士先生集》卷一三,弘治十三年刊本。

② Robert Readfield, *Peasant Society and Culture*, University of Chicago Press, 1956. 王莹译《农民社会与文化》,中国社会科学出版社 2013 年版,第 96 页。

的选择，而是在整个传统和局部传统之间进行选择。相比整个古代诗歌大传统，乡邦文学的小传统更密切地包围着他们，给他们有形或无形的影响。

照《论传统》的作者 E. 希尔斯的看法，传统"是人们在过去创造、践行或信仰的某种事物，或者说，人们相信它曾经存在，曾经被实行或被人们所信仰"。从社会影响力的角度看，传统作为人类行为、思想和想象的产物，其世代相传的性质在逻辑上并不必然引出规范性和强制性的命题，而那些感受到传统的人也并不都因为它真的存在过才接受它。在很大程度上，传统可能成为人们热烈依恋过去的对象，因为在传统中可以找到过去。"人们会把传统当做理所当然的东西加以接受，并认为去实行或去相信传统是人们应该做的惟一合理之事"[①]。这种情形似乎只见于大传统，小传统不是这样的，它更明显是有意识地建构起来，并为人们自觉接受的。所以它更接近希尔斯如下的一段话：

> 传统依靠自身是不能自我再生或自我完善的。只有活着的、求知的和有欲求的人类才能制定、重新制定和更改传统。[②]

一个地域的人们基于某种文化认同——种姓、方言、风土、产业及在此基础上形成的价值观和荣誉感，出于对地域文化共同体的历史的求知欲，会有意识地运用一些手段来建构和描写传统。其中最主要的手段是历史编纂学，因为"历史编纂的任务是确立和完善关于过去的形象。批判的或科学的历史编纂所探究的，是已为人们接受的或是传统的过去之形象，并且对他们进行考证和加以完善"[③]。中国古代历史编纂学与地域发生关系，可以追溯到汉魏时代的人物志，由此

① E. 希尔斯《论传统》，傅铿、吕乐译，上海人民出版社 1991 年版，第 15—17 页。

② E. 希尔斯《论传统》，傅铿、吕乐译，上海人民出版社 1991 年版，第 19 页。

③ E. 希尔斯《论传统》，傅铿、吕乐译，上海人民出版社 1991 年版，第 73 页。

演化来的地方先贤传和耆旧传，如周斐《汝南先贤传》、习凿齿《襄阳耆旧记》、谢承《会稽先贤传》等，可以视为地方传统建构的早期形态[①]。宋元以后，方志的编纂日益兴盛，到明清两代则上自省府，下迄乡镇，乃至名山大川、古迹胜地，都有志书，为人们了解、认识地域文化传统提供了方便。在修志中，地方文献的搜集和艺文志的编纂是最重要的工作[②]，伴随修志而来的地方文献整理直接为地方文学文献的编纂奠定了基础。事实上大多数地域诗话的编撰或多或少都与修志有关。一般政治、经济、社会史料一经志书采用，即为已陈之刍狗，而文学作品、文学史料虽经采用，仍为人们珍视和保存。因为相比历史文化传统的建构而言，在文学传统的建构中，历史文献的编纂更是直接呈现传统本身的重要手段。正如希尔斯所说，"文学传统是带有某种内容和风格的文学作品的连续体"，前代作品的编集使一定地域范围的文学创作及其传统浮现出来。

以地域标准编录文学作品，最早可以追溯到《诗经》[③]。到唐代有殷璠的《丹阳集》，这是选录同时人作品的选集。宋代孔延之《会稽掇英总集》、郑虎臣《吴都文粹》、程遇孙等《成都文类》、董弅《严陵集》开始博采历朝作品，迄止明代类似的书虽还不多，但其建构地域文学传统的意识已经非常明确。方象瑛《青溪先正诗集序》云："吾睦踞浙江上游，锦峰绣岭，向多诗人。李唐之世，吾家白云处士洎皇甫湜、徐凝、李频、章孝标、施肩吾之徒，先后皆以诗名。宋元迄明，代有作者，《睦州诗派》一书，至今传焉。"[④]到清代，地域性诗文集的数量剧增，遂难以统计了。《中国丛书综录》汇编类列于郡邑一门的丛书有75种，

① 《隋书·经籍志》著录此类传记近三十种。曹虹学长提醒我注意这类书籍，谨此致谢。

② 王棻《柔桥文钞》卷七《黄岩志凡例》："邑志之作，以文献为最重，而献之足征，惟恃乎文。故艺文之志甄录宜加详焉。"

③ 袁景辂《国朝松陵诗征》自序："诗之以地著者，十五国风是也，始于二南，终于曹桧。"乾隆三十二年爱吟斋刊本。

④ 方象瑛《健松斋续集》卷二，民国十七年方朝佐重刊本。

内含大量当地作家的诗文集，而集部总集类列于郡邑一门的丛书有77种，更是地方文学作品的荟萃。仅中国社会科学院文学所就藏有地域诗文总集约400种，清人总共编纂了多少这类总集，目前还难以估计。松村昂《清诗总集131种解题》中即含有郡邑诗集68种，可见比例之高。甚至某些断代总集，也贯穿着地域观念。如清初姚佺编《诗源初集》也比附《诗经》十五国风，将全国划分为十五个区域，选吴204家，越92家，豫章23家，楚42家，闽24家，蜀18家，粤东12家，滇16家，黔6家，豫31家，齐鲁22家，晋8家，秦17家，燕27家等。后陶煊、张璨辑《国朝诗的》也是分省编辑的，凡例自称仿三百篇遗意。在这里我们再一次看到古老的经典对人们观念的影响，地域诗集命名中的“风”字，如宋荦辑《吴风》、商盘编《越风》、郑王臣辑《蒲风清籁集》、马长淑编《渠风集略》、李调元编《粤风集》、赵瑾编《晋风选》、傅汝怀编《黔风演》等，暗示着它们与《诗经》十五国风一脉相承的关系，作为地方传统的代表，与代表着历史、王朝或文化中心的“雅”形成对照①。

除诗文集的编纂之外，地方诗话的写作也是地域诗歌传统建构的重要形式。现知最早的地方诗话是明代郭子章《豫章诗话》，它从地域传统出发，将宋代文学史上的江西诗派概念扩大为“江西诗派当以陶彭泽为祖”的泛江西诗派观②，开以地域观念建构诗歌传统的先声。清代张泰来《江西诗社宗派图录》、裘君弘《西江诗话》继之而起，清代地域诗歌批评由此兴起，陆续产生的郡邑诗话至少有三十多部③。这些著作罗列一郡一邑有代表性的诗人，传述其事迹，评论其

---

① 毛奇龄《西河合集》序二八《静念堂稿序》：“予思国风与二雅不同，皆以时地所居处而于焉分之，王朝为雅，列国为风。此非好为是区殊也，诚以风雅有体，诗虽言志，而崇卑之体即现乎其际。”

② 详张寅彭《略论明清乡邦诗学中的“泛江西诗派”观》，《文学遗产》1996年第4期。

③ 详蒋寅《清代郡邑诗话叙录》，《古典文献研究》1993、1994年合刊，南京大学出版社1995年版。

作品，往往比诗集更清楚地勾勒出一地诗歌传统的源流和特征。值得注意的是，无论诗集还是诗话，常都把流寓本地或歌咏本地风物的外地诗人的作品收罗进来。如戚学标《风雅遗闻》前二卷多论台郡人诗，“后二卷则假韵语杂记乡邦事地人物，所引诗不必皆台人，亦不尽系乎论诗。总之，为风雅之事，有益于梓里文献，统名曰风雅遗闻，附之诗录之后。后人继事志乘，当有取于此”[①]。郑方坤《全闽诗话》例言称所载固多闽产，亦有非闽人而关涉闽事者，梁章钜《南浦诗话》自述纂辑宗旨，称“非浦人诗，无可类附而实与浦地浦事相关者，列为宦游一门，以意纂录而论辨之”。不难理解，地域传统的界限是双重性的，“从某个方面来看，一种传统的界限就是由其信仰共同体界定的拥护者集体的界限；从另个方面来看，传统的界限又是象征建构的界限”[②]。因此，地域传统的建构一方面表现为一定空间内的时间链，另一方面又表现为对这空间存在的诗歌内容的积累和认同。外地作者所写的歌咏本地风物的作品，往往在当地影响很大，尤其当那些作者是著名诗人时，他们的歌咏会成为当地人引为骄傲的资本，广为传诵，妇孺皆知。王渔洋一句“绿杨城郭是扬州”，所激发的审美认同，应不在任何扬州诗人的作品之下，而它对扬州文学传统的参与更是不言而喻的。地域诗集和诗话收入外地人的题咏，道理就在这里。当然，更多地承担这部分任务的是地方志，各级地方志中的“艺文志”都收有题咏、记述本地风物名胜的诗文，这可以视为郡邑诗文集和诗话的一个补充。

当地域传统在这些文献中浮现出来，并被人们所接受时，它就对一个地方的文学创作和批评产生极大的影响，使当地士人的师法、写作和评论有了一个更切近的参照系，最终使得文学批评的价值标准不能再局限于自诗骚到唐宋的经典传统，而必须与地域的

---

① 戚学标《风雅遗闻》自序，乾隆五十八年刊本。

② E. 希尔斯《论传统》，傅铿、吕乐译，上海人民出版社 1991 年版，第 352 页。

小传统结合起来。

四、文论中的地域差异与地域传统意识

唐宋以前，文学传统意味着《诗》、《骚》以来的名作序列；而明清以来，那个大传统稍微远了点，文学之士从摇笔写作伊始，首先意识到的是乡贤，是当地的文学前辈，大到府县，小到乡镇，方志文苑传里的名作家都在陶冶着一方风气。以致当历史和时尚之间的语境差异使大传统和小传统在审美趣味和创作观念上出现差异、趋向不一致时，小传统往往发挥更大的影响力，甚至在思想领域都是如此。比如说，在以理学为主流意识形态的清代，阳明心学虽为众矢所集，但在王阳明故乡浙江，崇奉心学的人还是很多。历来尽遭非议、罕见宽容的王安石经义，江西人也不乏为之开脱者，李绂《敬斋文集序》即为一例①。这说到底是出于一种对乡贤的景仰回护之情，对小传统的体认多少与桑梓之情和荣誉感相联系，有时候不免流于情绪化而有失公允。比如古文，李绂说嘉靖以后古文传统中断，到本朝初年始再倡唐宋诸家之遗法，侯方域、王猷定、魏际瑞、汪琬、朱彝尊"号为海内健者，而平叔先生独为第一"②。平叔即傅占衡，文名是有的，第一大概还说不上。李绂临川人，该文是为傅占衡外甥的女婿萧复远作，固有乡曲之私在其中。再说填词，魏际瑞《钞所作诗余序》称欧阳修词"珠圆玉润，一归大雅"③，一人而已。这也很难说没有江西老表的乡里之情在。

对地域文学传统的体认，不只激发乡邦文化的自豪感，更重要的

---

① 李绂《穆堂别稿》卷二四，《李穆堂诗文全集》，道光十一年珊城阜祺堂重刊本。

② 李绂《穆堂初稿》卷一八《萧定侯墓志铭》，《李穆堂诗文全集》，道光十一年珊城阜祺堂重刊本。

③ 魏际瑞《魏伯子文集》卷一，《宁都三魏文集》，道光二十五年谢若庭绂园书塾重刊本。

是对传播地域文学史知识、培养地域文学观念产生积极影响。通过编集某个地域范围内古代和当代的作品，通过序跋、评点和诗话的批评，地域文学传统愈益清晰地浮现出来，成为现时文学批评的一个背景，一个参照系，无形中营造出一个相当于小传统的价值尺度，在一定程度上影响着当地的创作风气和批评趣味。明代顺德薛冈生序陈子升诗，指出："洪、永、成、弘迄今，天下之诗数变，独粤中犹奉先正典型。自孙典籍以降，代有哲匠，未改曲江流风。庶几哉，才术化为性情，无愧作者矣。"朱彝尊很欣赏薛氏对广东诗歌传统的强调，许其为"善言土风者"①。后翁方纲论此文，以为"有明一代，岭南作者虽众，而性情才气，自成一格，谓其仰企曲江则可，谓曲江仅开粤中流风则不然也。曲江在唐初，浑然复古，不得以方隅论"②，这是基于对唐代地域(方隅)传统尚未形成的判断，并不否定明代广东诗歌的地域特征。事实上，文学中的地域性在宋元以前还不太明显，人们也很少意识到，只有到明代，地域性的流派意识才在文学创作中凸现出来，如杨际昌所谓"三楚自竟陵后，海内有楚派之目，昊庐先生一雪之；秦中自空同酷拟少陵，万历之季，文太青翔凤复为扬波，海内有秦声之目"③。这种地域意识随即反映于文学批评中，而尤多见于边远省份。比如地处东南闽峤的福建，叶矫然《龙性堂诗话》初集载："黄东厓与黄明立论诗云：'使昉改从时贤，入今吴楚诸名流派中，则亦有所不屑。'黄石斋与计甫草云：'吾闽人之称诗也，与尔吴人异。'"④汪缙《题石斋先生诗卷墨迹》记黄石斋语较详："吴江计甫草少从石斋先生游，尝问诗法于先生。先生告之曰：'吾闽人诗法与汝吴中异。吾闽人诗

---

① 朱彝尊《静志居诗话》卷二一，人民文学出版社 1990 年版，下册第 665 页。

② 翁方纲《石洲诗话》卷一，郭绍虞《清诗话续编》，上海古籍出版社 1983 年版，第 3 册 1366 页。

③ 杨际昌《国朝诗话》卷二，郭绍虞《清诗话续编》，上海古籍出版社 1983 年版，第 3 册 1724 页。

④ 郭绍虞《清诗话续编》，上海古籍出版社 1983 年版，第 2 册 938 页。

以意为君，吴中诗尚格律词华。一入于格律词华，真意渐亡矣。如云间陈卧子，予门人也。其为诗已与吾异趣，况其他乎？'"[①]二黄立论角度虽有不同，但都出于对自身所属的闽文学传统的自觉和自尊。福建地处海峤，文化相对滞后，至唐代欧阳詹始以文名于世。历五代两宋，诗歌虽不能与中原争胜，但诗学却逐渐形成自己的独特观念。江西诗派一意学杜，江湖诗派独尚姚、贾，而严羽却主博参汉魏，这种对诗歌传统兼容并蓄的开放态度似乎成为闽诗学的传统，高棅倡言"辨尽诸家，剖析毫芒，方是作者"(《唐诗品汇序》)，正是发挥严羽的观念。到郑超宗出，闽诗已能卓然自立，与内地分庭抗礼[②]。黄昉和黄石斋之说，自立崖岸，隐然与文学繁盛的江南、湖北平揖，无疑是基于对地域诗歌传统的自信。

东南闽峤犹然如此，其他地区更不甘示弱。且看江西，魏禧《陈介夫诗序》云：

> 吾江右以诗派名天下，盖发源于渊明，而黄山谷、曾苍山诸子相与扬其波澜。今海内诗学最盛，所处时地与渊明略相似，然求之吾乡诗，罕有似渊明者，而往往见于他方。甚矣夫，江右之诗之衰也！[③]

这里哀叹江西诗的衰落，是寓褒于贬的笔法，一方面夸耀古代江西诗歌辉煌的传统，同时又为称赞陈介夫做个铺垫，以地域传统的衰弱反衬陈介夫此刻挺身的不凡意义。再看湖北，杜濬《楚游诗序》云：

> 楚，筚簬蓝褛之乡也，然而骚有屈、宋，诗有杜、孟，称古今之冠。国朝之诗，代兴者四而居其三，其开何、李之先者，又长沙

---

① 汪缙《汪子文录》卷二，《汪子遗书》，光绪八年刊本。

② 王世懋《艺圃撷余》："闽人家能占毕，而不甚工诗。国初林鸿、高廷礼、唐泰辈，皆称能诗，号闽南十才子。然出杨、徐下远甚，无论季迪。其后气骨崚崚，差堪旗鼓中原者，仅一郑善夫耳。"

③ 魏禧《魏叔子文集》卷一〇，《宁都三魏文集》，道光二十五年谢若庭绂园书塾重刊本。

> 也。即亦可称诗国耶？故士之旷者至乎其地，往往徘徊企想，庶几一遇焉；而忌者至于诅楚，抑中人以下之人情宜然也。乃至于今日而衰极矣。①

此文与魏禧异曲同工，也是感今抚昔，回忆楚地更为悠久的诗歌传统，从屈原直到明代的李东阳，为今日的中衰和《楚游草》作者吴初明的振起张目。又如黄定文《国朝松江诗钞序》：

> 诗自河梁下逮建安苏、李、曹、刘诸钜公，大抵皆北产。独至二陆，奋起云间，狎主中原坛坫。自是以后，大雅之材萃于东南，遂至伧荒河北。然则云间固南国之诗祖也。②

黄定文在此追溯了松江诗歌传统的渊源，进而指明它在南方诗歌史上的历史地位。“南国之诗祖”未必能得他人认可，但以本地人而论本地诗，尊崇乡土传统乃至引以为骄傲，实在是很自然的事。至于论异乡人能顾及其乡土传统，就足以见地域传统观念植根于时人意识之深了。王昶《湖海诗传》论芜湖韦谦恒诗云：“皖桐诗派，前推圣俞，后数愚山，以啴缓和平为主。约轩承其乡先生之学，故不以驰骋见长。六一居士序《宛陵集》谓‘古雅纯粹’，汪尧峰序愚山诗谓‘简切淡远’，举似约轩，可谓得其法乳者。”③这里将皖诗的传统远溯至宋代梅尧臣，近推及施闰章，以啴缓和平为其主流，从而将韦谦恒的诗风与一个悠久的诗歌传统联系起来，赋予其一种历史价值。这种来自他人的审视和判断同样是一种对地域传统的发现，同时也是对小传统的建构。

相对大传统而言，小传统是以一定的地域疆界为单位来体认的，

---

① 杜濬《变雅堂文集》卷二，清刊本。

② 黄定文《东井文钞》卷一，清刊本。

③ 王昶《湖海诗传》卷二八，转引自周维德编《蒲褐山房诗话新编》，齐鲁书社1988年版，第102页。

大到一道一省，小到一府一县甚至镇，论者的批评对象及言说语境决定了它的范围。因此小传统可以说就是人们在一定地域范围内体认的具有自足性的文学历史及其所包含的艺术精神与风格特征。很显然，小传统的这种自足性是在更大范围的比较中呈现并确立其内涵的，它是在更广阔的文学史视野中进行比较的结果，反过来又成为小范围内比较的基准。曹溶《海日堂集序》云：

明之盛时，学士大夫无不力学好古，能诗者盖十人而九。吴越之诗矜风华而尚才分，河朔之诗苍莽任质，锐逸自喜；五岭之士处其间，无河朔之疆立，而亦不为江左之修靡，可谓偏方之擅胜者也。①

这里论广东诗，是在全国范围内同吴越、河朔比较而体认其特点的，作者在审视地域小传统时清楚地意识到其他地域传统的存在。有时人们也从交流和影响的角度来看小传统的独特性，如青浦王原在《瞿济川文集序》中说：

吾郡无为古文者。异时乡先正陈黄门、夏考功父子、李舍人、徐孝廉、周太学树帜艺连，海内宗仰，才则丽矣，学则博矣，然其为文沿六朝之绮靡，撷唐季之芳艳。毗陵、昆山钜公传绪，近在襟带，而流风余波独不能沾被吾里，坐使后进之士，数十年中务华弃实，不复知有古文，伊谁之过哉？②

这是很少见的从负面批评小传统的例子，为松江府小传统顽固地排斥古文，未受到邻近昆山、常州的古文名家的熏陶而遗憾。似此对人我之间异同的认识，不仅是地域文学发达和交流的结果，也是自我认识的成熟和深化，自我认识原就是在与他者的比较中日渐清晰和深

---

① 程可则《海日堂集》卷首，道光五年金山县署重刊本。

② 王原《西亭文钞》卷三，光绪十七年不远复斋刊本。

刻的。这种自我认识的成熟促使人们在审视当代当地的个别作家或群体时，自觉地将小传统作为把握具体作家的艺术特征的参照系。比如王士禛论闽派诗曾指出：

> 闽诗派，自林子羽、高廷礼后，三百年间，前惟郑继之，后惟曹能始，能自见本色耳。丁雁水炜亦林派之铮铮者。其五言佳句颇多，如"青山秋后梦，黄叶雨中诗"、"莺啼残梦后，花发独吟时"、"花柳看憔悴，江山待祓除"，皆可吟讽。①

这则诗话评论丁炜诗，在突出其铮铮杰出的同时无意中道出闽诗派的一个尴尬——因袭者多，能自树立者少，有明三百年里仅四家而已。直到清代乾隆间，这一情形仍未改变，郑方坤论黄任诗，不得不重蹈王渔洋的论断：

> 闽人户能为诗，彬彬风雅，顾习于晋安一派，磨砻沙荡，以声律圆稳为宗，守林膳部、高典籍之论若金科玉律，凛不敢犯，几于"团扇家家画放翁"矣。莘田逸出其间，聪明净冰雪，欲语羞雷同，可称豪杰之士。其艳体尤擅场，细腻温柔，感均顽艳，所传《秋江集》、《香草笺》诸作，傅阆林前辈谓其实有所指，拟诸玉溪之赋《锦瑟》、元九之忆双文、杜书记之作"青楼薄倖""楚雨含情"，殆诗家之赋而兴也。②

唐诗大传统和林鸿、高棅开创的独宗盛唐的闽诗小传统二而一之，形成强势的地域诗风，左右着八闽诗人。黄任独能以艳体挺出其间，所以为豪杰之士。郑方坤在以小传统为参照系，强调他不为闽诗风所牢笼的独创性的同时，对小传统也不无讥讽之意。事实上，真正有创造性的诗人总是要在某种程度上脱逸传统，而这种脱逸又总是从小

---

① 王士禛《渔洋诗话》卷下，《清诗话》，上海古籍出版社 1978 年版，上册第 217 页。

② 郑方坤《本朝名家诗钞小传》卷四，龙威秘书本。

传统开始。袁枚称“吾乡诗多浙派，专趋宋人生僻一路。惟（狄）小同以明七子风格救之”[①]，也是强调狄小同对钱塘诗囿于浙派宋诗风的矫变。吴肃公《诗集自序》则强调了自己与乡邦诗歌传统的分歧：

改革时里中多隐沦颓放，诗无定向，其后标风雅者力主唐音，以温柔绵丽为的。（中略）而予颇法杜、韩两家，顾达情者或劲率而失之兀奡，喜新奇则佶屈而伤自然，予于二病盖兼有之，里中竞相诃讶非正声。广陵徐山甫、云间蒋大鸿极口谓韩、杜决不可为。[②]

他的记载告诉我们在明清之交，地域风气如何形成舆论，对个别作者的写作产生压力，这种压力和对地域文学史的自豪感相结合，便形成地方诗风对小传统的自觉维护和发扬。一位年轻的作者初学写作，首先就置身于这种舆论环境中，当然也就不能不意识到小传统的存在，于是他的艺术取向面临一个选择，是接受大传统，走自己的路，还是谨守小传统的藩篱，步踵乡先辈，以求博得乡议的称赏。最理想的当然是融合大小传统，左右逢源，像鲍瑞骏那样“以风雅为导源，以盛唐为根柢，以国初为归宿，既于乡先正之旨趣无或异，而其性情学问才猷经济，渊然涵溢于楮墨之间”[③]，但往往难以做到。于是对更多的作者来说，小传统就不免是一个带有约束意义的规范。边连宝《李立轩诗序》写道：

吾邑诗派，自庞雪崖先生开清真雅正之宗，同时如先外王父章素严先生，稍后如雪崖令弟紫崖先生、先君子渔山先生，率皆以雪崖为圭臬。余小子连虽稍加放纵，总不能出先民范围。[④]

---

① 袁枚《随园诗话》补遗卷四，江苏古籍出版社2000年版，第503页。

② 吴肃公《街南续集》卷二，康熙刊本。

③ 程桓生《桐华舸诗续钞序》，鲍瑞骏《桐华舸诗续钞》卷首，光绪二年刊本。

④ 杨福培选《吾邱边氏文集》卷二，民国七年铅印本。韩胜博士代为查阅文献，谨此致谢。

边连宝与袁枚并称“南北随园”，诗风并非没有戛戛独造处，这里的自谦无非是衬托李立轩的成就，但无意间也暗示出小传统的强大，流露出一丝不能不屈服的无奈。的确，无论是引以为荣也好，感受压力也好，挑战或屈从也好，小传统都构成了一个背景性的存在，它的权威和影响时时刻刻在提醒作者和评论家注意一个异于大传统的另一个价值尺度。不难想见，当人们对自己的地域传统都有充分意识时，推己及人，自然也会对他人的地域传统给予充分的重视。魏禧《容轩诗序》有云：“十五国莫强于秦，而诗亦秦唯矫悍，虽思妇怨女皆隐然有不可驯服之气，故言诗者必本其土风。”[①]这是诗歌批评中对他人地域传统的尊重，同时也是在方法论上对地域传统和风土意识的强调。正因为有这清楚的意识，清代批评家在把握大传统的同时，也能尊重小传统，重视小传统的独特价值。这是清代文学批评最值得注意的特点之一。

将经典文学和地域文学对应于大传统、小传统的概念，两者的关系主要指涉来自历史的影响。然而在实际的文学语境中，时尚经常也是个有力的影响源。在许多时刻，小传统受到的挑战不是来自大传统，而是来自时尚。在古代社会，时尚作为代表特定时期社会心理和审美趣味的流行趋势，很大程度上不取决于地域（如政治或文化中心），而取决于有影响力的人物，明代公安、竟陵派的流行就是典型的例子。时尚问题在不同地区、不同时代反应不一，一般来说战乱年代、边远地区不太突出，而在和平年代、发达地区则较为明显，清代诗学中有很多例子。明清之交，钱谦益主盟文坛，江南地区也主导着文学创作和批评的时尚。而陕西、福建或因地理阻隔，信息不灵，诗学宗尚好像要比江南慢一拍。像陈衍所说的“吾闽域处海峤，风气常后人”[②]。江南诗家讨伐明七子的摹拟作风时，关中诗家并未响应，他们

① 魏禧《魏叔子文集》卷九，《宁都三魏文集》，道光二十五年谢若庭绂园书塾重刊本。

② 林寿图《榕阴谈屑》陈衍序，中国社会科学院文学研究所藏《侯官丁氏家集》朱丝栏抄本。

仍继承明代格调派的传统，对七子辈给予一定的肯定[①]；而江南诗家群起抨击竟陵时，福建诗论家却仍予钟、谭某种程度的好评，两地的小传统似乎都没怎么受时尚影响，也没什么对时尚的反应。前人往往将这种远离时尚或者说风气的滞后归结为风土的决定作用。如王昶《青浦诗传》自序曾说：

> 盖吾乡溪山清远，与三吴竞胜，而地偏境寂，无芬华绮丽之引。士大夫家云烟水竹间，起居饮食，日餐湖光而吸山绿，襟怀幽旷，皆乾坤清气所结，往往屏喧杂，爱萧闲，励清标，崇名节。居官以恬退相师，伏处以孤高自励。性情学问，追古人于千载之上，从容抒写，归于自得。故如明中叶以后，空同、历下、公安、竟陵，纷呶奔走，四方争附，其坛坫以此哗世炫俗；而吾邑士大夫附丽者独少，此固昔贤自守之高。而为家乡后进，读其诗，仰企其人，当如何流连跂慕，奉为轨则欤！[②]

这里不仅解释了明代青浦士人不趋附时尚的特立独行之风的由来，而且也对乡里后学继承传统、保持风气提出了要求。相比风土的自然特征，这种地域风尚的自觉承传也许是构成地域倾向和差异，从而形成小传统的更为直接的动力。

显而易见，小传统是相对大传统和时尚而存在的，因此它与后者必然形成差异和对立。相对无所不包的大传统，小传统往往是坚持一种选择的理由；而相对时尚，小传统又是捍卫一种价值的依据。由于它远不如大传统那么坚强和雄辩，同时也不具有时尚的冲击力，通常很难和两者抗衡。偶尔真的形成对抗，则矛尖不如盾固，时尚不会受到多少冲击，而小传统自身却不免发生一定程度的变形。乾隆年

① 参看蒋寅《清初关中理学家诗学略论》，《求索》2003 年第 2 期。

② 王昶《青浦诗传》自序，转引自周维德编《蒲褐山房诗话新编》，齐鲁书社 1988 年版，第 313—314 页。

间性灵诗风席卷天下，各地诗坛反应强烈，向风景从者固然很多，独立不迁、泾渭分明者也为数不少。乾隆三十四年(1769)前后，任丘张方予等十一人结社，以康熙年间邑有还真社，边连宝初名续真社，后改为慎社。乃弟中宝《题张方予慎社十一人传后》诗云："随园颜社以续真，旋更厥名署曰慎。真社先民只率真，才高态广难逐趁。后生步之偭规矩，疏狂窃恐流西晋。……随园乃更进一义，会意象形译慎字。右旁从真左从心，真心贯注慎斯至。曰真曰慎约无二，为语同人尚慎旃。"[①]就其对"疏狂"的戒惕来看，显然是针对性灵派诗风而发，而尤其强调一个"慎"字，又似乎有文字狱的阴影在其中。"真社先民只率真"一句表彰河朔诗风尚真的传统后，鉴于流弊，用"慎"对"真"的传统作了修正，所谓此一时也彼一时也。小传统此刻非但不能抵抗时尚，反而迫于时势不得不重新做了解释和校正，以求在当下语境中具备应对时尚的能力。这是以曲折的方式捍卫和张扬了地域传统的一个例子，向我们显示了时尚与小传统互动的复杂关系。

总之，在清代文学中，地域意识已是渗透到人们思想深处的一个不可忽视的变量因素，经常在具体的文学批评和论争中潜在地影响着论者的见解和倾向性。从这个意义上说，清代文论中的地域观念不单纯是地域文化在文学批评中的反映，它同时也参与了地域文化传统的建构。这是我们在研究清代文学和清代文化时不能不加以考虑的。

(本文初刊于《中国社会科学》2003 年第 5 期，原题为"清代诗学与地域文学传统的建构")

---

① 边中宝《竹岩诗草》卷二，乾隆刊本。

清代诗学史的分期

一、清代诗学史分期的复杂性及方法论原则

一切长时段的历史研究都无法回避时代分期问题。时代分期不仅提供了一个历史书写的单位，它同时也是历史研究的基础。因为时期概念是历史认识的主要工具之一，没有时期概念，尤其是没有划分时期的标准，我们很难有效地实现对历史的把握和建构。文学史乃至具体到诗学史也不能例外，问题只在于文学史和诗学史都有不同于一般历史研究的分期模式和划分标准。

如果我们同意陶东风的看法，文学史时期划分的前提基于对一个时期文学文体统一性的假设[①]，那么诗学史时期划分的前提则基于对一个时期诗歌观念及其所主导的理论形态与学术方式同一性的假设。倘若我们能在诗学史的某个长时段中找到一种或多种上述同一性，它就能帮助我们建立起一个由范式演变构成的历史序列。这种寻找无论在分析模式的确立抑或诗学史料的检讨上，都是相当困难的，面临着判断失误和文献难征的主客观双重危险。而更困难的是，清代文学的历史分期较以往任何一个时代都要复杂，我要做的诗学

① 参看陶东风《文学史哲学》第六章“文学史的时期建构”，河南人民出版社 1994 年版。

史分期尝试，几乎没有一个成功的结论可以依凭。

清代文学史分期的困难来自两个方面：首先，清代二百多年的文学史上横跨着一个比附政治史的“近代”概念而生的“近代文学”概念，其起讫是道光二十年（1840）至民国八年（1919），以鸦片战争为界，清代前、后期的文学被分属于古代和近代两大文学史时段。虽然论者强调这种处理“主要着眼于文学本身的发展变化，体现文学本身的发展变化所呈现的阶段性”①，但不可否认其中明显有对政治史分期的依赖。政治史分期是否可以成为文学史分期的依据，文学史的阶段是否与历史时代的演进相吻合，这还是有待于深入研究的问题②，但“近代文学”这一长时段的文学史概念，给作为断代文学史的清代文学史分期带来很多麻烦，却是可以肯定的。那么，抛开“近代文学”的概念，以清代为一个自足的历史单位，分期问题是否就容易解决了呢？不，还有第二个棘手的问题在等着我们。文学发展到明清两代，除了社会和精神内容的空前丰富外，创作格局上一个最明显的态势就是文学的各种体裁都已成熟，诗词文赋、戏曲小说、弹词说唱和文学批评各部门都涌现数量可观的作品。文学样式的丰富和创作的多元化，使各种文学体裁的创作之间呈现明显的不同步性，很难找到某种文体同一性来作为文学史分期的标准，以致文学史叙述难以做出单一视角或标准的分期。马积高《清代学术思想的变迁与文学》是少有的按文学的总体倾向来划分清代文学史的尝试，它将清代文学分为顺康雍、乾嘉、道光至光绪十五年、光绪十五年至清末四段。第四段以光绪十五年为起点的理由是前一年康有为上书请求变法，本年又是光绪亲政的开始③。虽然作者说这只是约略的划分，前后几

① 袁行霈主编《中国文学史》，高等教育出版社 1999 年版，第 12 页。

② 参看章培恒《关于中国现代文学的开端——兼及“近代文学”问题》，章培恒、陈思和主编《开端与终结——现代文学史分期论集》，复旦大学出版社 2002 年版。

③ 马积高《清代学术思想的变迁与文学》，湖南人民出版社 1996 年版，前言及第 248 页。

年也没关系,但这仍是个政治视角的划分,用于众多文体恐扞格难通。事实上,也只有进入文体发展史的内部,我们才可能谈论一种具体的阶段性,避免庞杂混淆的解释和不必要的纷争。从这个意义上说,清代诗学史有其自足的时间序列,我们本可以在其时间序列的内部来讨论分期,但问题是我理解的诗学史,正如下文将要阐述的,它是融观念史、批评史和学术史为一体的工作,它和清代诗歌史、批评史及学术史是紧密地交织在一起的,也可以说正是在三者的互动中展开的。诗歌创作观念在很大程度上受时事、政治的影响,批评立场和学术方法又受学术风气的陶冶,所以,从更大的范围看,诗学史的阶段性又和政治史、学术史有各种直接或间接的关联。

据我所见,清代诗学的历史分期,肇始于日本明治时代的诗学家森槐南。他将清代诗学分为四期,即顺康开国时代、康熙全盛时代、乾隆极盛时代、嘉道递降时代[①]。当代学者有关批评史的论著,一般是明清合论,以思潮或问题为单位来叙述诗学的发展,从铃木虎雄《明清文艺史》、郭绍虞《中国文学批评史》,到张健《清代诗学研究》都是如此。李世英、陈水云的《清代诗学》以理论问题为纲,同时兼顾清代文化、文学和诗歌创作的发展,将清代诗学分为四个阶段:(1)发轫期:顺治元年(1644)至康熙二十年(1681);(2)建设期:康熙二十年至乾隆四年(1739);(3)争鸣期和繁盛期:乾隆四年至嘉庆四年(1799);(4)转折期:嘉庆四年至道光十九年(1839)[②],与森槐南的看法暗合。该书是陆耀东先生主编"中国诗学丛书"之一,道光二十年(1840)以后归《近代诗学》论述,那么合近代部分,等于是分作了五期。我的划分也是四期,但起讫与森槐南不同:第一阶段,从清初到赵执信下世的乾隆九年(1744);第二阶段,从乾隆十年(1745)到袁枚下世的嘉庆三年(1798);第三阶段,从嘉庆四年(1799)到道光末年(1850);第四

① 森槐南《中国诗学概说》,日本临川书店1982年版,第147—150页。

② 李世英、陈水云《清代诗学》,湖南人民出版社2000年版。

阶段,从咸丰初年(1851)到民国八年(1919)。历史的转折、过渡或长或短都有一个过程,以某个人物的荣衰或事件的起讫为分期界标仅取其象征意味,不必太拘泥于具体的年代。考虑到赵执信、袁枚暮年对诗坛的影响力已微,所以第一期和第二期的下限也就是雍正朝和乾隆朝的结束;而咸丰初年太平天国的兴起,则是清代社会与文学发生巨变的契机,故以为第四期的起点。这样,清代诗学史的分期也就是顺、康、雍三朝为一期,乾隆朝为一期,嘉、道两朝为一期,咸、同、光三朝为一期。

应该承认,在着手清代诗学研究伊始就思考清代诗学史的分期,刚做完第一阶段的工作,就建构清代诗学史的发展脉络并试图概括其阶段性特征,未免过于冒险。但这项工作是无法回避的,在开始论述清代诗学史——虽然只是第一段——之前,我必须作这宏观的勾画,以确定清代诗学史的基本框架和走势,由此认识和理解清初诗学的基本特征及其在整个清代诗学史中的意义。这在某种意义上也是提出一个假说,学术研究实际上就是在循环着这样一个宿命:先将假说当作目标,以后的研究不断对它进行验证和修正,最后形成的结论又权作新的假说。在此我要说明的是,我不想使用当今文学史分期中常见的比附于生命周期的一种分期模式:孕育期→兴盛期→蜕变期→衰落期,或比喻为建筑周期的一种分期模式:发轫期→建设期→兴盛期→变革期。这种分期模式基于一种目的论或者说后设的历史观念,将依据某种价值观选定的事象作为中心或顶峰,一切朝向中心或顶峰的发展趋势都被描述为兴盛,而一切背离中心或顶峰的发展趋势就被描述为衰亡。这种历史认知模式,在欧洲可以追溯到亚里士多德①,在中国可以追溯到梁启超的《清代学术概论》。梁启超的思路倒不是受欧洲史学的影响,而源于佛教一切流转相例分生、住、异、

① 参看韦勒克《文学史上的进化概念》,《批评的诸种概念》,四川文艺出版社 1987 年版,第 47 页。

灭四期的观念。他将清代学术划分为启蒙、全盛、蜕分和衰落四个时期,乃是以经学为中心,因而乾、嘉学术成为学术史的全盛时期。若以思想的独创性为中心,学术史将呈现为另一种走势。这正是上述历史认知模式带有极大的主观性的弱点。如果说诗歌创作因新诗体的生成或时代精神的消长,会形成一个自然的趋势,而使比附于生命周期的分期模式看似成理,那么诗学史的观念嬗变和学风递转就很难解释为生灭、盛衰,描述为生命周期式的发展过程了。一种理论或思潮由流行到消歇,被另一种理论或思潮所覆盖,并不是诗学本身的盛衰,而是诗学内容的更迭和建构。套用北岛的一句名诗,这是一个没有结局的开始,也是一个稍纵即逝的追寻,理论建设永远朝着开放的方向,走向一个未来的目标。使某种阶段性凸现出来的,是理论的重大变异,由这些变异制导的诗学趋向及所形成的诗学史轨迹,是一个个变异由酝酿到高潮到平息的波浪式结构。我从清代诗学的历史发展中看到的,就是这样的阶段性:第一段是神韵派诗学,第二段是性灵派诗学,第三段是纪实性诗学,第四段是宋诗派诗学。四者作为清代诗学史的重大变异,分别构成了自足的时段,我的分期正是基于这种认识而提出的,因此我的分期依据及其结果不同于现有的结论。

当然,诗学史作为诗歌观念、批评和诗歌研究相交织的运动过程,绝不是纯粹自律地发展的,因而也就不能单纯用自身的逻辑来解释自己。诗歌观念和批评会受文学思潮影响,而诗歌研究方法和手段又会受学术风气的影响,在清代这个思想波动剧烈、文学格局多变、学术风气浓厚的时代,诗学史的走向不仅与这些外部因素有着复杂的联系,而且呈现某种复调性,在观念、批评与研究之间出现异步、游离乃至悖反的现象。

二、清代诗学史分期的诗歌史背景

先说诗歌史,这是清代诗学史的背景。学术界对清诗分期的看法基本是分四期。早在同治至光绪中叶成书的杨希闵《诗榷》，就将清代诗歌分为四期，其断限分别为清初至康熙三十年(1691)、康熙中至乾隆四十年(1775)、乾隆中至道光末(1850)及咸丰以后[①]，基本对应了清代诗歌的几次转折。今人陆草《清诗分期概说》一文见解大致相同，差别只在第二期始于康熙二十年，终于雍正末[②]。朱则杰的《清诗史》只写到龚自珍[③]，而将道光以下归入近代，合顺康、雍乾、嘉道三段实际也是四期。严迪昌的《清诗史》分三期，顺康、乾嘉和道光以后[④]，但顺康段分上下编，分别讨论遗民诗人群和新朝诗人群，其实是将顺治、康熙前期和康熙中后期、雍正分为两个阶段，合乾嘉和道光以后也是分为四期。我的看法是，顺治和康熙前期、康熙中期、乾隆中期和咸丰乃是清代诗歌发生转变的关节点，其间的雍正、道光属于过渡时期，究竟从前还是从后，按不同的诗歌史解释会有不同的归属，所以粗分则为四期，细分则为五期，差别只在道光以后是否再分为二。

1923 年陈衍在《近代诗钞序》中曾从诗坛盟主的更替来划分清诗的时期：

> 有清二百余载，以高位主持诗教者，在康熙曰王文简，在乾隆曰沈文慤，在道光、咸丰则祁文端、曾文正也。文简标举神韵，神韵未足以尽风雅之正变，风则《绿衣》、《燕燕》诸篇，雅则“杨柳依依”、“雨雪霏霏”、“穆如清风”诸章句耳。文慤言诗，必曰温柔敦厚。温柔敦厚，孔子之言也。然孔子删诗，《相鼠》、《鹑奔》、《北门》、《北山》、《繁霜》、《谷风》、《大东》、《雨无正》、《何人斯》以

---

① 杨希闵《诗榷·国朝人诗补录》，江西省图书馆藏稿本。其中收入同治元年所撰《诗轨序》，书当编成于同治间。

② 陆草《清诗分期概说》，《中州学刊》1986 年第 5 期。

③ 朱则杰《清诗史》，江苏古籍出版社 1992 年版。

④ 严迪昌《清诗史》，台湾五南图书出版公司 1998 年版。

迄《民劳》、《板》、《荡》、《瞻卬》、《召旻》，遽数不能终其物，亦不尽温柔敦厚，而皆勿删。（中略）夫文简、文懿生际承平，宜其诗为正风正雅，顾其才力为正风则有余，为正雅则有不足。文端、文正时，丧乱云膴，迄于今变故相寻而未有届，其去小雅尽废而诗亡也不远矣。

他没有提到清初的诗坛盟主钱谦益，正是由于钱谦益的鼓动，王渔洋继而倡之，这才有清初诗坛炽盛一时的宋诗风气[①]，是为清诗一变。康熙十八年(1679)，清廷武功告成，肇兴文治，开博学宏词科网罗文士，王渔洋以新朝诗人领袖羽仪风流，宏奖后进，影响所及，整个康熙中后期直到雍正间，神韵诗风成为诗坛主潮，清诗为之一变，而自家面目出。雍正后期延及乾隆中，康熙朝名家逐渐凋落，神韵诗末流弊端渐显，沈德潜以耆年宿望主盟诗坛，以格调之实救神韵之虚，仅能守成而已。乾隆中袁枚声名日盛，以性灵说摧廓传统的羁绊，最大限度地发挥诗歌的自我表现机能，天下向风，百态杂陈，清诗于是又一变。嘉道之间，学术盛而诗不济，与学风的调和汉宋相应，诗学观念也趋于折衷与融合，创作度过一个平庸的时期。直到咸丰间太平天国兵起，才给诗歌注入沉重的现实内容，并使诗歌愈益贴近社会变革，从内容到形式完成清诗的最后一变。这也是古典诗歌到现代诗歌的蜕变。

这一清诗流变观，乾嘉以前相信较能为人接受，而道光以后恐怕难得认可，因为这里涉及主流文学史话语的"近代"概念问题。道光二十年(1840)的鸦片战争，向来被视为中国社会历史产生突变的转折点，此后的八十年被称为近代史，道光二十年后的清代文学也就顺理成章地被称为近代文学。学术史研究者认为，最早把近代文学史界定为鸦片战争到五四运动的是吴文祺《近百年来的中国文艺思

---

① 蒋寅《王渔洋与清初宋诗风的兴替》，《文学遗产》1999年第3期。

潮》,吴文开宗明义就指出鸦片战争是“中国历史上一块画时期的界石”[1],其观点明显比附于政治史分期自不待言。梁启超曾断言:“文化史的年代,照例要比政治史先走一步。”[2]而具体到文学,我看恰好相反,文学史的年代似乎总比政治史后走一步。如果说 1840 年英军大炮打开中国大门,给封闭百年的清王朝带来前所未有的震动,使中国社会跨入一个急遽的转型时期,那么这种转型主要是表现在政治和经济上,对文学所产生的影响并没有像近代文学史分期所象征的那么大——那毕竟只是天朝的边警,除广东诗歌略有反映外,并未激起广泛的反响。这一事件对历史的深远影响要到很多年以后才能被人们品味出来。其实吴文祺已指出,在鸦片战争促发的诸多变动中,文学的变动最晚,直到戊戌变法后才开始,突出标志是维新派的“文学改良运动”、“王国维的文学批评”和“章炳麟的文学主张”。当代学者更认为文学的观念、主题、形式的变化到光绪二十八年(1902)以后才开始[3]。他们的看法当然是有道理的,问题是既然以变革为文学史分期的依据,就应该考虑到渐变和突变的不同。突变可以取转变之点为断限,而渐变通常只能以滥觞为断限。从诗史的角度来看,第四期渐变的滥觞我以为是咸丰初爆发的太平天国战争。这场波及大半个中国的内战,就像唐代安史之乱,彻底结束了清王朝的太平盛世,同时整体冲击了传统的礼乐社会及其思想基础。正如曾国藩切身感受到的,“举中国数千年礼义人伦诗书典则,一旦扫地荡尽。此岂独

---

① 吴文祺《近百年来的中国文艺思潮》,原载《学林》第 1 期,1940 年 11 月出版。转引自《中国古代文论研究论文集》,上海古籍出版社 1989 年版,第 558 页。

② 梁启超《明清之交中国思想界及其代表人物》,《饮冰室合集·文集》第 14 册,中华书局排印本。

③ 刘纳《开始于一九〇二、一九〇三年间的文学变动》,《中国近代文学的特点、性质和分期》,中山大学出版社 1986 年版。

我大清之变，乃开辟以来名教之奇变，我孔子、孟子之所痛哭于九原”[①]。整个文学的创作风貌由此而发生转变，由萎靡变得激烈。这是个需要专门讨论的问题，在此无法展开，我想引两位过来人的论述来支持我的假说。陈衍《近代诗学论略》云：“道光之际，盛谈经济之学。未几，世乱蜂起，朝廷文禁日弛，诗学乃盛。故《近代诗钞》断自咸丰之初年，是时之诗，渐有敢言之精神耳。”袁嘉谷《卧雪诗话》卷一也说：“康、乾之际，诗家类少言时事，殆鉴高启、袁凯之辙。咸、同来，国势日岌，始鲜顾忌，而有关史乘之章，风涌云起。广州诸役，海内吟咏者众。”[②]两位诗论家不约而同地都将晚近诗歌史的起点划定在咸丰之际，显然是注意到了咸丰初诗歌的突变。事实上，与敢言相伴的，不仅是时事内容进入诗歌，诗歌的艺术风格也出现了醒目的变化。那就是陈衍说的同光以后，“蕲向杜韩，为变风变雅之后，变本加厉。言情感事，往往以突兀凌厉之笔，抒哀痛逼切之辞。甚且嬉笑怒骂，无所于恤。矫之者则为钩章棘句，僻涩聱牙，以至于志微噍杀，使读者悄然而不怡”。由此看来，最早阐释近代文学发展的胡适，以曾国藩之卒为象征性标志，而将同治十一年(1872)定为近代文学的开始[③]，是有他的道理的。

至于陈子展《中国近代文学之变迁》将近代的起点定在光绪二十四年(1898)的戊戌维新，以为直到此时“中国才总算有了一点近代的觉悟”，才是“中国文学有明显变化的时候”[④]，我怀疑他的“近代”概念受日语的影响，是指今所谓的“现代”。事实上，呈现在学术史视野中

---

① 曾国藩《讨粤匪檄》，《曾国藩全集·诗文卷》，岳麓书社 1986 年版，第 232 页。参看钱竞、王飚著《中国 20 世纪文艺学学术史》第一部，上海文艺出版社 2001 年版，第 198—299 页。

② 袁嘉谷《袁嘉谷文集》，云南人民出版社 2001 年版，第 2 册第 462 页。

③ 胡适《五十年来中国之文学》，《胡适文存二集》卷二，上海亚东图书馆 1924 年版。

④ 参看陈子展《中国近代文学之变迁》，中华书局 1929 年版，第 2—3 页。

的有关从鸦片战争到五四的文学分期的歧见[1]，不仅有术语引起的混乱，还显出学者们在分期依据上缺乏共识。这暴露了我们的文学史研究在原理论上的薄弱，我们的确需要认真讨论一下，文学史分期究竟以什么为依据？解决这一原理论问题，才可以谈论具体的历史分期，相信对这一问题的认真思考能让我们进一步反思文学史"近代"概念成立的依据。

三、对清代诗学史分期的解释

如果以上假说能成立，那么我们可以认为，清代诗学的嬗变是比诗史的嬗变慢了一拍。清初宋诗风作为诗史的第一变，并没有结出理论成果，因为它是在唐诗的认识框架中发生，并为唐诗的价值尺度所范围的，更由于宫廷趣味和传统观念的制约[2]，创作实践未能全面展开即草草收场，只能视为神韵诗风发生过程中的一环。而神韵诗学经过对宋诗的尝试及扬弃，在对明代格调派和宋诗风的反思中形成理论自觉，重新确立起唐诗的审美理想，将格调派表面化的拟古改造为离形得似的深度师古，并借助于选本和诗话逐步发展其理论和学术规模，终于在康熙十八年(1679)至康熙四十八年(1709)间完成了它的体系建构，所以诗学史的第一期实际是对应了诗歌史的第二期。在这期间，江、浙诗学名家辈出，诗歌观念和学术方式呈现多元化的局面，而尤以重视诗歌史研究为特色，与神韵诗学形成互补的关系。王渔洋下世后，赵执信对他的批评公开化，但当时渔洋门人遍天下，神韵诗风占据诗坛主流，秋谷的批评难以产生影响力，相反他的著作《声调谱》却传播并充实了王渔洋的古诗声调学说，成为第一期

---

① 有关近代文学的分期及断限之争，可参看北京出版社"20世纪中国文学研究"系列中裴效维、牛仰山撰《近代文学研究》第二章"近代文学史的分期与断代研究"。

② 参看蒋寅《王渔洋与清初宋诗风的兴替》，《文学遗产》1999年第3期。

诗学的重要成果。乾隆九年(1744)赵执信逝世,标志着第一期诗学的结束。

乾隆三年(1738),赵执信的著作刊成问世,《谈龙录》对王渔洋的批评产生影响,而神韵诗风本身的流弊也渐显露出来,日益为人所诟病。屈复《论诗绝句》有云:"文章生死判升沉,忆奉渔洋迈古今。此日尽讥好声调,披沙那肯拣黄金?"[①]田同之《与沈归愚庶常论诗因属其选裁本朝风雅以挽颓波》亦云:"山姜花谢蚕尾倾,野狐怪鸟齐争鸣。泛泛东流视安德,狺狺龙吠集新城。"[②]沈德潜当时虽名位未显,但作为"东南之鲁灵光",被视为王渔洋之后的文坛盟主,"作诗自汉魏至元明皆为别其流派,一归于和动顺成,得风雅之传之正"[③]。但限于才力,沈德潜既未开一代诗风,也未能提出新的诗歌理论,其格调诗学更多地具有一种守成的性格,由他主盟文坛的乾隆前期,实际是性灵诗学的酝酿时期,乾隆初产生的诗话和诗学著作已露出性灵派的苗头。到乾隆三十年(1765)前后,袁枚声名日盛,代沈德潜而执诗坛牛耳,与蒋士铨、赵翼并称为三大家,诗坛转而为性灵派的天下[④]。在抒写性灵的口号下,人性中长久被压抑的欲望得到宣泄,诗歌在扩大表现阈界的同时也带来琐屑和放荡的流弊。到乾隆末期产生的《随园诗话》、《雨村诗话》等性灵诗学的成果,可以看作是性灵诗风的记录和总结。嘉庆三年(1798)袁枚去世,清代诗学进入它的第三个时期。

嘉、道两朝可以说是清诗创作的平庸时期,性灵诗风到嘉庆末而极绮靡之至,道光初程恩泽等起而以宋诗风矫之,开同光体之先河。当时的诗坛,虽然有舒位、孙原湘、王昙、龚自珍等一批诗人力图突破

---

① 屈复《弱水集》卷一四,乾隆七年刊本。

② 田同之《砚思集》卷二,乾隆间刊田氏丛书本。

③ 顾诒禄《吹万阁文钞》卷二《送沈归愚先生应博学宏词赴都序》,乾隆刊本。

④ 郭麐《灵芬馆诗话》卷八:"国朝之诗自乾隆三十年以来风会一变,于时所推为渠帅者凡三家。"按:三家指袁枚、蒋士铨、赵翼。

故常，有所创革，但总体上不能改变创作萎靡不振的状态。与这种创作现实相应，诗学也没有出现有全国影响的诗论家，除潘德舆“质实”说之外，没能产生有影响的论诗主张。无论从哪方面看，嘉道间的诗学都呈现一种平庸的面貌，与其前后各时期诗学的丰富多彩不可相比。不过，嘉、道诗学整体上却有一个醒目的倾向，在某种意义上也可以视为清代诗学的转型，即诗学开始重视纪录性而淡化了理论与评论色彩。我阅读此期诗学著述的印象是，探讨理论、技法与注重批评的诗话数量锐减，而宣称以表潜阐幽为主旨的诗话明显增多。以记录性为主的地域诗话和同人诗话成了诗话的主流，“以诗存人”或“以人存诗”成为诗话编撰的主要动机，记录逸事和标榜风流取代论才较艺而成为诗话的主要内容。作于嘉庆二十年(1815)的袁洁《蠡庄诗话》凡例略云：(一)取其全备。上至蒙汉诸旗，下至释道仙鬼，无不采入。(二)以代说部。凡事可一笑、句可豁人心目者俱采之，不以浮浅为嫌。(三)随得随录，多寡以箧笥所藏、耳目所及为限，非故作褒贬。(四)录诗多而论诗少，以诸家论诗已多，不欲东施效颦，拾人牙慧。(五)以纪投赠，以阐幽潜，故所采皆近人之句。偶涉古人，皆友朋持论所及，必志其从来，不敢掩人之善。(六)诗余之佳者，附于十卷之末，以全体格。很明显，作者突出强调的是记录性，艺术评论若有若无，已退缩到毫不起眼的位置。这正是嘉、道诗话的一般面貌，我用记录性来概括第三期诗学的主导特征，也是基于这一点。

咸丰以后，内忧外患交侵，社会矛盾空前剧烈，清代社会进入一个动荡和变革的转型时期。新旧观念的冲突和更迭，显得前所未有的激烈，诗歌也呈现出前所未有的丰富多变和新旧杂糅的色彩。同光体的宋诗风虽占据诗坛的主流位置，但以自我表现为旗帜的“诗界革命”同样是强劲的思潮。诗歌干时讽世的社会功能在这穷则思变的时代得到最为淋漓的发挥，而社会变革带来的新观念和新事物同时也改变了诗歌的风貌。相比之下，诗学较之诗歌创作对世道的反应则显得很滞后。如果说诗歌创作对世变的反应(更准确地说是预感)始于龚自珍,那么诗学的反应却要迟到道光末咸丰初的林昌彝《射鹰楼诗话》及同治间所作另一部诗话《海天琴思录》、魏秀仁《陔南山馆诗话》乃至光绪间的徐贤杰《三山诗话》、盛钟歧《崇道堂诗话》等才显现出来。据我有限的阅读来看,诗学中观念和批评方式的变化发生得很晚,也许要到光绪年间,即由梁启超所代表的"诗界革命"思潮,而它也不是当时诗学和诗歌批评的主流。直到20世纪20年代以前,诗学主流仍维持着陈衍《石遗室诗话》所代表的传统形态。诗歌理论和批评的现代转型应该是在西方诗学的刺激下完成的,它相对于创作的滞后,部分是因为近代早期的西学翻译基本上没涉及文学理论①,有关诗学乃至文学理论的翻译都是在五四运动前后。联系到在"整理国故"背景下产生的刘大白《中诗外形律详说》来看,现代形态的中国诗学著作乃是与西方近代诗学接触而产生的结果。这一过程还有待细致考究。

文学史与政治史毕竟是不同步的,批评史与文学史也不同步,诗学史又与批评史不尽同步。尽管其间有时也会出现某种一致性,但其步骤最终取决于自身发展的逻辑。就诗学史而言,因其部分地具有学术史性质,不仅像批评史那样与文学史紧密关联,还明显受时代的学术风气影响。前述清代诗学史的分期,若由学术史的视角看,也约略可见清代学风嬗变的内在消息。

四、清代诗学史分期的学术史背景

学术史是近年文化史研究的一个焦点,文学与学术史的关系在学术史研究的热潮中得到关注。前辈学者已注意到,"诗的发展比学

---

① 钱竞、王飚著《中国20世纪文艺学学术史》第一部,上海文艺出版社2001年版,第215页。

术思想的变迁要更复杂一些，诗风的转变与学风的转变也不尽一致”[①]，那么诗学史的发展与学术史又有着什么样的纠葛呢？我们都知道，梁启超《近世之学术》一文将清代学术析为四期：第一期顺、康之间，学术的中心是程朱陆王问题；第二期雍、乾、嘉之间，学术的中心是汉宋学问题；第三期道、咸、同之间，学术的中心是今古文问题；第四期光绪之间，学术的中心是孟荀问题、孔老墨问题[②]。这当然只是思想史视角的划分，如果从学风的嬗变着眼，则王国维的看法堪称精辟："国初之学大，乾嘉之学精，而道咸以来之学新。"[③]所谓大，所谓精，所谓新，盖就学术的气象而言。

顺、康之际的学术，极具博大恢宏的气象，这已为思想史学者所公认，其核心在于经世致用的理念、批判心学的立场、倡导实学的趋向。黄宗羲、唐甄的挑战君权，颜元、李塨的崇尚实践，阎若璩的疑古考信，钱澄之、傅山的表彰子学，万斯同、谈迁的究心明史，胡渭、毛奇龄的否定宋儒经说，朱彝尊的平章历代经义，费密的解构道统、溯源经旨，顾祖禹、梁份、刘献廷的研求地理沿革，梅文鼎、王锡阐的推考天文历算……众多杰出学者的努力，汇成一股强劲的学术思潮，一洗王学空虚之风，更冲决程朱理学的樊篱，将晚明"通经学古"的思想融入以经学济理学之穷的学术潮流中，共同创造了清初学术强烈的现实精神和博大的气象。

梁启超说顺治元年到康熙二十年的四十年，主要是遗老支配学界[④]。这一论断移用于诗学也很得当，只不过情况要更复杂些。当时支配诗坛、发挥决定性影响的应该说是钱谦益、吴伟业、龚鼎孳、施闰章、冯溥、曹溶、徐乾学等由明入清的达官，顾炎武、黄宗羲、冯班、冒

---

① 马积高《清代学术思想的变迁与文学》，湖南人民出版社 1996 年版，第 34 页。

② 梁启超《饮冰室合集·文集》第 3 册，中华书局 1936 年版。

③ 王国维《观堂集林》卷二三《沈乙庵先生七十寿序》，中华书局 1959 年版。

④ 梁启超《中国近三百年学术史》，中华书局 1936 年版，第 17 页。

辟疆、申涵光等遗民作家基本处于边缘位置。但这身份的差异并不决定各自的艺术倾向，宗唐主宋主要取决于其家族、地域传统及个人趣味，这使诗坛格局变得错综复杂，时尚总是在对立和冲突中形成，而诗坛总体呈现开放和多元化的态势：宗宋者或推崇陆游，或推崇苏、黄，宗唐者或以盛唐为归，或以昆体为尚，或专学杜甫，或兼取中唐，趋向不一，百花齐放。相对创作观念而言，诗歌理论、批评及研究的工作主要是由遗民群体完成的。以顾炎武、黄宗羲、王夫之、冯班、贺裳、吴乔、叶燮为代表的诗学家，从各个层面对诗歌本体和技术理论作了深刻的研究。他们的诗学因贯穿着经世致用的现实性、崇尚独立的批判性和注重实证的科学性而显出闳通的视野和深刻的历史感。

随着四方平定和武功告成，清廷感觉天下已定，开始将文治提到议事日程上来。康熙十七年(1678)正月二十三日，诏荐举“学问渊通，文藻瑰丽”之士，开博学宏词科，可以说是清朝政治转型的分水岭，也是文学风气发生转变的一个关键。是日著名诗人王士禛以“诗文兼优”破例由部曹擢为翰林侍读，成为有象征意义的事件，向人们传达了一个君主“锐意向用文学之士”的信号[①]。康熙二十一年(1682)八月，玄烨在与日讲官论学中接受“道学即在经学中”的思想[②]，“立政之要，必本经学”[③]从此成为朝廷政治决策的基本思想。直到康熙末年，玄烨仍重申“治天下以人心风俗为本，欲正人心，厚风俗，必崇尚经学”[④]。朝廷推尊朱子而将理学经学化的结果，使学术的经济取向、现实取向日渐淡化。而康熙十八年的博学宏词科，网罗大批遗老名士，开《明史》馆，多少收到了怀柔的效果。终康熙一朝，诏

① 详蒋寅《王渔洋事迹征略》康熙十七年，人民文学出版社 2001 年版。
② 《康熙起居注》二十一年八月初八日，中华书局 1984 年版。
③ 《清圣祖实录》卷一一三，康熙二十二年十二月乙卯条。
④ 《清圣祖实录》卷二五八，康熙五十三年四月乙亥条。

命编纂艺文类大书数十种，鼓吹盛明，揄扬鸿业，将朝野学术日益推向艺文的方向。在一派鼓吹盛明、揄扬鸿业的氛围中，宋诗风有些不合时宜，遭到“非盛世清平广大之音”的批评。初踞文坛中心的王士禛，听从徐乾学的劝告，适时地调整了自己的立场，通过编选唐诗，重新塑造和阐释自己的诗歌观念，用“神韵”的旗号标举一种与盛世相匹配的清明广大之音。值得注意的是，“神韵”在王渔洋诗学中是个包容性很大的概念，支撑它的骨干乃是格调派的家数，像明代格调派诗家一样，王渔洋也是通过对历代诗歌艺术的剖析将抽象的审美理想表达出来的。王渔洋的创作成就如何评价，可以另说，但他的诗学我认为是有集大成意义的。王渔洋写作诗话虽不是最多，但发明理论问题之多、研讨前代诗学之深、评论历代诗家之众，却在古代诗论家中首屈一指。在这一点上，王渔洋诗学和顾、黄、王等大师的学问一样，都有博大的气象和集大成的色彩，典型地体现了清初学术的特征。研究者似乎还没有注意到这一点。

正像学术史所显示的，清代学风与朝廷的文化政策密切相关。康熙前期的文坛气氛应该说还是比较宽松的，当时诗选中所收的大量寄托故国黍离之思的作品也表明了这一点。后期文网日密，戴名世《南山集》案的酷烈（康熙五十二年，1713）让文人们感受到文字狱恐怖的逼近，清初以来的经济之学渐变为专注于经史考证和文字训诂的乾嘉朴学。今人论乾嘉学风，往往一面推崇其考证之不可企及，一面又贬斥其饾饤琐碎，不关世用。这种单纯从实用性来评价知识的浅薄态度，是近代以来中国文化最大的病根，它导致了学术精神的沦替，最终使学术丧失追求真理的信念和勇气。从实用性出发，就看不到，任何真正的知识追求，都会培养起科学和进步的观念，最终转化为思想建设的成果。乾嘉时期最有建设性的思想成果，不是出自他人，恰恰出于乾嘉学风的代表人物戴震。戴氏之学涉猎极广，但对弟子段玉裁说：“吾生平著述之大，以《孟子字义辨证》为第一，所以正人心也。"当时将戴震与惠栋并称，以为惠氏之学求其古，戴氏之学求其是。[①] 焦循也认为"其生平所得，尤在《孟子字义》一书，所以发明理道性情之训，分析圣贤老释之界，至精极妙"[②]。焦循《孟子正义》较之训诂也更侧重于阐发义理，看他论戴震此语即知绝非学究之言。文集中《封建议议》一文，论顾炎武《封建议》的迂阔不可行，胆识俱足，也绝非学究眼界可及。从整体上看，乾嘉学术的经史考证和文字训诂都有义理贯穿其中，只不过具体到每位学者，则有见识高下广隘而已。焦循《辨学》论当时治经之派有五：一曰通核，二曰据守，三曰校雠，四曰摭拾，五曰丛缀。诗学中也有这五派，通核以袁枚《随园诗话》、赵翼《瓯北诗话》为翘楚，据守有田同之《西圃诗说》、薛雪《一瓢诗话》等发挥师说，校雠如吴景旭《历代诗话》、黄之纪《古诗刊误》刊订故籍，摭拾以蒋澜《艺苑名言》、卢衍仁《古今诗话选隽》、蒋鸣珂《古今诗话探奇》最为通行，而丛缀之作尤为丰富。据焦循说，丛缀之学"博览广稽，随有心获，或考订一字，或辨证一言，略所共知，得未曾有，溥博渊深，不名一物"。照宋人的说法，"诗话者，辨句法，备古今，纪盛德，录异事，正讹误也"（许顗《彦周诗话序》），其体裁大抵就是丛缀。乾隆间论诗之书，自汪师韩《诗学纂闻》、马位《秋窗随笔》以降，不仅更多辨证考订的朴学色彩，还热衷于研究和讨论专门性的问题，其中最引人注目的就是古诗声调论，出现多种订补和商榷《声调谱》的著作。终乾隆一朝，尽管性灵派的创作观念风靡一时，对诗学传统和成规多有颠覆，但诗歌批评和研究中还是实证学风占主导地位，清代诗学理论命题的深化和技法的深入研究主要是在这一时期。正像学术一样，清初学者只是提出了许多问题，尚未及深入探讨，学风也不够细致，经乾嘉时代的穷研细讨，清学方开花结果。

嘉道之际，清代社会经历由盛转衰、由封闭到被迫开放的剧变，

---

① 任兆麟《有竹居集》卷一〇《戴东原先生墓表》，道光刊本。

② 焦循《雕菰楼集》卷一二《国史儒林文苑传议》，文选楼丛书本。

学术显露出由常州今文经学引发的经世致用之学复兴的新动向。主宰学林数十年之久的汉学因日趋琐碎和封闭而为人诟病，宋学重新抬头并演成汉、宋合流的趋势。当时的思想界，表面上虽由江藩《国朝汉学师承记》、《国朝宋学渊源记》与方东树《汉学商兑》的对峙引发了激烈的汉宋学之争，但经学的主潮却涌动着调和汉、宋的倾向。胡培翚《答赵生炳文论汉学宋学书》强调，"汉之儒者未尝不讲求义理，宋之儒者未尝不讲求训诂名物，义理即从训诂名物而出者也"，只因所处时代不同，所谓"运会使然，非其有偏重也"。[①] 这种看法在当时很有代表性，嘉、道以后"汉宋之学当并存而不可偏废"基本成为学界的共识[②]。不仅如此，在宋明理学和心学之间也出现了调和的倾向。秦瀛批评当世学者"宗朱者黜陆，宗陆者又黜朱"的门户之见，说："理学心学歧而为二，此后儒之谬论也。白沙于静中养出端倪，甘泉随处体认天理，阳明之致良知，其后虽不能无敝，要未可以心学少之。"[③]与此相应，文学领域也出现不同观念由冲突到融合的倾向，文章写作中流行不拘骈散的主张[④]，诗论中则有兼取神韵、格调、性灵，调和唐、宋，折衷天分、学力的议论。丁繁滋《邻水庄诗话》述其师语云："近日学诗者或主神韵，或主格律，或主性灵，其实不可偏废也。"[⑤]沈道宽《六义郛郭》进一步申论："谈诗者之聚讼，无过性灵、格律，二者不可偏废也。舍性灵而言格律，是为土木形骸；舍格律而言性灵，必至缅弃规矩。"[⑥]至于"论诗不界唐宋，惟以得性情之真者为宗"[⑦]，"诗境须

---

① 胡培翚《研六斋文集》卷五，光绪四年世泽楼重刊本。

② 金锡龄《劬书室遗集》卷一《上林月亭先生书一》，光绪二十一年刊本。

③ 秦瀛《小岘山人续文集》补编《论学》、卷二《唐陶山独坐图像赞》，道光刊本。

④ 参看曹虹《清嘉道以来不拘骈散论的文学史意义》，《文学评论》1997 年第 3 期。

⑤ 丁繁滋《邻水庄诗话》，日本内阁文库藏嘉庆二十一年刊本。

⑥ 沈道宽《话山草堂遗集·杂著》，光绪刊本。

⑦ 刘绎《存吾春斋文钞》卷一《郭羽可舍人诗集序》，同治刊本。

探造化源，唐音宋派且休论”[①]，“有才而无学，不足为才；有学而下笔无神，亦不足为学”[②]，乃是当时流行的论题。无论艺术趣味、风格抑或师法门径，嘉道间总体上都显示出折衷和融合的倾向。当然，折衷与融合从另一个角度说，也意味着平庸和缺乏独创性，嘉道之际经世致用之学的复兴没有在诗学中产生什么回响，倒是如前文所说，记录性成了嘉道以后诗学的主流，论才较艺退居次要位置，感旧怀人、阐幽表微乃至标榜风流成为诗话的主旋律。这似乎是与理论创造力的萎缩相表里的，诚如章实斋所言，“论文考艺，渊源流别，不易知也。好名之习，作诗话以党伐同异，则尽人可能也”，这可以解释为何到这一时期诗话作品数量激增。实斋“挟人尽可能之笔，著惟意所欲之言”的批评，用于嘉道时期的诗话才最恰当。

咸丰以后，清代社会进入剧烈动荡的时期，学术也日新而多歧。梁启超说光绪间学术的中心是孟荀问题、孔老墨问题，乃是就学术史立论，若就学风的嬗变而言，则中、西学之争是咸丰以后的核心问题。咸丰十一年(1861)清廷设总理各国通商事务衙门，以务实的态度对待国际事务；同治六年(1867)设同文馆，聘请西人教习西语西学，举国上下，风气一变。以致时人感慨：“今之以学外夷为经济者，遍天下皆然。其始盖犹以汉学为名，近且公然横议，号曰西学。”[③]“盖自寇乱平而洋教兴，儒生诵习，亦惟时务是趋，人人骛于功利矣。”[④]这可以说是清代社会进入变革时期的显著标志。士大夫竞讲新学，议富国强兵之道，社会风气从而变得自由开放，文学研究也在西学的刺激下开始其近代化的历程。咸丰以后的诗学，根据论者的立场形成两派，一是沿清诗主流而来、发挥宋诗精神的同光体，一是以黄遵宪、谭嗣同、

① 王庆勋《论诗》，见李家瑞《停云阁诗话》卷一二，咸丰刊本。
② 陈仅《继雅堂诗集》蒋湘南序，道光二十七年刊本。
③ 孙葆田《校经室文集》卷三《答夏涤庵书》，刘承幹刊求恕斋丛书本。
④ 孙葆田《校经室文集》卷三《复徐季和先生书》，刘承幹刊求恕斋丛书本。

梁启超等为代表的学龚自珍、力图挣脱传统羁绊的新诗派。前者无论在内容上还是在形式上都继承了古代诗学的传统，在古典趣味中确立自己的诗歌理想（如陈衍的“三元”说）；后者则是“诗界革命”的摇篮，直接催生了新文学运动的萌芽。戊戌维新后，梁启超的报章文体风靡一时，文学批评从内容到形式的巨大变革藉新兴的大众传媒之力迅速传播，最终实现中国诗学近代化的转型。

（本文初刊于《新文学》第4辑，大象出版社2005年版）

清代诗文集的类型、特征与文献价值

清代是一个文化事业繁荣的时代，也是文学创作十分普及的时代，清代留下的出版物之多，历史上没有一个时代可以企及。几年前，学术界基本还无从判断清代诗文集的总量，是李灵年、杨忠主编《清人别集总目》(安徽教育出版社 2000 年版)、柯愈春《清人诗文集总目提要》(北京古籍出版社 2001 年版)的问世，尤其是柯著《提要》，著录传世清代诗文别集四万余种，作者一万九千七百余人，使我们对清代诗文集的数量规模有了初步的概念，从而有了一点触摸到文献边际的踏实感觉，仿佛在苍茫大海的漂泊中突然看到了地平线。

由于两种目录的收录范围都以传世著作为限，可以想见它们与清代实际产生的著作数量还是有一定距离的。更何况清代总集的数量至今还不清楚，我们要完全掌握清代诗文作品的数量，在今天仍是不可能的。但即便是现知的不太完全的数字，也足以说明一个庞大的文学创作群体的存在，意味着社会对文学的前所未有的需求。事实上，清代文学的成就只从性质上描述，根本无法给人一个恰当的概念，因为它最突出的特点之一就是写作和出版数量之巨大。丰富的文献为清代文学研究提供了前所未有的便利，尤其是使深入"过程"的文学史研究成为可能[①]。遗憾的是迄今为止，学界尚未充分利用这

① 参看蒋寅《进入"过程"的文学史研究》，《山西大学师范学院学报》2001 年第 1 期。收入《王渔洋与康熙诗坛》，中国社会科学出版社 2001 年版。

种文献优势，以致清代诗文研究长期停留在有限的作家和作品上，徘徊在较浅的层面，难以深入。这种情形，除了厚古薄今的文学史价值观的影响之外，也与我们对清代诗文集的数量、特征及其独特的文献价值认识不够有关。本文试图根据自己考察、阅读的体会，对清代诗文集的概况及其学术价值略做论述。

一、清代诗文集的流传和收藏

中国古代社会是个典型的书香社会，自宋代以来，雕版印刷和图书贸易十分发达，不仅皇家、官署、学校藏书丰富，私人藏书风气也很浓厚。在经济繁荣、印刷出版业发达的清代，产生数量众多的诗文集并留存于世，本是不难预期的。但遗憾的是，清代藏书风气极为佞古，只重宋版元椠，明版书都不放在眼里，留心收藏明代诗文集的只有黄虞稷、刘承幹、陈田几人，本朝诗文集就更无人收藏了。除了少数名家集子被人阅读庋藏，或一些稿钞本被留心文献者珍藏，大多数诗文集刊本都任时间淘汰，自生自灭。更兼近代以来，万方多难，传世文献一毁于兵燹，二失于列强掠夺，三厄于“文革”，公私藏书遭受无法估量的损失。时至今日，存世清代诗文集总数虽有四万多种，但传本已极少，许多晚近刊本竟也珍稀罕见，这使得清代诗文集的收藏极为分散。以我访读所知，国家图书馆的收藏是最为丰富的，其次是上海图书馆，南京图书馆，浙江图书馆及北京大学，复旦大学，中国科学院，中国社会科学院文学所、历史所图书馆。湖北省图书馆收藏清代后期诗文集也相当丰富。上述图书馆所藏，应已占传世清代诗文集的绝大部分，分散在其他图书馆的部分已不多。海外图书馆所藏溢出上述单位者大约也不会多。京都大学是日本收藏汉籍数量最丰富的单位，所藏清代诗文集溢出中国社科院文学所藏本之外者，寥寥三数种而已，而文学所藏书多过京大的就不可计数了。台湾“中央图书馆”和“中央研究院”所藏也有限，国民党当年撤退时将许多珍贵古籍装运到台湾，清代文籍来不及搬运，都留在了大陆。今天考察和搜集清代诗文集的资料，首选是北京、上海、南京、杭州四座城市。复旦大学图书馆有刘承幹嘉业堂旧藏清集，多稿钞本；中国科学院图书馆有邓之诚多年搜罗的清集，以清初刊本为富；中国社会科学院文学所图书馆有张寿镛约园旧藏，益以郑振铎、何其芳任所长期间购自市肆的大量稿钞本、刊本，计清集约三千种。刘、邓、张三位都是晚近致力于搜罗清代文献的专家，他们所藏的清代诗文集多有珍秘之本。

中国古代文献的流传，以唐代为界，划分为抄本和刊本两大阶段。抄本时代，书籍以传抄的方式流通传世，因而书无定本，篇目、文字都有较大歧异；刊本时代，书籍主要以刊本的形式流传，遂有篇目、文字相同的定本可依。当然，由于雕版印刷的发达，一书或有不同版本行世，再加上稿抄本，也带来篇目、文字的异同问题。宋元时代，为时久远，稿本和刊本都流传无多，传世抄本也多属后人传抄，篇目和文字异同相对较少；明清两代稿本和刊本都留存较多，各种本子所收篇目和文字乃至附录往往有较大差异，于是相对准确意义而言的文献价值意义上的校勘就变得重要起来，其重要性甚至超过唐宋以前的别集。这就要求我们在调查清代诗文集时，应尽可能地查阅不同版本甚至同一版本的不同藏本，以便多方面获取各种资料。比如《国朝诗话》作者杨际昌，著有《澹宁斋集》，事迹见汤纪尚《槃薖文甲集》所收传记，未载生卒年月。中国社会科学院文学所藏乾隆刊本《澹宁斋集》，有杨氏后人手跋，详述先祖生平著述，知其生于康熙五十八年(1719)，卒于嘉庆九年(1804)。这就是作者家藏本的特殊价值。又如顾图河《雄雉斋选集》，通行为康熙间刊六卷本，中国社会科学院文学所藏康熙刊本却配有续集钞本一册，后有乾隆三十三年(1768)十二月张四教手跋，云：“花田太史为教王母之从父兄，又母之世父也。昔舅氏授以此册，藏之二十余年，偶于友人家得见太史改抹手迹，盖晚年意有未安，再加审定者，借归敬临一过。太史尚有续集未梓，当合此中所收者，重锓一本。教有志焉，而未能也。”考《清人别集总目》，《雄雉斋选集》并无续集流传，此本所附的续集应是未刊稿抄本，值得珍视。这种情形在清代别集中是不鲜见的，搜集材料时应加注意。

二、清代别集的种类及特点

清代别集，从内容构成来看，有文集、诗集和诗文集之分，单纯的文集较少，单纯的诗集数量最多，诗文兼收的别集介乎两者之间，往往是作家的全集。试帖诗和八股文一般单行，如今日学生作业，不入别集。偶尔也有作者不忍割舍、附入别集的，究非常例。清代虽已届刊本时代的末造，但因时间较近，留下的稿抄本数量颇多，其内容构成、流通方式和文献价值都与刊本不同，需要区别对待。

先说刊本。刊本相对于稿本，是正式出版流通的著作形态。中国古代作家的作品，起初都是由亲友或后人编集的，唐代白居易开始自己编订文集，后世相沿成例。清代作家的别集大多数是作者生前刊行的，也有少数为家人或朋友编刻于身后，如纪昀《纪文达遗集》就是作者卒后七年，始由家人在嘉庆十七年(1812)刊行的。这决定了清代别集中的大部分刊本出于作者本人的取舍，即使委托别人删订或编集，也经过作者认可，代表着作者个人的意愿。当我们阅读一部作者生前印行的别集时，我们就意识到这是作者自己认可的，或者希望示人的面目。这就像女子化妆，经过修饰的面容虽非本来面目，但毕竟体现了她的理想和趣味，我们可以由此推断她的艺术目标。

清代由于雕版印刷业的发达，只要有一定经济实力，刊行作品变成轻而易举的事。或一事刊一集，多为纪行、纪游之类，如王渔洋出使广东和陕西、四川，祭祀南海、西镇岳渎，所作编为《南海集》、《雍益集》;或一官刊一集,如宋荦在虔州视赣关榷时有《双江唱和集》,孙元衡任台湾府通判时有《赤嵌集》;或一年刊一集,如王渔洋早年的小集《丙辰集》、《甲寅诗》。这类集子篇幅都不大,取其快捷易成,一般称小集。或出使远游,登览吊古,或经历事故,人情翻覆,小集总有其异域背景或新闻时效,为朋辈乐观,稿本往往在同人间传阅,而作者也总是请读者随施批点或作序跋。这样,小集就保留了大量的背景材料。清初的小集,尤其保留了许多序跋和评语,可见一时风气如此。王渔洋早年所刻《焦山古鼎图诗》、《白门前集》、《入吴集》、《秦淮杂诗》、《白门后集》、《阮亭壬寅诗》、《阮亭甲辰诗》、《退寻草》、《游西山诗》等,都有当时名家的序跋。如康熙三年刊《阮亭甲辰诗》一卷,有前朝遗老林茂之序,后有诸家评语。康熙十一年刊《游西山诗》一卷,有严绳孙、曹禾、汪懋麟序。顺治十八年刊《金陵游记》一卷,收江南游记十五篇,篇幅寥寥,却冠有杜濬、陆圻、施闰章、冒襄、尤侗、陈维崧六位名家的序言。这些序跋和评语保存了当时的写作背景和最初的读者反应,是最珍贵的第一手研究资料,从中可以发现许多涉及作品写作动机和本事的细节。到编合集时,有的序跋就被删去。如朱彝尊顺治十四年游粤诗草《南车草》一卷,有蔗余道者序,云:“自变故以来,诗书之气,无所附丽。天下之才人,往往化为诗人。”此语极有味,而日后编合集,此序不存[①]。即使合集能保存多数序跋,评语一般也被删削,作品则往往有不同程度的删改,当初写作和流传的那个原始氛围不复存在。另外,小集往往是一年或一事一刻,保留了诗作的编年资料。故宫所藏李天馥《容斋诗集》内含《容斋甲辰诗》、《容斋甲寅诗》、《容斋丁未诗》、《容斋乙巳诗》、《容斋丙辰诗》、《容斋丙午诗》、《容斋乙卯诗》、《容斋癸丑诗》、《容斋戊申诗》,版式不一,明显是一年一刻,皆可考见其诗系年。后来编为《容斋千首诗》,变成分体编排,

① 黄裳《前尘梦影新录》,齐鲁书社 1989 年版,第 90 页。

许多作品就无从知其写作年月了。我考察他与王士禛的酬唱，部分作品只有据上述小集才得以系年。所以说，小集是文学史和作家研究最重要的材料之一，也是清代诗文集特有的文献源，研究者应特别注意，深入发掘其中的内容。

清代作家步入文坛，通常都是从刊刻小集开始的。若干小集问世，赢得一定声誉，有了一定地位后，就有了编合集的资本。清初名集往往有合若干种小集订为一册的[①]，较正式的是选汰重编。王渔洋印行了若干小集后，在康熙元年（1662）由门人盛符升刊行《阮亭诗选》十七卷，系由顺治十三年（1656）至十八年（1661）作品中选 1222 首（据目录为 1217 首）编成，前有李元鼎、黄文焕、熊文举、李敬、林古度、赵士冕、丁弘诲、张九徵、韩诗、王泽弘、蒋超、吴国对、叶方霭、唐允甲、顾宸、汪琬、施闰章、冒辟疆、魏学渠、杜溦、陈维崧、杜濬、程昆仑、赵进美、丘石常、王士禄二十六人序及自序两篇。康熙八年又加上康熙后七年间所作，付门人王立极在苏州沂咏堂刊行了《渔洋山人诗集》二十二卷，诗作按年编排，但《阮亭诗选》所收作品又有部分删削，包括顺治十三年施闰章赴山东提学使任时所呈《历下奉赠愚山学宪十五韵》、《再赠愚山学宪时以越游草见示》。二诗以晚辈自居，语气甚恭，时过境迁，到康熙间王渔洋与施闰章已平揖论交，甚至在笔记中提到愚山请他论定诗集，语气不无自负，集中不存少作也就不奇怪了。延君寿《老生常谈》曾说：“在墙上见人所黏诗草，案上见人所刻硃卷，论当从宽。盖能中式，能倡和，便好。若是刻了集，是出问世人，便恕不过去。此刊行之不可造次也。然有人吹毛索瘢，想来尚是有斑之豹皮，直得去吹索。绵津似不如渔洋，人能知之。当时有合刻诗稿，人吹索渔洋，不吹索绵津，是绵津死而渔洋不死也。古人谓盖棺然后论定，到盖棺了，人品学问已定，一切功名势位，穷檐陋巷，皆

① 黄裳《前尘梦影新录》，齐鲁书社 1989 年版，第 49 页。

无分别，则真评出矣。”[①]这段话前后讲的是两个问题，前面说诗文一旦版刻行世，就是正式定稿与世人相见，所以要极为慎重。但他接着又强调，其实版行之稿并不足以论定一个人的成就，真正的评论必待盖棺方能决定。这种看法从根本上说当然是不错的，但通常的情形，无论就社会影响还是文坛知名度而言，合集的刊行都是作者在文学上取得成功的标志。就像邵长蘅刊《渔洋绵津诗钞》，这种由他人编刊的诗选，更意味着作者已是诗坛的焦点，他的选集已足以畅销盈利。事实上，在康熙三十四年(1695)邵长蘅选刊渔洋、绵津两家诗之前，无锡侯文灿已在康熙三十三年刊行了《渔洋山人诗初续合集》十八卷。侯文灿固然是渔洋故人之子[②]，但渔洋诗若无广大的读者市场，他恐怕也不会倾巨赀刊刻偌大卷帙的诗集。从刊印小集到汇刻篇幅较大的合集，意味着作者已从普通诗人升级为名家，合集让我们间接地感受到作者在文坛的辐射力，当然它同时也遮蔽了作者早年生活、写作的部分经历。合集的编纂等于是一次重新洗牌，小集的作品在进入合集时，往往被分体编排，取消了编年，标题常有修改，文字也有所润饰。总之，作品的早期印迹被不同程度地洗去，变得身份不明确。上文强调小集的可贵，道理正在这里，小集保留了作品的原始身份。

当然，也有些作家编合集甚至到晚年编全集时仍尽量保持作品原生态的，如庞垲《丛碧山房诗集》、英和《恩福堂诗集》、黄秉礼《绿香山馆诗稿》，按职官履历分卷，保留了当年一官一集的面貌；李馥《居业堂诗稿》也保留了一年一集的形式。不过他们没有小集流传，并不能断定全集确无改易。根据现有资料来看，晚年汇刻的合集或全集，除利用旧版汇印者——这类集子往往版式杂乱，很不美观，通常都经

① 延君寿《老生常谈》，《清诗话续编》，上海古籍出版社 1984 年版，第 3 册 1797 页。

② 王士禛《蜀道驿程后记》卷上载康熙三十五年二月二十六日，“故人子侯稷山文灿来，致予合集，侯刻之梁溪者”，即此书。

作者本人或编辑者重加增删润色，使全书内容和文字臻晚年老成之境，少作往往在此时遭删除。有时特殊的政治气候或人际关系，也会影响作品的去取。我曾将王渔洋临终前手定的《带经堂集》与旧刊诗文比勘，结果《渔洋诗集》较沂咏堂刊本仅抽去《送张元履之盱眙》一首，而易以《怀余大下第游江南》。想是前诗有“江左前筹失，中都王气空。佛狸南渡日，百战忆英雄”几句，恐致人讪谤，所以掉易之。康熙后期文网渐密，终酿成康熙五十二年(1713)的戴名世案。《带经堂集》抽换一诗，事虽细微，却也是山雨欲来的征候。一般来说，全集虽有涂改历史的不足，但也有保存文献的功劳。全集往往收存小集原载的序跋，如汪士鋐(原名征远)《栗亭诗集》共收十一篇序，其中王士禄序题下注《沧螺集》、《黄山纪游草》、《京口纪游草》，龚贤、程守序下注《黄山近稿》，黄士埙、曹溶序下注《洞庭纪游》；靳治荆二序，一注《黄山近草》；吴绮二序，一注《芜城录别》，一注《谷玉堂集》，都是为小集而作，只有黄宗羲、吴山涛及靳治荆一序是为全集而作。上文提到的《阮亭诗选》所收二十六家序，也有不少是小集原序。有些人的合集将这些小集序统冠以“旧序”之名，列于全集序后。那些小集大部分都失传了，赖全集保留其吉光片羽；有些名家的序跋，不见于本集，如龚鼎孳十四世孙彦绪编光绪九年刊本《定山堂诗集》，保留序文十一篇，其中钱谦益序两篇，《过岭集序》今存于《有学集》卷一七，而《定山堂诗集序》文集便失收了。

出于作者手定的全集，代表着作者的晚年定论，体现了作者成熟的趣味和判断力，仿佛是作者愿意示人的标准像，而删除的作品则是他力图遮掩的斑疵，所以除少数敝帚自珍的作家，偶尔会在其他的场合比如笔记、诗话提到删去的作品外，多数作家都不愿意别人知道那些被自己剔除的作品，辑佚当然就更难容忍了。说得最深恶痛绝的是郑板桥，其《后刻诗序》有言：“板桥诗刻止于此矣，死后如有托名翻板，将平日无聊应酬之作，改窜烂入，吾必为厉鬼以击其脑！”[①]李洽《夜谈追录》载前辈诗人欧阳辂临终前，写诗集刊本需要修改的文字十几条相付，嘱挖改板片，不由得感叹道：“后之读先生集者，慎勿以其所手删者窜入集中，亦吟魂所默感也！”[②]从作者的角度说，这么想是很正常的，但后人为存先贤遗文，喜好者欲见其全体，研究者要占有全部材料，势必网罗遗佚，虽零章片句也要珍重收取。即以郑板桥而言，十余年间，卞孝萱先生的新辑本篇幅已倍于旧版。同样，后人编印的全集，一般都较原刊内容丰富，大多辑存佚作，或增益了传记资料。如光绪九年刊龚彦绪编《定山堂诗集》，卷首影刻龚鼎孳手札多通，是原刊本所无的珍贵资料。咸丰元年戴均衡重刊《方望溪先生全集》，增入方苞裔孙恩露提供的诗十五首，弥补了全集中无诗的缺陷，使望溪不能诗的传闻不攻自破[③]。不管从哪方面说，后出的全集都应该是研究者首先使用的版本，因为它包含了后人整理、增订的成果，在学风严谨的清代，像明人编书那样伪造窜滥的情况不敢说绝对没有，但一定是极罕见的。如果是出于名学者编定、整理的全集，那么校勘水平也能得到保证，文字的准确性会比原刊本和合集本有所提高。

清代诗文集的流传与前代最大的不同点就是有大量稿本、抄本传世。现在不少图书馆都将抄本定为善本，实际上抄本的价值要根据其书有无刊本传世及抄本早于刊本还是晚于刊本来决定。现存许多抄本书都有刊本行世，甚至它们本身就是据刊本传抄的。像中国社会科学院文学所藏陈恭尹《陈元孝诗》无格精抄本一卷、吴焯《渚陆鸿飞集》无格精抄本一卷、萧德宣《虫鸟吟》无格精抄本一卷、吴宁谧

---

① 郑燮《郑板桥集》，上海古籍出版社1979年版，第24页。

② 李洽《夜谈追录》卷二，光绪六年刊本。

③ 乾隆初方世举《兰丛诗话》尝称望溪“兄以文胜而诗居功半，今藏于家”，则望溪实有诗稿留传，后人未能保先世手泽耳。

《桐川乐府》同治五年影钞本一册，京都大学文学部图书馆所藏冯登府《石经阁文集》，都是据刊本抄录的，没有溢出刊本以外的篇目。《陈元孝诗》和萧德宣《虫鸟吟》很像是摘抄的读本；《石经阁文集》精抄本各册末有"门人陈宝琛校字"字样，似据刊本影钞。这样的抄本除了文物价值，基本没什么文献价值。当然，有些抄本，因其原刊本流传绝罕，其价值也就非一般抄本可比。京都大学文学部图书馆藏的沈钦韩《幼学堂文稿》抄本八卷与吉川幸次郎先生旧藏钞本一册，就属于这种珍贵抄本，因为《幼学堂诗文稿》道光刊本为"清人别集中最罕遇难求之品，虽近刊而流传绝罕"[①]。至于有批点或校勘记的抄本，尤其是出自名家之手的批点，当然也属于珍本。鉴于清代抄本的复杂情况，一般谈抄本的价值主要是指无刊本行世或非源于刊本的抄本，其价值略同于稿本。未曾刊行的稿抄本，其文献价值当然是不言而喻的，即使是有刊本行世的稿抄本，作为前刊本形态的文本，对研究作品的原始面貌也有很重要的意义。

清代诗文集有大量的未刊稿传世，甚至有些著名文人，其作品也只有稿本传世。比如清初著名诗人归庄，生前未能刊行诗集，作品散佚，道光间季锡畴辑其遗稿，刊为《玄恭文钞》七卷，版毁于火，其书不传。后人续有辑刊，偶见重复，上海古籍出版社校其同异，编为《归庄集》十卷。中国社会科学院文学所藏有《归恒轩初稿》抄本二卷，分《归恒轩诗集》与《归恒轩遗集》两部分，前者按体编排，收七古 13 首、五绝 10 首、七绝 153 首；后者无次序，共收诗 211 首，与前编有重出。校以排印本《归庄集》，可补诗 207 首、文 12 篇，且诗下多注明作年，可资考证。其中诗题及文字与他本略有异同，篇目也经作者删削，如七绝《城陷后二十日访得兄子益孙所在抱之以归口占四绝句》此本作三首，《昆山看梅诗二十九首》此本合两集仅存 17 首，《和顾端木先生

① 黄裳《前尘梦影新录》，齐鲁书社 1989 年版，第 149 页。

弃庵十咏》此本仅存六首,《哭二嫂四首》此本作二首,可见是作者删定之本,《归庄集》未能采用,是很遗憾的。归庄毕竟是布衣,诗中多有违忌之语,诗集难以刊行是可以预料的。福建名士李馥,官至浙江巡抚,后罢官流寓吴门,大约艰于生计,诗集《居业堂诗稿》稿本竟也未能付梓。今福建师范大学图书馆藏六册,福建省图书馆藏一册,江苏古籍出版社 2000 年影印问世,已非完本。中国社会科学院文学所藏胡廷桂诗稿四卷精写清稿本一册,有丁丑仲夏韦光黻题识,称"凡可刊者以三〇两〇为别,必不可存者直书删字",可见是请韦氏选定以付梓者,今未见刊本流传,想是终未能梓行。这样的稿本沉睡在各地图书馆中的还很多,亟待整理抢救,以免毁损湮没。

有些作家的作品生前即已梓行,但有文无诗,或有诗无文,今传稿抄本可补刊本之缺。如清初太仓诗人周肇,吴梅村编《太仓十子诗》选其诗一卷,而文无刊本。上海图书馆藏有周肇《东冈诗钞》一卷补遗一卷文一卷,中国社会科学院文学所也藏有旧钞本《东冈文稿》一册,将这两个抄本合起来即可补周肇文集。至于那些著书等身的作家,全集卷帙庞大,若非家拥厚赀,往往不能全数刊行,以致身后遗留的稿本远多于刊本。比如关中名士康乃心,生前刊有《莘野诗集》和《三千里诗》,后民国间印《关中丛书》第三集收入《莘野先生遗书》二卷,仅此而已。中国社会科学院文学所藏康乃心《莘野先生遗书》稿抄本,多至三十册,系乾隆间子弟门人汇辑遗稿,内收像赞、题辞、总目、《莘野志》、《毛诗笺》、《四书黄河录》(残缺)、《居易堂家祭私议》(以上正编)、《订顽录》(未成之书,残缺)、《太乙子》(残缺)、《莘野诗集》《续集》、《莘野文集》《续集》及《河山遗文》(以上内编),前列李颙、顾炎武、王士禛、徐嘉炎、钮琇、李因笃、王御天、冉觐祖、路一麟诸人序及自作历年诗跋,顾炎武等序不见本集。诗凡见于《三千里诗》的题下都注明,见于《莘野诗集》者则注"刻",附有各家评语。类似这样的稿本、抄本是清代诗文集中最珍贵的部分,一则有大量未刊稿本,二则有溢出传世刊本的佚作，三是保留了各家序跋、评语。一旦正式刊行，其中一部分内容就可能会被删去，因此从文献的角度说，这类稿抄本是最有价值的。

正如前文所说，诗文集的刊行意味着定稿，经过遴选和润色，它们与稿本必有若干不同。世传有些稿抄本，或因写作年代不同，或经作者删削，与刊本出入极大。中国社会科学院文学所藏夏荃钞吴嘉纪《陋轩未刻诗》一卷，就有刊本未收的作品。夏荃《退庵笔记》卷九曾载这部稿本："吴野人先生《陋轩诗》，自缪君竹痴重刊后，稍知先生者几家置一编矣。然先生诗实不止此，东陶施丈井亭藏《陋轩未刻诗》二册，一为孙豹人手订，一为陋叟自钞。乾隆戊子宫丈节溪游东淘，于井亭处见之，携抄本归。丈有《读陋轩未刻遗稿》五言古及《题陋轩续集》小引，称其手书楷字，笔法古拙可宝。宫丈文孙枚波与余为僚婿，取此本赠余，前二十三叶先生自钞，体兼隶楷，古趣盎然，即之寥寥数十叶，而先生之精神面目几于活现纸上，古物可贵如此。后五十叶他人书，计诗三百六十余首，其已见《陋轩诗》刻者约十之一，余诗多可传。宫丈曾三选，得诗百七首，拟另录附于《陋轩诗》刻后。顷余取全帙详加遴汰，得诗百二十余首，与宫丈选小异。窃谓钞不如刻，拟取所选另刻单行本，名曰《陋轩诗补遗》，与全集相辅而行。"[①]后夏荃得缪中一草亭重刊《陋轩诗》版，乃将所选佚诗编为续集二卷附刊于后[②]。京都大学附属图书馆藏王韬《蘅华馆诗录》绿丝栏稿本四卷，收诗 432 首，写作年月起讫略同于《弢园丛书》所收重订本六卷的前四卷，但具体篇目略有出入。如卷一多长诗《花朝祝花词》,《自海上寄醒逋》其二、三；卷二多《除夕集天风草堂谨同涤盦师韵》其二，《有题》二首、《重有题》二首、《应二将适海外以山水画册赠之媵以绝句》换作《笙村纪梦》二首、《重纪梦》二首、《赠碛溪胡大即和其韵》三

---

① 夏荃《退庵笔记》，海陵丛刻本。

② 参看杨积庆《吴嘉纪诗笺校》编例，上海古籍出版社 1980 年版。

首,《哀孝子诗》换作《简胡舒堂广文》;卷三多《赠尹大》三首、《拟陆剑南题十八学士图》;卷四多《有感时事并简李大四首》小序及其二、四,卷四《贫富交》,共存佚诗二十三首。稿本诗题原有人物字号,刊本都删去,遂无知人论世之资,由此见稿本之可贵。

三、清代总集的类型和特点

清代的总集虽一直为人关注①,可由于没有人作彻底的调查,其数量还是个未知数,相信规模一定不小,一两千种是没有问题的,尤以诗集为夥。

传统目录学分类中的总集实际包含了选集和全集两类,而多人著作的汇刻则列入丛书。我这里说的总集包含以上三类,而从编纂宗旨来分,可分为全集和选集两种,前者着眼于全,后者着眼于选。全集的类型比较简单。因为《全清诗》尚未编出来,一般可以称为全集的只有丛书和合刻中的郡邑类和家族类。前者如李维钧辑《梅会诗人遗集》、沈尧咨辑《濮川诗钞》、朱壬林辑《当湖朋旧遗诗汇钞》、吴崇宣辑《高凉耆旧遗集》、谈文辑《武原先哲遗书初编》,后者如王相辑《绣水王氏家藏集》、王元增辑《先泽残存》、吴清鹏辑《吴氏一家稿》、帅之宪辑《帅氏清芬集》、钱锡宾等辑《湖墅钱氏家集》、曾克耑辑《鹗里曾氏十一世诗钞》、中国社会科学院文学所藏《侯官丁氏家集》稿抄本,但其中不免阑入前代作家,像《濮川诗钞》收入明沈机《梅泾草堂集钞》,朱绪曾辑《金陵朱氏家集》前列明代朱廷佐《春雨堂集》、朱应昌《洗影楼集》,侯资粲辑《大梁侯氏诗集》前列明侯于赵《西园杂咏》、侯应瑜《固陵小草》。其实郡邑类合刻也没有能收齐全部作家的,只不过所收各个集子是全本而已;家族合集也有删存或选抄的,称之为

① 神田喜一郎有《关于清代的总集》一文分别从时期和作者的角度论述了 67 种清代总集。

全集只为其编辑动机有收齐一地一家作品的愿望，毕竟人物和卷帙有限，收齐所有作者的全部作品是完全有可能的。这类全集的编订大都出于保存文献的动机，清人不只编纂本朝的作品，也编纂前代的作品，像胡亦堂辑《临川文献》、冯奉初辑《潮州耆旧集》，这是建构地域文学传统的一种努力①。

选集的类型比较丰富，根据作者生活的年代、地域、身份和作品内容可划分为若干种类。

首先，从作者生活的年代着眼，有历朝、断代之分。历朝诗选以徐世昌编《晚晴簃诗汇》二百卷规模最巨，收清代历朝作者六千一百余家，诗两万七千余首，是材料最丰富的清诗选。其次是沈德潜《国朝诗别裁集》，收录清初至乾隆间诗人九百余家，作品三千多首。自称"余选国朝别裁诗，与诸家略异，不操一律以绳众人，惟取合乎温柔敦厚之旨，顾以诗存人，不专主交游，所选者皆身后论定，而存者不与也"②。尽管后人对其选目及评注不无非议，但此书仍是清代影响最大的本朝诗选③。符葆森《国朝诗正雅集》成书于咸丰初，系接《国朝诗别裁集》而作，收乾隆初至道光末诗人三千多家，与《别裁集》无重复，足与沈书相发明。清末孙雄编《道咸同光四朝诗史》收清代后期四朝诗家。以上三部诗选收录作者时代正好相衔接，基本包罗了清代著名诗人。孙书不太为今人所重视，陈衍编《近代诗钞》似乎取代了它的位置，成为清代后期诗歌的代表性选本。

遴选同时作家的诗选以断代为名，其实并不准确，因为一个作者经常身历数朝。但也没有更好的说法，姑相对历朝而称断代。断代诗选以清初为最盛，谢正光、佘汝丰《清初人选清初诗》著录清代前期选本 45 种，多数为断代诗选。这类诗选既以见存诗人为采录范围，

① 详蒋寅《清代诗学与地域文学传统的建构》，《中国社会科学》2003 年第 5 期。

② 顾宗泰《停云集》沈德潜序，乾隆三十四年刊本。

③ 谢轮《篋外录》、李树滋《石樵诗话》卷七、林昌彝《海天琴思录》卷四均有非议。

势必涉及选家与作者的关系问题，从而分为两类：一类不问作者相识与否，以诗存人，示汇选一代诗之公心。其代表选本为邓汉仪《诗观》三集四十一卷，自序云："予生也晚，然适当极乱极治之会，目击夫时之屡变，而又舟车万里，北抵燕并，南游楚粤，中客齐鲁宋赵宛雒之墟，其与时之贤人君子论说诗学最详。而猥蒙不弃，其以专稿赐教者，日盈箱笥。爰因家居寡营，乃发旧簏，取诸名家之诗，芟繁就简，汇次成书。不意此选之遂，足纪时变之极而臻一代之伟观也。"[①]此外，魏宪《皇清百名家诗》、邹漪《名家诗选》也是较有影响的。这类诗选虽以普选天下诗为己任，但选录标准却常基于选家的诗学观念，甚至寄托着某种批评意图。杨际昌《国朝诗话》就指出"《诗观》诸选，流播海内，意在力返唐音"[②]，这也是古代选本通常承担的批评功能之一。中国古代的诗歌选本，历来就有强烈的批评色彩，不光其选目体现了作者的审美趣味，所附评语更是直接表达了选家对诗人及其作品的看法。清代的诗选更有一个独创性的体例，就是在诗人小传后更附以诗话。朱彝尊《明诗综》附《静志居诗话》，后人仿之，王昶《湖海诗传》、《青浦诗传》附《蒲褐山房诗话》，郑杰《国朝全闽诗录》附《注韩居诗话》，后都为人辑出单行[③]，成为清代诗话的创体。王昶《湖海诗传》虽自称属于"取交游之所赠，性情之所嗜，偶有会心，辄操管而录之，以为怀人思旧之助。人不必取其全，诗不必求其备"的一类[④]，但其书规模甚大，一时交游尽为诗坛名家，故仍可视为断代诗选。

遴选一代之诗，工程是很浩大的，对选家的识见、交游和财力要

① 邓汉仪《诗观初集》卷首，康熙间慎墨堂刊本。

② 杨际昌《国朝诗话》卷二，清诗话续编本。

③ 《静志居诗话》有嘉庆二十四年姚祖恩扶荔山房刊本，《蒲褐山房诗话》有北京大学图书馆藏清抄本、上海图书馆藏道光间郑乔迁抄本、台湾"中央图书馆"藏毛庆善重编稿本、韩国民族美术研究所藏抄本，《注韩居诗话》有安徽博物馆藏清抄本。

④ 王昶《湖海诗传》卷首，转引自周维德编《蒲褐山房诗话新编》，齐鲁书社 1988 年版，第 311 页。

求都很高，所以多数选家都以自己交游所及的范围，或为怀念故旧，或为标榜声气，编选同人的作品，较著名的有钱谦益《吾炙集》、冒辟疆《同人集》、冯舒《怀旧集》、王士禛《感旧集》、陈维崧《箧衍集》、陈毅《所知集》、顾宗泰《停云集》、王豫《群雅集》、法式善《朋旧及见录》等。题名为《兰言集》的同人诗选有四种，分别为何之铣等、王啅、赵绍祖、谢堃所编。吴翌凤《怀旧集》专收逝者，《印须集》专收存者，是很特别的例子。李长荣《柳堂师友诗录初编》是同人诗选中卷帙最繁的，收其师友二百十七人诗[①]，人各一卷，基本是汇刻。一般来说，遴选历朝或一代之诗，往往有选家的趣味一以贯之，以选家的标准为去取。相比之下，同人诗选反而更能体现诗人的特点。盖此类诗选非刻意所为，作品多属箧笥所存，偶然性强，不经意中流露了作者的本色。洪亮吉说："（王昶）侍郎诗派出于长洲沈宗伯德潜，故所选诗，一以声调格律为准，其病在于以己律人，而不能各随人之所长以为去取，似尚不如《箧衍集》、《感旧集》之不拘于一格也。"[②]正指出了两类诗选旨趣的差别。

断代诗选虽有意网罗一时名家，但受桑梓之情和作品流传情况的影响，总不免取本地作家多而采边远地区作家少，出现地域上的不平衡。比如僻处西南的云南诗家，就常为选本所遗。近代批评家由云龙曾指出："滇自西汉时肇启文化，历千数百年而至明清，人才为极盛。其功业彪炳、节概卓荦者，既未易一二数，即或寄情吟咏，托意诗歌，亦多倜傥不群之才。徒以僻处西南，不获驰逐于中原坛坫；又性朴厚，不为声气标榜之事，以是海内操选政者，往往采访不及。沈归愚辑《国朝诗别裁》，已有路远诗稀之叹；王兰泉《湖海诗传》甄录至六百家，而独遗滇黔，洪北江引以为憾。近人陈石遗选《近代诗钞》，亦

① 武作成《清史稿·艺文志补编》著录为二百三十六卷，此据上海图书馆编《中国丛书综录》。

② 洪亮吉《北江诗话》卷一，人民文学出版社1983年版，第8页。

录三百余家，而于滇独不之及，于闽则著录特多，毋亦爱乡敬止，不嫌于有所私欤？”[①]尽管如此，遴选一代之诗，终究是在刻意搜求同时代作品的基础上编成的，其来源多为稿本、抄本或单行小集，每存集外之作。陈济生编明末《天启崇祯两朝遗诗》卷七收陈子龙诗115首，其中便有《陈忠裕公全集》未收的作品18首[②]。沈德潜编《国朝诗别裁集》卷一二收傅山诗仅一首《送友之秦中》，称“诗卷零落，只存一篇”，可见当时傅山诗流传极罕。然而就这一篇，收作品最完备的宣统三年丁宝铨刊本《霜红龛集》却失载[③]。因此，即使是多载传世名篇的断代诗选，仍具有相当的文献价值，多收朋侪往来酬赠之作的同人诗选就更不用说了。

从选诗的地域着眼，则有以一个地方行政区域为范围的选集。这类选集以唐殷璠《丹阳集》为祖，历宋元明各有若干种，到清代而极盛。它们通常是修方志的副产品。如王昶《青浦诗传》自序云：“乾隆辛丑、壬寅年间，余承修《青浦县志》。一时同修之士好颂述先民者，各以乡先生之诗来示，虫残蠹蚀之余，不下数十家。其于丛书脞说中，勾稽而摘录之，又得二百余篇。志成，将各以诗归之。念此数十家，皆无专集行世，其曾勒诸枣木者，十之一二，而枣木之亡亦久矣。任其分携散去，不可复聚，是其人情性所托，嗜好所寄，化为冷烟蔓草，无以稍见于后世，其亦可悲也已。于是或因人以核其地，或因地以存其诗，（中略）考核精审，别为诗话以记之。”许乔林《朐海诗存》，系嘉庆十年至十一年间参与辑《海州志》，以修志时所辑资料编成。刘宝楠《宝应文征》是用编纂《宝应图经》搜集的资料编成。顾季慈《江上诗钞》，系以参修《江阴县志》所得资料编纂而成。职是之故，这

① 袁嘉谷《卧雪诗话》序，《袁嘉谷文集》，云南人民出版社2001年版，第2册第457页。由氏自注：“北江和瓯北题《湖海诗传》诗有‘六百家中六十年，边风采不到黔滇’等句，实则《湖海诗传》中录有南园、鹤峰、亦园诸家之作，张南山《诗人征略》曾引之。”

② 参看叶石健《陈子龙十八首佚诗辑存》，《古籍研究》2002年第3期。

③ 详朱则杰《清诗版本丛考》，《古籍研究》2002年第3期。

类诗选所收的作品往往包括前代，凡专收本朝的则冠以“国朝”二字加以区别，如吴颢编《国朝杭郡诗辑》、王辅铭编《国朝练音集》、朱绪曾编《国朝金陵诗征》、费周仁编《国朝松陵诗征》等。其命名有时含有风字，如宋荦辑《吴风》、商盘编《越风》、郑王臣辑《莆风清籁集》、马长淑编《渠风集略》、李调元编《粤风集》、赵瑾编《晋风选》、傅汝怀编《黔风演》等，暗示着与《诗经》十五国风一脉相承的关系及代表着地方传统，从而与代表着历史、王朝或文化中心的“雅”形成对照[①]。这类选集与地域诗话相配合，就逐步建构起一个地域文学的小传统。就一个时期的空间存在而言，地域性诗选有一类带有合刻性质的选集，往往与同人诗选相出入。如吴伟业选编《太仓十子诗选》、宋荦选编《江左十五子诗钞》、沈德潜《七子诗选》、张学仁选编《京江七子诗钞》等；而另一类收罗作者众多的诗选，又与断代诗选相出入，如毕沅选《吴会英才集》，阮元选《淮海英灵集》、《两浙辅轩录》，潘衍桐编《两浙辅轩续录》等，惟地域有所限制而已。

清代诗选中还有按作者身份编选的一类，如遗民有卓尔堪编《明遗民诗》，八旗作家有铁保等奉敕编《熙朝雅颂集》、铁保编《白山诗介》等，闺秀有陈维崧编《妇人集》、吴翌凤编《女士诗钞》、胡孝思《本朝名媛诗钞》、任兆麟《吴中女士诗钞》、恽珠编《国朝闺秀正始集》、蔡殿齐《国朝闺阁诗钞》、张曜孙《阳湖张氏四女集》等，布衣有何梅《绥安二布衣诗钞》、王士禛《新安二布衣诗》、吴宁辑《澉川二布衣诗》、丁丙辑《西泠五布衣遗著》等，方外有李嗣业编《甬上高僧诗》、释名一《国朝禅林诗品》、释含彻《方外诗选》、王豫《京江三上人诗选》、陈任旸《焦山六上人诗》等。至于按作品题材编纂的，则有邹一桂《本朝应制琳琅集》、阮学浩编《本朝馆阁诗》、张日珣和邱允德编《国朝赓飏集

① 毛奇龄《西河合集》序二八《静念堂稿序》：“予思国风与二雅不同，皆以时地所居处而于焉分之，王朝为雅，列国为风。此非好为是区殊也，诚以风雅有体，诗虽言志，而崇卑之体即现乎其际。”乾隆间萧山毛氏书留草堂刊本。

注》、杜定基《国朝试帖鸣盛》、张应昌《国朝诗铎》之类，不一而足。

清代骈散文辞赋的写作虽也很发达，但总集远不如诗歌多。官方编集的大型文选，有乾隆十二年张廷玉等奉敕编《清文类》和嘉庆十五年敕编《清续文类》。较重要的选本，古文有朱琦编《国朝古文汇钞》、李祖陶《国朝文录》、王昶《湖海文传》、姚椿《国朝文录》、贺长龄编《皇朝经世文编》、盛康编《皇朝经世文续编》、盛昱编《八旗文经》等，骈文有吴鼒《八家四六文钞》、曾燠《国朝骈体正宗》、张鸣珂《国朝骈体正宗续编》、王先谦《国朝十家四六文钞》等。清代骈体文以常州最盛，屠寄编有《国朝常州骈体文录》，为历代绝无仅有的地域性骈体文选本。

总之，清代文学创作的普及是前所未有的，作品量之大也是前所未有的，因而同时具有保存和淘汰功能的选集就十分繁多。没有哪一个朝代像清代这样产生如此数量众多、种类齐全的总集和选集，它们对于清代诗文研究是极为有用的参考文献，同时它们本身也是很值得研究的对象。透过这些总集和选集，我们可以了解作家作品在社会上流传和被接受的程度，从而了解一个时代一个地域的文学风气和时尚。

迄今为止，清代作家的集子整理出版得还很少。全集只有《黄宗羲全集》、《李渔全集》、《施愚山集》、《张杨园全集》、《赵执信全集》、《戴震全集》、《袁枚全集》、《钱大昕全集》、《纪晓岚文集》、《崔东壁遗书》、《刘熙载全集》等十余种，诗文别集自钱谦益、顾炎武、王士禛迄止陈衍、赵熙、李详，标点本百余种。即使加上台湾各出版社的影印本以及上海古籍出版社 20 世纪 70 年代末影印的“清人别集丛刊”，清代诗文集的整理和流通也还是不如人意的。今人新编的集子，当然不乏像刘辉编《洪昇集》这样用功很深的，但仓促编集的相当多，还有随意删削的。比如《刘大櫆集》，沿古人文集不收时文的惯例，弃其八股文《刘海峰稿》，倒也罢了；《吴嘉纪诗笺校》以“封建意识特别浓厚”为理由，删去几首歌咏节妇殉夫、孝子割股、义仆报主的作品，就不太合适了。当然，这是20世纪70年代末的出版物，难免有时代局限。可新中国成立以来编唐宋以前作品，却没见有类似的处理方式，可见这其实还是个对文献珍视程度的问题。今人治唐诗，哪怕是零章断句，也必网罗收拾，倍加珍惜。而整理清代诗文集，也许是材料太丰富了吧，整理者的态度似乎特别大方，集外散见篇章简直不放在眼里，当然也不会下功夫去辑佚，这很大程度上影响了清代诗文集整理的水平。清代名作家别集，往往版本众多，稿抄本传世也多于往代，比历代诗文集更具校勘和辑佚的价值。今后的清代别集整理，校勘和辑佚都是不可轻忽的重要工作。

四、有关清代诗文集检索和介绍的工具书

关于清代诗文集的检索和介绍，现在已有若干种可资使用的工具书。最早当数《四库全书总目提要》，虽只收了乾隆以前的作家，寥寥不满百种，但有评论，可视为官方评价，所著录的版本和卷数也可见乾隆间所传版本。后柯昭忞等续修四库全书，所撰提要稿1972年由台湾商务印书馆出版，收录了四库全书未收的一些集子，以乾隆后居多。《四库全书总目提要》于各书版本只著录底本所据的一种，邵懿辰撰《四库简明目录标注》，添注所见各书版本，经后人增订，编为《增订四库简明目录标注》(上海古籍出版社1979年版)印行，可供检索清代前期诗文集。

民国间修《清史》，《艺文志》由吴士鉴、章钰编辑，集部收清代诗文集一千一百多种，按作者时代编排，基本都是著名作家的集子，惜数量有限。为此，武自成续纂补编，收书二千四百余种，按作者姓氏笔画编排，便于检索，唯收书与前书偶有重复。中华书局将两个目录合印，编有索引，颇便检阅。但这两个目录有一个共同的缺点，就是

不注明版本、存佚，实用性不大。后来王绍曾主编《清史稿艺文志拾遗》（中华书局 2000 年版），补录清代诗文别集一万三千八百多种，总集一千多种，各注明所据目录和馆藏，弥补了前两书的不足。此外，治清代文史常用的一部书是孙殿起的《贩书偶记》。作者是琉璃厂书店“通学斋”主人，经营古书之余，留意清代文献的流传，记录了平生经眼的清代文籍。其中主要是集部书，一一注明版刻，有不少稿抄本，至今仍为考究清代文献流传的重要依据。上海古籍出版社 1999 年排印本附有索引，检索十分方便。

清代别集目录的编纂，民国初年京师大学堂教授孙雄即已措手，但惮于卷帙浩繁，时作时辍，终未成稿[①]。新中国成立后先后出版了四种清代诗文集的工具书。其一是张舜徽先生撰《清人文集别录》（中华书局 1963 年版），叙录清人文集六百种，主要是学者文集，以刊本为主，间收稿抄本，“考作者行事，记书中要旨，究其论证之得失，核其学识之浅深”（自序），对各书的内容、版本、作者的学术成就都有扼要的介绍。其二是袁行云《清人诗集叙录》（文化艺术出版社 1994 年版），叙录清人诗集二五一一家，约三千种，以北京图书馆、中国科学院图书馆、北京大学图书馆、首都图书馆四家馆藏为主，凡抄本及出上述四家图书馆收藏之外的刊本著录收藏单位。所收诗集以内容多涉及清代时事与社会生活为标准，少数民族作家的诗集，标准放宽。叙录内容包括作者小传及诗中涉及的政治、文化、经济、学术等史料，尤其重视中外关系、民族关系、小说戏曲资料的掇拾，往往辑其诗附录于后。凡论及作者及清诗史的内容，多采辑成说，间下己意，对研究清代文学有一定的参考价值。这两种著作出于专家之手，包含着多年研究心得，对治清代学术和诗歌史的人极有参考价值。其三是李灵年、杨忠主编，王欲祥、李灵年、陆林、陈敏杰编著的《清人别集总

① 见张惟骧《清代毗陵名人小传》孙雄序，台湾文海出版社近代中国史料丛刊续编影印本。

目》(安徽教育出版社 2000 年版),这是第一部全面反映现存清代别集数量、版本、收藏及作者传记资料的大型工具书,收录清代见存别集约四万种,作者近两万名。这部目录主要是依据海内外公私收藏目录编纂而成,虽收录版本有部分重复,偶有误收诗话、笔记、总集的情况,但毕竟大体勾画出清代别集的数量规模和收藏分布。其中著录名作家别集,如吴梅村收 25 种,屈大均收 29 种,王渔洋收 74 种,朱彝尊收 38 种,吕留良收 36 种 ,尤侗收 28 种,汪琬收 22 种,查慎行收 32 种,方苞收 40 种,袁枚收 80 种,厉鹗收 19 种,孙星衍收 25 种,吴锡麒收 50 种,阮元收 24 种,包世臣收 25 种,梅曾亮收 20 种,龚自珍收 62 种,王闿运收 34 种,李慈铭收 29 种,俞樾收 39 种,相当齐全。著名学者的著述也大体罗列,祁寯藻别集光稿本就著录 12 种,其他如王筠稿本、钞本著录 5 种,刘宝楠稿本、抄本著录 12 种,刘喜海稿本、抄本著录 6 种,阮葵生稿本著录 4 种。每种别集除注明已知现存的不同版本,还详列收藏单位,尽量保留原据书目及馆藏卡片提供的有关该书序跋、题咏、辑抄、校注、编选、刊印等时间、地点和人名资料,为研究者比勘版本异同、考究编纂刊印原委提供了方便,更为今后整理别集、编校全集提供了版本线索。书后所附《别集书名索引》、《别集序跋题咏辑抄校注编选刊行者名号索引》与《别集人名书名首字繁简对照索引》,相当实用。尤其是第三个索引,部分弥补了简体字排版的遗憾[①]。其四是柯愈春《清人诗文集总目提要》(北京古籍出版社 2001 年版),这是作者多年四处访求阅读的清代诗文集的目录和提要,收书约四万种,作者万人。提要内容相当丰富,首先是根据序跋和作品考证作者生平、创作概况,注意突出人物的个性、生平特点和经济生活;其次是叙录版本,参考地方志的著录和各家馆藏对现存别集的卷数和完整程度加以辨别,综合分析各种版本的异同

① 关于此书的详细评论,见蒋寅《一部清代文史研究必备的工具书》,《中国典籍与文化》2001 年第 3 期。

及优劣;记载所见集外佚作的线索。所附索引除常规的"著者姓名索引"、"书名索引"外,还有一个特殊的"人物索引",包括提要所涉及的序跋作者、编刻者、评注者、交游者、收藏者,可供考察作家交往和辑录佚文,非常有用。此书大多得自目验,无版本重复,也无误收之书,所以它著录的别集虽也是四万种左右,但这数字要比《清人别集总目》更为确凿。有了这部目录,我们对见存清代别集的种数才有一个比较确切的了解。

海外收藏的清代诗文集,似远不如戏曲小说类书籍文献价值高。日本收藏的清代诗文集,有西村元照《日本现存清代别集目录》(1979年油印本)可供检索,松村昂《清诗总集131种解题》所收的书籍也以日本所藏为主,通过这两个目录可以了解日本收藏清集的情况。韩国收藏的清代别集,有金学主编《韩国所藏明清别集目录》(学古房,1991年)可检。据我对韩国国家图书馆和各著名大学图书馆藏汉籍目录的考察,韩国收藏清集的数量远不能和日本相比,稿抄本也很少。总体看来,清代诗文研究的文献优势还是在中国大陆。

(本文初刊于《河北师范大学学报》2004年第1期)

清诗话的写作方式及社会功能

诗话这种批评文体自它诞生之日起，就以“资闲谈”为主要目的，宋代许彦周将诗话的功能分析为“辨句法、备古今、纪盛德、录异事、正讹误”(许顗《彦周诗话》)，只能说是列举了诗话所具有的若干种可能性。在实际的写作中，许多诗话只偏重于其中某一种功能。到清代，诗话文体愈益被看得卑下，章学诚甚至说：“论文考艺，渊源流别，不易知也。好名之习，作诗话以党伐同异，则尽人可能也。以不能名家之学，入趋风好名之习；挟人尽可能之笔，著惟意所欲之言，可忧也，可危也。”[①]就我所寓目的近五百种清诗话而言，他的说法基本是符合事实的，尤其是清代中期以后，诗话愈益走向以记述诗人事迹和诗作为主的随笔方向，更给人多而庸滥的感觉。面对这种状况，单纯从文学批评的角度，简单地重复前人的非议和指斥，是毫无意义的。因为在学风严谨的清代，在学术性也主导着诗歌批评和诗学研究的前提下，大量看似粗制滥造的诗话涌现，背后一定有着超乎写作态度问题的复杂原因。据我研究，自明代以后，人们的诗歌观念——主要是对诗歌的生命意义的理解发生了巨大的变化，清诗话写作的随意性实际上寄寓了一个时代人们对诗歌及诗歌批评的不同要求。

中国古代对诗歌之生命意义的体认，大致可以用“不朽之盛事”、

---

① 章学诚《文史通义·诗话》，仓修良编《文史通义新编》，上海古籍出版社 1993 年版，第 198 页。

“其文在即其人在”、“以诗为性命”和“文字留传胜子孙”四个命题来概括。到八股取士的明清时代，士人发挥才华的空间愈益狭窄，他们对自己的命运愈益清醒，对诗歌价值的体认也愈趋于个人化，愈益由崇高趋于平凡。当写作被视同传宗接代的生命繁衍活动时，它的崇高感、神秘感和贵族色彩就完全被消解，人们对待诗歌的态度不觉由生命绵延的借喻而产生微妙的变化。结果诗歌评价的尺度变得宽容，同时人们对诗歌作品也更加珍惜，由此产生了汗牛充栋的总集、选集、丛书，还有同样杂多的诗话，流传下无数著名或不著名的诗人①。从这个意义上说，清诗话不单纯是一个诗歌批评的载体，它还承担着以诗存人、以人存诗的征献功能，这一功能可以从写作动机、资料采集方式和传播作用三个方面来加以认识。学界对诗话的研究，近年涉及传播方面的功能，但对诗话写作和资料采集方面的问题尚未见有人论述，本文正是要在这方面作一些探讨。

一、清诗话的写作动机

批评本文的写作动机，首先当然是文学批评。然而清诗话因孕育于上述特定的文学语境，其写作动机就不再是那么单纯的文学目标，而附带有更多的社会属性。清人自陈诗话写作动机，有各种各样的说法，或以“资谈柄”(查为仁《莲坡诗话》)，或以消永日(王夫之《夕堂永日绪论》)，或以娱读者(伍涵芬《说诗乐趣》)，或以示后学(钱良择《唐音审体》)，或与学侣印证(翁方纲《石洲诗话》)，或供习举业者参考(顾龙振《诗学指南》)，或追怀故旧(王士禛《渔洋诗话》)，或辨讹正谬(顾嗣立《寒厅诗话》)，或为备惩劝、昭法戒(周春《辽诗话》)，或

① 参看蒋寅《中国古代对诗歌之人生意义的理解》，《山西大学学报》2002年第2期；收入《古典诗学的现代诠释》，中华书局2003年版。

为盛世元音之前导(黄子云《野鸿诗的》),杨松年先生曾加以列论[①]。概而观之,则主要是交际、报恩和发潜阐幽三类。

诗话作为一种"资闲谈"的文体,内容多源于作者的闻见,除了部分书本知识和尚友古人的体会外,主要取材于交游所得的第一手材料。不少诗话序言都提到"追忆平时见闻所得"(顾嗣立《寒厅诗话》),"于所闻见先辈轶事及零章断句,恐其久而湮没,皆笔之"(罗安《吟次偶记》),"是篇手辑,皆其交游踪迹闻见所及"(徐经《雅歌堂甃坪诗话》),表明书中的记载取材于平生所见识的人和事。这种表白一方面是为全书加盖保真的印鉴,另一方面也是在炫耀自己的交游之广,借以突出自己的存在,标榜风流[②]。清代诗坛原是应酬习气很浓的,诗歌成为士绅社会高级的交际手段,吴嵩梁诗集被谑称为"缙绅录",意谓诗题充斥着官职人名。诗话中也有同样的情形,根据书中出现的人物的官位或诗人在诗坛的数量级,就能轻易判断作者的交游圈子。这是显而易见的,无须深论。值得指出的是,诗话的记载本身就是一种交际形式,交际性在其中经常超过艺术性。一如王增琪《诗缘》自序所示,"诗不必佳,有缘即录;不必不佳,无缘则不录"。它不仅联系着旧雨,还延接着新知,它使作者与不曾谋面甚至不相识的作者结成"神交",为日后见面互道相见恨晚埋下了伏笔。

凡交际必有亲疏,只要是取材于当代的诗话,必从最熟悉的人物写起,最熟悉的人中又从师长或有恩于己的人写起。王渔洋诗话中追怀钱谦益对自己的奖掖,袁枚诗话中反复提到多年关照他的毕沅和尹继善,而他的门弟子凌霄《快园诗话》又再三称道自己的老师,王

---

① 杨松年《中国文学评论史编写问题论析》第四章"诗论作品之研究与评价",台湾文史哲出版社 1988 年版。

② 正如选家编选本朝诗文,往往殿以己作。魏宪《皇清百名家诗》,收康熙间作者九十人,末附己诗一卷;李祖陶辑《国朝文录》,亦收九十家,每家仅一二卷,唯全祖望四卷,末附己作四卷。自王士禛《渔洋诗话》以降,撰诗话而不自我标榜,简直就是怪事,所以不用特别提出来讨论。

汝玉《梵麓山房笔记》开卷就载其师沈元龙诗，李文泰《海山诗屋诗话》多载赏识自己的林芾南、文星誉诗。凌霄《快园诗话》自序说自己五伦缺其四，“惟朋友一伦则视余为骨肉，余亦视之如性命也。是编多纪师恩友谊，初名《师友录》，后多增入者，更名诗话”[①]。凌氏因咏《九日登台城怀古》诗受赏于袁枚，复入毕沅两湖节署，故书中称誉两恩公诗尤多。李兆元曾受知于山东学使刘云房，考课许为莱州诗学第一，耿耿不忘。作诗话时搜集不到刘诗，于是采入袁洁《蠡庄诗话》所载刘氏外孙女丁玉蟾诗[②]，聊以报偿。谢堃《春草堂诗话》中，凡居停主人无不称道。因游曲阜时得衍圣公及其长子繁灏款待，诗话卷四录孔氏父子诗以为桃李之报，自衍圣公以下，并其姊阮元夫人、其女、其族人都一一提到。他还每到一县都录该县官员的诗，到泰兴，记侠妓刘双喜事，称钱滨歌甚长不录，却记了知县李震折石氏狱事三百多字，想是李震款待他不薄。李家瑞《停云阁诗话》卷七也载：“杨紫庭醛尹谒选入都，为烽烟所阻，中道折回，余由漳州解馆，造门访之。谈论甚欢，临别复手镌牙章为赠。余心感其意，而未有以报也。屡乞其诗付刊，久之乃寄数首来。”[③]这类例子简直举不胜举，正像李树滋说的，“人情于所契重之人，每多揄扬之语，其实皆情所不禁，非故为谀词也”[④]，此所谓缁衣攸好，先其近者，也是很自然的事。问题是诗话中这类内容绝不是“非故为谀词”，而是充斥着谀词。像谢堃举孔繁灏诗“芙蕖生幽香，息息还相依”，“修竹数百竿，摇荡生微烟”，谓“皆裴、孟佳境也”[⑤]，其实有什么好，裴、孟佳境正未梦见。

由于诗话为作品的流传和诗人的出名提供了机会，诗话作者无形中就掌握了一部分话语权，在很多情况下这成为他们的交际资本。

---

① 凌霄《快园诗话》，嘉庆二十五年自刊本。

② 李兆元《十二笔舫杂录》卷八，道光二年刊本。

③ 李家瑞《停云阁诗话》，咸丰五年后续刊本。

④ 李树滋《石樵诗话》卷一，道光五年李氏湖湘采珍山馆刊巾箱本。

⑤ 谢堃《春草堂诗话》，道光刊本。

一个寒士或无名士子四处干谒，或许常吃闭门羹，无人搭理。比如袁枚《随园诗话》所载：

> 山阴胡西垞素行诡激，落魄扬州，屡谒卢转运不得见，乃除夕投诗云："莽莽乾坤岁又阑，萧萧白发老江干。布金地暖回春易，列戟门高再拜难。庾信生涯最萧瑟，孟郊诗骨剧清寒。自怜七字香无力，封上梅花阁下看。"雅雨先生见之，即呼驺往拜，馈朱提数笏。①

这虽是一个干谒成功的例子，作者的卑屈姿态仍是清晰可见。但诗话作者却总会受到礼遇，无往而不利，毕竟谁也不嫌多一个出名的机会。在当时，能进入诗话就像如今能上媒体一样，甚至更为困难，也更有价值。诗话作者们显然很清楚这一点，于是相当一部分人将撰写诗话作为打秋风的高级手段。郭麐《复萧梅江书》写道："近世贫且贱，衣食无所资，不得不有求于人。无他伎术如日者伶工，则又不得不以区区文字为贽。"②这区区文字就包括诗话在内。王偁《历下偶谈》中，凡荷其吹嘘资助的地方官吏皆有表彰，对幕主山东按察使靳会昌及助其刻诗话的知县江冶桥更多揄扬。续集卷五还提到，福建人杨蓉峰任泰安知府，王偁过泰安时曾往谒，称"猥承厚饮，献诗云：'翰墨传风雅，文章拜斗山。'屡求其诗稿不得，容续补录"。又称其"多善政，察吏安民，两得其宜，其品学真醇，为翰林前辈学者钦仰，翕然如鸟归凤"③，竭尽歌颂之能事。诗话作者不仅对有恩于己者报以谀词，更工于心计的甚至预储名流以作利市。盛大士《竹间诗话》称近人"作诗话者，类皆以耳为目，随声附和，拉杂牵连，以侈其交游之广；甚者罗列名公巨卿，为异日干求贿赂起见，此亦诗坛之一大劫

① 袁枚《随园诗话》卷三，凤凰出版社2000年版，第72页。

② 郭麐《灵芬馆杂著续编》卷四，嘉庆十六年家刊全集本。

③ 王偁《历下偶谈》，道光十一年自刊鹊华馆三种本。

也"[1]。至此,报恩和打秋风就成了一而二、二而一的伎俩,在交际的名义下发挥着实际的功利作用。

诗话作为对打秋风的回报,不只助长唯利是图的阿谀之风,还带来不无势利的市侩习气。打不到秋风,固然很不甘心,而如果诗话的揄扬得不到回报,也不免会恼怒。谢堃《春草堂诗话》写道:

> 广东拔贡生知江苏某县事,凡遇士子若寇仇然。余初不之信,投刺往候,果然受门子之虐。门子名李七者,苏州人,面首甚都,嗓京腔,词色甚厉。后询其幕中人,知拔贡生恒选优伶为门印,与之同卧起。余始悟政在门子而不在拔贡生矣。

这一节与诗有什么关系呢,娓娓述之如此,岂不就是为打秋风不利出口气吗?作者一旦存有利益交换的报恩心理,收录未曾受恩者的作品,就会将它看作是一种施恩行为,希图回报。仿佛一项投资,如果没收到预期的回报,还能不恼吗?王偁《历下偶谈》末述刻书之由,有云:

> 文章为风雅之事,因人也,而财实不可少,所缘以行者也。予困处历下,家口日繁,不能取重当道,少售所学,而郁郁久居,从好焉。聊记同人之词,以遣忧怀,固不敢自谓具眼,能传东坡,或冀东坡之携我也,心良苦矣。然而一书既出,所费不赀,则竟有置之高阁,数请罔报者。[2]

此所谓"数请"显然指收录了一些人的诗,希望他们能出点版面费。顺便说到,清代刊行诗选、诗话这类带有宣传、表彰性质的书籍,编刻者往往要向作者收取一部分刻资[3]。这里同样也适用"客大欺店,店大欺客"的规则,出资的自然是没名气的作者。

---

① 盛大士《竹间诗话》自序,中国社会科学院文学所藏稿抄本。

② 王偁《历下偶谈》,道光十一年自刊鹊华馆三种本。

③ 邓汉仪编刻《诗观》的集资情况,就散见于张潮辑《友声集》中。

正如前文所述，诗歌既然被视为生命活动的结晶，流传和被评价就成了第一要务。中国文学自宋代起进入刊本时代以后，文本的流传理应日趋便利，但实际上却形成一个正如刘飞《霜红龛集备存小引》所述的悖论："古书无所为梓本也，士人束发受书，以缮写为先务。后唐长兴三年，始校正九经，刻板印卖。嗣是充栋汗牛，鬻书几与衣物等。著述之家非是无以传后，未闻置成编弗用，仍事钞誊之苦者。间有重其人，录其书，久之亦归散佚。士人得书之易由此，寒士无力为剞劂氏偿，抱一编以没世者，亦由此也。"[①]刻书业虽日益发达，但因耗赀甚巨，寒士之作的寿世倒反而像是更艰难了，于是发潜阐幽的口号应运而生。法式善《梧门诗话》例言云：

> 诗话虽属论诗，然与选诗有别。余于先辈名集虽甚心折，无所辨证，概从割爱；至于寒畯遗才，声誉不彰，孤芳自赏，零珠碎璧，偶布人间，若不亟为录存，则声沉响绝，几于飘风好音之过耳矣，故所录特夥。[②]

仇福昌《静修斋诗话》夏卷云：

> 《随园诗话》云：凡骚人之片纸只字，录而存之，如掩骼埋病胔，泽及枯骨。予谓片金碎玉，无非至宝，安得不珍而藏之哉？此余作诗话之意也。[③]

《灵芬馆诗话》的作者郭麐说："槁项黄馘之士，名不出里闬，纵有名章秀句，当时已无人传道，更历数十年，其不为蜡传覆瓿之用者鲜矣。"[④]因而诗话自序强调："名章秀句，蟹翰断编，非敢谓能传其人，亦区区发潜阐幽之微旨也。"

---

① 傅山《霜红龛集》附录三，山西人民出版社 1985 年影印本。

② 法式善《梧门诗话》，中国社会科学院文学所藏民国二年杨亨寿重编钞本。

③ 仇福昌《静修斋诗话》，中国科学院图书馆藏稿本。

④ 郭麐《灵芬馆诗话》续集卷二，嘉庆十二年家刊本。

除了那类专事标榜、挟名流以自重,或一意为打秋风计的诗话,采录作家、作品以小家和零章断句为主,常是清代诗话作者的宣言,而回避名家或全集具在的作者乃竟成为一些作者掩饰交游、见闻不广的借口——这当然不包括法式善那样的名流,而多为位卑名微的作者,如撰《诗缘》、《樵说》的"蜀西樵也"王增琪之类。《诗缘》例言即称"网罗散失,阐发幽隐,是编之本志也。其诗已经梓行,与负骚坛重名者录从略"。但即便是这类宣称以阐幽发微为宗旨的诗话,也多主于表彰亲故,而且越是宣称发潜阐幽的越是如此。因为名位卑微的作者,他们的亲故和交游往来的朋好也更在幽潜之中。

表彰亲故原属人之常情。晚清魏秀仁曾说,"昔太史公自序,首述先世,班固因之,作序传。自是而陆机、潘岳遂以诗阐家风、扬世德。小子有志而未逮也"①。他的《陔南山馆诗话》前两卷,首先就记载"父师之教泽"。即便王渔洋、袁随园等名家诗话也莫不如此,或一族表彰皆遍,或兼及姊夫外戚,虽略有过誉,贵在有度。而像李树滋称其舅氏"诗律清华,在唐于乐天为近,而名贵过之",便有点不知天高地厚了。观其所引如《都门留别诸友》一首:"匹马单衣出软尘,知交宠饯过城堙。一尊话别三千里,同辈关心十五人。廊庙正须匡济略,江湖宜著病闲身。鸳飞鸥泛随分队,共咏尧天浩荡春。"②这样的作品只能勉强说拾乐天牙慧而已,"名贵过之"真不知从何说起。清诗话在这方面难免遭人诟病,根子全在于资料来源和采集方式,正是清诗话写作方式的变化带来了它不同于前代诗话的特点。

二、清诗话的资料来源和采集方式

作为随笔体的诗歌批评方式,诗话写作当然有个取材的问题。

---

① 魏秀仁《陔南山馆诗话》卷一、自序,中国社会科学院文学所藏底稿本。

② 李树滋《石樵诗话》卷四,道光五年李氏湖湘采珍山馆刊巾箱本。

宋人写诗话如写随笔，取平时闻见拉杂成文；元人撰诗格，往往汇辑前人论说，都不存在取材的问题。只有当诗话日益以记述性为主时，就像修史一样，素材的撷取乃成为重要问题。

就资料的来源和采集方式而言，诗话的素材主要得自访求、征稿和投稿。最老实的写作是访求，访求名家之作，或闻名而采其诗。遇到地位较高的著名作家，经常要郑重地驰函求稿，徐增《九诰堂文集》中《致曹秋岳奉常》就是为编《元气集》而写给前辈名诗人曹溶的约稿信。约稿的方式取人虽比较严格，但也不免会招致名实不符的尴尬结果。林钧《樵隐诗话》卷二即记载，曾见某知县能诗，一时名士序跋品题极夥，而且极称其人品，于是便选其诗若干首入诗话，孰料此人后竟负巨赃而逃。以致林钧不得不感叹："诗才与人品本属两途！"[①] 独自访求的确面临着这种易被虚名蒙蔽的危险。毕竟人的阅历和交际都是有限度的，即使是王渔洋、袁枚那样的一代盟主，也不能尽识天下豪杰。普通作者囿于闻见，往往会委托友人代为搜访，尤其是地方性的名家，其诗集只有托之乡人搜访，同时也只有其乡人才熟悉当地的作者，去取合宜。身为藏书家的王渔洋，每托门人或知交搜访其乡贤的集子，读后记录于笔记中，张宗柟编《带经堂诗话》不少条目就是辑自笔记的记载。这还不能说是专为撰诗话的访求，要像沈涛辑《百家诗话》那样，委托友人代为搜罗素材，才是撰诗话的访求方式。李兆元《十二笔舫杂录》卷九载："庚辰冬，邵君堂（时宰汜水）来索余及朱韫山诗，言其同乡沈君涛将作《百家诗话》，倩伊代为搜罗。余命儿辈录数首付邵君转寄沈君，儿辈遂录余明宫中乐府词及五七律共二十余首付之。余笑曰：'诗话不过取一二首、一二联而已，何不惮烦若此？'及见邵君，犹以为少。余曰：'此之为多矣。勿更贻笑沈君也。'沈君时以县令遵河工投效例，捐升直隶州。"按：庚辰即嘉庆二十

① 林钧《樵隐诗话》卷一，光绪间刊本。

五年(1820),《百家诗话》书不传,沈涛今有《匏庐诗话》三卷行世,其中未见李兆元的作品。

相比自己访求,征稿是既轻松又有效的方式,简直是坐而渔利。在现代报刊制度诞生之前,单篇诗歌作品的公开发表渠道只有诗选和诗话。征稿就是用某种方式打出广告,吸引作者前来投稿。这种方式由来甚古,钱大昕记元至元二年刊本《元诗前后集》总目后已有这样的广告词:“本堂今求名公诗篇,随得即刊。四方吟坛多友,倘有佳章,毋惜附示。李氏建安书堂谨启。”[①]到明清之交,风气益盛。诚如蒋鑨《清诗初集》凡例所云:“选家例有征启,先期传布,广积邮筒,然后从事丹黄。”[②]名士应撝谦曾说,选文在当时是治生一道[③],这主要是指应用文,如时文一类。选诗肯定不如选文的市场效益好,但从事于此的人也相当不少。其征稿启事除专文列在书前的[④],有时就写在凡例中。如夏基侨居杭州,曾辑西湖诗文为《西湖览胜诗志》,凡例称“近诗投览者累累盈尺”,“往来湖上者,日不乏人,人亦不乏诗,除古集选载而外,投稿者莫不珍重选入。倘未蒙见示,往往有遗珠之叹,《览胜》诗选,不得不再从事矣。然不肖多浪迹吴门,梓事命钱塘门外汤伯伦主之,有投览者,乞付汤手”[⑤]。席居中《昭代诗存》、陆次云《皇清诗选》凡例为编二集征稿,魏宪《诗持》凡例为补《石仓历代诗选》征

---

① 钱大昕《跋元诗前后集》,陈文和主编《钱大昕全集》,江苏古籍出版社 1997 年版,第 9 册第 537 页。

② 蒋鑨《清诗初集》卷首,康熙二十年刊本。

③ 见《应潜斋先生集》卷六《答沈大玠书》,咸丰四年刊本。

④ 如康熙十一年赵炎刊《诗藏》,前有征启,末云:“且观当代之诗家,较之古昔而倍盛。登朝硕彦,既有明堂清庙之章;漱石幽人,亦多大吕黄钟之韵。偶为品定,命曰《诗藏》。将以矜秘帙于山中,岂敢侈知音于宇内?迩者同人披玩,契若椒兰;上客采询,劝登梨枣。近体先经付梓,诸卷嗣将汇成。第恐孤吟之困于壤虫,寸管难窥夫全豹,敢恳高贤长者,锡之佳制,俯慰调饥。或前编登载无多,大名不妨再见;或新咏各体具备,压卷藉以增光。至于爵衔里居,原名别号,亦祈细加详示,以便刊入简端。”

⑤ 《四库禁毁书丛刊》影印乾隆三十七年在湄书屋刊本,史部第 41 册第 653 页。

稿，顾有孝《骊珠集》凡例为编《丘樊集》、《台阁集》征稿，都属于同样的例子。有的诗选是在序言末尾提到征稿的事，如康熙五十五年(1716)胡孝思辑《名媛诗钞》序末云："思等生长偏隅，网罗未能遍及，四方名媛如不吝赐教，有瑶章见贻者，幸邮至苏郡府学前凤池门胡抱一舍下，以便续刊。"[①]这便是一则征稿启事，还附有编辑部地址，以便邮寄，较之如今的约稿启事，只少了稿酬承诺而已。姚佺辑《诗源初集》末也有"《诗源》二集即出"的广告，这一方面是发行广告，同时也是征稿启事。这种启事不只登载于当代诗钞，有时辑刊前代诗也可借机做广告。徐增《而庵说唐诗》有康熙七年所作征今诗《附白》，吴之振《宋诗钞》凡例末一则云："四方见投新篇，及家藏近时文集，几于充栋。欲专选今诗为一集，作家巨手已刻未刻，俱望赐教。"这是较少见的例子。

诗话虽不同于选诗，但征稿方式却完全相同，自序或例言中有征稿启事。如杨际昌《国朝诗话·例言》云："嗣后尚将陆续采辑，倘大雅见之，不鄙其琐琐，惠示名章，深所望云。"[②]凌霄《快园诗话》自序说得最直白："卷数无定，凡有佳句，尽可函赐。随到随刊，无分先后。"这种编撰诗话的方式，简直像今人编印行业人才、产品名录。如此做广告的，在清诗话中并不多见，但如此著书者则不乏其人。康发祥在这方面堪称是个成功的作者，他在《伯山诗话》后集凡例里说，诗话的编排是自国初至嘉庆间，年代略为诠次，厥后赠答俱系同袍，随到随登，并无甲乙。末云"余同泽同袍，尚多契好，默数某某，诗尚未登。只缘珠玉未投，故余难为捉影之谭、书空之字。但现登之诗，实未卒业，诸君子肯以鸿章赐教，亟祈邮寄敝庐，行将续入"。这则广告相当有效，不少人闻风响应，不久他就积累了续集的素材。等到续集刊行时，自序又说："余于丁未岁(按即道光二十七年，1847)辑录诗话之

① 胡孝思辑《名媛诗钞》卷首，乾隆刊本。

② 郭绍虞辑《清诗话续编》，上海古籍出版社 1983 年版，第 3 册第 1657 页。

后，同人不我弃，肯以佳篇见示；余有所得，亦书矮纸，悉藏弆之。阅时序而已盈箧笥，爰为编辑，复成一集。”续集的刊行又给他带来滚雪球的效应，再接再厉，陆续刊行再续集、三续集、四续集，分别有咸丰元年（1851）三月、咸丰十年（1860）闰三月、同治三年（1864）九月自序。康伯祥能在二十年间陆续编撰成部帙甚大的六集诗话，征稿显然是获取素材的重要方式。而对于足不出户，难得（不是没有）介入男性写作圈子的闺秀来说，这或许是更为决定性的取材渠道。如皋闺秀熊琏所撰《澹仙诗话》同样有“后集续出”的广告，也应寓有征稿的微意。不过续集未见传本，或许不曾刊行罢。由于诗话的取材方式有这种类似自助餐的性质，作者花费在搜集材料和写作上的功夫较少，同时也为逃避别择不精之咎①，署名时每曰辑或编，而不曰撰。这并非以示谦虚，事情确实就是这样。

清诗话取材的另一种方式是投稿。投稿是与征稿相表里的，没有征稿就不会有投稿。但这只是理论上的说法，实际上根本就不用征稿，一听说有人编诗选或诗话，投稿者马上就蜂拥而至。甚至像王士禛这样的当时已很有名气的诗人，得知徐增编《元气集》，也会寄去作品嘱其采录②。清初最重要的一部总集《诗观》始编于康熙九年（1670），据凡例所述，编者邓汉仪起先只是想就箧笥所藏四方投赠之稿编次行世，“未敢广布征檄”，但消息一传开，先是“同里诸子惠而好我，倾囊见赐”，继而是扬州一带名公“以专稿见饷”，兼以南北邮寄，络绎相望，遂成巨观。初集卷九李善树《秋日棹舟过邓孝威先生旧山草堂以先子遗集求入诗选》，还保留了投稿的记录。而其“不书尊称，不书官爵，随到随梓，不序前后”的原则后来也相沿成例，为这类诗选

① 李树滋《石樵诗话》卷三云：“余既作诗话，凡近人之以诗投者，余随手摘其佳句，间有与古人相复处，人笑余如洪容斋作《夷坚志》，急于成书，故甘受人之欺。”

② 徐增《九诰堂集》卷二一《申仲子从维扬来道王贻上司李见怀》（湖北省图书馆藏清抄本）自注：“去岁曾寄诗来，属余选入《元气集》中。”按：诗作于康熙三年（1664）王士禛任扬州推官时，当时王已有大名。

所共同遵守，较常见的例子是《苔岑集》的“随到随刻，不拘爵齿先后”。康熙十一年(1672)冬，邓汉仪自撰凡例的最后一则，是续编二集的征稿启事：

> 是编行后，即谋二集，鸿章赐教，祈寄至泰州寒舍，或寄至扬州新城夹剪桥程子穆倩、大东门外弥陀寺巷华子龙眉宅上。其京师则付汪子蛟门，白门则付周子雪客邮寄最便。

而二集刊行时，凡例最后又说“是选之后，将谋三集，名流巨篇，望即惠教”，即使没有这广告，其初、二集的成功刊行也会吸引更多的投稿者。二集卷九李赞元诗后有名诗人杜濬的题识：“今之为诗者，力饰其外则内乏神情，刳心于内则外无气象，所以两失。而素园先生独内外兼胜，所以卓然推为诗伯，亟寄吾友孝威，选登二集，与世同宝。”这是杜濬推荐李赞元入选的证据。正如前文所说，友人的推荐乃是弥补闻见不足的重要手段。赵绍祖《兰言集》卷三也载陈蔚嘉庆八年(1803)突然介其舅氏寄来《陈氏联珠集》，说：“闻有选诗之举，欲以备采择。”[①]王昶起初打算辑同人诗为《吴会诗传》，王炘曾嘱黄臣燮自选两卷以付，结果“现在当道及京华故人，一闻刻诗之信，皆有稿寄来，兼多外省者，故竟改作《湖海诗传》续刻矣”[②]。吴翌凤编《印须集》的情形也很相似，嘉庆十九年(1814)编成八卷，二十二年(1817)付梓，投赠益多，遂接着编续集。初集自赵翼、张问陶、吴骞、秦瀛以降，都是一时名流；而续集六集中只偶有一二名士，如钱泳、唐仲冕之类；又续集则仅陈文述、徐熊飞有名。这实在是狗尾续貂的结果，一蟹不如一蟹。孙雄撰《四朝诗史》也是，无论贵贱老幼与相识不相识，凡以诗来投，无不甄录[③]。这类诗选因来者不拒，常不免滥收。

---

① 赵绍祖《兰言集》，嘉庆刊本。

② 黄臣燮《平泉诗稿》卷首载王炘札之二，道光十四年刊本。

③ 见陈衍《石遗室诗话》卷八，上海书店出版社 2002 年排印民国诗话丛编本。

诗话虽不如诗选影响大，但同样是一传有人撰诗话，马上就招来许多投稿者。袁枚曾说："自余作诗话，而四方以诗来求入者，如云而至。"[①]又说："余在杭州，杭人知作《诗话》，争以诗来，求摘句者，无虑百首。"[②]王道徵《兰修庵避暑钞》小序也说："曩辑《消寒录》，旨寓劝惩。阅者多出未刊诗稿属续纂。"[③]其他例证，如张诚《婴山小园诗集》卷八《慈山先生挽词》其四"鹤湖来往快盘桓，僻爱雕虫青眼看"，自注："余辑《梅花诗话》，先生亟加叹赏，属以溪庄种梅事撰入。"卷一一《钟山书院晤卢抱经学士学士以尊人白云先生诗集见赠赋此报谢》自注："陆涤斋表兄，学士同年友，手录其遗诗藏箧，顷属余补入《梅花诗话》。"[④]袁洁《出戌诗话》卷四载："凉州于芝房光九，闻辑诗话，以试帖一帙见质。余曰：'诗话所采，大约皆诙谐清新之作，试帖则不录也。'光九乃诵《书院即景》之作。"李树滋《石樵诗话》卷八载："余作诗话，时以诗投者无虚日，余皆撷其秀而登之。友人王子佩言，谭生士衡欲以诗相投，惧如钟会之于嵇中散，逡巡未果。余甚愧其言，亟索其诗阅之，则佳句络绎，不可胜摘。"[⑤]方廷楷《习静斋诗话》卷三载，常州毕幽兰女士流寓宣州，闻撰诗话，急出诗草一册求选[⑥]。袁嘉谷《卧雪诗话》卷二载小帆札云："半年不见，积想为劳，知案头又盈稿三尺矣。兹有小诗数首，为军次之作，录尘匠门，或足备诗话之选。"[⑦]王松《台阳诗话》卷下载："年来无聊，戏编诗话，远近知者俱以诗稿属选，未曾

① 袁枚《随园诗话》补遗卷五，江苏古籍出版社 2000 年版，第 518 页。黄臣燮《平泉诗稿》卷三《祝袁师简斋太史八十即次自寿韵》之三云："奚负胥钞寄满仓，争求元晏序文章。"（道光十四年刊本）可与此言相印证。

② 袁枚《随园诗话》卷六，江苏古籍出版社 2000 年版，第 139 页。

③ 王道徵《兰修庵避暑录钞》，道光刊本。

④ 张诚《婴山小园诗集》，嘉庆间张氏刊本。

⑤ 李树滋《石樵诗话》，道光五年李氏湖湘采珍山馆刊巾箱本。

⑥ 方廷楷《习静斋诗话》，《皖人诗话八种》，黄山书社 1995 年版。

⑦ 《袁嘉谷文集》第二卷，云南人民出版社 2001 年版，第 591 页。

着笔，蜚语横来，殊可畏也。”[①]直到陈衍作诗话，湘乡李希圣仍端楷录七律十数首寄来，请去留[②]。凡此种种，毛遂自荐固然很多，为人说项亦复不少。沈善宝《名媛诗话》卷九载，海昌郑莲孙诗稿，为许听樵携入京，云林属沈采入诗话。李文泰《海山诗屋诗话》卷九载，姚成熙以师刘史林先生集属入诗话。程畹《啸云轩诗话》卷二载：“丹徒郭云衢闻予作诗话，示予两集，一其同邑赵亦楼仁山，一其同邑朱次云士龙。”[③]因为目的是求登载流传，载体并不重要，所以不光是诗话，撰笔记而喜录诗话的，也会成为投稿对象。像金武祥《粟香随笔》和邹弢《三借庐赘谭》，都是以诗话为主的笔记。《粟香三笔》卷七提到，宋廷梁读到《随笔》，因寄怀人诗八首、送别诗一首，来结文字缘；《三借庐赘谭》卷六也提到，有徐某从乡间寄陈姓诗一卷来属采入集。这类投稿大大增加了诗歌作品流传和被评论的机会。

一花引来万花开，当素材源源而至时，作者不忍弃捐，诗话的卷帙也就随之膨胀不已。嘉庆六年(1801)李调元编定《雨村诗话》补遗四卷，自序提道：“乾隆乙卯六月，余已著有《雨村诗话》刊行矣。一时求之者颇盛，海内以诗见投者日踵于门。”[④]郭麐《灵芬馆诗话》续集也记载了时人见所刊诗话马上寄诗来的情形。李树滋《石樵诗话》卷一言每觅王葆生《题梦游南岳图》诗稿不得，后得友人钞示，遂急付诸剞劂；卷四言汤益谙以其师景星《佑启堂诗集》中古诗数章来，属入诗话，树滋见其据法性真，动与古会，因亟付梓。《石樵诗话》共八卷，卷七已言“余刊诗话将成”，可见后面的文字是随收随刊的。这正是清诗话编撰的通例，故而清诗话传世之本，每卷帙多寡不一，越后出的刊本越全。袁枚《随园诗话》足本为十六卷补遗十卷，但世传补遗有

① 王松《台阳诗话》卷下，大通书局版台湾文献史料丛刊排印本，第 48 页。
② 见陈衍《石遗室诗话》卷七，上海书店出版社 2002 年排印民国诗话丛编本。
③ 程畹《啸云轩诗话》卷二，山东大学图书馆藏稿本。
④ 程畹《啸云轩诗话》卷二，山东大学图书馆藏稿本。

四卷、八卷、十卷三种，都是小仓山房刊本[①]，即属陆续增刻所致。谢堃《春草堂诗话》先刊八卷，后补刊为十六卷；李家瑞《停云阁诗话》传世有五卷本、八卷本、十卷本、十二卷本、十六卷本；林钧《樵隐诗话》由两卷刊起直到十三卷，都是这么来的。至于许多诗话的续集、后编，正如王道徵《兰修庵避暑录钞》小序所示，同样是诗稿不断涌来，编者只得续貂塞责的结果。

作诗话的名声一传出去，稿源是不成问题了，但新的问题随之而来，那就是托请。袁枚《随园诗话》卷一四论选家选近人诗之七弊，末即“徇一己之交情，听他人之托请”，他坦承“末一条余作诗话亦不能免”[②]，还不无愧疚。到道光间于源作《灯窗琐话》，就完全没有这种感觉了，凡属亲朋托请，都明载其所自，泰然不以为意。李长荣《茅洲诗话》卷三也载黎竹宾著《蜗寄庐吟草》二卷，殁后嗣君以诗托自己选入诗话。谢堃《春草堂诗话》卷一六载客北通州时，书生鲍翔来谒，以祖、父诗各一册，求入诗话，由此可见几十年间风气已有了很大的变化。作者既徇情受托，则诗话不免于滥收。李家瑞《停云阁诗话》初刊五卷行世后，来稿日多，江顺诒以友人方日卿诗稿属选，诗本无多，少有称意，也只得选拟太白《怀仙歌》颇肖其体的塞责。这样一来，诗话就积累得很快，其后果不只是艺术性的损耗，还有很实际的刊刻费用问题。像《渔洋诗话》、《随园诗话》一流名家诗话，或《诗法入门》、《声调谱》之类的蒙学诗法，市场需求较大，肯定是能盈利的，因而被再三翻刻[③]。普通作者的诗话不会有什么商业价值，编撰时必须考虑刊印资金，连带引出采诗篇幅的问题。李文泰《海山诗屋诗话》卷一云：“余作诗话，有投诗者，阅之惟恐其无佳句；而选大家诗，则又恐其

---

① 《随园诗话》补遗尚有民国三年上海章福记书局石印本六卷、同治八年经国堂刊本七卷、日本文化元年大阪河内屋太助刊本二卷，因不属袁氏自刻本，故不计入。

② 袁枚《随园诗话》，江苏古籍出版社 2000 年版，第 349 页。

③ 比如袁枚《随园诗话》补遗卷三即言：“余刻诗话、尺牍二种，被人翻板，以一时风行，卖者得价故也。”

多佳句。”谢堃《春草堂诗话》卷二论陈逢衡，谓其《平回疆颂》一篇最为近古，惜篇长难载，乃录其《寒食》一绝。这都是出于篇幅的考虑。清诗话中举作品，每以集隘为托词，多取短章摘句，罕录长篇，实在都有刊资方面的难言之隐。这种割爱有时甚至会伤及友人间的感情。伊秉绶致张南山书，曾以黄培芳《香石诗话》少收其诗为憾[①]，其间或许也有篇幅的原因。这虽是经济方面的问题，但却直接影响了清诗话的写作宗旨。

在我接触到的文献中，还未发现清代有作品入选诗话收费的例子，诗选则很常见。除了前面提到的《诗观》外，席居中《昭代诗存》凡例宣称“至梨枣之费，悉出私橐，并无弋取”[②]，可以说是个反证。晚清李长荣编《柳堂师友诗录》也是收刻赀的，有何仁山《答李子虎》所述为证：“两奉翰教，拟将拙稿附入《柳堂诗录》，重承雅意，既感且惭。阁下披榛采兰，并及蒿艾，在鄙人虽幸附骥，然实非藏拙之道矣。小传藻饰逾量，益滋汗颜，乞更月旦评，勿过揄扬为祷。（中略）承示摘句，因捡故箧中蚁蚀所存，汰其五六，而择其稍平顺者，草草缮呈。宿瘤之丑，莫逃明镜之前，涂之削之，自当顶礼受教。如并无可摘取，或即投之炉火，或如赵秋谷之大集奉璧，弟断不以为嫌。梓费一节，在阁下高情雅谊，诚不在此区区。然以长卿买赋之金，为弟灾梨祸枣之用，鄙心何以克安？所该若干，定当如数奉缴。”[③]信中所述虽言词谦逊，但意思是很清楚的，自己愿出相应部分的刻资，但小传中要添加对诗的具体评语，不要全是溢美套话。由于是自费宣传，顾客可以理直气壮地——虽然措辞很婉雅——对广告用语提出要求，这是诗选不同于诗话的地方。区别在于，诗作者于诗选是有著作权的，而在诗话中却只是被谈论对象的一部分，著作权在诗话作者名下，因此诗作

① 见黄培芳《粤岳草堂诗话》卷一，《黄培芳诗话三种》，广东高等教育出版社 1995 年版。
② 席居中《昭代诗存》卷首，康熙十八年帆影楼刊本。
③ 何仁山《锄月山房文钞》卷下，光绪十六年豫章臬署刊本。

者只能像前文论及的那样，用其他方式资助诗话作者，以换取诗话的吹嘘。

三、清诗话的记录和传播功能

诗话作为传统文学批评的一种形式，艺术价值的判断无疑是其第一功能，同时它作为一种叙述文体，当然也具有记录和传播的功能，这一点近年已有学者作专文探讨[①]。从诗话的写作动机说，正如前文指出的，无论发潜阐幽也好，标榜风流也好，其终极指向都在于追求不朽。也就是说，诗话作者的意识是面向后世读者的，记录是以文字寿世，传播是希望流芳久远。诗话被这种崇高目标的光晕所笼罩，其最日常的传播功能无形中反而黯淡失色。前文对清诗话写作方式的揭示，其实已清楚地呈现了诗话在日常诗歌生活中所扮演的传播者角色，这里需要进一步探讨诗话在清代是如何实现其传播功能的。

从我的调查和阅读来看，清诗话最大的部分是以记录性为主的著作，即许颢《彦周诗话》所谓“纪盛德”一类，而且年代越往后这种倾向越明显。当人们对诗歌生命意义的理解愈益明晰，对诗歌作为自我实现的方式愈益自觉时，他们绝不会再满足于像陶渊明那样自娱自乐，而一定要传播，要争取赢得人们的肯定。这样一想，我们就不难发觉，在大众传媒缺如的前报刊时代，能够传播（即今所谓发表）单篇作品的载体只有两种——诗选和诗话（包括笔记）。不只是清代，实际上在以前漫长的岁月，诗话都与选集一道充当了文学期刊和杂志的角色，为作品提供了一个发表和被阅读的公共平台，充当了作品的保存者和传播者。

① 白贵《中国古代诗话的“存诗”“存人”功能——诗话传诗功能研究之一》，《内蒙古社会科学》2002 年第 3 期。

这虽是个普通常识,却很少为人们意识到。林云铭《荆南墨农全集序》有云:“余谓文章一道,作者识者诚未易言。最幸如为《大人》、《子虚》,见赏于人主;其次则自炫为碑文,受名宰相一字三缣之偿;又其次则持鬻外国使者,每篇辄百金;最下则流播艳姬歌口,决赌为乐。”[①]他所举文学作品的四种奇遇,并没有登之选集、诗话,播于众人之口。但如果没有选集和诗话,一般人的作品或名作家的零星篇章,将怎样传播流布呢?据朱德裳《三十年闻见录》载,光绪二十六年(1900)庚子以前,北京无报纸,消息传播官方是邸报,民间是流言,可视为发表的载体只有丛书和总集。有名到王渔洋,短篇著作除家塾自刻外,只能付张潮刻于《檀几丛书》、《昭代丛书》中;至于一般作者,如凤应韶,《读书琐记》刻于《艺海珠尘》中,《凤氏经说》刻于《粤雅堂丛书》中,更只能靠丛书传播。在大众传媒出现之前,选集或大型总集、诗话之登载单篇作品,就像丛书收录零散著作一样,发挥了现代报刊和出版业的作用。

社会学者已指出早期报纸(以及所有种类的其他杂志和期刊)在现代化过程中“把空间从地点中分离出来”的重要作用[②]。在前报刊时代,诗话同样具有这样的功能,它为作品提供了一个离开原产地和作者而向社会传播的公共空间。唯其承担着作为发表作品的公共平台的功能,所以就像现代文学期刊一样,它也受以下两条纪律的约束:一是取舍有方,以示公正;二是严格审稿,以防滥入。邓汉仪《诗观》在初集的凡例中,便已对这两点给予特别的强调:

> 选数多寡实非有意,皆因其卷之繁简、地之远近。
>
> 仆至邗,同人即贻以公书,戒以宁严毋滥。仆始终守此盟,一人不敢妄入。

---

① 林云铭《挹奎楼选稿》卷三,康熙三十五年刊本。

② 参看[英]安东尼·吉登斯《现代性与自我认同》,赵旭东、方文译,生活·读书·新知三联书店 1998 年版,第25—29 页。

在选诗的数量上，他强调并不取决于主观因素，而只是根据来稿的多寡和地方的远近，地近则易达而多，地远则难致而寡，这是很自然的；在遴选作者上，他宣称宁缺毋滥，绝不随意登录。这里提到的扬州同人贻以公书，很耐人寻味。得知一个人要选诗，竟然大家联名致以公开信，这是何等郑重其事！由此可见，似这类大型选集的编纂，诗坛是视之为公共事业而力求维护其公正性的。因时当鼎革未久，《诗观》入选作者并不严于存殁。后来本朝诗选就分成了两类，通选历朝名家的，生者一概不入，以沈德潜《国朝诗别裁集》为代表；仅选一时作者的，一般不录亡故，以王鸣盛《苔岑集》为代表。《苔岑集》凡例所称“专录现在之人，已故不录”，未尝没有传播在世作者之诗的意思。在世作者尚不到盖棺论定之日，更加需要批评的投入，这不仅是记录和传播的功德，更是为未来社会评价所作的储蓄，后代的读者和批评家可藉此间接地感知一个作者在当代的分量。这种批评的投入，对文学史研究是特别有意义的，尤其是接受美学的文学史观广为人们认同后，它愈益凸显出文学史研究的参照价值。

诗话的功能无疑也可以由这个角度来认识，传播作品和提高作者的知名度只是诗话最起码的效用，在更高的层次上，诗话还是衡量诗人身价的砝码。《履园丛话》的作者钱泳，是个完整地体现并实现了诗话传播和批评功能的例子。钱泳工于画梅，也是个著名的诗人。为他《梅花溪诗序》作序的百龄，最早是从《随园诗话》知道他的，而另一位作序者蒋廷恩则说：

> 余曩在京师与法时帆祭酒选《及见录》，尝录其诗，既又见钱塘袁简斋先生之《随园诗话》、乌程戴菔塘太常之《吴兴诗话》、阮云台官保之《定香亭笔记》、先友吴枚庵之《卬须集》，皆选其作，乃知梅溪之诗所传海内者，若是其广且博也。

蒋廷恩以前虽然读过钱泳诗，但没有《随园诗话》等书，他绝不会想到钱泳诗如此之流行，由是他感觉到钱泳不同寻常的分量。今天如果我们全面统计清代诗人在诗话中的“上镜率”，依然可以得到诗人声望的大致排名。根据我阅读清诗话的印象，王渔洋的“上镜率”应该是第一。《清诗话考》的人名索引显示，王渔洋在我写的464种清诗话提要中出现94次，名列第一。这一结果自然与王氏生于清初不无关系，但它起码表明王渔洋是清代诗论家所乐道的对象。其次是袁枚，出现53次，同样表明他是个话题人物。

尽管如此，诗话对诗人声望的积累毕竟是无意识的，诗话的功用首先在于为单篇作品和秀句提供一个发表的园地，以传播和评论作品。正像前人常说的，诗话者必须有诗有话，有诗无话是诗选，有话无诗则为《世说》。诗是诗话的中心，诗歌作品为读者提供了直接认识诗人的媒介。诗人黄安涛少时即见称于郭麐《灵芬馆诗话》：“黄退庵子安涛，字霁青，为瘦客沈君弟子。生有夙慧，尤喜为诗。前在退庵斋中，霁青荷衣出拜，呈诗云：‘作忝不知谁是客，过庭何幸又闻诗。’余深赏之，谓退庵当让出一头地。甲寅秋晚重过友渔斋，霁青已居然成帙矣。《病起遣怀》云：‘门外经旬只懒行，今朝步履觉身轻。邻翁见面休相讶，我本当年太瘦生。’‘对镜不须怜骨瘦，上堂才得慰亲欢。家庭乐事只多少，无病还应是一端。’可谓本色诗也。又有《七月十七夜待月》句曰：‘月色自来杯酒外，人情莫放夜凉初。’”[①]这是黄安涛成名的第一步，也可能是他诗的最初发表吧？日后阮元辑《两浙𬨎轩录》，询问嘉善诗人，郭麐以退庵（名凯钧）父子对，阮元载于《瀛舟笔谈》中，目为嘉善三黄。当时黄安涛尚未中举，而“嘉善三黄”之名已播在人口，诗话的影响是不可估量的。

更多的诗话没有类似的历时性记载，可以让我们清楚地看到一个诗人成名的经过，但功效相信是差不多的。清朝流传最广的《渔洋诗话》和《随园诗话》，使许多名不见经传的作者和作品扬名天下，尽

---

① 郭麐《灵芬馆诗话》卷二，嘉庆间家刊灵芬馆全集本。

人皆知。王渔洋风流自赏,霑其齿及而成名者多属与他往来的人物;而袁枚则更像个广大教化主,或《乾嘉诗坛点将录》所拟的“及时雨”,令更多士子、闺秀乃至贩夫走卒挂名于诗籍。嘉庆二年(1797)六月,秦瀛序吴骞《拜经楼诗话》,说:“世之为诗话者,一二才人,侈声气之广,往往摭拾公卿贵游之名以为重,而羼其间者,降至市井富人、优伶贱卒,靡不攔入。其人不必果能诗,其诗不必皆可采。故其为书芜而杂,踳而鄙,去古人风雅之道或远矣。”[①]其矛头所指很可能就是袁枚,这恰好反映了清诗话异于前代诗话的一面,即以记录性取代艺术性,从而降低了诗话门槛的事实。

的确,清人对诗话功能的认识首先在于记录,所谓以诗存人和以人存诗成为对诗话撰写宗旨最一般的概括[②]。因此,即便是王夫之和章学诚那样的严厉批评,辩护者只要举出诗话的记录功能,就足以确证其存在的价值。针对王夫之“诗话作而诗亡”的论断,龚显曾列举本朝朱彝尊以降直到郭麐的诗话,说它们或以嫭雅胜,或以精确胜,或尚性灵,或取风格,各有所长,但都能保存文献则一,“往往断章零句,不能自成卷帙,或裒然成集,而遗稿沉霾不传者,经诗话为之流播,不至埋光铲采,名字冥芴,则诗话又曷可勿作邪?”[③]吕善报还将诗话与批评功能相似的诗选相比,指出诗话更有三个长处为诗选所难及:

> 选诗必成篇章,然后可选,而诗话则一联一句无不可采录。选诗就诗论诗,其不选者不暇旁及;而诗话则论古议今,正谬订误,无不可细载。选诗必择大雅,有醇无疵;而诗话则一切方言俚语,诡异诙谐,无不可遍收。有此三善,故唐宋以来作之者最

---

① 丁福保辑《清诗话》,上海古籍出版社1978年版,下册第719页。

② 如祖之望《南浦诗话序》:“余惟诗话之与史志相表里,以诗存人,以人存诗,以诗纪事,艺文人物,官迹列女,其彰彰矣。”类似说法极为常见,不遑枚举。

③ 龚显曾《葴斋诗话》卷一,亦园脞牍本,光绪刊本。

多。前贤以为诗话作而诗亡,此语未免过激。①

在他所举的三善中,第一点和第三点意味着诗话较诗选有更大的包容性,也就是可以容纳和记录更多的作者(风格)和作品(形式)。为了记录和传播的目标,他们可以将艺术批评的标准放到一边,就像聂铣敏论及前人诗话得失,主张“诗话之作不必揄扬后进,诋毁前人,大抵表彰幽隐、网罗散轶之意为多”②;或像李家瑞说的:“凡人作诗无论工拙,皆费一番苦心,俚俗不堪,自难入选。稍有可诵,余必录之,以存其人。”③他们的诗话无不以记人述事为主,留意网罗遗佚,遇到诗稿未刊的诗人,必多加采录,以防散佚不存;见别人诗话漏选的作者,他们还要再补上。清诗话中最多的就是这类著作,凭藉上千位作者的努力,在有专集流传的一万多位诗人之外,尚有无数作品不多或散佚不传的诗作者在诗话中留下了他们的名字,使清代诗歌作者的总数大大增加。

以上就是我理解的清诗话的功能,它在很大程度上具有文学的意义,但也有相当一部分超出了文学以外。这取决于清人对诗话这种批评文体及对文学活动本身意义的多元理解,统称为社会功能也许更合适。民国四年(1915)吴功溥序邬启祚《耕云诗话》的一段话,典型地体现了清代以来人们对诗话功能的认识和诗话在清代的实际境遇,有助于我们理解清诗话的社会功能和文学价值,引在这里权作结论:

诗话小道也,然卿大夫勋业彪炳于史册者,其遗文逸事恒赖是以传;文人墨客名声表著于当世者,其精言妙论亦赖是以传;而田夫野老、才子佳人勋业不彪炳于史册、名声未表著于当世

① 吕善报《六红诗话》卷二,道光二十四年刊本。
② 聂铣敏《蓉峰诗话》卷一,嘉庆间文德堂刊巾箱本。
③ 李家瑞《停云阁诗话》卷八,咸丰刊本。

者，其遗文逸事、精言妙论尤赖是以传。即金石之琐闻，诗歌之要诀，亦无不赖是以传。故夫著者不小之而不著，读者亦不小之而不读，而诗话之传者乃益多。

（本文初刊于《文学评论》2007年第1期）

清诗话与小说文献

诗话与小说在传统图书分类中分别属于集部和子部，原是关系较远的两个文类。一般认为，“诗话之作，滥觞于钟嵘，盛于北宋。虽其书不过《说铃》、《谈屑》之流，而词苑菁英、骚坛遗轶，赖以传流，则与小说家言异”①。尽管如此，由于中国古代的“小说”是个内涵、外延都不太明确的概念，目录学中的小说类常与其他文体相出入，谈论小说文献便不能不涉及他类文献，前辈学者与时贤的著作概莫能外。本文要谈的是古代文学批评的主要著作形态——诗话与小说文献的关系，这是研究者尚未注意到的问题。

诗话这类著作，虽然从陈振孙《直斋书录解题》起就列于日后“诗文评”类的滥觞——“文史”，到《四库全书》终于设立“诗文评”一类，但其文体渊源却与小说密切相关。现存第一部诗话——欧阳修《六一诗话》题记云：“居士退居汝阴，而集以资闲谈也。”闲谈的文体类型决定了诗话与小说的相通，欧公所载已显示了这一点。如“赞宁”条云：

> 吴僧赞宁，国初为僧录。颇读儒书，博览强记，亦自能撰述，而辞辩纵横，人莫能屈。时有安鸿渐者，文词隽敏，尤好嘲咏。

① 法式善《梧门诗话》例言，张寅彭、强迪艺《梧门诗话合校》卷首，凤凰出版社 2005 年版，第 27 页。

尝衔行遇赞宁与数僧相随，鸿渐指而嘲曰："郑都官不爱之徒，时时作队。"赞宁应声答曰："秦始皇未坑之辈，往往成群。"时皆善其捷对。鸿渐所道，乃郑谷诗云"爱僧不爱紫衣僧"也。

这则诗话从内容到文体，岂非与唐张鷟《朝野佥载》、刘肃《大唐新语》一类笔记小说很接近？所以诗话这种体裁，若要给它下个定义的话，那就是与诗有关的随笔、闲谈，它在文体上自然与小说有很大程度的交叉，就像张伯伟所指出的，"文学批评中的诗话与小说的关系，不仅体现在与'说话'之'话'的联系上，而且在体制上，两者也有着渊源关系"①。惟其如此，诗话无意中就与小说结下不解之缘。据我所见，诗话起码在这样三个方面与小说文献有关：(1)"诗话"因其"资闲谈"的性质在文体渊源上与小说相通，它的部分内容、某些篇章往往与小说相出入，可作为志人小说或志怪小说文本来读；(2)当一些作家既写小说又写诗话时，两者的素材往往相通，给我们提供了研究小说素材来源的线索；(3)诗话中常有关于小说家和小说文献的记载，是发掘小说史料时值得重视的一个文献源。如果说某些朝代的诗话因篇幅或数量有限，还很难兼有从这三个方面探讨的可能性的话，那么清诗话丰富的文献和多样化的风格，就为我们研究诗话与小说文献的关系提供了最大的可能性。

一

诗话之谈诗论人，原以"话"为主，其"资闲谈"的动机既与小说相通，一些记载奇闻逸事的篇章也就与小说相出入，可作为志人小说或志怪小说文本来读，历来官私目录的著录也常与小说相混。如《宋秘

① 张伯伟《中国古代文学批评方法研究》下编第五章"诗话论"，中华书局 2002 年版，第 463 页。

书省续编到四库阙书目》小说类著录有司马光诗话一卷、刘贡父诗话二卷,晁公武《郡斋读书志》小说类著录有陈师道《后山诗话》、惠洪《冷斋夜话》等八种诗话。陈振孙《直斋书录解题》在文史类著录了《六一诗话》等十八种诗话,在小说类又著录了《乌台诗案》与《冷斋夜话》;元修《宋史》的艺文志,文史类著录十二种诗话,小说类又著录十种诗话,都显示出在把握诗话内容、文体上的犹疑和矛盾。

尽管随着诗歌批评意识的自觉和批评形式的成熟,从郑樵《通志》起,诗话逐渐集中于集部诗文评类,不再有首鼠两端、举棋不定的情形,但诗话文本与小说文本实际上沟通的情形却未改变。谢堃《春草堂诗话》自序云:"诗话者,话主而诗宾也。窃观时贤作诗话者,则曰某人有某句云云,此实非诗话正宗,乃唐人摘句图例也。"①他理解的诗话正宗,就是有关诗的闲谈,他自己的诗话正是以纪事为主的闲谈,或记载诗人事迹,或叙述诗作本事,相当一部分内容涉及怪异传奇,尤以后八卷为甚。有时竟是有话无诗,几乎像《搜神记》的文字。凌霄《快园诗话》卷五录汪香山《顾莲姑传》,文字长达两千五百字,故事凄惨,也可以说是一篇志人小说。记录一些哀感顽艳的诗人故事或诗作本事,的确是清诗话的一个特点。

在我所寓目的清诗话中,贾季超《护花铃语》也是一部杂有志怪篇章、颇涉幽冥神异的书,在清诗话中尤为独异。作者一介布衣,交游不广,所记多为里闬故事,然而吐属不俗,笔墨俊爽,短只片言,长或数纸,无不可讽。卷一记高环、丁生、卞玉京事,卷二记倪生听莲事、歌妓白小小事,卷三记沈灏事,卷四记张云姑事,都哀感顽艳,曲折缠绵,可入《聊斋志异》。短篇如卷四述刘源如事:

> 靖江刘源如,由村塾夜归,经古寺旁,有二人坐树下,招刘少坐同行。近接之,素未谋面,而皆操乡音。因问里居,答曰:"姻

① 谢堃《春草堂诗话》卷首,道光刊本。

娅不相识耶？”备道姓字，刘仍茫然。顷起同行，其一人曰：“我三人踏歌而归，可乎？”遂高唱云：“三人头上一轮月，三人胸内各一心。三人同行一人影，一人影子化三人。”刘悟曰：“常言鬼无影，是非鬼乎？”转念间，二人忽不见。

这与一般志怪小说所叙述的鬼魅故事几无区别，虽然其中含有诗歌的内容。篇幅较长的如述谢生事：

芜湖有谢生者，读书繁昌之陈氏园。邻有刘姓女，年十八，春日遇于园中，两相目成，贿婢传诗，赠生金钏珠环，为终身约。未几生父为生聘于朱氏，朱任陕，欲赘婿于署。生得父书大骇，不敢告女，托事归，期以春返。次秋生不至，女寄以诗云：“半圭新月一庭幽，烛已成灰泪未收。瘦骨支离空自惜，愁容憔悴又经秋。传书雁影横天末，伏砌虫声上枕头。夜夜恐君魂梦到，罗帷常倩玉钩钩。”未几女病卒。明年生偕朱归，诣繁昌，访女墓不得，仍寓陈氏园。夜梦女至，如平生，吟诗云：“涔涔情泪滴黄泉，怯怯新魂只自怜。剩有一抔荒土在，蓼花枝上血涓涓。”启户绝无人影。次日见圃外池旁高阜，蓼花丛生其上，询之，女冢也，一恸仆地，遂绝。生父伤之，即葬身于旁，成双冢。池中常有鸳鸯鸟，比翼而鸣，其音凄婉，里中人遂称之以鸳鸯冢云。

这完全可以说是一篇很典型的殉情小说，无论是否确有其事，相信在流传和叙述中都融入了古代同类小说的某些情节要素。因为整个故事是由这样一些情节构成的：①书生寓他人园中读书，②偶遇女子，一见钟情，③托婢传诗，私订终身，④男因故别去，约日来娶，⑤男爽约，女含恨而亡，⑥男重访故地，女魂托梦，⑦男恸绝而卒，葬于女冢侧，⑧冢旁池中常有鸳鸯。不用举例比照就知道，这正是痴情女子负心汉小说最一般的情节模式，从唐代的《会真记》到民间传说中的梁祝故事，许多传奇、戏曲、小说的同类作品，都包含这些情节的全部或部分。从这个意义上说，这则诗话作为痴情女子负心汉的殉情故事谱系中的一个文本，在文献上就有着超出诗话之外的特殊价值了。

举出以上这些例子，绝不是为了强调清诗话有很强的小说色彩，或者说保存了大量的小说文献。恰恰相反，应该说到了清代，小说和诗话各自的文体意识都较前代更为明确，两者的互涉只不过是偶然的。中国古代的小说概念，虽然始终都有义界不清的缺憾，但其内涵和外延毕竟随着时代的发展而日益明晰。据我的考察，起码到宋代，虚构性已成为目录学中小说类的主要标志，《新唐书·艺文志》正是基于这种观念，将更多的非虚构性文本从小说类中清理出去的①。唐代孟棨的《本事诗》，尽管作者自称"其有出诸异传怪录，疑非是实者，则略之"，在宋代的《崇文总目》、《新唐书·艺文志》及元修《宋史·艺文志》都列入集部总集类，后来《四库提要》又收入集部诗文评，但就故事性和抒情性而言，它的文体典型地体现了唐传奇式的小说特性，可以说是唐代诗国特有的诗歌传奇，而后人大体也以小说目之②。全书不仅保存了一些小说文本，在文体上也开创了诗话中以纪本事为特征的一个类型，催生一系列续书和诗话的另一个亚类——纪事。然而当时过境迁，诗歌在文化生活中不再占据唯一和中心的位置、不再有那样神奇的诱发力时，《本事诗》的体裁固然还有人摹仿，如清代夏基的《隐居放言》之类③，但作为诗话的一种类型，其内容已走向历史化，仅具征献的效用，而不复拥有小说的特点了。这从《本事诗》最著名的续书——徐釚《续本事诗》可以清楚地看出。

徐书前后集共十二卷，摭拾明初以来有事可述、其情可感的作品萃为一编。举凡学士大夫的风流韵事、宫掖闺阁的酬赠、青楼狭邪的

① 详蒋寅《从目录学看古代小说观念的演变》，《广西师范大学学报》1991年第1期。

② 胡应麟《少室山房笔丛》卷二九："孟棨《本事》、卢瓌《抒情》，例以诗话文评，附见集类。究其体制，实小说者流也。"

③ 有江西省图书馆藏钞本二卷，吕善报《六红诗话》卷二载此书有十二卷，未见传本。

题咏、幽期冥感的传奇，无不搜罗。自作《略例》云："己酉、庚戌间，余客燕齐，尘土满面，跅跎纵酒，颓然自放。辛亥归憩菊庄，夏六月暑甚，坐卧竹林，回思曩日与伯紫、方虎诸君旗亭倡和，恍惚如梦。偶有编辑，昉自明初，暨国朝诸家诗歌其事有足征述者，萃为一编，名之曰《本事诗》，稍资一时谈柄，以为是可诵之樽前酒边云尔。"相比孟书，全书有关作品本事的文字已很少，主要是诗作，几乎像是一部诗选。王士禛曾受托为审订，有书致徐釚，说："前集中所收，有类小说者，恐妨大雅，稍稍删削，辄僭拈出，不知有当否？"由此可知，书中原也有些近似孟棨的文字，却被王渔洋以近似小说而删削了，以致今传本的文体距它所仿效的孟书已有不小的距离。王渔洋的看法与小说本身无关，他其实是很喜欢小说的，甚至是《聊斋志异》的第一大知音。他删削《本事诗》近于小说的文字，只表明较正统的诗论家是如何自觉地维护诗话文体的纯洁性的。

这样，我们就不难理解，从厉鹗《宋诗纪事》到当代钱仲联主编的《清诗纪事》，为何纪事类诗话都更注重诗歌作品的写作背景和历史内容了。陈衍《元诗纪事》自序云："抑尝论之，《宋诗纪事》广收无事之诗，且多采从本集者。宋诗经明人弃斥略尽，吴之振《宋诗钞》、曹廷栋《宋百家诗存》总之不过二百家，樊榭以人存诗，重在网罗散失故也。至元诗，则顾《选》初、二、三集及癸集家数已灿然大备。纪事之体，当搜罗一代传作散见于笔记小说各书者，不宜复收寻常无事之诗矣。"既然以"搜罗一代传作散见于笔记小说各书者"为宗旨，纪事之体应有保存小说文本的可能，但实际情况是，因其书多出于隔代作者之手，意在存作诗本事，取材不必着眼于奇异可感；即便有可歌可泣的故事，经剪裁为附录，往往只存梗概，也丧失故事趣味，不成其为小说了。

二

通过上文的介绍，我们对清诗话所保存的小说文献，已能得出一个基本的认识，那就是不能在保存小说文本方面期望太高。诗话中保存的小说文本的确是很有限的，研究小说自应以小说专书为主。但值得注意的是，清诗话中的小说文本却有普通小说所不具备的特殊趣味。

清代是文学批评最繁荣的时代，论诗更是士大夫文艺生活中最普遍的乐趣之一，清诗话流传至今尚有九百六十多种，亡佚书已知也有五百多种[①]，这是一个庞大的文献群。从内容上看，清诗话有论古今、论本朝、论专家、论体式、论郡邑、论闺秀之分；从形式上说，有自撰、汇辑、摘句、图谱、诗咏之别，其中不乏清人独创之体。但考究清人论诗之法，区别于前人之处倒也很少，如果要举出什么属于清人独特的论诗方法的话，那么以小说论诗可以算是一个。清代的小说家多半也是诗人，像丁耀亢、蒲松龄、曹雪芹、吴敬梓、纪昀、魏秀仁、苏曼殊等等。诗人作小说，往往借小说论文学，如魏秀仁《花月痕》二十五回借杜采秋和韦痴珠之口论《红楼梦》，三十一回借韦痴珠之口论白居易《新乐府》是也；而借小说作诗话，表达对诗歌的看法，那就更常见了。《红楼梦》中香菱学诗的文字，已习为研究者用来讨论曹雪芹的诗学观念。纪晓岚《阅微草堂笔记》中也有这种手段，《滦阳消夏录》卷三述益都李词畹言，赵执信南游日，借寓一家园亭中，夜与魅论诗：

> 秋谷与魅语时，有客窃听。魅谓："渔洋山人诗，如名山胜水，奇树幽花，而无寸土艺五谷；如雕栏曲榭，池馆宜人，而无寝室庇风雨；如彝鼎罍洗，斑斓满几，而无釜甑供炊爨；如纂组锦绣，巧出仙机，而无裘葛御寒暑；如舞衣歌扇，十二金钗，而无主妇司中馈；如梁园金谷，雅客满堂，而无良友进规谏。"秋谷极为击节。又谓："明季诗庸音杂奏，故渔洋救之以清新；近人诗浮响

---

① 详蒋寅《清诗话考》，中华书局2004年版。

日增，故先生救之以刻露。势本相因，理无偏胜。窃意两家宗派，当调停相济，合则双美，离则两伤。”秋谷颇不平之云。[1]

熟悉王、赵两家诗的人想必会同意，此魅对两人的评论是极有见地的。也难怪，这本来就是纪晓岚总纂《四库提要》的议论嘛。《四库提要》是这么说的：

诗自太仓、历下以雄浑博丽为主，其失也肤；公安、竟陵以清新幽渺为宗，其失也诡。学者两途并穷，不得不折而入宋，其弊也滞而不灵，直而好尽，语录、史论皆可成篇。于是士禛等重申严羽之说，独主神韵以矫之，盖亦救弊补偏，各明一义。其后风流相尚，光景流连，赵执信等遂复操二冯旧法，起而相争。所作《谈龙录》排诋是书，不余遗力。其论虽非无见，然两说相济，其理乃全，殊途同归，未容偏废。[2]

《四库提要》成书于乾隆四十七年(1782)，《滦阳消夏录》则是乾隆五十四年(1789)夏在承德避暑山庄校四库全书时，“昼长无事，追录见闻，忆及即书”(自序)而编成的。也许正是《唐贤三昧集》提要的触发吧，笔记末作的调停之说纯然是《提要》的翻版。无独有偶，《又可诗话》的作者毛祥麟，所撰笔记小说《对山余墨》最后也有一篇《平原闻诗记》：

己酉客山左，岁暮南旋，便道访蒋子廉农部于平原。蒋有别墅，去城五六里，为堂三楹，颜曰“余野山庄”。堂之阳，叠石为山，左有流泉，游鱼可鉴。堂后为锄经轩，东向面圃，北窗临溪，溪外花木幽深，尚多隙地。虽小小结构，而精雅可爱。时余下榻轩中，初未过溪一步，意山庄景物无足观也。一日出门，日暝返

---

① 《纪晓岚文集》，河北教育出版社 1995 年版，第 2 册第 57 页。

② 《四库全书总目提要》卷一九〇集部总集类《唐贤三昧集》提要，中华书局影印本。

寓，适主人以佳酿来馈。试之，觉色香味三者皆美，乃勉尽数斟，而玉山颓矣，遂和衣假寐。比醒，则更漏寂然，一灯欲灭，小奚蚤入睡乡。时见西窗凉月，皓然入室，遂启户步月，环溪而行，觉霜寒风峭，清光逼人。及由溪北，复折而东，则草深没径，迥异恒蹊。又行百余步，短垣绕焉。其旁板扉虚掩，门内竹树萧疏，泉石幽淡，若别有院落在。方徘徊间，遥望林密处，隐隐有火光如豆。姑即之，则槿篱曲水，茅屋数间。既近，复闻吟唔声出自绿窗，因遂抠衣细步，于窗隙处窥。见湘帘棐几，室无纤尘，窗前案上，供白玉瓶一，高尺许，内插梅蕊一枝。琴书笔砚，位置妥帖。一丽人，年三十许，支颐坐灯下，腕白如藕。旁坐一女子，发仅覆额，眉目如画，谓丽人曰："日间阿娟遣婢来，索探梅诗，姊和之否？"丽人曰："谁耐烦为此。"女子曰："阿全诗'妆拟飞琼怜缟素，怀如弄玉谢喧哗。侬耽鹿曲郎沽酒，君爱龙团妾点茶'，二姊尝诵之，固佳耶？"丽人曰："无雅正之音，少醇和之味，安得云佳！"女子曰："阿娟《咏秋海棠》有'绿珠泪渍倾楼日，碧玉愁添未嫁时'，《感事》云'钗头风月鸳鸯梦，镜里姻缘断续丝'，其语似非佳谶，姊其然否？"丽人曰："吟咏本非闺中事。脱逢花晨月夕，对景一吟，意惟清丽，如朝烟夕霞，别具一种淡荡可人之致，斯亦已耳。若霞思云想，刻意经营，反失闺人体度。大率深闺弱质，但取性灵，不求学力，岂如诗人刻苦，磨切三唐，搦管咿唔，终朝面壁，必求至工而后已哉？又见近之闺秀，读得几首五七言诗，便谓解吟，又岂有风人标致？果若是之易易哉！昨阅芸儿所作，有'翻诗抛午绣，对月废宵眠'，'卖花深苍屐，罢钓夕阳船'，似此言情写景，语颇轻倩，庶几近焉。"言未绝，忽闻屋后启扉声，恐有人出，余即取径归寝。及晓，农部已为余觅得南归伴，命与来接。匆匆入城，不暇理宵来事。及因谈次，余询主人庄东缭垣外通谁氏宅。主人曰："庄本有墙，墙外居民，仅二三家，皆务农业。子何问为?”余乃述所见,主人讶曰:“岂有是哉? 山庄荒僻,从未闻有能诗女子,君所见非鬼即狐,不为所祟,幸矣!”余闻言,不禁肌为之栗,因迫于行程,未及与主人一探踪迹,怀疑至今,犹为怅怅。

这个故事当然是无法论定有无其事的,从话语分析的角度说,它也是和纪晓岚所述鬼论诗一样的诗论,表达了对女性诗歌进行审美判断的一个标准。

既然小说有此伎俩,文体相通的诗话自也可效尤。前面提到的多涉志怪的贾季超《护花铃语》,卷一有一则:

夜集谈诗,友人谓曰:“摩诘诗中有画,画中有诗。诗话者亦诗中有话,话中有诗也。”言未毕,忽窗外朗声曰:“诗无新意休常作,话不惊人莫浪传。”一座骇然,疑有客窃听,吟此以相嘲耳。出户周视,绝无一人,唯风响檐铃、月筛花影而已。

这里借志怪之体道出了诗话的文体特征和撰写诗话的原则,在诗话写作颇滥的清代诗坛不啻是当头棒喝。李家瑞《停云阁诗话》卷一五还借孙大圣祠众鬼论诗的志怪故事,讽刺时俗作诗的陋习,是古今诗话中绝无仅有的诙谐文字。此书足本罕传,故不惮烦琐,据大阪大学怀德堂文库藏本全录其文,博读者一粲:

干宝《搜神志》不可尽稽;亦有《搜神志》所不载者,人神之,则亦既神然矣。闽人信神甚于吴楚,其最骇人闻见者,莫如齐天大圣殿之祀孙悟空。自省会至各郡邑皆盛建祠庙,神猴形虎冠,手执金棒,气象威猛,亦屡著灵异。虽缙绅士类明知为《西游记》之寓言,然奉祀维谨,罔敢亵也。某乡村有古庙,半就圮,蔓草荒烟中,尚余神殿一楹,大圣神像俨然,尘网蛛丝,榛芜蔽满。相传此中妖异甚多,人不敢入。有某生者道经此,适日莫,前无旅店,不得已假宿焉。甫入门,即有巨蝙蝠夺门飞出,蓬蒿中觅径至神座前，苦无几榻，就地展衾褥。初更向尽，万籁并作，凉月一规，从树隙漏影迟下，荇藻交流，虫声到枕，妖鸟时鸣，败廊落叶，窣窣有声，仿佛有人行者，阴森之气，逼人毛骨，不能成寐。寂坐凝思，忽闻丛箐中人语，谛视有黑影自西廊出，渐至阶墀始可辨，盖八九儒巾也。然酸气腐气渐扑鼻不可耐。其一曰："今夕风月颇佳，良友聚晤，正好论诗，一罄胸中之蕴。"其一曰："君生时颇负诗名，想必博览诸家，若仆管窥蠡测，恐不足当旗鼓。"其一曰："君言误矣。诗家只求心得，无取博综，仆生平于唐宋人诗，实未窥见，只购得船山一集，朝夕研摩，取用不竭。何必宗唐祖宋，始号诗人哉?"又一曰："此论极是。仆才名亦颇足听闻，然案头只闽人黄莘田诗集，一生得力在是。世人动称唐宋，恐亦英雄欺人，若汉魏六朝，窃意荒渺难稽，未必真有其书也。"又一摇手大声言曰："两君宗法固专，然穷所见不广，不若小仓山房诗话网罗众有，美无不赅。区区才名，所以出两君之上者，赖有此枕中秘耳。"又一人昂然起曰："小仓山房，一代宗工，吾何敢议？但诗必宗唐。仆先世遗有《唐诗三百首》一部，虽未能尽读，然涉猎其中，窃谓大雅扶轮，道在是矣。"言未已，有两人齐声曰："诸公空言何补？不若联句一首，以角胜负。我辈恰是八人，可成一律。今日正十三，即用元韵，题则即事写怀，诸君以为何如?"众皆曰善，依次坐定，或摇头叉手，或沉思苦索。良久，一蓝缕瑟缩者发声吟云："凄风苦雨度黄昏。"自述其号曰黄衫。一黄瘦者接云："薇蕨西山事莫论。"(洽瓢)一遍体淋漓者吟云："蓼岸斜阳沉夕影。"(子湘)一舌出颔下、形容可畏者对曰："柳梢残月挂诗魂。"(月梁)一年少而瘵者吟云："一生歌扇情都艳。"(浪卿)一应声曰："浪翁兴复不浅，尚眷眷于舞衫歌扇中，若仆则兴味萧然，煞风景矣。"遂吟云："半榻秋灯气不温。"(子云)视之则黄瘦而耸肩者也。又一面青而唇黑者吟云："自悔天台空采药。"(仰斋)末至一破面流血者，起而言曰："仆生时以意气自雄，好作前锋，因及于难。今日适当后殿，恐不足振一军，然姑试一吟。"吟云："血腥犹晕旧刀痕。"（蜗侯）诗毕互相赞美，忽东廊走出一叟，笑曰："好诗好诗，老夫在此闻之久矣。虽使船山、莘田复生，未必过此。且不失本来面目，尤见真挚。"众皆曰："老翁负此奇才，困抑童军，赍恨泉壤，犹复耽吟不辍，阳世虽不得为诗人，地下犹当作诗鬼。敢问一生宗仰安在？"叟掀髯答曰："老夫一生只读得一部《千家诗》，遽登坛坫，后从书肆中购得沈归愚《唐诗别裁》，略观大意，推尊老杜，因窃其绪论以欺人，无敢与相抗者，其实老杜吾不知为何许人，其诗亦未尝成诵也。"言未必，忽空中霹雳一声，大圣自云端跳下，一跃上座，执棒大骂曰："尔辈生前作孽，致坠入枉死道中，犹复呼朋引类，妄攀风雅。殊不知子才、船山，虽稍有才名，不过取悦一时，究惭大疋。归愚论法固精，而拘拘格调，边幅亦隘。且宋腐元纤之论，殊觉隘而未广。尔等只读得《千家诗》，尚不足以语此，吾亦不与深论。适从筋斗云中偶得四句，云：'此身一掷二万八千里，茫茫六合真稊米。天官踏倒红云翔，玉皇避席抠衣起。'尔等能续成长古，姑不尔罪，否则喫吾棒也！"众匍匐乞命，一低语问曰："长古是何等诗？"神忽大怒曰："古今体且不辨也，来混登吾堂，污吾棒矣。"起手一挥，化为黑烟滚滚而散，神亦顿杳。生仰视北斗阑干，东方欲白，林间宿鸟渐鸣，亦遽起就道。①

这类鬼魅夜集作诗论诗的故事，原型可追溯到唐代李玫《纂异记》中张生、蒋琛、许生等篇，裴铏《传奇》中的薛昭传，严子休《桂苑丛谈》中的望江亭客，元撰《树萱录》中的夫差墓中白居易、张籍、李贺、杜牧诸

---

① 李家瑞《停云阁诗话》，咸丰间自刊本。我所见刊本有五卷、八卷、十卷、十二卷等不一，大阪大学怀德堂文库所藏为十六卷，为最全之本。承大阪大学言语文化学部深泽一幸教授为抄录原文，谨致谢忱。

人赋诗等文字。唐代的鬼魅吟诗故事,旨在传奇志怪,内容或得自传闻,而李家瑞所讲的这种鬼魅论诗则明显是出于自家虚构,以寄托讽世之意,可以说是小说化的诗歌批评,它与小说中借人物之口发表对诗歌的看法出于同一机杼。

诗话中这类小说文本的存在,意味着诗话与小说有时素材是互相通用的。民国间葛煦存辑《诗词趣话》四卷,即称"搜集近世诸名家笔记小说,选录诗词趣话,汇辑成书"[①],可见笔记小说的素材同时也就是诗话的素材。因此,当有些作者既作诗话又写小说时,同一材料就可能互见于两种著作中。袁枚便是这样一位作者,他曾在诗话和小说中使用同一素材。《随园诗话》卷二有一则写道:

> 尤琛者,长沙人,少年韶秀,过湘溪野庙,见塑紫姑神甚美,题壁云:"藐姑仙子落烟沙,冰作阑干玉作车。若畏夜深风露冷,槿篱茅舍是郎家。"夜有叩门者,启之,曰:"紫姑神也。读郎诗,故来相就。"手一物与尤,曰:"此名紫丝囊,吾朝玉帝时,织女所赐。佩之,能助人文思。"生自佩后,即登科出宰。女助其为政,有神明之称。余按:尤诗颇蕴藉,无怪神女之相从也。其始末甚长,载《新齐谐》中。[②]

检《新齐谐》所载,即卷一〇"紫姑神"一条,五百余字,兹不具录。小说和诗话素材的通用,为我们考究小说家的素材来源提供了线索。清末陈琰辑《艺苑丛话》十六卷,宣统三年(1911)由六艺书局石印发行。自序称"其稿半属亡友南亭所贻"[③],这位亡友就是著《官场现形记》的小说家李伯元(1867—1906),伯元别号南亭亭长。《丛话》卷二记扬州张燮恩事,又见于李伯元所撰《庄谐诗话》,应该是李伯元给他

① 葛煦存辑《诗词趣话》,民国八年上海会文堂书局石印本。

② 袁枚《随园诗话》卷二,人民文学出版社 1982 年版,上册第 62 页。

③ 陈琰《艺苑丛话》,宣统三年六艺书局石印本,第 2 页。此书有江苏广陵古籍刻印社 1993 年 10 月影印本,题作"艺苑滑稽丛话"。

的素材之一。既知此书素材与李伯元的关系，将它与《庄谐诗话》及伯元所撰《官场现形记》、《文明小史》等小说对读，会不会发现其取材的痕迹呢，这倒是值得一试的。

三

清诗话与小说文献的关系，还有一点很值得重视，那就是诗话中保存的有关小说作者、作品的记载。有时那些材料会偏僻得一般书中难以见到，比如孙枟《余墨偶谈续集》卷一“镜铭”条载：“直北酷寒，虽初冬时篱落间已无青蔬矣。城乡居人皆窖地丈许藏菜为御计，故穴土时每获金石古器。山左杨新甫云，其家曾于营窖时得古铜镜一枚，形如满月，虽土花蚀锈，而背面篆文尚摩索可识。其铭云：‘照髾髾，照冠笄，鹤发垂，不相离。’旁有‘开皇元年王度造于洛阳’十字。其铭语质意深，盖祖歌斯哭斯之意。按《艺林》：‘髾，莫交切，发覆眉也。’”这个王度不一定就是《古镜记》的作者，但杨新甫特意告诉孙枟这枚铜镜的故事，却不会与《古镜记》作者的联想无关。《太平广记》卷二三一引《尚书故实》云：“梁陶贞白所著《太清经》，一名《剑经》，凡学道术者，皆须有好剑、镜随身。”[①]所以孙氏这段记载也不失为一条考证线索。

诗话的闲谈性质，使它经常涉及艺苑佳话，如马时芳《挑灯诗话》卷七论及蒲松龄《聊斋志异》“青梅”一篇，并顺带议论王士禛与同时代戏曲小说家的关系便是一个例子。尤其是那些兼为诗人的小说家事迹，往往为诗话所乐道。即以曹雪芹和《红楼梦》为例，尽管曹雪芹生前名位不显，生平事迹不详，但诗话中却每每有关于他的零星记载。最为人熟知的当然是《随园诗话》的记载，但多有谬误。郭麐《灵

---

① 李昉等编《太平广记》，中华书局 1961 年版，第 5 册第 1769 页。

芬馆诗话》卷二有云：

> 苏延福啸厓，金陵尚衣公子也，好客下士，有成容若、曹雪芹之风。

我们都知道曹雪芹很贫困，但据这段文字，却知雪芹颇有贵公子好客下士之风。郭麐(1767—1831)虽然生于曹雪芹下世后，但年代相接，他的说法想必是有根据的。至于诗话中涉及《红楼梦》的资料，除了一粟编《古典文学研究资料·红楼梦卷》已收的倪鸿《桐阴清话》所载林招棠《红楼梦百咏》，孙柷《余墨偶谈》所载潘孚铭《红楼百美诗》，还有一些值得注意的记载。首先是王增祺《诗缘》正编卷一〇所载闺秀彭宝姑的续书。宝姑字月遗，成都彭县人。平武教谕维植女，守贞不字。著有《妙莲诗萃》，又曾撰《续红楼梦》。这条材料无论对研究《红楼梦》还是研究女性文学都是很珍贵的。其次是评论资料，如常州王庆澜曾手批《红楼梦》，涉笔成趣，见袁洁《出戍诗话》卷一。此书不传，赖袁氏的记载而存其名。吕善报《六红诗话》卷二论及红楼诗，说：

> 近日小说群推《红楼梦》，其中佳句不一而足，余最爱其《吊姽婳将军》"绣鞍有泪春愁重，铁甲无声夜气凉"二语，古艳绝伦，然却从《木兰歌》"朔气传金柝，寒光照铁衣"脱化而去。

陈伟勋《酌雅诗话》续编斥《西厢记》、《聊斋志异》、《红楼梦》为淫书，比于妓馆之污，虽迂腐不足道，但作为一种读者反应，也不无可采。另外，诗话中还记录了一些题咏《红楼梦》的诗作，我所寓目的，有李树滋《石樵诗话》卷六所载刘鸾坡(开墀)题《红楼梦》长歌、胡曦《湛此心斋诗话》载仲振猷《红楼梦传奇》诸家题诗等①。王揖唐《今传是楼诗话》所载抄本《鷦鷯庵诗集》卢文弨挽曹雪芹诗，虽为敦诚《四松堂

① 据嘉庆四年绿云红雨山房刊本《红楼梦传奇》，作者名应作仲振奎。

诗集》之讹,但毕竟提供了一个有关曹雪芹的资料线索。这些材料都未收入一粟编《古典文学研究资料・红楼梦卷》。有些虽已收入,但诗话所载文字不同,可供校勘。如《红楼梦卷》据恽珠《国朝闺秀正雅续集》卷七采录的遂宁张问端《阅红楼梦偶作和女采芝》诗:"奇才有意惜风流,真假分明笔自由。色界原空终有尽,情魔不著本无愁。良缘仍照钗分股,妙谛应教石点头。梦短梦长浑是梦,几人如此读红楼。"王增祺《诗缘》正编卷一〇所引"仍照"作"仍恨",于义为长。

其他有关小说的记载,还有海纳川《冷禅室诗话》所载李汝珍尝集海内善弈者十人公弈一局的轶事,王揖唐《今传是楼诗话》所载林纾《剑腥录》小说的本事,陈栩《栩园诗话》卷四载衡山聂幼琼题《花月痕》二律,都可资参考。《花月痕》这部长篇小说,被推为现代鸳鸯蝴蝶派小说的先驱,在清末脍炙人口,聂幼琼题诗为我们提供了此书在女性读者中传播的一个例证。此书主要情节,研究者都推测是基于作者的自身经历,而难以证实。今据作者所撰《陔南山馆诗话》卷四自称少号痴珠,则小说主人公韦痴珠为作者化身,自不待言。同卷还记述了自己在太原保龄幕府中撰写小说的经过,称咸丰八年(1858)戊午自山西奔丧,阻于兵燹,无法归闽,不得已而入蜀。何鼎送行诗有"一曲广陵谁继响"之句,下注:"子安著有《花月痕》小说,余曾借读之。"然则《花月痕》在咸丰八年已成初稿,第四十五回后叙韩彝等破太平天国事,当属以后续补。魏秀仁的著述散佚较多,诗话记载作者生平行迹相当详细,往来山西及居幕间岁月备见书中,可以说是研究小说创作经过的第一手资料,尚未被很好地利用。《冷禅室诗话》所载李汝珍轶事对了解作家的生平也颇有价值。石文煃序李汝珍《李氏音鉴》,说李氏"平生工篆隶,猎图史,旁及星卜弈戏诸事,靡不触手成趣"。李汝珍辑有围棋著作《受子谱》,不用说是精于此道的,书中描写围棋较象棋为多,也可看出这一点。但能集海内善弈者十人公弈一局,等于是举办一场国手邀请赛,足见李汝珍好事的性格及其在围棋界非凡的影响力,这也反过来说明他对围棋的喜好和造诣绝非一般。

如此看来,清诗话实在是小说研究中尚未被充分探测和利用的文献源,在小说文本、作家事迹和评论资料各方面都有开采的价值,尤其是那些身兼诗人和小说家的作者,其自撰及从游者所撰的诗话,应该成为我们重点考察的对象。

(本文初刊于《中国古代小说研究丛刊》第2辑,人民文学出版社2006年版)

清代诗学的研究方法

一、现有清代诗学研究的局限

清代是一个文化事业繁荣的时代，也是文学创作十分普及的时代，清代留下的出版物之多，历史上没有一个时代可以企及。仅柯愈春先生《清人诗文集总目提要》就著录作者一万九千七百余人，诗文别集四万余种。这尚不能说完备的数字意味着一个庞大的文学创作人群，意味着社会对文学的前所未有的需求。这种需求对诗学著作编著的刺激是不难想见的。事实上，清代诗学的成就只从性质上描述，根本无法给人一个恰当的概念，因为它突出的特点之一就是写作和出版数量巨大。不算诗选和评点类的出版物，仅严格意义的诗话已知有一千种以上，准确的数字目前还无法估算。此外笔记、目录题跋、选集、评点以及诗文集中的序跋、诗作、书信和诗学专题论文，也蕴藏有大量的诗学资料。清代诗学文献之丰富是令人叹为观止的。

就我调查所知，清诗话传世书籍近八百种，亡佚书籍已知有近三百种。从内容上看，清诗话有论古今、论本朝、论专家、论体式、论郡邑、论闺秀之分；从形式上说，有自撰、汇辑、摘句、图谱、诗咏之别。其中不乏清人独创之体，最显著的是论闺秀和图谱两类。朱彝尊《明诗综》所附《静志居诗话》、王昶《湖海诗传》所附《蒲褐山房诗话》、郑杰《国朝全闽诗录》所附《注韩居诗话》，后人辑出单行[①]，堪称清代诗话的创体。传统的论诗诗到清代也有新的发展[②]。清人笔记杂著中原有大量的论诗内容，仅我所见，笔记以诗话为主要内容的，清初有汪琬《说铃》、伍涵芬《读书乐趣》、纳兰性德《渌水亭杂识》，清中叶有边连宝《病余长语》、朱衣点《竹桃花馆琐语》、江浩然《丛残小语》《溺笑闲谈》，清后期有王培荀《乡园忆旧录》、李佐贤《吾庐笔谈》、金武祥《粟香随笔》、程卓沄《识夷庵随笔》、邹弢《三借庐赘谈》等。至于论学、记事笔记中列有诗话专卷的，则有像方以智《通雅》中"诗说"、傅山《啬庐杂著》卷五"杜还余论"、王渔洋《池北偶谈》中"谈诗"、赵吉士《寄园寄所寄》中"撚须寄"、钱泳《履园丛话》中"谭诗"、梁章钜《退庵随笔》中"学诗"、孙兆溎《片玉山房笺录》中"诗话"、平步青《霞外攟屑》中的"眠云舸酿说"等，赵、钱、梁、平四书的诗话都为人辑出单行[③]。这类著作极大地丰富了诗话的数量，其种类究竟有多少，还有待考查。书目题跋是藏书风气最浓的清代特有的诗学文献，与诗选、总集附载的诗话、评语，构成清代诗学文献中极富参考价值的部分。最著名的，《四库提要》就不用说了，王渔洋的书跋中有很多诗评和诗论，向为论者引重。在这些专书之外，清代别集卷首所载序跋和文集所存诗序，数量也是惊人的，至少有数万篇乃至十多万篇。清代文集和尺牍集里保存的论诗书简，是比诗序更真实地反映作者诗歌观念的文献。金圣叹的诗学理论主要见于尺牍，袁枚和沈德潜往复论诗的书简也是表明其理论立场的重要材料，焦袁熹《答钓滩书》是古代

① 《静志居诗话》有嘉庆二十四年姚祖恩扶荔山房刊本，《蒲褐山房诗话》有北京大学图书馆藏清抄本、上海图书馆藏道光间郑乔迁抄本、台湾"中央图书馆"藏毛庆善重编稿本、韩国民族美术研究所藏抄本，《注韩居诗话》有安徽博物馆藏清抄本。

② 张伯伟《清代论诗诗的新貌》，《江苏社会科学》2002 年第 3 期。

③ 即近藤元粹编《萤雪轩丛书》所收《寄园诗话》、丁福保编《清诗话》所收《履园谭诗》、郭绍虞编《清诗话续编》所收《退庵随笔》、杜松柏编《清诗话访佚初编》所收《眠云舸酿说》。

最全面地论述"清"这一重要诗美概念的长篇论文①。除了书信外,清人文集中还收有一些诗学专题论文,最著名的当然是翁方纲《神韵论》、《格调论》,王崧《乐山集》中的《诗说》三卷,在当时也小有名气。这种专题论文是清代学术专门化的产物,也是清代诗学独有的文献源。

如此丰富的文献为研究者提供了良好的条件,我们本可以充分利用这一有利条件,对清代诗学做一番较前代更为深入的探讨。然而情况并非如此,一方面由于文献庋藏星散,阅读不便,另一方面也是更主要的原因,是诗学研究中的单一观念史视角的影响,丰富的清代诗学文献并没有被很好地阅读和使用,在批评史或诗学名义下被触及的材料和内容实际还只是文献资源的一小部分。根据中国的传统观念,"诗学"的概念包括诗歌文献、诗歌原理、诗歌史、诗学史、中外诗歌比较五方面的知识和研究②。而通观现有的清代诗学研究著作,一般只涉及创作观念,即属于诗歌原理和诗学史的部分内容,这使得清代诗学极为丰富的细节被有限的概念所遮蔽,一方面忽略了太多的问题,而另一方面又过于注意某些问题,以致一般性的问题不断重复,而许多特殊的现象、专门的问题却排除在视野之外。比如清初诗论对"真"的强调,套用朗松的一句话说,"标榜自己有求真的癖好,这是司空见惯的了"③,但视角既锁定在创作观念,就不能不一而再、再而三地讲到,还有神韵、性灵、格调、肌理等等,而对像古诗声调学、诗歌编撰、注释学、地域诗话这些属于清代诗学的独特问题却视

① 此文载中国社会科学院文学所藏《此木轩文集》稿本中,内容可参看蒋寅《古典诗学中"清"的概念》,《中国社会科学》2000 年第 1 期,又见蒋寅《古典诗学的现代诠释》,中华书局 2003 年版。

② 参看蒋寅《中国诗学的百年历程》,收入《中国诗学的思路与实践》,广西师范大学出版社 2001 年版。

③ 昂利·拜尔编《方法、批评及文学史》,徐继曾译,中国社会科学出版社 1992 年版,第 502 页。

而不见，结果导致一个时代的诗学被描述为对若干个审美概念的阐述、响应和批评。这样一种单一视角建构的诗学史，内容和结构必定是线性的、简单的，新著作的增加往往只是旧问题的重复，而不是新问题和新的历史序列的展开，目录呈现的是相似的人物、思潮、时序，是似曾相识的历史叙述。

现有论著的单一视角不只取决于学术观念，也与对待文献的态度有关。大家都浩叹，清代文献太多了，难以穷尽，这本应成为激励我们去搜罗、研读文献的动力，但遗憾的是迄今为止清代诗学的资料挖掘和使用都极为有限，我们对清代诗学史的认识基本还停留在印象阶段。一些结论虽不能说错，但一加深究，往往缺乏有力的文献依据和实证研究。描述一种风气的兴起递转，二三十年的时间，在学者笔下常一挥而过。三十年时间，那就是全部现代文学史的长度啊。三十年的时间可以发生什么呢？我们只要想想自己亲历的 20 世纪最后二十年，从 20 世纪 80 年代初的伤痕文学，到寻根文学，到朦胧诗群的美学原则新崛起，到后朦胧诗的再兴，到新写实，到眼下的美女文学、“下半身写作”，风会流转，历历在目。以今例古，三百年前的清代虽不如今天信息传播之速，但诗坛风潮的演变也必有起讫原委。不努力探究、还原历史过程和历史语境，怎能获得有价值的认识，给予适当的评价？关于叶燮《原诗》的时代特征，有的先生强调它“从理论的高度平息了唐宋诗之争”，说在叶氏同辈和晚辈的讨论中，作极端之论者大大减少；又说“王士禛选《唐贤三昧集》，提倡神韵说，看来不仅宗唐，且主要宗王、孟一派，然他在《戏效元遗山论诗绝句》中说：‘耳食纷纷说开宝，几人亲见宋元诗。’又俞兆晟《渔洋诗话序》记王氏自言‘论诗凡屡变’，‘少年初筮仕时，唯务博综该洽，以求兼长……入吾室者，皆操唐音’，‘中岁越三唐而事两宋’，后来见到‘清利流为空疏，新灵寖以佶屈’，才有‘《唐贤三昧》之选，所谓乃造平淡时也’。这些话不尽实，他的诗始终主要宗唐，所谓‘事两宋’则如施闰章所说：

‘阮亭盖疾夫肤附唐人者了无生气，故间有取于子瞻，而其所为《蜀道》诸诗，非宋调也。’（《渔洋续诗集序》）”[①]这就属于未深考文献而导致的评价失当，王渔洋不但确有《蜀道集》的学宋诗实践，还在康熙十六年（1677）前后提倡宋诗，煽起一股学宋诗的时尚[②]。康熙二十五年（1686）刊行的叶燮《原诗》正是宋诗风炽盛之际的产物，它不是要平息唐宋诗之争，而是借此风潮将宋诗提升到与唐诗平起平坐的地位。王渔洋《戏效元遗山论诗绝句》作于康熙二年（1663）作者三十岁那年，是他初读宋元诗时的感想，也是后来提倡宋诗的前奏，而选《唐贤三昧集》却已是康熙二十七年（1688）他经过反思决定返回唐音之后的事了。其间的时序不弄清楚，评价就不得要领。

诗学史上的理论问题，都是在历时性的过程中展开的，不理清历史线索，还原历史语境，孤立地看问题，就很容易流于隔靴搔痒，抓不住问题的实质。以吴乔诗学为例，吴氏因年辈较长，批评史著作论述其诗学，概置于王渔洋之前。实则吴乔《围炉诗话》始撰于康熙二十年（1681），二十五年编成，其中不少议论乃是针对渔洋提倡宋诗而发，“清秀李于麟”的说法，前人一致认为是指王渔洋。相反，王渔洋的神韵论早在顺治年间即萌其端，到康熙初已大体形成，从诗学史的逻辑说，王的位置当然应在吴前。可问题远非如此简单，有学者指出王渔洋神韵之说乃是吴乔“文章实作则有尽，虚作则无穷。风骚多比兴，是虚作；唐诗多宗风雅，所以灵妙”的嗣响[③]。这本是个想当然的推测，因为王渔洋根本没看过《围炉诗话》，目前也没材料证明王渔洋曾接触过吴乔的诗论。然而我对王渔洋事迹的考察却使这一推测得到依据，盖王渔洋因提倡宋诗产生流弊而重新标举唐诗，编集多种古

① 马积高《清代学术思想的变迁与文学》，湖南人民出版社 1996 年版，第 57 页。

② 参看蒋寅《王渔洋与清初宋诗风的兴替》，原载《文学遗产》1999 年第 3 期，又见《王渔洋与康熙诗坛》，中国社会科学出版社 2001 年版。

③ 龚鹏程《清初诗坛比兴观概念说》，《读诗偶记》，华正书局 1982 年版，第 194 页。

唐诗选本以示尊唐立场，其直接动因乃是徐乾学的劝导。这是康熙二十二年(1683)的事，而吴乔康熙二十年冬曾客徐乾学宅，《围炉诗话》正是吴乔与徐氏子弟谈诗的笔录。吴乔的观念会不会通过徐乾学间接地影响到王渔洋呢？这无疑是一个值得探究的问题，弄清它有助于了解吴乔诗学的实际影响及王渔洋诗学发生转向的具体过程。另一个有意思的例子是李重华《贞一斋诗说》和袁枚诗说的关系，郭绍虞先生曾论之：

> 重华与沈德潜、袁枚同时，而其论诗既不如沈氏之拘，也不同袁氏之放，本之性灵，润以格律，能于二家外别树一帜，亦豪杰独立之士。其论诗宗旨虽出于张匠门，而与叶燮同里，又深受叶氏影响。至所自得，又与赵执信相近。故能尽吸诸家之长而无其偏执。书中如最忌轻薄诸条，近于暗斥袁枚。而袁氏《随园诗话》反多称引其说，甚至有直袭其语，攘窃以为己有者，可见对于袁枚诗论互有异同之处。[①]

此说辨析甚细，似言之成理。但考之李重华与袁枚年辈则不合。李重华(1682—1755)是雍正二年(1724)进士，少从王渔洋弟子张大受游，又曾向赵执信请教诗学，沈德潜序其诗，盛称其才，可以说是康熙诗学向乾隆诗学过渡时期的重要人物。李重华长袁枚(1716—1798)34 岁，乾隆七年(1742)袁枚入仕时李已届花甲。袁枚大起及轻薄为文已在中年以后，这可参看王英志先生《袁枚评传》。而据郭麐说，“国朝之诗，自乾隆三十年以来风会一变，于时所推为渠帅者凡三家”[②]，即袁枚、蒋士铨、赵翼。此时李重华早已下世，由此知其所斥轻薄者绝不会是袁枚。袁枚诗话中称引李重华之说，固有引为同调之意，但李重华的议论却肯定是与袁枚无关的。弄清这一点，李重华诗

---

① 郭绍虞《清诗话》前言，上海古籍出版社 1978 年版。

② 郭麐《灵芬馆诗话》卷八，嘉庆间家刊本。

学就不是和袁枚同时、互有异同的问题，而是袁枚如何受其影响的问题了。浏览现有的清代诗学研究论著，谈到清代中期或乾隆朝的诗学，一概分列格调、性灵、肌理三派而论之，但对三派的消长和对立、冲突鲜有深入到历史过程去进行考察的，这导致现有的一些结论给人简单化和印象化的感觉，经不起细致的推敲。

经过十年多的清代诗学研究，我深切地感到，如何理解批评史上的理论问题，如何提出问题、进入问题，甚至如何看待和利用文献资料，已不是个简单的研究方法问题，而是关系到批评史学科定位和学术观念的根本问题了。这促使我在开始撰写清代诗学研究专著之前，首先确定自己的研究思路和视角，确定自己将如何接触并进入清代诗学的历史中，去把握那曾经存在过的时间过程以及人们思想和著作的成果。

二、进入过程的诗学史研究

诗学史研究属于历史研究的范畴，事实和过程的清理是认知的重要环节。就传世文献之丰富而言，明清乃是文学史研究条件最优越的时代。宋元以前资料有限，文学史事实的充分认识终究是可望而不可即的。只有到明清两代，我们才得以占有大量的作品，驱使浩瀚的典籍，从容揭开时间的帷幕，迫近地观察各种复杂的文学事件和文学现象，真正进入到文学史的情境中去，实现一种“进入‘过程’的文学史研究”[①]。

正如前文指出的，清代诗学文献较以往任何时代都远为丰富，不仅数量大，而且种类繁多，为研究者提供了丰富的素材。拥有如此优越的条件，我们应该虔诚地领受历史的格外恩惠，最大限度地发挥文

---

① 参看蒋寅《进入“过程”的文学史研究》，《山西大学师范学院学报》2001 年第 1 期，又见《王渔洋与康熙诗坛》，中国社会科学出版社 2001 年版。

献丰富的优势，首先在事实层面上接近历史。的确，一些历史细节的究明，有时会改变我们对整个历史走向的认识。例如王渔洋和钱谦益的关系，论者一般都据牧斋《渔洋诗集序》和《古诗一首赠王贻上》，论定二人作为两代文坛盟主的“代兴”关系。但我通过书信、诗作、笔记、评点等多种材料细致研究两人的交往经过，发现王渔洋自始至终都在回避与钱谦益正面接触，钱去世后他又多方面批评其学术和诗学，力求在诗学观上与之划清界限。这就是说，王渔洋在清初诗坛，不是以继承钱谦益的衣钵而恰恰是以反钱谦益诗学的姿态竖起自己的旗帜的。弄清这一事实，有助于我们深入地理解清初诗学的走向。又如王渔洋和赵秋谷的关系，经我细考，也辨明赵对王的批评大多不是起于诗学观的分歧，而是出于个人意气，基本不能成立。这就明确了赵执信对王士禛诗学是发展而非反拨的关系，对赵在清初诗学中的地位作出接近历史的评价。这种进入“过程”的诗学史研究，可以排除诗学史问题中的非诗学因素干扰，使问题的核心清楚凸现出来。

进入“过程”的诗学史研究，不只意味着对诗学史上重要人物和事件的细致描写，更重要的是对诗学在理论建构和批评实践上展开的各个层面进行多角度的透视。从这一意义上说，诗学史研究乃是一项包含观念史、批评史、学术史，融三者为一体的综合研究：观念史是体现诗学发展方向的主导性线索，批评史是诗学实践的具体展开，学术史则是二者的整理和充实。以古代文论的传统言说方式——“生命之喻”来表达，则观念史为精神，批评史为骨骼，学术史为肌肤。其中渗透着文学史与思想史、文化史的交流和互动，而将理论问题历史化是贯穿于其中的基本观念。1997 年 9 月我在日本九州大学的中国文艺座谈会上报告《王渔洋与清初宋诗风气》一文，与会者对我按年代讨论问题的方式颇感兴趣，我曾申述了这一研究思路。这也是我对整个中国诗学史研究的基本思路。历史化不只是理解和建构批评史的保证，也是阐释和建构观念史的前提。一种观念或学说，仅从它自身平面、孤立地看，经常是不能充分认识其理论内涵和现实意义的。曾读《蒙文通学记》，载欧阳竞无读《俱舍论》三年不能通，沈曾植指点他："君当究俱舍宗，毋究俱舍学。"欧阳竞无先取《俱舍》前书读之，再取其后书读之，最后取同时各家书读之，三阅月而《俱舍》之义灿然明白[①]。这就是研究观念史的历史方法。钱锺书先生批评《随园诗话》"无助诗心，却添诗胆"[②]，我以前读袁枚及性灵派作品，也觉得其创作有价值而诗学殊不足观，如今读过前后一些书，看法全然改变。的确，一种诗学思潮或观念原是在与他者的区别中成立的，其理论意义当然只有在一定的历史过程、历史情境中才浮现出来。诗学史研究因而在很大程度上具有学术史的性质，带来实证性的要求。当然，注重理论问题的历史化及实证性研究，在浩繁的文献面前也面临着前人论学指出的一种危险："凡学之患，患于不能入，尤患于不能出。"[③]就清代诗学而言，不怕读不尽资料，怕的是陷于资料中不能自拔，这要求研究者对问题的思考和文献的采集抱有一种警觉，既要重视历史线索的清理，又不能钻到牛角尖里出不来。不过在现阶段，相对纠缠于历史细节、缺乏闳通的史识来说，我以为更难得的是对诗学史的建构保持冷静而通达的平常心。

对于历史研究者来说，最大的满足莫过于看到自己的历史叙述呈现一个清晰而完满的结构，理论史更是如此。一个时代、一个民族的理论史，能在自己的笔下显示出富有条理、逻辑清晰的历时性结构，作者会视为最大的成功。我心底也一直怀有这种憧憬。可是历史现象的复杂性以及自己能力的薄弱，经常使我无法从历史中看出某种合目的性的逻辑过程，无法把握其结构的有机性和完整性。在这种情况下，我宁愿放弃营构体系、追求逻辑完整的理想，而老老实

① 蒙文通《治学杂语》，载蒙默编《蒙文通学记》，生活·读书·新知三联书店 1993 年版。

② 钱锺书《谈艺录》，中华书局 1984 年版订补本，第 205 页。

③ 陈庆镛《籀经堂类稿》卷一一《吕西村类稿序》，光绪九年刊本。

实地将自己所看到的现象、所感觉到的问题记录下来。这一方面是惩于陈寅恪先生的论断"其言论愈有条理系统,则去古人学说之真相愈远"[①],同时也是鉴于胡适先生的教训:"凡治史学,一切太整齐的系统,都是形迹可疑的,因为人事从来不会如此容易被装进一个太整齐的系统里去。"[②]清初江南诗学在我的叙述中便显示出这种结果,若干互不相关、见解不一致的诗论家排放在"江南"这一地域概念下,好像有点零乱。但我看到的情形就是如此,大家置身于共同的舞台,却唱着不同的歌。将他们一一加以罗列,枝枝节节的叙述,虽不免骈杂和缺乏条贯,却可以避免为追求逻辑的简洁和自足而付出牺牲历史丰富性的代价,起码可以为学界提供一些资料线索,提出进一步思考的问题。

基于上述认识,我对诗论家及诗论的取舍就着眼于他们在诗学史上的实际意义,而不在其名望和著作形式。比如宋荦是清初著名诗人,《漫堂说诗》作为论诗专著也很有名,但我并没有专门讨论他的诗学,只是在论宋诗风消长时涉及。出于同样的考虑,今人著作涉及一些诗家,如广东的岭南三大家,江南的龚鼎孳、吴嘉纪、杜濬,北方的申涵光、傅山、孙枝蔚,他们的诗学我都没有专门讨论,因为我觉得他们没有形成独特的诗学见解,在当时也没产生特别的影响,当代学者既有论述,我就不再花费笔墨了。相反,像归允肃这样的古文家,既无论诗专著,也不以论诗著名,我却要在清初江南诗学论里专门谈一下他对诗歌的见解。在清代流传很广的闽人游艺的《诗法入门》虽是浅俗的启蒙读物,但在整合传统诗学的知识体系上具有特殊的重要意义,我也要专门论述它的理论价值。在乾隆诗学里,我要着重谈一谈桐城派姚鼐的诗学和李锳、李兆元父子的诗歌声律学,在嘉、道

---

① 陈寅恪《金明馆丛稿二编》,上海古籍出版社 1980 年版,第 247 页。

② 罗尔纲《师门辱教记》,建设书店 1944 年版。转引自陈平原《中国现代学术之建立》,北京大学出版社 1998 年版,第 192 页。

诗学里我要着重谈以李怀民兄弟为首的高密诗派的诗学、汪端的女性诗学、梁章钜的郡邑诗话，这些都是以往的著作中不曾提到的[①]，也是我认为特别有意义的。但问题是，历史研究发展到今天，学者们对历史的理解已和传统观念有了很大的不同。兰克在19世纪30年代将史学的基本观念表述为“如实地说明历史”，而到克罗齐则宣称一切历史都是当代史，科林伍德又说“一切历史都是思想史”，“历史就是一个对这种思想的历史进行研究的历史学家，在自己脑子里把这种思想重新加以组织的过程”[②]。历史及其认知的客观性权威被彻底颠覆，人们不得不同意，历史是叙述，是一种话语的重构。这种重构在多大程度上接近过去发生的事实过程，取决于史家的眼光。汤因比在谈到历史学家的认识局限时说：“客观上人都要死，而主观上又很难预见从长远的观点来看究竟什么是重要的东西；这样一来，要区分信号和闹声，对历史学家说来也就是异常困难的事。”[③]清代诗论中的所有声音，对于学者也是难以区别的信号和闹声，我们很难确定什么样的取舍是合理的。学者即使像汤因比说的“把他的牌都摊在桌子上”，牌也终究是摊不完的，历史写作最终不外是选哪些牌摊出来的问题。在这一点上，我倾向于卡尔的看法：“历史学家对过去的解释，他对于有意义的和有联系的东西的选择，是随着新目标的在前进中的不断出现而改进的。”[④]我写作清代诗学史的动机是回应比较诗学研究者提出的中国文论“失语症”的问题。鉴于中国诗学在比较诗学中本钱越比越薄的状况，我研究清代诗学首先是要展示中国诗学博大精深的体系和极其丰富的内容。相对于创作观念，我更注重诗

① 关于高密诗派，汪辟疆先生有《论高密诗派》(《中华文史论丛》第2辑)一文，但主要是谈其创作，未涉及其诗学，盖汪先生亦未见李氏兄弟所撰之诗话稿本也。

② 参看爱德华·霍列特·卡尔《历史是什么?》第一章“历史学家和历史学家的事实”，吴柱存译，商务印书馆1981年版。

③ 田汝康、金重远编《现代西方史学流派文选》，上海人民出版社1982年版，第131页。

④ 参看爱德华·霍列特·卡尔《历史是什么?》，吴柱存译，商务印书馆1981年版，第135页。

学理论和批评、研究在清代的发展。清人如何整理、接受、阐发前人的诗学遗产？他们如何发展、深化既有的概念、范畴和理论命题？他们提出了什么新鲜的理论和见解？清代诗学在学术方式和方法论上具有什么样的特征？这给它带来了什么样的成功和失败的结果？清代诗学是如何开始其现代化过程的？这所有的问题归结为一点，就是清代诗学是在一个什么样的过程和框架中展开的，我的清代诗学史研究着眼点正在这里。

最后我还想对《清代诗学史》的写作体例作一点说明。作为一部合观念史、批评史和学术史为一体的诗学史，本书的视角基本落实到学术史的层面。这不仅由于清代诗学的学术特征从学术史的角度看具有特别重要的意义，也由于我认为清代诗学的丰富文献只有用学术史的眼光来审视才能进行有效的淘汰，真正抉发出具有历史价值而又属于清代诗学的理论和批评成果。从学术史的角度来要求，《清代诗学史》应该具备梁启超提出的著学术史的四个必要条件："第一，叙一个时代的学术，须把那时代重要各学派全数网罗，不可以爱憎为去取；第二，叙某家学说须将其特点提挈出来，令读者有很明晰的观念；第三，要忠实传写各家真相，勿以主观上下其手；第四，要把各人的时代和他一生经历大概叙述，看出那人的全人格。"①但由于清代诗学的复杂性和各历史时期的不均衡性，《清代诗学史》叙述某些历史时期还要增加一种写法——将一个时代的重要问题叙述出来。无论哪个时代，都有一些问题是诗坛共同关注的热点，众多论者参加讨论，形成规模不等、见解不一的论争。比如古诗声调问题，自乾隆初《声调谱》行世后，曾引起诗坛的强烈关注，众多论者加入对古诗声律问题的讨论，或赞同，或反对，或拾遗补阙，在诗话和笔记杂著中出现

① 梁启超《中国近三百年学术史》，中国书店 1985 年印影本，第 48 页。

不少有关议论，更出现若干种深入研究的专门著作[①]。这样的问题当然应该成为清代诗学史的重要章节，而类似的章节将改变以人为纲的传统学术史结构，形成人与问题并行的复调结构。虽然在某种意义上说，历史就是叙述，但这叙述毕竟应贴合我们已知的事件及其发生过程。

以上就是我对清代诗学研究方法的一点思考以及对自己的研究模式、写作思路的一点说明。在没有成功的实践证明有效之前，所有的设想都是可疑的。对今天的科学家来说，选择一种理论或方法，仅仅是认为它们能够比其他已知理论或方法解释更多的事实，或者将同样的事实解释得更好，它们至少能与其他理论或方法一样好地受到检验，甚至更好，并且它至少与其他理论或方法一样经受得住这些检验[②]。我希望我的研究能够证明上述方法是有效的。

（本文初刊于《江苏行政学院学报》2004 年第 3 期。原题为“关于清代诗学史的研究方法”，有修改）

---

① 详蒋寅《古诗声调论的历史发展》，《学人》第 11 辑，江苏文艺出版社 1997 年版；收入《中国诗学的思路与实践》，广西师范大学出版社 2001 年版。

② 参看波普尔《科学知识进化论》，纪树立编译，生活・读书・新知三联书店 1987 年版，第 50—51 页。

邹祗谟生平事迹辑考

邹祗谟为清初著名文士，博学多才艺。初以《诗经》题经义著名，唐梦赉《志壑堂文集》卷一《宫定山会元诗经传稿序》称宫定山诗义云："诗义一编，尤历科以来黄云孙、邹讦士而外未见其俦也。"后以诗古文辞与董文友（以宁）、陈椒峰（玉璂）、龚琅霞（百药）并为毗陵四名家，见曾灿《六松堂文集》卷一二《龚琅霞诗序》、李邺嗣《杲堂文钞》卷二《学文堂集序》。诗散见清初选本，吴仰贤《小匏庵诗话》卷三称"讦士诗最工丽，奄有梅村之胜"。最工填词，毛先舒《丽农词序》称"其笔墨之妙如流波如静女，其设色入想，都不似从人间来"（《潠书》卷一）。有《丽农词》及词话《远志斋词衷》，又与王渔洋同编《倚声初集》，于清初填词风气影响至巨。康熙十六年（1677）汪懋麟序梁清标《棠村词》，称本朝词学，近复益盛，实始于武进邹进士程村《倚声集》一选及孙默所刊《国朝名家诗余》，时人之言如此。迨及今日，其填词三书虽为学者所重，而生平事迹湮晦不明。李元度《国朝先征事略》卷三八、李桓《国朝耆献类征初编》卷四二三、《清史列传》卷七〇、张惟骧《清代毗陵名人小传》卷一虽有传记，皆简略不足征，治词之家诚有所歉焉。予昔读陈乃乾所辑清名家词，至《丽农词》而好之，三复其书，以不得知人论世为憾。自十数年前治清诗学，而并留意程村事迹、著作，所得虽寥寥，然一生出处已约略可见。苦不知其生年，迄覆其稿而未发。2006 年夏出席南京大学中国诗学研讨会，获见沙先一博士

《清初词人邹祗谟生平与著述考论》一文，由常州图书馆所藏家乘知其生卒年月，为之欣抃，归发箧中旧草，辑为程村行年考一卷，聊寄少年向慕之夙衷也。

邹祗谟，字讦士，号程村、丽农山人。江南武进人。其名或作祗，或作祇，盖二字古通用，刊本往往混淆。按：祗谟应取自《书·大禹谟》："大禹曰：'文命敷于四海，祗承于帝。'"孔颖达疏谓祗训敬，言敬承尧舜二帝也，故应作"祗"为是。程村又字圣培，亦可证其取意也。此见徐传诗《真义咏事诗》："笔为锄耒纸为田，瑶月冰壶好并妍。谁与邹生斗楷法，家鸡野鹜也纷然。"自注："邹祗谟字圣培，诸生，长制举文，尤工书法。"程村长身玉立，见陈维崧《迦陵词全集》卷二六《暮秋卧病澄江客舍承刘震修沛元秦其天贺天士椒峰弟诸君枉顾因感亡友邹程村董文友漫成一首并示梅园主人韩尔铉》自注。为人伉爽不羁，王晫《今世说》卷四载："邹程村为晋陵甲族，会有蜚语中之者，一日散万金立尽。邹四顾壁立，举酒自慰曰：'田园无存，幸吾宾客尚在耳。'"董以宁尝言："予与讦士非唯文章道同，觉性情俱与我近。"《今世说》卷三又称其"天资颖异，过目靡所遗忘。上自经籍子史，下逮艺文杂著，旁及天文宗教百家之书，细及古今人爵里姓氏世次年谱，无不悉记。至性沉挚，意气真笃，与人交久要不忘"。又云："邹程村读书如汉主校猎，不至野尽山穷，囊括其雌雄不止。"又云："邹程村语言妙天下，小词单文，令人色飞神艳。"此皆可见其性情资禀。所著《远志斋文集》，陈玉璂《学文堂文集》卷五、李振裕《白石山房稿》卷五均有其序，国家图书馆藏刘喜海、刘如海钞校本《慎贻堂书目》著录《遥志斋文集》一卷，今其书不传，仅《丽农词》二卷、词话《远志斋词衷》一卷及与王渔洋同辑之《倚声初集》二十卷行世。其词于《丽农词》之外尚有遗稿，详沙先一文。诗以族叔邹漪辑《名家诗选》所收一卷为富，承沙先一博士惠示摄影本，谨此致谢。其文予辑得数篇，已一一采纳于考证中，聊存吉光片羽。尚有湖北省图书馆藏清稿本王追骐《吴越行吟》载程村序一篇未见，附识于此。丙戌秋九月金陵后学蒋寅并记。

天启七年癸酉(1627)　一岁

十一月初八日，程村生。祖忠胤，父自规，母潘氏。

据沙先一《邹祗谟生平与著述考论》(提交2006年7月南京大学中国诗学研究中心举办中国诗学学术研讨会，后刊于《中国韵文学刊》2007年第4期)，常州市图书馆藏邹树滋修，民国三十七年武进邹氏三古堂铅印本《武进邹氏家乘》卷一二载："邹祗谟，自规子，字黍士，号程村，治《易经》，补邑庠生。清顺治甲午举人，戊戌孙承恩榜进士，未仕。娶崇祯戊辰探花管绍宁女，生女二，长适康熙己丑进士孙时宜，次适康熙丁卯举人湖广宜都县令江阴金秉哲。侧室蒋氏生子一，同郑；又侧室周氏生子一，骏阳。生明天启七年丁卯(1627)十一月初八日，卒清康熙九年庚戌(1670)八月三十日。"

崇祯八年乙亥(1635)　九岁

随祖父忠胤旅宦江西南昌，祖父为述吉州李氏德业。

康熙刊本李元鼎《石园全集》卷二三载程村序，末署日期为康熙戊申仲春。文云："祗谟自九岁时随先大父宪副公官豫章，常屈指生平所慕服，曰：'小子识之，如吉州谷邨三李公者，皆当时人杰也。'盖先公与冢宰晦庵公同举进士，俱出廷尉周公之门。起家为钱塘令，则总宪忠肃公又以直指使者为举主，而今少司马公于忠肃公为从孙，冢宰公为从叔，故先公知李氏德业为详。"

崇祯十四年辛巳(1641)　十五岁

始习文章。

康熙刊本邹漪辑《名家诗选·邹讦士诗选》所收《咏怀》："夙昔十四五，操笔学文章。劲志无儒习，亮心怀清扬。"

顺治三年丙戌(1646)　二十岁

有《苏幕遮·丙戌过南曲作》词。

此为《丽农词》中最早有系年之词作。

顺治四年丁亥(1647)　二十一岁

董以宁游楚,冬有词相寄,以《最高楼》和之。

《全清词·邹祇谟词·最高楼·丁亥答文友楚中寄词》。康熙刊本《倚声初集》收此词"丁亥"作"丁亥冬",知作于冬间。董以宁(1629—1669),字文友,号宛斋。江南武进人。府学生,以词名。有《正谊堂集》、《蓉渡词》等。

顺治五年戊子(1648)　二十二岁

秋,出应乡试,不售。在金陵识华亭名士杜登春,订社事。

杜登春《社事始末》:"社中旧人,太半伏处草间。至戊子科尽出而应秋试。余于是役,识宋子既庭实颖、宋子右之德宜、宋子畴三德宏、邹子讦士祇谟、黄子子京初、董子文友以宁、蒋子震青于秦淮河上,订言社事。及榜发,右之隽去。而既庭以领批覃恩贡太学。"

顺治六年己丑(1649)　二十三岁

与董以宁取唐、宋诸词选,模仿僻调将遍。

词话丛编本邹祇谟《远志斋词衷》云:"己丑、庚寅间,常与文友取唐人《尊前》、《花间》集,宋人《花庵词选》及《六十家词》,摹仿僻调将遍。因为错综诸家,考合音节,见短调字数多协,而长调不无出入。以是知刻舟记柱,非善用赵卒者也。"《倚声初集》卷一董以宁《一叶落·本意》邹祇谟评:"忆庚寅、辛卯间,与文友取唐宋诸集僻调,摹填殆遍。"

有《满江红·己丑感述》词。

词见《全清词·邹祇谟词》。

顺治七年庚寅(1650)　二十四岁

陈维崧亦来同游。

四部丛刊本陈维崧《湖海楼文集》卷二《任植斋词序》:"忆在庚寅、辛卯间,与常州邹、董游也,文酒之暇,河倾月落,杯阑烛暗,两君则起而为小词。方是时,天下填词家尚少,而两君独矻矻为之,放笔不休,狼籍旗亭北里间。"

夏,与吴永汝婚事以讼阻不果,作《惜分飞》四十四阕纪其事。

《惜分飞·本意》自注:"庚寅夏作。"海山仙馆丛书本陈维崧《妇人集》云:"虞山吴永汝(字小法),吴母故某尚书姬也。七岁善琴筝,十岁工染翰乐府诗歌,一见即能诠识。有霍王小女之目。其母携之毗陵,十二而字余友邹大,后为雀角阻……邹大有《惜分飞》四十四阕并制序以悼之。"吴永汝,江苏常熟人,《全清词》存其词一阕。

秋,同吴伟业、曹尔堪、宋德宜、宋实颖、沈世奕、彭珑、尤侗、徐致远、计东、黄永、顾宸、徐乾学、朱茂晭、朱彝尊、章金牧、章金范、陆圻等名士共赴十郡大社,始识朱彝尊。

见上海古籍出版社1990年版《吴梅村全集》附录顾师轼《梅村先生年谱》卷三、杨谦撰《朱竹垞先生年谱》顺治七年条。毛奇龄《西河集》卷一二二《骆明府倪孺人合葬墓志铭》:"当顺治初年,好为文社,每会集,八县合百余人,钟鼓丝竹,君必为领袖,进退人物,人物亦听其进退,不之难。尝同会稽姜承烈、徐允定、萧山毛甡赴十郡大社,连舟数百艘,集于嘉兴之南湖。太仓吴伟业,长洲宋德宜、实颖,吴县沈世奕、彭珑、尤侗,华亭徐致远,吴江计东,宜兴黄永、邹祇谟,无锡顾宸,昆山徐乾学,嘉兴朱茂晭、彝尊,嘉善曹尔堪,德清章金牧、金范,杭州陆圻争于稠人中觅叔夜,既得叔夜,则环而拜之。越三日,乃歃血定交去。"

顺治九年壬辰(1652)　二十六岁

春,初游扬州,与咸园四子定交,而与宗元鼎尤契,以所作词一编示之。酒间论诗,受其影响,归乃刻意于声律之学。

康熙刊本宗元鼎《芙蓉集》卷首载程村序:“余之过广陵,自壬辰始也。广陵咸园四子,有《秋吟》诗,声称籍甚。四子者,吴子蒐次、刘子玉少、宗子梅岑及其难弟鹤问是也。其时余尚年少,四子一见,即有侨札之好。而于梅岑尤为神合。每过谢太傅故宅双桧下,酒间论诗,必漏尽三下犹不去。余归,始刻意声律之学。”《芙蓉集》卷一六《兰陵邹讦士诗余序》:“忆十年前,邹子讦士游广陵,与余定交于谢安石之法云寺。时庭树婆娑,两人促膝其下,若嵇、阮一面,契治金兰。语次,邹子携所著诗余一编见示。其柔情婉转,款语缠绵,令人想见风帘霜幕,素蟾初霁,玉杯醽醁,纤手破橙,橘香浓时也。”宗元鼎(1620—1698),字定九,号梅岑。扬州江都县人。处士,以画名。有《芙蓉集》。

三月三日上巳,与诸子于法云寺社集。

邹漪辑《名家诗选·邹讦士诗选》所收《上巳邗上社集》即为此行所作。“双桧风流忆谢公”句自注:“寺故谢安石宅。”此即上引二序所云定交论诗于谢太傅故宅法云寺也。

暮冬,归晋陵。

详下引宗元鼎《水调歌头》词。

顺治十年癸巳(1653)　二十七岁

年初,宗元鼎有《水调歌头》词见怀。

宗元鼎《芙蓉集》卷一三《水调歌头·怀邹讦士》:“记得故人去,江上暮冬残。家家绮楼朱户,石炭捣轻纨。爆竹一声腊尽,谁念天涯游子,孤馆客灯寒。几日河桥路,春事已阑珊。　真珠酿,白玉碗,水晶盘。怀人花下,几回沉醉倚阑干。试问旗亭小妓,羌笛曲中杨柳,曾否唱长安?想此时踪迹,轻薄试雕鞍。”

列于丁酉以前存稿中，当为本年初作。

与宗元鼎约游扬州而未果，宗有诗怀程村。

宗元鼎《芙蓉集》卷七《秋窗对雨迟兰陵邹讦士不至》："溟蒙烟色带昏光，门巷深沉暮景荒。饥雀乱穿藤架落，寒蝉日病柳枝黄。人因爱雨临窗坐，非欲催炉送酒香。远约故交秋未到，多因江上滞渔航。"

冬，有《风雪歌怀董文友并示二毛子黄子》。

邹漪辑《名家诗选·邹讦士诗选》所收。诗云："今年余已二十七，茫茫往事空沾臆。董生二十亦加五，头颅相对浑如昔。无何一病各经旬，门外徒盈问疾宾。"

将今年所作诗刻为癸巳诗。

宗元鼎《芙蓉集》卷首载程村序："次年乃有癸巳诗诸刻。"

顺治十一年甲午(1654)　二十八岁

八月，中江南乡试举人。

民国三十七年武进邹氏三古堂铅印本《武进邹氏家乘》卷一二载："治《易经》，补邑庠生。清顺治甲午举人。"

岁暮，上京应会试，过扬州，在途遇董以宁随父北上。宗元鼎、吴绮、许承宣为饯行。

邹漪辑《名家诗选·邹讦士诗选》所收《岁暮北行》五首为此行所作。其二云："握手芜城日，相逢解鹔鹴。"自注："旅次遇董文友送尊甫水部先生北上。"其三自注："维扬宗定九、吴园次、许力臣诸子携尊饯别。"许力臣，名承宣，号筠庵。江南江都人。康熙十五年进士，改庶吉士，授工科给事中。有《金台集》。

顺治十二年乙未(1655)　二十九岁

上京应会试落第，四月返里。

《倚声初集》所收《水龙吟·初夏舟中感怀用苏子瞻韵》："金台游倦初回，兰舟南望遥天表。千尺征帆，两堤断岸，归心萦绕。

(中略)问故乡何处,杂花满树,此日莺飞多少。"玩词意当为上京应会试铩羽归也,时为四月。

顺治十三年丙申(1656)　三十岁

怀应聘途经常州,访程村及董以宁、龚百药诸人。

康熙刊本怀应聘《高愉堂诗集》七言绝句《舟次毗陵访邹讦士董文友龚介眉诸子》:"荀陈杨孔尽英流,落落祢生刺早投。短棹毗陵今夜酒,却疑鼓瑟汉江游。"集有龚鼎孳顺治十三年春序,诗当作于本年前。龚百药(1629—?),字介眉,号琅霞。江南武进人。顺治三年举人,以奏销案不仕。康熙二十三年与修《武进县志》。有《龚介眉诗选》、《湘笙阁词》等。

顺治十五年戊戌(1658)　三十二岁

正月,游京师,有《安平乐慢·元旦瑞雪拟宋人应制》词。

词见《全清词·邹祗谟词》,云:"甲帐云开,辛盘早荐,天门曙色曈曈。""飞素满天中,御香缭绕烟融。"应为在京候试时拟作。

五月,殿试进士及第,与王士禛、吴国对、毛际可、王曰高、徐喈凤等同年。

雍正刊本王曰高《槐轩文集》卷八《祭邹讦士年兄文》:"忆初识年兄于南宫之庑下,一见倾倒,两心相期,自是情好日笃,久暂不渝。"

王士禛作《洗象行》,同张一鹄、许虬、毛逵诸同年和之。

乾隆刊本惠栋《渔洋精华录笺注》卷一《洗象行》,引蒋一葵《长安客话》:"象房在宣武门西城墙北,每岁六月初伏,官校用旗鼓迎象,出宣武门壕内洗濯。"李天馥《容斋千首诗·七言古》有《洗象歌》,自注:"时车驾临观。"邹漪辑《名家诗选》所选邹祗谟《邹讦士诗选》有《洗象行和贻上友鸿竹隐锦来诸同年》:"长安四月初五日,半夜传呼士子入。平明趋至金马门,峨峨群象苍山立。”据此，今年洗象在四月五日，然王士禛《洗象行》言及“今年丞相收夜郎，扶南盘况求文章”，据惠栋注皆为五月间事，知诗为五月后作。邹祗谟诗题称诸同年，亦可证作于五月殿试放榜后。张一鹄(1604？—1673？)，字友鸿，一字忍斋。江南松江人。崇祯间入几社，顺治十五年中进士，授云南推官。工诗，善画山水。有《野庐三集》、《河存草》、《滇黔诗》，及传奇《三合掌》等。事迹见叶梦珠《阅世编》、《松江府志》。许虬，榜姓顾，字竹隐，号敏庵。江南长洲人，昆山籍。顺治十五年进士。官思州府推官，终永州知府。有《万山楼集》。毛逵，字天翼，号锦来、晓园。浙江新昌人。顺治十五年进士，官至吏部文选司郎中。《皇清百名家诗》收其诗一卷。

夏，王士禛以候选留滞京师，寓居慈仁寺。程村居邻寺，常与长洲汪琬、南海程可则等访之，以诗相唱和。

康熙元年刊本王士禛《阮亭诗选》卷五《戊戌诗》自序：“予自乙未举南宫，归卧山中三载，至戊戌始射策成进士。用新例当出官法曹，留滞京师久之，不自得，日与长洲汪琬，南海程可则，泾阳李念慈，三原韩诗，武进邹祗谟，华亭张一鹄、吴懋谦，昆山许虬，吴邑钱中谐，宛平米汉雯，新昌毛逵，侯官许珌辈相切劘为古文诗歌。夏日观政武部，拜椒山祠下，有诗。若《慈仁寺双松歌》、《洗象行》诸篇，则予倡之而诸子和之云。”《阮亭诗选》卷七《赠别订士》其二：“和歌红烛跋，隔寺夜钟分。”自注：“予与订士邻寺居。”《渔洋诗集》卷四《沈韩倬秦留仙过访邹订士汪苕文李屺瞻亦至留饮论诗作》、《阮亭诗选》卷六《雨甚订士过宿慈仁夜话怀黄云孙初子兄弟》等，均为当时所作。

七月，雨中过宿王士禛慈仁寺宅，有诗唱和。

康熙八年沂咏堂刊本王士禛《渔洋诗集》卷四《雨甚订士过宿慈仁夜话怀黄云孙》，列在《七夕三首》之前，当是七月初作。

邹漪辑《名家诗选·邹讦士诗选》所收《雨夜宿贻上邸中因忆云孙初子和贻上韵》即为和作。

七夕,有和张一鹄、王士禛《七夕》五律二首。

邹漪辑《名家诗选·邹讦士诗选》所收《京邸七夕和张友鸿王贻上》为此时所作。其二自注:"时诸子多寓寺中。"

八月十五日,与王士禛、吴绮、程可则同和米汉雯中秋诗。晚,韩诗招饮赏月,并有诗别诸公。

王士禛《阮亭诗选》卷六《中秋和米紫来韵同吴园次邹讦士程周量》、《中秋韩圣秋招集梦航赋别圣秋并呈诸子》、邹漪辑《名家诗选·邹讦士诗选》所收《中秋京邸》五律四首及七律《中秋和米紫来韵》均为是日作。

九月初,将归毗陵。王士禛亦将归里,有诗赠别,程村和韵答之。别后王士禛复有诗感怀。

王士禛《阮亭诗选》卷七《赠别讦士》其一:"君返兰陵棹,江关鸿雁多。我归礁湖隐,秋水正扬波。"又有《送讦士后感成》。邹漪辑《名家诗选·邹讦士诗选》所收《答贻上赠别诗和原韵》即和王前诗之作。

顺治十七年庚子(1660)　三十四岁

秋,游扬州,晤宗元鼎,有诗赠之。同寻幽访古,出编定词集,属宗元鼎序之。

邹漪辑《名家诗选·邹讦士诗选》所收《晤宗定九留饮》:"偶来倚棹杨子边,不见宗生将六年。"宗元鼎《芙蓉集》卷一六《兰陵邹讦士诗余序》:"庚子秋,讦士复游广陵,则高车驷马,奏赋明光,已数载矣。然邹子犹不改昔年布衣豪放也,与余登欧阳六一平山眺望,访萤苑、鸡台、九曲池、玉钩斜故址,憩红桥旗亭小饮,有当垆歌萧竹屋《蝶恋花》词:'记得来时,买酒朱桥畔。远树平芜空目断,乱山唯见斜阳半。'邹子怅然久之。因复出向所著诗余,已剟定成帙，属余为序。”康熙刊本邹漪辑《名家诗选·邹讦士诗选》所收《过饮下云郭同宗定九黄雨相分余字》疑作于此时。诗云“杯为持螯健，诗因看菊余”，时在秋间。

时辑《倚声初集》将成，就王士禛商榷，居东城精舍，与王士禛多有唱和。至十一月书成，订为二十卷前编四卷，两人皆有序。

上海古籍出版社排印本孙殿起《贩书偶记》卷二〇：“《倚声初集》二十卷前编四卷，武进邹祇谟、新城王士禛同选，顺治庚子大冶堂刊。前编系词话。”《续修四库全书》影印南京图书馆藏清刊本《倚声初集》王士禛序：“《花间》、《草堂》尚矣。《花庵》博而杂，《尊前》约以疏。《词统》一编稍撮诸家之胜，然详于隆、万，略于启、祯。邹子与予盖尝叹之。因网罗五十年来荐绅隐逸宫闺之制，汇为一书，续《花间》、《草堂》之后，使夫声音之道不止湮没而无传。亦犹古歌弦之意也。书成，命曰《倚声》。”邹祇谟序：“近世如用修、元美、元朗、仲茅诸先生无不寻流溯源，探其旨趣，而词学复明，犁然指掌。然如钱功甫、卓珂月、沈天羽诸前辈，有成书而网罗未备；贺黄公、毛驰黄、刘公勇诸同志，有论断而甄汰未闻。仆乃与渔洋山人综核近本，揽撷芳蕤，被以丹黄，申之辨说，为时不及百年，而为体与数与人仿佛乎两宋之盛。”王序署“顺治庚子季冬题于广陵之孱提阁”，邹序署“顺治庚子长至后五日书于广陵之东城精舍”，知书成于本年。应是程村先有《倚声集》之辑，今来广陵就王士禛切磋删订，付大冶堂梓行。其中评语有言及康熙四年前事者，严迪昌先生《清词史》因疑其随刻随补选评而成。今按：古人刻书习以开雕年月署于封面，疑《贩书偶记》据封面著录，而书实至康熙四年尚有续刊也，或有重镂之举，详后引《西堂杂组三集》卷四《香草亭词序》。邹漪辑《名家诗选·邹讦士诗选》所收《秋柳和王贻上韵》、《赋得扬州早雁（阮亭倡题）》为此时所作。

顺治十八年辛丑(1661)　三十五岁

正月,有钱塘之行,有诗。时闻世祖遗诏。董以宁有诗见怀,用唐元稹代书答白居易诗一百韵。

邹漪辑《名家诗选·邹讦士诗选》所收《春日西陵杂兴》四首为是时所作,其四自注:"时大行之诏方至。"按《清史稿·世祖纪》,世祖崩于七日丁巳,遗诏传至浙江约在中旬。《答文友见怀客游西陵作用元相答白傅代书诗一百韵》应作于此时。

月末,王士禛有事赴常州,雪夜访程村,与陈维崧、黄永、董以宁同饮观剧,有诗纪事。

王士禛《阮亭诗选》卷一四《毗陵晚泊访巩宗子黄云孙邹讦士董文友》:"醉卧沙村芦荻洲,起看残雪照江楼。故人家在兰陵县,暂向邮亭一系舟。"《渔洋诗集》卷一二《岁暮怀人》:"籍籍兰陵四才子,陈黄邹董各名家。难忘雪夜吴儿曲,檐角寒梅正作花。"自注:"陈秀才维崧、黄比部永、邹进士祗谟、董秀才以宁。昔雪夜同饮讦士宅观剧也。"

三月,王士禛游金陵,据丁胤所述,属好手画《青溪遗事》一册,陈维崧为题诗,又自题《菩萨蛮》八阕,陈维崧、彭孙遹、邹祗谟、程康庄、董以宁和之。

《渔洋山人自撰年谱》卷上惠栋注:"又属好手画《青溪遗事》一册,阳羡陈其年维崧为题诗。山人复成小词八阕,摹画坊曲琐事,尽态极妍,诸名士和者甚众。"《国朝名家诗余·丽农词》所收《菩萨蛮·咏青溪遗事画册和阮亭韵》词王渔洋跋:"仆曩居秦淮,听友人谭旧苑遗事,不胜寒烟蔓草之感,因属好手画《青溪遗事》一册,阳羡生为题诗,仆复成小词八阕,程村倚和。春夜挑灯,回环吟叹,觉菖蒲北里,松柏西陵,风景宛然在目,正使潘髯、王百谷诸人身在莫愁、桃叶之间,未必有此写照也。"《戚氏·辑倚声集将成复得阮亭新词并简》:"忆青春,年年花发碧阶新。寂寞谁过，倒来家酝自奇芬。（中略）此日情绪难分。竹扉高掩，寂寞困琴樽。犹自有、华胥可到，玉友相亲。更衍波、挥洒十二龙宾。”

四月，施闰章来杭，与诸名士游。程村时与其会，泛舟西湖。

康熙刊本朱彝尊《曝书亭集》卷五《偕曹侍郎溶施学使闰章徐秀才缄姜处士廷梧张处士杉祁公子理孙班孙段桥玩月分韵得三字》、《同王处士猷定施学使闰章陆处士圻泛舟西湖遇雨》。人民文学出版社排印本朱彝尊《静志居诗话》卷三“张翨”条：“辛丑夏，留湖上昭庆寺僧舍，时钱受之、曹洁躬、周元亮、施尚白诸先生，先后来游。杭人有持元《西湖竹枝》请钱先生甲乙者，先生谓曰：‘和者虽多，要不若老铁。’此日，群公泛舟于湖，曹先生引杯曰：‘铁崖原倡之外，谁为擅场，各举一诗，不当者罚。’”周亮工举陆仁作，施闰章举张简作，王猷定举严恭作，袁于令举强珇作，胡介举徐梦吉作，张杉举缪侃作，祁班孙举释文信作，诸九鼎举马琬作。程村举申屠衡作，云：“白苎衫儿双髻丫，望湖楼子是侬家。红船撑入柳阴去，买得双头茉莉花。”朱彝尊曰：“诸公所举皆当，然未若吴兴沈性（自诚）之作也。其词曰：‘侬住西湖日日愁，郎船只在东江头。凭谁移得湖山去，湖水江波一处流。’不独寄托悠远，且合《竹枝》缥缈之音。”曹溶曰然，于是诸公皆饮，竹垞亦浮一大白。

五月十九日，与王猷定、施闰章、徐缄、罗坤同集王晫霞举草堂。

康熙间霞举堂刊本王晫《松溪漫兴》有《五月十九日与南州王于一宣城施愚山晋陵邹程村山阴徐伯调会稽罗弘载诸公过草堂》诗。据施闰章《学源堂文集》卷七《王丹麓松溪诗集序》：“往岁辛丑客西湖，丹麓觞予霞举堂。是时新建王于一、山阴徐伯调、武进邹讦士、会稽罗弘载与比邻陆荩思高仲兄弟皆在，穷日夜咏言，醉则就榻，今十许年耳。”则其事在本年也。罗坤，字弘载，号萝村。浙江绍兴人。诸生。康熙十八年举博学宏词。

在西湖晤毛先舒，属为近作撰序。

《四库全书存目丛书》影印毛先舒《潠书》卷六《与邹讦士书》云："三四年前，读《丽农集》，或呢喃如莺燕尔汝，又或如裂檀槽作濩索声，一鼓一歌，叹为工妙。不但娱目，直移我情也。迩湖头相值，得睹近文及文友、其年、龚、陈诸子作，每能因古人一二字间，推衍作数千语，妙意横生。"同书卷一有《丽农词序》、《邹讦士新咏序》，或为此时所作。

还晋陵，将有入都之役。曹溶饯别，朱彝尊有诗送行。

朱彝尊《曝书亭集》卷五《曹侍郎席上送别顾工部大申还华亭邹进士祗谟还晋陵》题下注："二子将有入都之役。"此诗前有送施闰章之《观海行赠施学使闰章》云："揭来四月西湖边，兴尽却返山阴船。"然则施闰章离杭在五月，程村还常州亦在同时。

归里将在浙所钞毛先舒文示陈玉璂，陈玉璂刻入所辑《文统》中。

康熙刊本陈玉璂《学文堂文集》序五《毛稚黄巽书序》："亡友邹程村客武林时，尝手钞稚黄文数篇归，予见之，急刻入《文统》中。"

九月，宗元鼎有诗见怀。

宗元鼎《芙蓉集》卷八《辛丑晚秋独酌红桥怀兰陵邹讦士进士》："去年同醉山桥菊，此夕怀人对菊杯。红粉黄垆都不改，热肠惊信几交回。频催稚子临津候，恐有吴船带夜开。鸿雁满天霜满眼，还凭酩酊一登台。"

徐士俊编《尺牍新语》，收入程村《寄周兼三》，有评语。

康熙六年刊本徐士俊编《尺牍新语》卷一八载程村《寄周兼三》，评曰："《倚声》一集，余深感程村、阮亭两先生品题。今岁西湖又得与程村盘桓款洽，读其煌煌大篇，欣赏无已。即此一牍，洵属风流所宗。"徐士俊(1602—1681)，原名翙，又名灏，字三有，一字野君，号紫珍道人、若耶野老。浙江仁和人。

冬，王士禛复冒辟疆书，言及程村罹“奏销案”之祸。

道光刊本《同人集》卷四载王士禛书略云：“吴下逋欠，虽先贤如唐荆川、缪西溪诸先生亦不能免，有心人可胜太息！其年得不蔓及否？如讦士、云孙、文友诸同志皆在其中；浙中如骏孙兄不知何故阑入，为之废寝食者数日夜。将来过郡城，何忽见其楚囚相对哉？”

本年，扬州女子余韫珠为王士禄绣须菩提像，为王士禛绣高唐神女、洛神、西施浣纱、杜兰香四图，王士禛为赋《题余氏女子绣浣纱洛神图二首》，并填《浣溪纱》（西施）、《解佩令》（洛神）、《望湘人》（柳毅传书）三词咏之，邹祗谟、彭孙遹、陈维崧、董以宁、彭孙贻诸人皆和。

中华书局排印本王士禛《香祖笔记》卷一一：“余在广陵时，有余氏女子名韫珠，刺绣工绝，为西樵作须菩提像，既又为先尚书府君作弥勒像，皆入神妙；又为余作神女、洛神、浣纱、杜兰香四图，妙入毫厘，盖与画家同一关捩。”又见《池北偶谈》卷一二。诗见《渔洋精华录》卷二，系于顺治十八年；词见《衍波词》。彭孙遹以《思越人》、《伊川令》、《传言玉女》、《高阳台》调和之，邹祗谟用《西施》、《洛神》、《潇湘逢故人慢》、《阳台路》调和之，董以宁用《庆清朝慢》、《烛影摇红》、《双双燕》、《声声慢》调和之，陈维崧用《高阳台》、《伊川令》、《水调歌头》、《潇湘逢故人慢》调和之，选调皆与题合。彭孙贻则以《白苎》、《安公子》、《望海潮》、《潇湘逢故人慢》和之。诸作皆见本集。

康熙元年壬寅(1662)　三十六岁

陈玉璂有诗相寄。

陈玉璂《学文堂诗集》七律一《舟中伏枕书怀与程村介眉》。

春有扬州之游，同周兼三饮于园亭，话西泠旧游，用周邦彦韵填《六丑》词寄感。

《全清词·邹祗谟词》所收《同周兼三小饮广陵园亭因话西泠旧游偶拈周清真韵寄感》:"见春光又去,断肠处、年年轻掷。(中略)座中顾曲佳客,话旧游苏小,欢情何极。"

三月底,将归,有《水调歌头》词送李长文北还,又有《菩萨蛮》四首寄内。

《今词苑》所收《水调歌头·广陵送李长文学士北还》:"君欲溯河北,我亦渡江东。纵是莺花三月,社燕等秋鸿。"又《菩萨蛮·广陵邸中题书尾寄闺人》其一:"花事近荼蘼,当归寄一枝。"其四:"莫更寄征衣,春归侬也归。"均作于月底。

四月归里,有诗四首、"桐阴试茶"词一阕寄宗元鼎,元鼎报以诗四首。

康熙刊本陈枚辑《凭山阁汇辑留青采珍集》卷六宗元鼎《与邹程村》:"初夏莺花,正是红桥烟雨,而词人忽而归去,那令人不惆怅耶?新诗四章,绿叶阴阴,杨花如雪,休文愁病,读此更复销魂。而'桐阴试茶'一阕,已令'汤响松风'不足为宋人专美。仆诗四首,小笺录赠,倘得暇,再叠和如何?"

冬,同年徐喈凤来访,见《倚声初集》,遂动填词之兴。

康熙刊本《荫绿轩词·词证》云:"余素不读词,亦不作词。壬寅(1662)冬自滇南归,访邹程村于远志斋,见几上有《倚声集》,展而读之,其中有艳语焉,足以移我情也;有快语焉,足以舒我闷也;有壮语旷语焉,足以鼓我气而荡我胸也,遂跃然动填词之兴。及拈题拟调,语多轻率,不能为柔语曼声。"徐喈凤(1622—?),字鸣岐,又字竹逸,号荆南山人。江南宜兴人。顺治十五年进士,官云南永昌府推官,十八年以奏销案降调,告归。有《绿荫轩词》。

王士禛有江阴之行,有诗寄情。

王士禛《渔洋诗集》卷一三《将抵毗陵寄云孙讦士文友》。

王士禛此行凡五日而返镇江，晓渡江北还，在真州与邹祗谟、盛符升、崔华集江上送刘体仁。

王士禛《渔洋诗集》卷一三《同杨西印副使蔡酩若秀才夜登观音山眺曲阿后湖放歌》："我昨南渡登金焦，鲸鱼跋浪生风涛。更上君山俯震泽，长江万里穷秋毫。五日探奇兴不尽，曲阿城畔来登高。"同卷又有《白沙江上同讦士珍示不雕送别公勇》。

康熙二年癸卯（1663）　三十七岁

三月，至扬州，清明日贺宿邀同南郊小饮，有词赠之。

《全清词·邹祗谟词》所收《宝鼎现·广陵清明日贺天士邀同南郊小饮有赠用刘须溪元夕词韵》为是日所作。

与宗元鼎同游西郊平山堂等古迹，有《蜀冈眺望怀古和阮亭韵》。出新梓《丽农词》属序。

康熙间留松阁刊本孙默辑《国朝名家诗余·丽农词》卷首载宗元鼎序。《蜀冈眺望怀古和阮亭韵》："今年才过清明节，又见春风催暮。"

同宗元鼎游红桥，泊舟韩园听歌，均有词纪事。

宗元鼎《芙蓉集》卷一三《寻芳草·暮春同邹程村游红桥泊舟听歌》："这几日春去，且买棹、与君留住。酒帘儿远挂垂杨渡。隋堤上，花如雾。　羌管已销魂，那堪唱、后庭玉树。一声声赚得东风暮。天有情，天回顾。"列于癸卯诗余存稿。《丽农词》所收《怨朱弦·宗梅岑约游红桥泊舟韩园纪事》为是日所作。

寓王士禛邸，同年赵钥罢官北归，过扬州，有词见赠，以原韵酬之。

《倚声初集》卷一五所收赵钥《满江红·即事》王士禛评："此千门罢官后，自南昌舟过广陵投程村与仆之作也，正不知情生于文，文生于情。"卷一八所收赵钥《绮罗香·广陵邸中赋简邹程村》亦为同时所作。程村《绮罗香·广陵阮亭署中酬赵千门见示原韵》:"怪柴桑、早赋归来,春尽听杜鹃鸣北。"自注:"千门时以南昌司李谪官回。"应作于春暮。赵钥,字千门,号南金。山东莱阳人。顺治十五年与邹祗谟、王士禛同科中进士。官南昌府推官。有《赵氏词韵》。据许应鑅修《同治南昌府志》卷二一,赵钥任推官在顺治十七年。李渔本年在扬州刻《资政新书》初集,卷一四判语部收赵钥《势抄事》,疑即赵过扬州时付李渔也。

有词寄内,为王士禛题物多首,有《泛清波摘遍·为阮亭咏庭前金鲫》、《贺新郎·席上被酒和阮亭韵》、《翠羽吟·为阮亭赋庭前鹦鹉》、《昼锦堂·题王阮亭抱琴堂执书图》诸作。

均见《全清词·邹祗谟词》,为客王士禛署中作。《瑞雪浓慢·广陵邸中寄示闺人》:"九秋挽带,三春判袂,才信别离容易。"作于春暮。《贺新郎·席上被酒和阮亭韵》:"新月上,桐初乳。"《翠羽吟·为阮亭赋庭前鹦鹉》:"官阁深,浓树阴,修竹碧森森。"应为夏初作。

四月,彭孙遹来游广陵,在渔洋座上与邹祗谟订交。

鲍瑞骏《桐花舸诗续钞》卷一《彭羡门订交》:"彭羡门孙遹才冠词场,中遭放废,日从游于吴姬酒肆间。初与程村不相识,一日遇于渔洋座上,都无寒温。既而渔洋起曰:'邹大彭十,夙昔千里相思,今日尹邢相见,可无一言乎?'二君皆大喜过望。"考证详蒋寅《王渔洋事迹征略》增订本。留松阁刊本《国朝名家诗余·延露词》尤侗序:"向读彭子羡门与王子阮亭无题唱和,叹其淫思古意,两玉一时。阮亭既官扬州,羡门有客信宿。会邹子程村初集《倚声》,于是《延露》之词成焉。"

彭孙遹见董以宁、沈谦词,笑谓程村曰:"泥犁中皆若人,故无俗物。"

清刊巾箱本王晫《今世说》卷八。

五月初五日端午节,唐允甲游扬州,王士禛邀与邹祗谟、方拱乾、方孝标、方亨咸父子观竞渡分赋词。

《全清词·邹祗谟词》所收《黄河清慢·阮亭招观竞渡竟日即席同方坦庵楼冈邵村唐耕坞诸先生分赋用晁次膺韵》，邹祗谟、王士禛同选《倚声集》卷一八唐允甲《春从天上来·癸卯五日赠王阮亭》为是日所作。唐允甲，字祖命，号山次，一号耕坞山人。江南宣城人。少有才名，仕南明为中书舍人，入清不仕。工诗，善书法，钱谦益曾序其诗，见《有学集》卷一八。有《耕坞山人集》。方拱乾(1596—1666)，初名若策，字肃之，号坦庵，又号甦翁。安徽桐城人。崇祯元年进士，入清官少詹事。坐其子章钺涉顺治十四年江南科场案，流放宁古塔，十七年纳赎释归。有《何陋居集》、《甦庵集》、《蔓堂集》。方孝标(1618—?)，名玄成，以避康熙讳改作元澄，以字行，号楼冈，又号遯斋、钝斋。拱乾长子。顺治六年进士，官至仕读学士，坐弟案流放宁古塔。释归后出家，法名方空。有《钝斋诗文选》、《光启堂集》。方亨咸(1619—1679)，字吉偶，号邵村。拱乾次子。顺治四年进士，由知县官至陕西道御史。科场案谪戍宁古塔，释还后不复出。工诗善画，潘江《龙眠风雅》选其诗。著有《楚粤使草》、《班马笔记》、《塞外乐府》、《怡亭杂记》等。

七月六日，归毗陵，与彭孙遹同渡江，别于云阳。有《塞垣春》词和周邦彦韵。彭孙遹有诗见怀。

《全清词·邹祗谟词》所收《塞垣春·初六日立秋归舟偶和周清真韵》、《长亭怨慢·七夕为立秋第二日》，两词对观，知均作于七月初六、七日。据郑鹤声《近世中西史日对照表》，顺治元年与康熙二年均为七月初六日立秋，玩词意时归里，故系于此。彭孙遹《松桂堂全集》卷一〇《云阳别讦士》、《江上寄讦士》，分别次于《立秋日》前后，当为同时作。

八月，将至扬州，有词先寄王士禛与彭孙遹。既至，与宗元鼎同游西郊平山堂等古迹，出新梓《丽农词》属序。

邹祗谟《丽农词·引驾行·深秋复有广陵之行先简寄阮亭美门》、《国朝名家诗余·丽农词》宗元鼎序。

与王士禛商订《倚声初集》，增入唐允甲《春从天上来·癸卯五日赠王阮亭》等近作。适彭孙遹应约来扬州，王士禛索其艳词入《倚声集》，孙遹遂编《延露词》，并答以诗。

留松阁刊本《国朝名家诗余·延露词》尤侗序："向读彭子美门与王子阮亭无题唱和，叹其淫思古意，两玉一时。阮亭既官扬州，羡门有客信宿。会邹子程村初集《倚声》，于是《延露》之词成焉。"彭孙遹《松桂堂全集》卷一〇《再渡江》："老作淮南客，经时去复回。江禽相对浴，水蓼背人开。晚棹歌相激，秋涛响易哀。重来还有约，吹笛妙高台。"同卷《贻上索艳词入倚声之选戏答》："听曲旗亭忆往年，彩毫落处竟鲜妍。红窗旧作空中语，白社新寻物外缘。画阁漫装云母研，清歌误拂雪儿弦。前身君是王摩诘，试共参求绮语禅。"

二十八日，王士禛三十初度，邹祗谟有《三台·用琅琊王氏事赠阮亭三十初度戏用辛稼轩用陆氏事送玉山陆令体》词贺之。

见康熙间留松阁刊本《国朝名家诗余·丽农词》，《倚声初集》卷二〇收此阕题下注："癸卯作补入。"

九月初九日，与王渔洋、盛符升集平山堂饯送方文、黄传祖赴青州访周亮工。

王士禛《渔洋诗集》卷一四《九日与方尔止黄心甫邹讦士盛珍示集平山堂醉歌送方黄二子赴青州谒周司农》。黄传祖，字心甫，江南无锡人。崇祯十四年与钱陆灿、华时亨等创听社，以布衣游于公卿间，诗为钱谦益、吴伟业所赏。有《华阳》、《武陵》、《浙东》诸游草，辑有《扶轮续集》、《广集》、《新集》、《明文小品》等。

九月十日，彭孙遹有《祝英台近》词别渔洋及程村。

《国朝名家诗余》彭孙遹《延露词》卷二有《祝英台近·重阳后一日扬州别程村阮亭》，即当时所作也。

月底，与王曰高游，别后寄《倚声初集》。

王曰高《槐轩文集》卷八《祭邹訏士年兄文》："癸未秋杪，追欢于维扬之邸，不数日而别。别后寄我好音，遗以《倚声初集》，每为披卷，不禁神驰。"王曰高(1628—1678)，字登孺，号北山。山东茌平人。本年以工科给事中任江南乡试同考官，是科乡试得人最盛，见阮葵生《茶余客话》卷二。有《永慕编》、《槐轩诗集》。

十月，与陈玉璂、董以宁、龚琅霞分赋四季之题，得夏。

陈玉璂《学文堂文集》序九《补冬诗序》："壬癸间，予与诸同人锐志为诗古文，岁以四季给如干题诗文，缺额者量罚以金，用沽酒笑乐，穷日夜乃止。(中略)癸卯冬，龚子琅霞分赋得冬日杂咏体题，大抵皆鸟兽草木昆虫器皿衣服一切细碎之物，限以五言长律。予适计偕入都，期来春北归补作。及旋，又卒卒未果。先是董子文友分赋以春，邹子程村以夏，余以秋，至是余独阙冬咏。"

陈玉璂将上京应会试，送至镇江，与同登万岁楼。

陈玉璂《学文堂诗集》五古一有《登万岁楼同邹程村赋》诗，即此时作。同书七言绝一《过扬州》云"寒花萧瑟点征途，十月孤舟一病夫"，则陈氏启程在十月间。

十二月，与王士禛同在真州、六合，舟中观彭孙遹题诗。

王士禛《渔洋诗集》卷一四《銮江舟中与邹大观彭十题句有怀》作于此时。

孙默往海盐访彭孙遹，索其新词，合程村及渔洋之作刻为三家词，陈维崧有诗送行。

康熙刊本王士禛《居易录》卷六："近日新安孙布衣默，字无言，居广陵，贫而好客。四方名士至者，必徒步访之。尝告予欲渡江往海盐，询以有底急，则云欲访彭十羡门，索其新词，与予洎邹程村作合刻为三家集耳。陈其年维崧赠以诗曰：'秦七黄九自佳耳，此事何与卿饥寒？'指此也。人戏目之为名士牙行。"据《渔洋诗话》卷上，时岁将除。孙默（1613—1678），字无言，号桴庵。当时著名隐士，以刻《国朝名家诗余》著闻。后称欲归黄山，一时名公赠诗文者不计其数。有《留松阁集》。事迹见汪懋麟撰《孙处士墓志铭》。陈维崧《湖海楼诗集》卷一《送孙无言由吴阊之海盐访彭十骏孙》，编于本年，自注："时无言刻程村、骏孙、阮亭三家词，特过海盐索骏孙小令。"诗云"问尔作装有底急，鲥鱼正美堆冰盘"，又云"孙郎语竟杯已干，陈生送客春将残"，时为春日，疑作于明春，误编于此。

康熙三年甲辰(1664)　三十八岁

孙默汇刻王士禛《衍波词》、彭孙遹《延露词》、邹祗谟《丽农词》为《三家诗余》，邹、彭二家词皆有王士禛评。杜濬序之。

孙默辑《国朝名家诗余》卷首载杜濬序，署日期为甲辰秋日。

九月二十四日，谢良琦上京候铨，程村与诸子饯行。

谢良琦《甲辰北征记》："季秋廿四日，自毗陵登舟，友人史庸庵、邹訏士、贺天士、龚介眉、董文友酌酒饮。"

谢良琦复起为延平通判，程村与毗陵诸子各赋诗饯别，董以宁为之序。

董以宁《正谊堂集·送谢石臞判延平序》："居常州四年，因交董生之所交者，益相与为古文，皆谓公文数倍遵严也。盖往时王遵严亦判常州云。至今年，公复起为延平判，各为诗饯之行。龚琅琊奉酒进曰：'愿公终以文章自任，毋以判事辞。'李研斋曰：'延之剧辛不如常，愿以文章自娱，毋苦判。'邹程村曰：'戒哉！愿公之为判若不能文章者。'公立尽三觞谢教毕，复持觞顾谓董生曰：'子亦何言以赠余？'董生曰：'宁何言？宁向者则已为公言之矣。'遂复述而为之序。"谢良琦(1624—1671)，字仲韩，一字石臞，号献庵。广西全州人。顺治间由淳安、蠡县知县官至常州、延平通判。诗古文有盛名。居官日持一卷书坐厅事，有吏抱牍至，辄挥之。乡先生之请燕见者，亦往往谢去。时有"傲吏"之目。有《醉白堂诗文集》，王士禛《感旧集》中录其诗。李研斋，名长祥，四川达州人。崇祯间庶吉士，后佐鲁王起兵，官兵部侍郎，入清后流寓常州。有《天问阁集》。尝与龚百药同刻谢良琦《醉白堂诗文集》。

冬，王追骐来游吴越，为其诗集《吴越行吟》撰序。

湖北省图书馆藏清稿本王追骐《吴越行吟》载程村序。宋琬《安雅堂文集》卷一《王雪洲诗序》："王雪洲给谏，生于郏城、兰泽之间，固屈大夫乡人也。余以甲辰冬杪遇之于吴山，如旧相识。叙述遭逢，约略相类。（中略）今雪洲则渡钱江、窥禹穴，东临吴会，问阖闾、季札之遗迹，将溯大江而归黄州焉。"程村序其诗集亦当在此时。王追骐字锦之，号雪洲。湖北黄冈人。顺治十六年进士，康熙十七年举博学宏词，以病未与试。官至山东武德道佥事。工诗，有《雪洲诗钞》。

康熙四年乙巳(1665)　三十九岁

正月，郑重知靖江，邀尤侗往。

《悔庵年谱》："郑山公明府令靖江，邀予往渡澜江。"尤侗《西堂杂组三集》卷三《金陵怀古诗序》："靖江郑山公使君，闽之君子也。予壬寅岁寓其东溪草堂者三月。又于乙巳客靖江月余，相得甚欢，无厌也。"

二月二十日，于靖江旅邸为尤侗《钧天乐》传奇撰序。闲话及《倚声集》词话，尤侗为撰《倚声词话序》。

康熙刊本尤侗《西堂全集·西堂乐府》所收《钧天乐》卷首载

程村序，末署"康熙乙巳花朝后五日，南兰陵丽农山人程村氏，拜题于骥江之城南精舍"。骥江、骥沙皆靖江之别名。又，全集《西堂杂组二集》卷二《倚声词话序》："乙巳春日，偶与程村同客骥沙，闲话及此，程村曰善，遂书以为序。"《西堂杂组三集》卷四《香草亭词序》："往邹子程村选《倚声》词，恨未见予全稿。乙巳春同客骥沙，从箧衍搜得之，激赏不置。因与泛论词体，偶摘《倚声集》某人某调某句不叶，某人某调某韵不叶，程村益爽然自失，命予序其词话，推辨及之，将欲校正重锓。"

与尤侗同登兴文寺塔。

尤侗《西堂全集·看云草堂集》卷四《同邹讦士登兴文寺浮图》次于《哭侯研德》与《三月三日在澜江作》之间，有云"舶赶风高正暮春"，当作于三月初。此诗后尚有《虎儿诗二首》、《合题王阮亭洗桐散花二图》，为本年四五月间作（详蒋寅《王渔洋事迹征略》），故知为本年事。

十三日，于扬州城东精舍为宗元鼎《芙蓉集》作评撰序，又为其子作《二妙歌》。

宗元鼎《芙蓉集》卷首载程村序，署日期为康熙乙巳上巳后十日。卷首载《二妙歌》云："梅岑艰于得嗣，二子寄养释氏，法名妙寿、妙荫，戏为二妙歌以赠之。"末署乙巳春日题。

夏，与王昊、许旭宴集于吴梅村堂中。

乾隆十二年宝香阁刊本王昊《硕园诗稿》卷二三上《梅村先生堂中与讦士九日宴集》："当暑尘事冥，所爱昼晷长。嘉树繁清荫，丛兰郁幽芳。爰偕素心侣，同会君子堂。愧接南皮游，幸陪北海觞。文翰共研析，几阁皆生凉。于焉坐小艇，沿流溯回塘。森森竹影绿，习习荷气香。披襟正微风，改席尚残阳。逃欢兴始惬，惜别情还伤。携手立踟蹰，此夕诚难忘。"自注："乙巳。"当作于本年夏。

修订《倚声初集》，读旧作《惜分飞》，填《忆瑶姬》一词，增入评语。

《全清词·邹祗谟词》所收《忆瑶姬·偶读惜分飞旧词有感用史梅溪韵》："十五年前事，怨绪离纷，殢雨寻云。"《倚声初集》卷七王士禛《程村感事作惜分飞词五十阕为殿一章》邹祗谟评："仆《惜分飞》词四十余阕，乃十五年前所作。"《惜分飞》据自注作于顺治七年，下推十五年为本年。

六月，与王士禛同饮于海陵名士宫伟镠小西湖，有词纪事。

《全清词·邹祗谟词》所收《同阮亭饮吴陵宫紫悬先辈小西湖》云："气清天朗，兰亭梓泽，好向迟留。碧波数顷，绿阴千树，风景如秋。"又云："隔林蝉唱晚风柔。"《渔洋诗集》卷一八《题春雨草堂》为同时作，据诗集编次考之，当在六月。宫伟镠《春雨草堂别集》卷二五"草堂题咏"宋起凤《吴陵亦有泰山西湖近在城水树清嘉先生筑草堂于其湄颜曰春雨四时之景毕具而独以一端名者课读也(后略)》。宫伟镠(1611—?)，字紫阳，江南泰州人。明崇祯十六年进士，官检讨。入清不出。有《春雨草堂全集》。

秋，有宣城之行，过陈玉璂作别。

陈玉璂《学文堂诗集》五律二《文友过别之无锡讦士过别之宣城》。

十月，至宣城访梅清，梅清招同诸名士会集于敬亭山，分韵赋诗。夜宿巢云楼，有《多丽》词和陈世祥。

康熙刊本《敬亭唱和诗》载程村五古《和梅渊公招游敬亭山宴集之作用原韵》二首、七排《冬日梅渊公招同诸子登敬亭山分赋十六韵》、诗余《冬日同登敬亭山宴集》(《定西番》、《剔银灯》、《多丽》)三首为是日所作。《东白堂词选》选《多丽》一首，题作《敬亭山宴集宿巢云楼和散木》，散木，陈世祥号。康熙刊本梅清《天延阁删后诗》卷一一程村撰《归舟诗序》："昔余以乙巳之秋访瞿山梅子于宛上，瞿山则为余置酒敬亭，大会宾客。时余为赋长句四章、草堂词三章，而瞿山作古体二章，有曰：'群公命世才，到此念栖息。'余复依韵答之，有曰：'古人不见我，肯居古人后。清潭既斐亹，疑义互击剖。'迄今咏之，仿佛在晤对间也。"卷九《匣琴诗》有《冬日招同樵李朱洁湘杨天培五狼陈散木云间蒋大鸿左箴丹阳贺天士毗陵邹程村白祇常广陵汪蛟门同郡唐耕坞沈方邺家素五耦长敬亭山宴集分赋》、《是夜同诸子宿巢云楼次早方邺耦长载酒重游复得一首》。按：唐允甲《敬亭唱和诗序》称"乙巳冬，吴越知名之士数辈，咸集于宛"，则程村至宣城当在秋冬之交也。梅清(1623—1697)，字渊公，一字润公，号瞿山。江南宣城人。顺治十一年举人，绝意仕进。工书画，王士禛许其画松为天下第一。有《天延阁删后诗》、《瞿山诗略》，辑有《梅氏诗略》。

翌日载酒复游，所作编为《敬亭唱和诗》。

康熙刊本《敬亭唱和诗》载程村七排《是日宿巢云楼晓起赴方邺耦长小酌同步入城复得十六韵》收程村五言古诗二首、七言排律二首、词三首。《东白堂词选》所收《满江红·雨中过唐朕虞饮却赠和散木》亦为此行所作。

冬，尤侗至常州，饮程村斋，为序《倚声词话》。

《悔庵年谱》卷上。尤侗《西堂杂俎二集》卷二《倚声词话序》："乙巳春日，偶与程村同客骥沙，闲话及此。程村曰善，遂书以为序。"据年谱则序撰于冬往常州访程村时所撰也。

康熙五年丙午(1666)　四十岁

暮春，镇江府通判程康庄招同方文、孙枝蔚、陈维崧、谈允谦、何洯、程世英等饮于潘园。

康熙刊本孙枝蔚《溉堂续集》卷一有《程昆仑招饮城南园林同嵞山长益讦士雍南千一》，陈维崧《迦陵词全集》卷二四《风流子·南徐春暮程昆仑别驾招饮南郊外园亭同方尔止孙豹人谈长益邹程村何雍南程千一赋》为当时所作。方文《嵞山集续》卷二

《程昆仑别驾招饮潘园赋谢》:“偷闲载酒出城来,召客看花尽知己。竹里行厨傍水边,桃花虽落李花妍。”自注:“同集者孙豹人、陈其年、邹讦士、谈长益、何雍南、程千一。”时为暮春三月。张学仁、王豫辑《京江耆旧集》卷二程世英小传:“其时程昆仑以一郡倅提倡风雅,与诸子分题角胜,游宴文酒之盛,甲于江左。今读《京口游山诗》,洵令人慨想流风也。”何絜(1620—1696),字雍南,江南丹徒人。诸生,晚修导引术。著《孝友录》、《交游录》、《文章声价录》、《传信录》、《晴江阁集》。谈允谦,字长益,丹徒人,明名臣谈自省子,诸生。著《李贺诗注》、《三山志》、《树蘐草堂诗集》。程世英,字千一,本歙县人,随父迁丹徒。著《晓山诗集》。与何絜交最密,晨夕切磋文事,同辑《文概》、《诗概汇编》、《诗概新编》。

方文编定《丙午诗》三卷,传观朋辈间,程村与孙枝蔚、陈维崧为题诗。

《嵞山续集》附录程村《题丙午诗》其一:“悬知杜老是前身,待与香山作后尘。”陈维崧《湖海楼诗集》卷二《嵞山丙午诗卷首二绝句》其二:“把君丙午诗三卷,吟过城南丁卯桥(时同客南徐)。”

秋,王追骐来游吴越,寓扬州天宁寺。程村为其诗集《吴越行吟》撰序。

湖北省图书馆藏清稿本王追骐《吴越行吟》载程村序一篇。按孙枝蔚《溉堂续集》卷一《秋兴八首次王雪洲太史韵》,系于本年。其七云“家书来九月,凄绝弟兄心”,其八云“楚客诗相示,吟当菊作花”,自注:“雪洲寓天宁寺。”知王追骐游扬州在秋间,程村序其诗在此前后。

有松江之行,吴懋谦游岭南,有诗见怀。

康熙间尊乐堂刊本吴懋谦《豫章游稿》卷二《怀邹讦士六

首》:“尔到茸城日,我游越岭时。”茸城,松江之别称。吴懋谦(1614—1686),字六益,号苎庵。江南华亭人。刻有诗集多种,汇为《云间吴六益前后合集》。

储方庆驰书,责《皇清文统》不当取谢献庵所撰宜兴县令题名记。

康熙刊本储方庆《遁庵文集》卷一《与邹程村论谢献庵题名记书》:“读尊选《皇清文统》,有谢献庵记敝邑县令题名一篇,愿表兄亟置之也。献庵以郡倅摄鄙邑篆半载耳,而贪风大作,其后卒以墨败,献庵自取之也。献庵不自责,顾疑敝邑有中之者,无所泄其愤,而寄之于《题名记》,以訾议敝邑之人。其言不信,不足取也。”

康熙六年丁未(1667)　四十一岁

春,有咏节日词多首。

《全清词·邹祗谟词》据《东白堂词选》收录《一丛花·丁未人日》、《风中柳·丁未立春日》、《师师令·丁未社日》、《柳初新·丁未清明》、《忆帝京·丁未上巳》,皆本年春作。

游江西南昌,施闰章招集于李振裕石园,振裕以父元鼎文稿属序。

康熙刊本李振裕《白石山房稿》卷五《远志斋文集序》:“予师事广陵张虎臣先生,尝手一编示予,啧啧称名士不置,读之知为毗陵邹子程村制举义也。欲一见其人不可得。后七年,王阮亭先生邮寄《倚声初集》,程村实共其选,且读其所自制诸词,几夺太白、飞卿之席,溯洄之慕益深。尚未得所为诗古文而读之也。今春予铩羽南还,吴门徐子原一过访,即问程村近状,不知届止江城浃月矣。会施愚山观察招集予园亭,乃识程村于坐上。程村又不鄙予,昕夕过从,互以文辞相质。程村之作豫章游也,过太湖,涉钱塘瀔水,经历须江槠溪而西。”考之文集,此序作于是年应会试报罢后。康熙香雪堂刊本李鼎元《石园全集》卷二三载程村序云："昔苏文忠公八岁时因乡先生言，即知韩、范、富、欧阳四公为人杰，迨后因欧阳以识韩、富，而以不及见范文正公为恨。既乃交其子彝叟德孺，因得叙其文章以自托于文下士之末。盖其信之之专，服之之至，自有不可解于心者，岂徒以其容貌禄位之远过人也哉？祗谟自九岁时随先大父宪副公官豫章，常屈指生平所慕服，曰小子识之，如吉州谷村三李公者，皆当时人杰也。盖先公与冢宰晦庵公同举进士，俱出廷尉周公之门，起家为钱塘令，则总宪忠肃公又以直指使者为举主，而今少司马公于忠肃公为从孙，冢宰公为从叔，故先公知李氏德业为详。不意三十年来，谟始得拜司马公于床下，且与公子维饶孝廉为友。每过从石园中，漏不数下不止。公时时为道先世交谊，更以余小子为可教，徐出所撰著文稿命之论择，曰：'子其为我序之。'"

李振裕以母朱中楣诗词稿《亦园嗣响》属程村与高咏、陈允衡编订。

康熙香雪堂刊本《石园全集》附《亦园嗣响》李振裕跋：自壬寅迄戊申七年中，所得诗若词不下数千百言。而裕所手钞者仅十之一二。躬庵彭先生见而序之，程村、阮怀、伯玑三君子复加编定。佥曰："宜亟授剞劂氏，俾天下知大家彤管，不与闺阁绮丽竞胜。且贻之奕世，有所取则焉。"跋署日期为康熙七年戊申七夕前一日，程村为编订《亦园嗣响》，应在此时。

以诗文属李振裕序。

李振裕《白石山房稿》卷五《远志斋文集序》："今试取程村文集读之，学足以信其守，养足以举其气，未尝不吻合古人，乃于献性情之微，独有其不朽者在，非规模《史》、《汉》、韩、欧诸大家者所能及也。（中略）予非能知文者，但历举畴昔向慕之殷暨握手订交之乐，得挂名于文字中以为愉快，则程村之贻我不更多乎？"

四月，自南昌归里，李振裕有诗送别。

李振裕《白石山房稿》卷一《送邹程村二首》，其二云："风雨三春暮，归帆及夏初。放歌烟水阔，怀友性情俱。避俗惟高枕，还山好著书。莫言前路远，还可寄双鱼。"

得宁都魏氏三兄弟文钞本，称赏不已，逢人说项，魏氏兄弟因有名于士林。

道光二十五年谢若庭绂园书塾重刊本《宁都三魏文集·魏季子文集》卷一五《先叔兄纪略》："所著有古文集二十二卷。初，予兄弟学古文于山中，友人偶钞一策置行箧中，武进邹程村祇谟见之，嗜曰：'今乃有如是文乎！'于是携去，注乡贯姓名，逢人辄称说。今吾兄弟得以遍质海内君子者，盖自程村始也。"

自江西归，助陈玉璂选《文统》，以魏氏兄弟文钞本付之刊入集中。

乾隆刊本赵申乔《赵恭毅公剩稿》卷四《候选司训来亭陆公墓志铭》："与同里邹程村、黄艾庵、陈椒峰、刘鲁庵、龚琅霞、董宛轩诸名家共选古文若干首，名曰《文统》，海内珍之。"陈玉璂《学文堂文集》序四《魏伯子文集序》："予有《文统》之选，四方名下士，一义足录者皆登之。凡亲故客游，必属广搜采，邮寄之文，几致充栋。独亡友邹程村归自江西，携宁都魏氏三兄弟钞本百余篇，允为心折。尝语程村：'文人古今所难得，或旷世而相接，或越在千里百里始得一二人。今乃聚于一室，异哉！'越五六年，善伯、冰叔先后主予家，复得纵观全稿。"据同卷《张古迂古文稿序》："辛亥冬，宁都二魏子主予家。"辛亥为康熙十年(1671)，上推五六年，程村游江西携魏氏兄弟文稿归正在今年。

夏五月，梅清寄所撰《归舟诗》来请序。

梅清《天延阁删后诗》卷一一载程村《归舟诗序》："今年夏余方避里中，闻瞿山复自北还，亟谋载酒江上，用以慰藉其生平。而未知瞿山已渡江去，邮一编达余，系之以书，目曰归舟。"末署年弟邹祇谟拜手撰。

为方文题《盦山先生续集》。

方文《盦山续集》前有程村题二绝云："悬知老杜是前身，待与香山作后尘。平淡尽从攻苦得，时贤未许斗清新。""君诗字字到空灵，易解宁烦老妪听。自有太羹元酒味，何曾珍重五侯鲭。"康熙刊本方文《盦山续集》列诸家题诗，书口刻"题乙巳、丙午诗"，或作于本年。

康熙七年戊申(1668)　四十二岁

二月，为李元鼎文集作序。

康熙香雪堂刊本李鼎元《石园全集》卷二三载程村序，末署日期为康熙戊申仲春。序云："独是苏公以八岁而知敬爱范公，祗谟亦九岁而知敬爱公，且以公之一门俱属累世通门之雅，而又因公之子以见知于公，时时诵习其文章，虽自恨其迂愚不肖，不能以姓名蚤达于时，窃比苏公之万一。而顾亲识公面，且许附数言于文字之末，是得见苏公之所不得见矣，又何其幸也！若夫忠肃、冢宰之事业文章，不下于宋四公，恨谟当幼稚时，未及因先公以请从游。兹得侍公父子间，尚当请二公之家集，取而伏读之，并附数言于后，岂不益快畴昔执鞭之愿也哉？康熙戊申仲春毗陵后学邹祗谟撰。"

王曰高来江南，与董以宁、贺宿等游焦山。过毗陵，与程村晤于龙兴禅院，程村赠以《远志斋集》。翌日访程村于宁远堂，程村赠以《西园记》，与贺宿、董以宁、陈玉璂等觞咏累日。

嘉庆刊本张学仁、王豫辑《京江耆旧集》卷三《游焦山同王北山给谏文友雍南千一诸子》："仲春天气好，青山景犹昔。我友五六人，晓起整游屐。"王曰高《槐轩文集》卷首载康熙七年秋董以宁序云："顷来江南，余谒之于京口，即以一编相示，余时捧读，与贺子天士叹服其才。已而招游金、焦、北固间，流连凭眺。既别，又相遇于吴阊门。及过毗陵，复偕邹子讦士、陈子赓明，与先生觞咏累日。”又卷八《祭邹讦士年兄文》:“戊申南游,又相见于龙兴禅院,遗我《远志斋集》,挑灯读之,不知东方之既白。诘朝访年兄于宁远堂,疏雨潇潇,竹窗斗室,数架牙签,翛然有幽人考槃之意,遗我《西园记》,从予好也。同话者贺子天士、董子文友、陈子赓明也。”贺宿(? —1678),字天士,丹阳人。少寓毗陵,与同邑贺国璘俱以古文名,时称二贺。后王曰高拟以博学鸿词荐,为人中伤系狱。有《仙舟集》。

母潘太夫人六十寿诞,董以宁有寿诗,陈维崧有寿词。

康熙刊本董以宁《正谊堂诗集》五古之二《奉祝邹程村母潘太夫人》:“屡奉公车征,戊戌登上第。射策玉墀前,曳步金闺里。(中略)归来侍高堂,慈颜稍加喜。一官犹未拜,家食谋甘旨。非久秩崇班,历录赐绯紫。”此诗列于《戊申夏日纪事百韵》之前,当为今年春夏间作。陈维崧《迦陵词全集》卷二一《瑞鹤仙·邹程村母夫人寿》,应为同时作。

六月十六日,有书寄彭士望,推誉易堂诸子,尤倾心于三魏之文。

清刊本彭士望《树庐文钞》卷四《复邹讦士书》:“己酉孟夏月除日,始得道翁戊申六月既望所惠书。中为毛卓老与弟作合之殷,兼谬推鄙集及易堂诸子文,而尤拳拳三魏氏。”

秋,荐陈珏庵《息庐诗》于陈玉璂,请序之。

陈玉璂《学文堂文集》序九《息庐诗序》:“楚族珏庵先生,戊申秋来毗陵,出《息庐诗》十余卷,应邹子之请,因问序于余。”

族叔邹漪编程村诗一卷,刊入所辑《名家诗选》。

邹漪辑《名家诗选》,前有康熙七年自序。《邹讦士诗选》一卷收程村诗一五五首,评云:“天才骏发,日新富有,上下汉魏三唐,驰骋凌猎,笼挫笔端。缛绣繁弦,无不象指如意。旋观其神情格调,茗发颖竖,孤立特峙。凡岛瘦郊寒,元轻白俗,戛戛乎去之。拟诸近代,追踪肥水,媲美娄江,非苟然而已也。”

康熙八年己酉(1669)　四十三岁

正月,为王曰高撰《槐轩文集序》。

文见王曰高《槐轩文集》卷首,曰:“今给谏王北山先生,余同年友也。向允知其为人,敦朴易直,束修励志,有不言躬行之风。自翰林迁给事中,论思献纳,凡于国家大事,吏治民情,知无不言,言无不尽,固已得立言之大者矣。(中略)康熙己酉正月南兰陵年小弟邹祗谟拜撰。”

三月,寓金陵,与钱陆灿、屈大均等过方文草堂小饮,复至晏家桥看花。

方文《嵞山续集》卷五《钱湘灵屈翁山邹讦士宁山同古白上人见过草堂小饮因至晏家桥看罂粟花得七绝句》,次于《江上观水势因忆程孟阳有三月春愁水不如之句遂用其语作起》之后。中国社会科学院文学所藏《钱湘灵先生诗集补编》近体之一《嵞山草堂集同屈翁山邹程村宁山同看罂粟于晏家桥》云:“嵞山置酒约看花,罂粟前村第几家?白白红红相对发,枝枝叶叶趁人斜。”即是日所作。

表弟储方庆三过寓所,仅一度得晤,有书致意。

储方庆《遁庵文集》卷一《与邹程村书》:“金陵三过尊寓,不见者再,又不及奉别而归,表兄以弟为疏乎?身在哀伤中,百事颠倒,不自检点,以至于此。谅之谅之。家叔到舟中,始述表兄惓惓于弟,且欲教之以道德文章。表兄意甚厚,属望于弟者甚深,惜家叔不早言,俾获遂聆大教,乃藏之胸中,言于既行之后,使人日夜思慕,如有所失,诚可叹也。”文中言及“弟今年正三十有七”,据魏象枢撰墓志铭,方庆生于崇祯六年(1633),推三十七年,正当本年。

四月,与宁山同访钱陆灿,迷路入茶店看罂粟。

钱陆灿《程村宁山同过余迷路入茶店罂粟校盛有绿色者怅隔邻墙未得往观又题四首》云:“已交初夏夏日长,到处花开争艳阳。”当为四月初作。后有《屈翁山自塞外偕新妇罗浮省亲暂憩江南因作诗送之》、《八月七日哭尔止于龛山草堂次吴平露韵二首》。据方文《龛山续集》附朱书撰《方龛山先生传》，方文于今年卒于芜湖。

月底，彭士望收到程村去年六月所寄书，对称许己集及易堂诸子文表示感谢，并转达易堂诸子倾倒之意。

彭士望《树庐文钞》卷四《复邹讦士书》：“己酉孟夏月除日，始得道翁戊申六月既望所惠书。（中略）道翁于当世人文攸好，出于至性，其揽撷之勤，衡鉴之精，下逮葑菲，亦不遗弃，虚受乐善之怀，殆无所不至。而易堂诸子亦深服膺大集，谓其原本经术，循轨法度，意不为韩、欧不止，非近时文士所可及。”

秋，姜宸英自梁溪赴金陵，经过常州，与程村及董以宁等晤。

光绪十五年毋自欺斋刊姜宸英全集本《苇间诗集》卷二《自梁溪抵毗陵与董文友订金陵之游喜晤薛固庵邹讦士龚介眉陈赓明作诗留别》，次于《题南齐旌表华孝子小像》（序见文集）与《金陵送汤荆岘大参归睢州》之间。

为孙自式妻潘孺人撰行状，受孙托请吴梅村为其父母及妻潘孺人撰墓志铭，皆亲族也。

四部丛刊本吴伟业《梅村家藏稿》卷四三《封征仕郎翰林院检讨端阳孙公暨邹孺人合葬墓志铭》：“衣月将以庚戌正月之九日，举襄事于龙荡之新阡，因吾友邹讦士来请铭。”又卷四九《潘孺人墓志铭》：“吾友邹讦士祗谟状其母党潘孺人之内行，来告曰：‘孺人姓潘氏，常之宜兴人。翰林简讨孙衣月自式之元配也。衣月将以月日葬其父母于龙荡之新阡，而用孺人祔。吾子既许铭其大墓矣，敢并以请。’”

康熙九年庚戌（1670）　四十四岁

八月三十日，程村为庸医误治，卒。

见前引《武进邹氏家乘》。陈玉璂《学文堂文集》序五《远志斋集序》："程村易箦之际，予过视之，据案伸吟，曰：'医误我！'以手招两子至；顾予，口欲言而期期不能出。"

友人闻之，不胜伤悼。

宣统三年国学扶轮社影印本周亮工《结邻集》凡例云："海内人文，数十年以来，大半凋谢，（中略）毗陵之董文友、邹讦士亦复后先并作古人。"康熙刊本孙枝蔚《溉堂文集》卷二《与陈元水》："近日与施愚山、唐耕坞再相聚于文选楼边，愚山为仆题小像有云：'不嫌痛饮疏豪态，眼底吾曹半白头。'诵之辄为神伤。仆游兴倦矣，笔耕舌耨，尚可为活，勿相扰也。一两年之内，良友相继凋伤殆尽。然皆非饥饿死者，亦多非衰老之年，如孙介夫、董文友、邹讦士，皆未满五六十岁人。"康熙刊本梁熙《晳次斋稿》附录康熙十年冬王渔洋与梁熙书："江右陈伯玑，毗陵董文友、邹讦士皆相继逝，千秋万岁名与当前一杯酒，到此觉都无是处，惟令人唤奈何耳！"《学文堂诗集》五律三《九日同娄东周子俶同邑董玉虬龚琅霞饮董舜民草堂分赋二首》自注："话及讦士、文友之变，伤心久之。"王士禛《渔洋续集》卷三《年来钱牧斋吴梅村周栎园诸先生邹讦士陈伯玑方尔止王亦世董文友荣洞门诸同人相继徂谢栈道感怀怆然有赋》，均作于康熙十一年。

王曰高闻讣，有文祭之。

王曰高《槐轩文集》卷八《祭邹讦士年兄文》："呜呼，我讦士年兄竟弃人间世而长逝耶？惊闻年兄讣音于天士之仆，令我不复知有身在世间也。呜呼！"

（本文初刊于《山西大学学报》2007 年第 3 期，原题为"清代词人邹祗谟行年考"）

叶燮行年考略

叶燮原名世倌，字星期，后改名燮，号已畦。江苏吴江人。寓居横山，学者称横山先生。康熙九年中进士，官宝应知县，以不附上官罢归。工诗古文，雅为时流所赏。著有《已畦文集》二十卷、《诗集》十卷、《残余》一卷、《琐语》一卷、《原诗》四卷，编有《国朝四家诗集》四卷，又修吴江、宝应、陈留、仪封诸县志。《清史稿》卷四八四《文苑传》有传。《原诗》一书，议论风发，体系井然，夙为论诗者所重。其说传于沈德潜、薛雪，于有清一代诗学影响至巨。顾自上世纪以来，叶燮诗学之研讨层出不穷，而作者生平未见考论。盖叶燮虽有诗学，然位卑而名不显，年久而事莫传，致交游难考，行迹或湮，三复其书，令人有文献不足徵之叹。曩予纂《王渔洋事迹征略》，泛览清初文籍，偶见叶燮资料，虽片言只字，必为摭拾，爰成行年考略一卷。草稿粗具，敢云周备，惟叶氏一生出处约略可见，治清诗者或有取焉。清籍浩繁，寓目有限，挂一漏万，所在难免。大方之家幸有以教之。二〇〇一年十一月金陵蒋寅再订谨记。

明天启七年(1627)丁卯　一岁

九月二十九日，叶燮生于南京，名世倌。时父绍袁三十九岁，任南京武学教授。母沈宜修三十八岁。

《已畦诗集》卷五《中秋后三日同人集孟举橙斋次东坡松江

风字韵》其一“贞下逢元老未穷”句自注:“余丁卯生,又值丁卯。”又据沈德潜《归愚文钞》卷一〇《叶先生传》载,叶燮卒于康熙四十二年(1703)癸未,享年七十七岁,推其生年亦为本年。叶氏家族可上溯至宋代,六世祖梦得(1077—1148),号石林,浙江嘉善人,著名学者、诗人,官至翰林学士,退职后居乌程(今浙江湖州)。有《石林燕语》等著作传世。其后裔占籍江南吴江县,居今吴江市北厍镇叶家埭村。据美国国会图书馆藏《吴中叶氏族谱》(见邓长风《关于叶绍袁家世史料的几点补正》介绍,载《明清戏曲家考略》,上海古籍出版社 1994 年版),叶燮高祖名可畏(1536—1586)进士出身,祖名重第(1558—1599),万历十四年(1586)会元,官贵州提学佥事。父绍袁(1589—1648),字仲韶,号粟庵,又号天寥道人。天启五年(1625)进士,官至工部虞衡司主事,以母年高弃官归养。著书十余种,多亡佚,传世有《叶天寥四种》。母沈宜修(1590—1635),字宛君,江南吴江(今属江苏)人。副都御史沈珫女,剧作家沈璟侄女,兄弟辈自继、自徵、自炳、自然、自駉、自南、自东皆有文名。万历三十三年(1605)归叶氏,育有五女八男。著有《鹂吹集》。长女纨纨(1610—1632),字昭齐,归乃父同年袁俨之子。有《愁言集》。次女小纨(1613—1657),字蕙绸,归沈璟孙永桢。有《存余草》、《鸳鸯梦传奇》。长子世佺(1614—1658),字云期,郡庠生。三女小鸾(1616—1632),字琼章,又字瑶期。幼慧,字昆山张立平,未及嫁而卒。有《返生香集》。次男世偁(1618—1635),字声期,早逝。有《百旻草》。三男世傛(1619—1640),字威期,诸生,早逝。有《灵护集》。四男世侗(1620—1656),字开期,随父出家。四女,名未详。五男世儋(1624—1643),字退期,又字书期,早逝。五女小繁(1626—?),字千璎,又字香期,归王复烈。六男,即叶燮。七男世倕(1629—1656),字工期,又字弓期,读书皋亭山,与四兄同以误食毒菌而殒。八男世儴(1631—1635),早逝。叶燮下尚有女三人,非宜修所出,名不详。《吴中叶氏族谱》载绍袁有一女归同里吴栗,守节六十一年,未详其名。一门闺中相唱和,合刊为《午梦堂诗钞》。

十一月,父晋职北京国子监助教。二十四日,举家返吴江。

冀勤编《午梦堂集》附录《叶天寥自撰年谱》,中华书局1998年版。后引《午梦堂集》均据此。

崇祯元年(1628)戊辰　二岁

十二月十八日,父领江南催取胖衣差,顺道回家省亲。

《午梦堂集》附录《叶天寥自撰年谱》。

崇祯二年(1629)己巳　三岁

三月十一日,祖母七十大寿,亲朋毕集,知县熊开元登堂祝贺,父同年也。

《午梦堂集》附录《叶天寥自撰年谱》。

十月,父归朝。十一月九日,七弟世倕生。

《午梦堂集》附录《叶天寥自撰年谱》。

崇祯三年(1630)庚午　四岁

十一月,父辞官归养。十二月二十八日抵里。

《午梦堂集》附录《叶天寥自撰年谱》。

崇祯四年(1631)辛未　五岁

父授以《楚辞》,即能成诵。

沈德潜《归愚文钞》卷一〇《叶先生传》:"先生四岁,虞部公授以《楚辞》,即成诵。"

十一月,八弟世儴生。

《午梦堂集》附录《叶天寥自撰年谱》。

崇祯五年(1632)壬申　六岁

九月十五日,三姊小鸾教读《楚辞》,是日小鸾病。

《午梦堂集·鹂吹集》、《季女琼章传》。

十月十六日，三姊小鸾将归张立平，忽于十一日病卒，年十七岁。

《午梦堂集·鹂吹集》、《季女琼章传》。

十二月二十二日，长姊纨纨卒，年二十三岁。

《午梦堂集·愁言集》附录叶绍袁《祭长女昭齐文》："维崇祯五年十二月二十二日，余长女纨纨哭妹来归，卒于母寝。"

崇祯八年(1635)乙亥　九岁

二月二十四日，仲兄世偁卒，享年十八岁。

《午梦堂集·百旻草》附录叶绍袁祭文。

三月十七日，祖母下世。

《午梦堂集》附录《叶天寥自撰年谱》。

四月十六日，八弟世儴夭，年五岁。

《午梦堂集·百旻草》附录叶绍袁祭文。

五月五日，陪父与塾师族兄少春饭，菜肴甚简。县令章敬明闻其贫况，食为减膳。

《午梦堂集》附录《天寥年谱别记》。

九月四日，母沈氏卒，享年四十六岁。

《已畦文集》卷一四《西华阡表》、《午梦堂集·鹂吹集》附录叶绍袁《亡室沈安人传》。按：《叶天寥自撰年谱》作五日卒。

崇祯九年(1636)丙子　十岁

三月，父绍袁编妻女之作为《午梦堂诗钞》，自序之。

《午梦堂诗钞》卷首载叶绍袁自序署日期为崇祯九年丙子春王三月。

崇祯十一年(1638)戊寅　十二岁

五月一日，父绍袁自撰年谱。

《午梦堂集》附录《叶天寥自撰年谱》署年月为崇祯戊寅五月之望。

崇祯十三年(1640)庚辰　十四岁

闰正月二十四日,三兄世傛卒,享年二十二岁,有诗哭之。

《午梦堂集·灵护集》附录叶燮《哭亡兄威期》八律,十四岁作。

七月二十日,世侗子崇舒生。

《午梦堂集》附录《叶天寥自撰年谱·续纂》。

崇祯十四年(1641)辛巳　十五岁

二月,三兄世傛、四兄世侗析爨而食。

《午梦堂集》附录《叶天寥自撰年谱·续纂》。

十一月八日,五姊小繁归王复烈。

《午梦堂集》附录《叶天寥自撰年谱·续纂》。

崇祯十五年(1642)壬午　十六岁

诸兄应试皆落,益发愤下帷,读书于圆通庵中。

《午梦堂集》附录《叶天寥自撰年谱·续纂》。

崇祯十六年(1643)癸未　十七岁

五月十四日,五兄世儋以病不治而卒。

《午梦堂集》附录《叶天寥自撰年谱·续纂》。

八月,至昆山应童子试报罢。

《午梦堂集》附录《叶天寥自撰年谱·续纂》。

顺治元年(1644)甲申　十八岁

三月二十日,长兄世佺发起结社,聚族会文,父名之曰蔚社。

《午梦堂集》附录《叶天寥自撰年谱·续纂》。

顺治二年(1645)乙酉　十九岁

二月,于嘉善应童子试,名列第一,补县学生。

《午梦堂集》附录《叶天寥自撰年谱·续纂》:"会嘉善有芄支之试,倌遂应之。三月案发,名第一。学使闽中李介止(名于坚,夙著才名)甚赏倌文,评云辞锋郁壮,妙辩纵横,至慧心灵悟,雷霆发声，万国春晓，岂小乘家可望。钱阁学塞庵先生更为击节，有以南华之汪洋，阐楞严之了义之语，比之吴因之焉。”

闰六月，宋琬兄弟、王崇简等避兵，携家来投，父分宅居之，公得接宋琬谈论。

《午梦堂集》附录《叶天寥自撰年谱·续纂》。《王文贞公年谱》：“乙酉四十四岁，避乱至苏州；五月携儿女，依莱阳宋璜、琬伯仲趋浙江；七月至汾湖，寓叶工部绍袁宗人舍中；八月出汾湖，抵苏州。”宋琬《安雅堂文集》卷二《题叶元礼诗刻后》：“乙酉夏，余避兵汾湖，叶仲韶年伯实主之。时琼章诸媛各仙去，而星期兄弟肩随竞爽。”宋琬父应亨与绍袁为天启五年同科进士，有世交。

七月，方文、潘陆、钱邦寅来访宋琬兄弟。

宋琬《安雅堂未刻稿》卷三《初至汾湖喜方尔止潘江如钱驭少过访》。

周子洁避地来分湖，常与方以智、钱开少同访叶燮，为忘年交。

《已畦文集》卷二〇《祭周子洁文》：“追忆先生于明季避地，余家分湖之滨。时余年十九，视先生为十年以长，先生时时过敝庐，所与偕来者为桐城方密之、京口钱开少两先生。予不敢雁行，先生不我弃，订交焉。”

八月，清兵至。二十五日，父绍袁率诸子往圆通庵，庵主达元留之，且观去就。

《午梦堂集》附录叶绍袁《甲行日注》卷一。

二十七日，父绍袁出家于栖真寺。

《午梦堂集》附录叶绍袁《甲行日注》卷一。

九月十二日，随父居于皋亭山华桐坞安庐。父遂自号桐流衲、木拂。

《已畦文集》卷一八《冯孝廉兼山传》：“岁乙酉，先虞部为浮屠于行皋亭山之僧舍。”《午梦堂集》附录叶绍袁《甲行日注》卷一。

十二月八日，随父移居普明庵。

《午梦堂集》附录叶绍袁《甲行日注》卷一。

顺治三年(1646)丙戌　二十岁

三月十八日，往武水与王子亮女完婚。

《午梦堂集》附录《叶天寥自撰年谱·续纂》："二月望，往杭。适有采选淑女之举，内珰横行浙中。渐至嘉善，王子亮谴人相问，余未归也。全率倌至子亮家稍缓，故未及成婚。婚成于丙戌三月十八日。"《午梦堂集》附录叶绍袁《甲行日注》卷二：三月，"十八日乙丑，晴。倌往武水。"

七月三十日，叔家罹兵祸，叔云林与从兄中密俱死难。时家室播迁，累岁无宁所，遂致去嘉善县学生籍。

《已畦文集》自序："予年始冠，遭世多故，家室播迁，累岁无宁所，遂致失学。"沈德潜《归愚文钞》卷一〇《叶先生传》："贯浙之嘉善，籍补弟子员。乱后不与试，去籍。"

八月二十五日，与七弟倕陪父居天井。

《午梦堂集》附录叶绍袁《甲行日注》卷二。

十月，仲姊小纨夫沈永桢卒，享年三十六岁。

《午梦堂集》附录叶绍袁《甲行日注》卷二所载十月十四日日记。

十一月二十四日，父五十八岁诞辰，自赋二诗，与兄弟辈俱和。

二诗载《午梦堂集》附录叶绍袁《甲行日注》卷四。

十二月二十日，父览诸和作，更作数首，与兄弟辈续和之，有诗八首。

八诗载《午梦堂集》附录叶绍袁《甲行日注》卷四。

顺治四年(1647)丁亥　二十一岁

二月，与七弟倕同往太湖访蒋仲芳。

《午梦堂集》附录叶绍袁《甲行日注》卷五。

四月，随父迁居茅坞徐墓秀蓉堂。

《午梦堂集》附录叶绍袁《甲行日注》卷五。

二十七日，与四兄侗出山遇清兵，幸得脱。

《午梦堂集》附录叶绍袁《甲行日注》卷五。

五月五日，随父迁居武水。

《午梦堂集》附录叶绍袁《甲行日注》卷六。

十二日，复随父往嘉兴。

《午梦堂集》附录叶绍袁《甲行日注》卷六。

六月十一日，与长兄佺随父至平湖，留住从舅冯洪业之别墅耘庐。复补嘉兴府学生。

《已畦文集》卷一八《冯孝廉兼山传》："孝廉君以为念，迎先虞部住耘庐，衣食之。"冯洪业字茂远，号兼山。平湖人。为叶燮祖母之侄。万历四十三年(1615)举人。沈德潜《归愚文钞》卷一〇《叶先生传》："复补嘉兴府学弟子员。"

顺治五年(1648)戊子　二十二岁

九月二十七日，父绍袁殁于冯洪业之别墅耘庐，享年六十。以世乱未遑卜吉，冯洪业权为浅葬于祖父墓旁。

《已畦文集》卷一四《西华阡表》、美国国会图书馆藏《吴中叶氏族谱》。《已畦文集》卷一八《冯孝廉兼山传》："两岁，先虞部卒于耘庐，凡含殓之事纤悉皆孝廉君力也。"

顺治八年(1651)辛卯　二十五岁

馆于从舅冯洪业家，迁家平湖，交其里中贤者过铭簠。

《已畦文集》卷一五《平湖过叔寅处士墓志铭》。《已畦文集》卷一八《冯孝廉兼山传》："越两年，余馆于孝廉君家，携家往焉。既余兄弟先后死，遗寡孤男女十余人，孤妹三人，长者未十岁，幼在襁褓，迫饥寒。孝廉君计口而授之食，人岁银四两米四石，合银米岁计百，孝廉君卒乃已。”

顺治十三年(1656)丙申　三十岁

四兄世侗与七弟世倕在杭州皋亭山误食毒菌同殒。

美国国会图书馆藏《吴中叶氏族谱》卷五二收叶燮所撰《谢斋诸兄弟传》。

顺治十四年(1657)丁酉　三十一岁

馆于石门钟定家，交曹度。

《已畦文集》卷五《带存堂记》：“余三十年前馆于石门之居，得交曹君叔则。”末署日期为康熙壬戌春王二月。又卷一七《钟母朱太孺人墓志铭》：“余少时授讲习于石门钟子静远之居。”方象瑛《健松斋续集》卷二《钟陈留词序》：“曩在京师，朱锡鬯、徐胜力论禾中名士，辄称语溪钟子静远。是时静远方为江山学博，寻迁陈留令，未得识其人也。今春客汴梁，始见静远于相国寺，握手如平生欢。静远赠予诗及手订《陈留志》、《蔡中郎集》，予心喜之，想见名人高致。已赴宋中，道经陈留，静远访予旅次，出所为词属序。凡登临讌赏与夫怀思赠答，悉见于填词。豪健森秀，兼苏辛周柳之长，名士风流，固如是其不可量耶？”钟定，字静远，为吕留良仲兄茂良婿。见吕留良《吕晚村先生文集》补遗卷五《仲兄仲音墓志铭》。曹度字叔则，一作正则。石门人，明诸生，入清隐居不出。吴骞《拜经楼诗话》卷三：“曹正则号越北退夫，亦曰罍耻民，尝自作《罍耻民传》。侨居语水，少从禹航俞嘉言游，学诗古文，有南村、栗里之风。五言风骨尤高。（中略）正则所著《带存堂诗文集》若干卷，横山叶燮为之序。”吉林大学图书馆藏《带存堂诗文集》有吴骞跋。

夏，与吴廷发同舟赴桐溪宴集。

《已畦诗集》卷一《叠韵答吴廷发》自注：“丁酉夏与廷发及令弟右召给谏同舟赴桐溪讌集，已廿六年矣。”又云：“是年予馆于石邑钟靖远家，冬间别去。”

冬，辞钟静远家。

见上引《已畦诗集》卷一《叠韵答吴廷发》自注。

十一月五日，仲姊小纨卒，享年四十五岁。

《午梦堂集》附录《吴江沈氏家谱》。

顺治十五年(1658)戊戌　三十二岁

三月三日，与徐方虎、张步青、赵湛卿同登永嘉江心寺，有诗。

《已畦诗集》“残余”《同德清徐方虎钱塘张步青东阳赵湛卿登永嘉江心寺浮屠》自注是日戊戌上巳。

顺治十七年(1660)庚子　三十四岁

宋琬官宁绍台道参政，与屈大均、朱彝尊等往绍兴会晤，留幕中。十一月初，与朱彝尊、宋实颖、蒋超、陈晋明于宋琬衙斋观所藏黄公望《浮岚暖翠图》。

张慧剑《明清江苏文人年表》。朱彝尊《曝书亭书画跋》：“顺治十有七年冬十一月朔，寓山阴之簟醪河，饮于莱阳宋公之廨，（中略）公出黄子久《浮岚暖翠图》示客以解酲。图高六尺，广三尺。树木之秀挺，山石之诡异，恍如坐我富春江上，浑忘身之在官舍也。画额题识，子久时年八十有三，而局法严整，神韵深厚，反胜少壮时。此全乎天者已。是日南昌王猷定于一、长洲宋实颖既庭、金坛蒋虎臣、仁和陈晋明康侯、吴江叶燮同观。”《已畦诗集残余》所收《陪宋荔裳大参游会稽寓山园简祁亦庆兄弟寓山故祁中丞园》，当为此时所作。

顺治十八年(1661)辛丑　三十五岁

与王嗣槐同在宋琬幕中，有论鬼书往复辩论。

王嗣槐《桂山堂文选》卷一《叶星期文序》：“比年与星期同客莱阳宋观察幕中，晨夕论难，忘废寝食。上溯黄农，下讨百氏，旁及五行鬼神之情状。同时杜子莫子辈皆隽才，分左右袒，各出偏师，旗鼓相当。折辨纵横，纸墨堆积，掷麈奋袖，愤乐相生。时同官廨署，比屋鳞次，夜漏数下，群动皆息。逻卒愕，伏堵窃听，竟夜铃柝，莫敢发声。观察闻而奇之，余两人亦浮湛此中，一切世味置度外。"卷三《与叶星期论鬼书》云："寒夜剧谈，因及鬼神忧乐情状，亦复就理推之耳。来书但云：鬼处阴幽，有何足乐。反复词旨，不能已于一言，愿吾子察之。"同卷《再与叶星期论鬼书》云："仆与足下，偶论人鬼之情，以阴阳之理推之，为安乎其常，而惊乎其变者莫不有之。况于人鬼之间、死生之大，其情有不能已者乎？来书极言人之恶死，鬼之乐生，反复披诵，词旨斐然。仆伏而读之，自觉其陋，然私心有所未尽，故聊复相白耳。"皆为当时所作。王嗣槐，字仲昭，号桂山。浙江仁和人。诸生，康熙十八年举博学宏词，以年老不与试，授内阁中书。有《桂山堂诗文选》。

春，宋琬赴杭州任浙江按察使，燮携家眷复归分湖旧居。

《已畦文集》卷一八《平湖孙郭过赵传》："余于顺治辛卯假馆于平湖冯氏，因携家往。辛丑复归分湖旧居，居平湖十年。"

康熙二年(1663)癸卯　三十七岁

秋，因朝廷改革科举规程，有书与王嗣槐共勉。

王嗣槐《桂山堂文选》卷一《叶星期文序》："会癸卯之秋，天子赫然罢黜八股，追汉唐遗制，以策论试士。星期居松陵，以书相勉，曰：'吾两人所欲为贾太傅、诸葛武侯，诸书可以不负矣。'"据《清史稿·选举志》，朝廷以八股制义始于宋王安石，诏废不用。科举改三场为二场，首场策五道，二场四书五经各论一首，表一道，判语五条。

冬，与陈西美、计东、赵山子同北行。

《已畦诗集》卷五《答陈颖长》自注："癸卯予同尊公西美与山子、甫草四人同策蹇北行。"卷二《与赵书年话旧追忆尊人山子》

自注："癸卯冬，予与山子、计甫草北行。"又《赠计希深北游》："恻恻癸卯冬，襆被偕帝城。朱门十九闭，冷炙冲晨星。"

康熙三年(1664)甲辰　三十八岁

三月，在京与宋琬话旧。

宋琬《安雅堂未刻稿》卷四《叶星期话旧》："南冠泣罢渺天涯，燕邸逢京感岁华。羁客余生悲楚狱，故人高义颂彭衙。蒯缑谁识张公子，彤管犹传班大家。驴背冲泥山色好，双柑同醉杜陵花。"按：此诗次于《三月既望同米吉土小饮翟园逾日雨雪漫成一首》与《三月上旬酷热如暑望后忽寒雨雪不止河泮复冰卧病感异赋呈吉土》间，当为三月所作。宋琬自顺治十八年冬被诬系狱，至去年十一月始脱，故诗言"南冠泣罢渺天涯"之句。

撰《古永定讲寺微密诠法师塔志铭》。

文见《已畦文集》卷一六，言康熙三年昱公奉师全身建塔于邓尉山妙高峰。

康熙五年(1666)丙午　四十岁

秋，中浙江乡试举人，出庆元知县程雪坛之门。试毕曾与王嗣槐各出其文相质。

沈德潜《归愚文钞》卷一〇《叶先生传》："康熙丙午举于乡。"《已畦文集》卷九《蕲水程氏世谱序》："康熙丙午之役，燮出庆元令蕲水雪坛程先生之门。是秋谒先生于江上，见先生之德容，聆先生之德言，窃自幸出于当世儒者之门，而得所归也。"王嗣槐《桂山堂文选》卷一《叶星期文序》："丙午秋闱毕，各出其文相质。余方自笑其迂，而星期已脱颖去。"

康熙六年(1667)丁未　四十一岁

入京应会试，不第。尝应沈荃之招与其雅集，座客共阎尔梅、纪映钟、钱肃润等十二人，席上计东作赠座客诗十二首，陈祚明和之。

陈祚明《稽留山人集》卷一三《丁未三月沈枲副绎堂招同诸

子雅集漫赋》。同卷《和甫草赠绛堂座上客十二首·汾湖叶星期》:"尽道慈明冠八龙,金台挟册喜重逢。竹林当日黄垆酒,宿草余杭哭嗣宗。"自注:"故友来甫从子。"

康熙九年(1670)庚戌　四十四岁

二月,应会试、殿试,与徐乾学、李光地、王士祜同榜中进士,出张玉书门下。

沈德潜《归愚文钞》卷一〇《叶先生传》:"庚戌成进士。"《已畦文集》卷一八《何都谏传》、《明清进士题名碑录》。

春暮,郭襄图入京,徐嘉炎有诗送行,时闻叶燮捷音,诗及之。

徐嘉炎《抱经斋诗集》卷五《帝京篇送郭皋旭廷试》:"多君壮岁壮游时,不敢当筵惜别离。况逢同调放得意,上苑新攀桃杏枝。"题下注:"时闻星期捷音。"郭襄图字皋旭,号匡山。浙江平湖人。有《更生集》,《槜李诗系》选其诗。

六月,吴江大水淹没民居,有竹枝词纪事。

《已畦诗集》"残余"《庚戌六月吴江一夕水发淹没民居戏作竹枝体》。

康熙十年(1671)辛亥　四十五岁

在庆元谒知县程雪坛,程以族谱出示,为撰《蕲水程氏世谱序》。

《已畦文集》卷九《蕲水程氏世谱序》:"又五年谒先生于庆元,(中略)先生以其族谱示燮。"按:叶燮初谒程在康熙五年中举人时。

康熙十一年(1672)壬子　四十六岁

四月,游黄山,前后十三日。

《已畦文集》卷六《追记黄山庐山两游》:"康熙壬子首夏,予游歙之黄山,寝食于山者旬有三日,足之所历仅得山之十三,目之所及得山之十四五。"

康熙十二年(1673)癸丑　四十七岁

游杭,与陆圻晤。

张慧剑《明清江苏文人年表》。

康熙十四年(1675)乙卯　四十九岁

谒选,授扬州府宝应县知县,六月上任。

《已畦文集》卷一三《与吴汉槎书》:"弟于乙卯谒选,得宝应,六月受事。"又见沈德潜《归愚文钞》卷一〇《叶先生传》。

初抵宝应,有酬兄学亭之作。

《已畦诗集》"残余"《次韵酬学亭二兄见贻之作却寄》自注:"兄时官济宁,余初到宝应作。"

约七、八月间,有书致南庵和尚。

黄容辑《尺牍兰言》卷六载叶燮《答南庵和尚》:"入署五旬,襟肘百端。无米为炊,戴星出入。自惟沉沦苦海,彼岸茫茫;虽宝筏现前,而迷津莫问。"

与从侄藩初晤于邗上,诗人杜濬婿也,备述二十年来情事,出诗集相示。

《已畦文集》卷八《桐初诗集序》:"康熙乙卯,余始值桐初于邗上,问之则云林叔之孙、中密兄之子也。方知其幼遭家难,避迹田间,黄冈杜茶村过娄东见之,爱其幼慧即工为诗文,以爱女许之,遂就婚白下,因侨寓焉。"叶藩字桐初,号南屏。有《惜树斋稿》。

处士金俊明卒,为撰墓表。

《已畦文集》卷一四《处士金孝章先生墓表》。

岁末,招邑处士王岩,以疾辞,约明年正月来访。

王岩《白田文集》卷二《候叶明府》:"承谕召与讲席之末,同诸生得荷陶冶,实为厚幸。(中略)因念人生学道,亦有命焉,而寡劣如岩实命不犹。今已七十,遥望道岸,茫在天际,终为不著不察之凡民而已。不图执事持大儒宗之铎，嘉惠江淮，振兴聋聩，俾有知觉，而岩得与其间，非厚幸欤？而老病危苦，艰于趋走，又实命不犹矣，然中心未尝一刻自外也。拟躬诣庭阶拜谢，以申部民之礼。岁杪未能力疾而来，正月献岁初旬归来一炙台光，退而私淑，或无负高义作成也。”

康熙十五年(1676)丙辰　五十岁

三月，侄崇舒中进士。

《已畦文集》卷一四《西华阡表》。叶崇舒(1640—1678)，字元礼，号宗山。四兄世侗长子。康熙十五年(1676)年进士，官中书舍人。有隽才，曾注庾信《哀江南赋》，为时所称。著有《宗山集》、《谢斋词》。

五十岁生日，有次侄舒胤韵之作。

《已畦诗集》“残余”《丙辰初度次学山侄韵》其一：“谁言秋尽转阳和，缘领霜华触境多。”知其生辰在十月。叶舒胤(1631—?)，字顺山；一作舒颖，字学山。据邓长风《关于叶绍袁家世史料的几点补正》一文引《吴中叶氏族谱》，为叶绍袁从弟绍鼎世俨子，于叶燮为从侄。顺治十四年(1657)副贡生。娶叶小纨女沈树荣。有《叶学山诗集》。

十一月，以不附上官，遂因细故罢，归吴县旧居。

《已畦文集》卷一三《与吴汉槎书》：“明年十一月被黜，在事仅一岁有半，而罪过丛生，怨尤交作。自上官以及亲交咸思酿祸而趣其败，皆以为县令者，官私之外府也，有令若此，不如无有。”沈德潜《归愚文钞》卷一〇《叶先生传》：“乙卯谒选，得扬州之宝应。宝应当南北往来之冲，又时值天灾流行，军行纷沓，左右枝梧，难于补苴。而先生性伉直，不能谄屈事大官。大官又吹毛索瘢，务去其守，已守官者不二岁落职。先生欣然曰：‘吾与廉吏同列白简，荣于迁除矣。’时嘉定令陆先生陇其同被参核，故云。”又云："方先生之宰宝应也，适三逆倡乱，军兴旁午，驿马驿夫增加过倍。而部议于原额应站银两裁四留六，计岁所入不足当所出之半。邑境运河东西百二十里，黄淮交涨，堤岸冲决，千金扫料，时付浊流。先生毁家纾难，一身捍御，卒之军需无缺，民不为鱼，戢厥职矣。他如免税之无名者，出诬服杀人者，直仇陷附逆而欲没其田庐者，皆重民命，守国法，不顾嫌怨而毅然行之。以是知功名不终，繇直道而行，不见容于大官，而非有体无用之咎也。"按：叶燮之去官，盖李振裕之所陷也。邓之诚《清诗纪事初编》卷七李振裕条："李振裕字维饶，号醒斋，元鼎子。康熙九年进士。……振裕当官无政绩可言，向用颇专。喜从文士唱酬，而物情不附。与王士禛龃龉，未得其故。度必同官倾轧。叶燮自谓因娈索夫马，供应未遂，为其所螫罢官。振裕居忧时，流寓白田三年。与燮失欢，必不止夫马一事。或由文字相轻之故欤。"振裕，江西吉水人，官至兵部尚书。有《白石山房稿》、《白石山房集》。

除夕，有叠初度诗韵六首。

《已畦诗集》"残余"《被黜后叠前韵六首》自注："丙辰除夕。"

康熙十六年(1677)丁巳　五十一岁

春，访王嗣槐。

王嗣槐《桂山堂文选》卷一〇《与叶星期饮》："君才挂冠归，来眠巢居叟。投足遘风波，咨嗟肝膈剖。玉椀盛冻浆，金盘杂春韭。读我新诗篇，苍松间柔柳。小道何足多，焉能树不折。寒坞梅作花，且复醉溪口。"诗言叶燮才挂冠归，当是今年春间事。

游历四方，寓泰山下半年。

《原诗》内篇上："吾尝居泰山之下者半载，熟悉云之情状。"吴宏一《叶燮〈原诗〉研究》引《清史列传·叶燮传》"以伉直不附上官意，因细故落职，(中略)于是纵游泰岱嵩高黄岳匡庐罗浮天台雁荡诸山"，以为寓泰山半载即在此时。按：沈德潜《归愚文钞》卷一〇《叶先生传》:"既罢归,游历四方。久之,筑室吴县之横山下,颜其居曰二弃。(中略)先是游泰山、嵩山、黄山、匡庐、罗浮、天台、雁荡诸山,而五洩近在六百里内,游屐未到。"然则泰山其初游者,寓居半载应在本年内。

康熙十七年(1678)戊午　五十二岁

秋,侄崇舒应博学鸿词举至京,未几病卒,京师名士哀之。

事见王士禛《古夫于亭杂录》卷三。徐釚《南州草堂集》卷六有《哭叶元礼舍人和棠村公韵二首》,次于《九日同晋江黄俞邰会稽罗弘载祥牁江辰六黄山江梦得黑窑厂登高归饮梦得寓斋同赋》之前,当作于七八月间。尤侗有《挽叶元礼舍人三首》,见《西堂全集·于京集》卷一。

冬,得废圃于苏州城西南横山的西麓,筑草堂,名曰二弃,自作记记之。远近从学者甚众。

《已畦文集》卷六《二弃草堂记》:"戊午之冬,叶子得废圃于西山之麓,面九龙、尧峰、楞伽诸山,背负横山之阳,筑草堂焉,名曰二弃。"林云铭《挹奎楼选稿》卷六《二弃草堂记》:"嘉善叶子星期宰宝应甫一稔,即弃官隐于吴门之跨塘。筑草堂,内外各三间,采椽不斵,前凿方池,蓄金鱼数十尾,畦圃篱落,杂莳花竹桃柳,远望门外,列峰如幛,烟云变幻,意态不一。其堂后则叠石为假山,曲径螺蚪,登阚阛阓,雕甍绣错,如置身千仞冈,别构二小轩于上,约可坐数人,每当花晨月夕,手一编箕踞哦诵,或与二三良友,煮鱼菽,烧笋蕨,佐饮赋诗,陶然乐也。额其榜曰二弃草堂。余诹二弃之旨,乃用李青莲君平弃世,世亦弃君平之语。"沈德潜《归愚文钞》卷一〇《叶先生传》:"既罢归,游历四方。久之,筑室吴县之横山下,颜其居曰二弃。取鲍明远'君平独寂寞,身世两相弃'意。远近从学者众。"据《归愚文续》卷九《二弃草堂宴集序》,至乾隆十二年丁卯(1747),门人存者尚有九人:叶长扬、顾嘉誉、张鈦、沈德潜、谢淞洲、沈岩、李果、薛雪、周之奇。袁景辂《国朝松陵诗徵》张世炜小传载："雪窗之友陈殿升，名康世，少游皇甫尧臣、叶横山之门，颇有诗名。"则陈康世亦横山门人也。并后康熙二十五年所载之汝承汪，此横山门下可考者也。

康熙十九年(1680)庚申　五十四岁

五月，访曹溶采山亭，各赋诗五十韵限东字。

《已畦诗集》卷一《雨中过曹秋岳先生采山亭坐次各赋五言长句五十韵限东字》："俗记黄梅候，天闲绿野翁。"时当为五月。曹溶《静惕堂诗集》卷二八《雨中星期再过采山亭五十韵仍限东字》："大火昭新令，深耕绍古风。"诗次《庚申五月苦雨三十韵》后，当在本年。按：《静惕堂诗集》卷二八此诗与后诗编次互乙，当据《已畦诗集》是正。

翌日再过采山亭，同赋四十韵。

《已畦诗集》卷一《翌日雨中再过采山亭复各赋四十韵仍限东字》。曹溶《静惕堂诗集》卷二八《采山亭雨坐同星期赋四十韵》为同日所作。

康熙二十年(1681)辛酉　五十五岁

六月，游嘉兴与曹溶、陈子庄等饮陈用亶斋，限韵赋诗。时有欲开馆授徒之打算。

曹溶《静惕堂诗集》卷三七《同叶星期陈子庄饮陈用亶斋限微字四首》："三夏酒星方错落，中宵花气总菲微。"同卷《用亶同星期见枉山亭将留小饮用亶先去次日索评所著诗依韵为答四首》之三自注："星期有开馆授徒之语。"后有哀顾亭林诗，亭林卒于明年，叶燮与曹溶等饮宴诗当为今年夏作。陈用亶，名忱，浙江秀水人。著有《诚斋诗集》、《不出户庭录》、《读史随笔》、《同姓名录》诸书，见《两浙輶轩录·补遗》卷一。陈子庄，太仓著名理学家陈瑚子。

七月，同曾灿、周青士等集雅涵堂，分韵赋诗填词。

曾灿《六松堂诗集》卷七《七月同叶星期周青士张绳其俞犀月集汪周士晋贤雅涵堂得翁字》，次《辛酉送春日山塘送吕御青之燕分得儒字》后，又有《百字令·辛酉七月同叶星期周青士张绳其俞犀月集汪周士晋贤雅涵堂得醉字》，当为是年七月作。曾灿(1620—?)，字青藜，一字止山。江西宁都人。处士，为“易堂九子”之一。明亡后一度为僧。有《六松堂集》，辑有《过日集》。

冬，复过石门，访曹叔则，与纵谈古今天下事，有《叠韵答曹叔则》诗。又与故人吴友鲲、吴之振、吴廷发、沈平远、吴湜王等唱酬。

《已畦文集》卷五《带存堂记》：“辛酉冬，复过石门，访曹君于其故居。见其环堵益萧然，复与纵谈古今天下事。曹君发苍然白，而议论风采犹不少衰。”诗见《已畦诗集》卷一，同卷《石门吴友鲲投诗次南湖倡和韵即叠韵答之》、《闻吴孟举连日闭关谢客诗以讯之仍次前韵》、《孟举诗来云抱疾闭户用楼子句相勘复叠韵往讯竟体作禅语当文殊问疾说不二法门也》、《叠韵再答友鲲》、《叠韵重答孟举》、《叠韵三答友鲲》、《叠韵答吴廷发》、《叠韵答同年沈平远》、《叠韵答吴湜王》诸诗，据自注皆在石门所作。吴之振《黄叶村庄诗集》卷四《次韵答叶星期》、《连日感寒疾闭户治刀圭叶星期以二律问讯次韵奉答并寄吴友鲲》、《星期以禅语叠韵见示复和二首连日浓霜如雪石头路滑奈何奈何》、《叠韵重赠星期》、《叠韵送星期岁暮归山》为酬和之作。

岁末将归，吴之振以诗送别，兼馈度岁之资。

《已畦诗集》卷一《孟举以诗送别兼赠度岁之资叠韵谢之》。吴之振(1640—1717)，字孟举，号橙斋，又号黄叶村农。浙江石门人。贡生，官中书。富藏书，与吕留良同倡宋诗，编《宋诗钞》。著有《黄叶村庄诗集》。

康熙二十一年(1682)壬戌　五十六岁

二月,为曹叔则作《带存堂记》,记二人交往始末。

文见《已畦文集》卷五,末署日期为康熙壬戌春王二月。

四月初七日,礼部题遣往册封琉球国王,翰林院检讨汪楫为正使,同年中书舍人林麟焻为副使。叶燮闻之,有诗赠行。

《已畦诗集》卷一《赠同年莆田林石来奉使琉球》。据《康熙起居注》,汪、林出使在本年。王士禛《渔洋续集》卷一五《送汪舟次太史林石来舍人奉使琉球六首》、尤侗《西堂全集・于京集》卷三《送汪舟次检讨使琉球四十韵》、陈廷敬《午亭集》卷二四《送汪舟次检讨使琉球二首》、庞垲《丛碧山房诗集・翰苑稿》卷七《送汪舟次太史奉命册封琉球世》均为当时作。

毛先舒、王仲昭来访客舍,有诗纪事。

《已畦诗集》卷一《予自癸丑春过明圣湖辛酉冬重至湖上访昔年同学故人大半为异物孤山六桥一带亦沧凉非昔日毛稚黄王仲昭访予客舍为谈往事慨然赋长歌贻二子》。

夏,有《赋得一院桐阴长绿苔四首》,友人曹溶等和之再三。

诗见《已畦诗集》卷一,《桐阴绿苔之咏诸公和章盈帙余怀未已再赋四首》、《秋岳先生惠和桐阴之咏前后共十二章依数再赋四首》亦同时所作。曹溶《静惕堂诗集》卷三八《星期赋一院桐阴长绿苔四诗如数和之用西昆体》,后次《寿朱范臣七十》,自注:"余与范臣俱癸丑生。"则诗作于本年。《星期再赋桐阴绿苔之句用韵又和四首》,《苔长桐阴余兴未已三赋索星期和四首》亦为同时所赋。

九月十六日,吴之振集同人于鉴古堂,叶燮有诗纪事。

《已畦诗集》卷二《壬戌九月十六日吴孟举集同人鉴古堂限昌黎酬卢司门望秋作韵》。

今年,幼女姜生。

《已畦文集》卷一七《女姜圹铭》。

康熙二十二年(1683)癸亥　五十七岁

正月七日,昆山徐季重与叶奕苞同访草堂,有诗纪事。

《已畦诗集》卷二《癸亥人日昆山徐季重偕九来弟冒雪过我草堂九来用前韵为赠即八叠韵答之》。

偕徐季重、叶奕苞往嘉兴访曹溶,不遇。

《已畦诗集》卷二《偕徐季重九来弟往禾中访曹秋岳先生不遇九来叠语溪唱和韵相赠奉答》。

梁佩兰游苏州,陪同过访郭皋旭寓斋、王勤中芳草堂等,皆有叠韵诗。

《已畦诗集》卷二《同南海梁药亭过平湖郭皋旭吴趋寓斋适海宁查韬荒至三叠韵》。同卷《长洲王勤中招同药亭皋旭韬荒雨中集芳草堂四叠韵》、《五叠韵赠药亭》、《闻孟举至吴关走笔邀之六叠韵》、《药亭皋旭偕嘉兴朱子蓉同过草堂八叠韵》等诗皆春间作。郭襄图字皋旭,号匡山。浙江平湖人。有《更生集》,《槜李诗系》选其诗。

友人吴兆骞自塞外流贬归来,名士多赋诗纪其事,叶燮亦有诗。

宋荦《西陂类稿》卷六《吴汉槎归自塞外邀同王阮亭祭酒毛会侯大令钱介维小集作歌以赠用东坡海市诗韵》。《已畦诗集》卷二《吴汉槎北归赋赠次昌黎忆昨行韵》、《九来用和汉槎北归韵相寄次韵奉答》二诗约作于春间。

五月,吴兆骞将入都,携子过访作别,信宿而去,有诗纪事。兆骞询及罢官事由,报书详述之。

《已畦诗集》卷三《汉槎携令子南荣枉顾草堂兼以入都言别留信宿赋长歌以送其行》:"仲夏森如秋气泬。"时为五月。《已畦文集》卷一三《与吴汉槎书》:"弟自黜废山野于今七年矣,生平知交故人从无有闻问齿及者,而弟益自远弃,不复与世酬酢,一切情文都绝。故人亦未尝有辞相责备,盖相忘有斯人也久矣。仁兄忽枉扁舟过我草堂,脱粟欢然,襆被信宿,不以弟贫贱废弃,而勤勤恳恳,此古人之事,非可求之薄俗者也。"

游嘉兴,陈用亶招与曹溶等饮于宅,有诗纪事。

《已畦诗集》卷三《嘉兴陈用亶招同秋岳先生暨诸同学集尚友堂限微字》、曹溶《静惕堂诗集》卷三八《同子庄嵋雪敬可尹和饮用亶宅仍用前韵》、《星期未至用前韵俟之》。

六月,游京口,访座主张玉书父九徵,有诗呈之。

《已畦诗集》卷三《过京口呈太座主张湘晓先生》、《自京口之白下留别张实存世执叠韵》为京口作。张九徵(1618—1684),字公选,号湘晓。江南丹徒人。顺治四年进士,官至河南提学使。

赴金陵道中堕驴受伤,卧病旬余,曹溶有诗咏其事,乃赋长句答之。

《已畦诗集》卷三《余自京口走钟山策蹇而堕病甚至白下客舍偃卧旬余适秋岳先生游此相值为余赋堕驴行余亦赋长句答之》、《予为驴堕所苦卧病十日而起秋岳先生再作长歌以慰复赋呈》诸诗皆是时所作。曹溶《静惕堂诗集》卷一四有《堕驴行简星期》:"横山山人出无车,浩兴欲访钟山墟。"《星期堕驴后意气弥壮喜而作歌》:"郑公骑驴踏冰雪,山人效之在暑月。触暑江关途路长,那免尘埃生一蹶。(中略)山人前年宰邗邑,仰俟毒啮不得舒。地成泽国始平陆,遍挽鱼鳖归耰锄。岂徒民族快完聚,驴行孔道皆安徐。无钱竟触长官怒,一朝谤箧遭驱除。"二诗前有《徐氏河房席上作》"今年六月历逢闰",知为本年事。

在金陵养伤,与从侄藩相聚数月。

曹溶《静惕堂诗集》卷一四《堕驴行简星期》:"山人熟识倚伏理,细事那足烦嗟嘘。长干六月暑气合,画桡宛转衔清渠。三日行药两日卧,矫健不异少壮初。"《星期堕驴后意气弥壮喜而作歌》:“栖霞山色方清峭,冻蕊含烟应候开。飞觞石上添孤啸,回首天门光若拭。”《已畦文集》卷八《桐初诗集序》:“岁癸亥,余游白下,与桐初相聚数月。”

八月中秋节后,曹溶于上元蔡龙文懒园招诸名士宴集,分韵赋诗。

梅清《天延阁后集》卷八癸亥诗有《懒园秋䜩诗分得齐歌二字》,次于《中秋后二日同陈涤岑邓旧山白孟新黄仙裳宗窪问蔡息关黄静御何雍南张冲乙吴敷公孙子宽端燧承戴无忝金雪鸿徐程叔陈绥四徐希南诸公秦淮舟泛分得九青》。小序云:“是日为主人者,曹秋岳先生也。懒园为主人蔡龙文之园也。同席分韵者为臬宪金公长真、两郡司马朱公矞三、郑公瑚山、程穆倩、杜仓略、方孝标、陈涤岑、何次德、何省斋、倪闇公、胡致果、叶星期、顾天玉、吴介子、黄静御、周向山、周雪客、王安节、戴无忝、蔡玑先。”按:陈涤岑、黄静御、王安节、戴无忝四人时在江南通志局修志,见同卷《癸亥秋应聘纂修江南通志院中纪事限秋字同局者五十三人》。

秋,集吴之振黄叶村庄,有诗纪事。

《已畦诗集》卷二《集孟举黄叶村庄次山谷归叶县寄明复季常韵》:“昨宵剧醉别,月没城西角。秋睡美晓甜,户外闻索索。”知时为秋日也。

冬,过宝应,举人朱勛孺有诗送别。

《已畦诗集》卷六《余癸亥冬过白田临行朱勛孺孝廉赋二律送别忽忽六载尚未赋答兹复至白田漫赋奉投兼报癸亥之作仍限覃韵四首》。

康熙二十三年(1684)甲子　五十八岁

正月元旦,在宝应有和陶文虎诗。

《已畦诗集》卷三《甲子元旦和白田陶子文虎用南湖倡和韵》。

十四日，编订《已畦文集》，自序之。

自序末署日期为康熙甲子春王上元前一日。

春，至嘉兴访曹溶。

曹溶《静惕堂诗集》卷二六《喜星期至仍用看杏花韵同敞可作三首》："且约寻芳去，浓阴满画桥。"又有《叶星期同赵书年陶義人过集限红字五首》，由诗集之编排，知作于本年春。

寒食后五日集曹溶采山亭赋诗。

《已畦诗集》卷三《寒食后五日集秋岳先生采山亭限红字韵五首》。

三月末，曹溶过访草堂，同人毕集，限韵赋诗。

《已畦诗集》卷三《春杪秋岳先生枉过草堂诸贤毕集限韵》。

五月，以诗稿赠刘献廷，刘有诗酬赠，倍加推崇。

刘献廷《广阳诗集》七古《叶星期以诗稿见惠步昌黎韵酬赠》："江城五月枫尽落，萧寺忽堕琼瑶函。珊瑚百尺耀海月，蓬壶圆峤高巉巉。大雅不作六义废，瓣香谁付金缕衫。昨来抠衣入林下，红日初向东山衔。黄钟大吕奏东序，高唱不效金人缄。杜陵昌黎君所爱，眉山之外皆除殳。春秋大易判事理，妙义云涵莲花岩。河伯欣然乐秋水，望洋此日惊海咸。云门已张洞庭野，俯听群响儿女喃。我向空山友麋鹿，踪迹怪癖人争谗。感君向我索新句，顽石讵当郢斧劖。世间毁誉何足慕，妍媸自有冰壶鉴。侧闻入海饱龙藏，高建论幢饿眼馋。方山枣柏不出世，猿鸟左右吾其槭。雷门布鼓亦何有，手颤声死徒忏忏。"

吴江知县郭琇委叶燮修县志，历三月书成，请张玉书序之，叶燮自序之。

《已畦文集》卷九《纂修吴江县志定本序》："康熙二十二年各直省奉上命纂修地志，而下于郡县。于是我邑侯郭公与邑绅士因旧志纂而续之，上自三代以及康熙二十三年，凡于例得书者悉志之，为书四十六卷，二十余万言。（中略）盖三阅月而书成，为吴江县志定本。（中略）邑人叶燮实与于是役，谨序之。"张玉书《张文贞公集》卷四《吴江县志序》："知吴江县事郭君属邑绅叶君星期修县志，成时特邮书京邸，问序于余。余受而卒业，见起发凡起例，纲举目张，视明莫正学、徐给事二志之旧损益各半，蔚称定本，遂不辞弇陋而为之序。"郭琇（1638—1715），字华野，山东即墨人。康熙九年进士，知吴江有政绩，后擢江南道基监察御史，官至湖广总督。有《华野疏稿》。

将游岭南，有诗别吴江知县郭琇，刘献廷有诗赠别。

《已畦诗集》卷三《将往岭南留别同年郭华野》题下注："时令吴江，值其初度，并及之。"刘献廷《广阳诗集》七古《赠叶星期邑志告成南游罗浮》："自从地陷东南涯，群山万壑来逶迤。震泽底定四千载，汹汹千顷书琉璃。三江争流入巨壑，长桥东锁如虹垂。壮哉权舆孕灵秀，名世者谁当此时。我迁于南非图南，寻人东海来恐迟。姑苏怀古漫悲壮，要离墓侧埋五噫。松陵陆皮久沉死，如花霜叶纷离披。射阳天令荧荧晖，超群绝伦人果奇。紫云荡漾翡翠匣，彩毫璀璨珊瑚枝。鼎扛龙变揭赤帜，斯文再见南山诗。忘年把臂问我何，聋瞽敢言自钟期。时当郡邑修志传，主持此事非公谁。俯定疆域指其掌，仰辨躔野罗诸棋。张髯奋笔果神速，功成三月人争疑。或谓江城一邑耳，区区焉用牛刀为。公言搏兔亦全力，是非肯听人推移。方今馆阁罗俊彦，班马大业争追随。但恐斗米立佳传，文献放失诚可悲。昌黎好手不作史，千古浩叹淮西碑。北风其凉雪霏霏，黄钟之管回阳曦。公来别我过五岭，公去坛坫虚网维。岭上梅花已如雪，及时无使随风委。南溟澒洞万胸臆，新诗又自凌天逵。珠玑百斛我拭目，奚囊归启光离离。"

十月，刻《已畦诗集》，曹溶为撰序。

《已畦诗集》卷首载曹溶序，末署日期为康熙甲子小春日。

冬，游岭南，在江西泰和县度除夕，有诗。

《已畦诗集》卷四《除夕》自注："在泰和县蜀口洲。"

康熙二十四年(1685)乙丑　五十九岁

正月十五日元夕，在南雄知府党仍庵席上有诗。

《已畦诗集》卷四《元夕仍庵署中席上戏作》。《赠南雄郡伯党仍庵》亦同时作。

抵广州，有诗上两广总督、兵部尚书吴兴祚。

《已畦诗集》卷四《上两广制府吴大司马》。吴兴祚(1632—1698)，字伯成，号留村，浙江山阴人。其父入汉军正红旗。能诗，《诗观》中载其诗。有《留村诗钞》、《留村词》。

晤诗人张远，见其扇头钱塘季伟公赠诗，次其韵，复为撰《赠季伟公序》。

《已畦诗集》卷四《见侯官张超然扇头钱塘季伟公赠五言一首风致遒然因次韵得八首悯伟公久客不归存没潦倒抑郁情见乎辞末托于游仙亦可悲矣并示超然》。《已畦文集》卷一〇《赠季伟公序》："康熙甲子之冬，予南游过岭以南。岭南之人及四方客游而至于斯者，无不啧啧称有季子伟公，伟公盖少年名士也。及见伟公，问其年二十有七，为浙人。"张远字超然，号无闷道人。福建闽县人。康熙三十八年状元，官云南禄丰知县，卒于官。有《无闷堂诗集》。

张远游两广，有诗并序送行。

《已畦诗集》卷四《送张超然游海外》。《已畦文集》卷一〇《送张超然游海外序》："甲子秋，大理寺评事高君二鲍奉使广西，超然与偕行。已复偕高君游广东且半岁。"

三月末，王士禛以少詹事出使祭告南海，将还朝，有诗送行。

《已畦诗集》卷四《送王阮亭宫詹祭海还朝》。王士禛《蚕尾集剩稿·答叶宝应星期》："忆与先生岭南一别，弹指已十九年，燕吴修阻，鳞羽阔疏。"按：王渔洋使还，于四月一日发广州，叶燮诗当作于本月底。

春间，潘耒归里，有以县志多袭其兄柽章所辑《松陵文献》为言者，潘耒乃编辑《松陵文献》一书，欲以正视听。

康熙三十二年刊本《松陵文献》潘耒后序："亡兄撰此书，凡数易稿而就。既没，稿本流传人间，争相珍秘。康熙甲子，或言于邑令，请改修县志，三月而遽成。乙丑春，耒归自都门，有言新志全用亡兄之书者，索而观之，信然。因忾然叹息，谓吾兄作书，固为邑志张本，吾不怪其蹈袭，但不应略不载吾兄姓名，绝不言本某书，有似取人之物，而讳言主名者。其人不服，更出书数万言，大略谓纪载之书，必有所本，马迁、班固无不仍袭前书者。夫子长《史记》明言据《左氏》、《国语》，采《世本》、《战国策》，述楚汉春秋。孟坚《汉书》，特为马迁立传。不闻举其人与书而没之也。又谓亡兄以事见法，不当道其姓名。孟坚不死狱乎？蔚宗不赤族乎？前后《汉书》至今行世，未闻当时人掩取之。亡兄为人所株连，非以自著书得祸，为亲知者得其著述，宜何如表章称道，顾利其死而掩取其书，有人心者当如是乎？且《文献》中固尝为其祖若父作传矣，为子孙者忍遂反唇相诋乎？出险语以箝人口，此讼师刀笔之事，而谓衣冠为之乎？既乃嫁过于朱先生鹤龄，谓朱实袭潘之书，己乃袭朱，初不袭潘。夫朱先生与亡兄交最厚，其自著书颇多，何至掩取亡兄之书？纵有所援引，亦明言本诸潘氏，凡考订论赞，皆言潘某云云。新志何所见，而悉以潘之说为朱之说，非唯掩潘者，抑且诬朱矣。世衰俗薄，朋友道丧，己则不义，又从而为之辞，直道在人，余以不复置辨。第点检亡兄之书，梓以行世。庄注其存，何伤乎向秀；《化书》无恙，何损乎景升？惟是出之不早，有此纷纭，是余之罪也夫！"

四月，在广州闻吴兆骞讣，有诗哭之。

《已畦诗集》卷四《闻吴汉槎卒于京邸哭之》。按：汉槎去年卒，讣闻今年方到岭南也。

五月五日，镇海将军王永誉招湖舫宴集，限二冬韵赋诗。

《已畦诗集》卷四《午日王大将军湖舫讌集同人分限二冬韵》。按：王大将军名永誉，王渔洋《南海集》卷下《大将军孝扬弟饯别海幢寺即席有诗赋答》，即其人也。

夏，在岭南遇夏宁枚，从侄藩亦来晤于尉陀台下，出新诗相示。

《已畦文集》卷八《南游集序》："康熙乙丑，余于岭南遇夏子宁枚。夏子与余同乡，尝闻其名矣，相遇万里外，既又方舟于浈江道中者浃旬。夏子盖端人也。夏子行年五十，为衣食驰逐炎瘴中，时见牢落不平之概。"《已畦文集》卷八《桐初诗集序》："乙丑游岭南，桐初又来晤于尉陀台下。每相见桐初必出其新诗以示余。"

七月七日，于高要县天宁寺同程正路、钱目天、僧真际赋诗。

《已畦诗集》卷四《七夕高要天宁寺同休宁程正路龙游钱目天真际开士分赋》。

九月，由粤东北返，有诗寄梁佩兰。

《已畦诗集》卷四《旧与梁药亭订交吴下药亭订余入粤时当主其家及至则药亭公车北行矣余在粤淹留三序药亭小第不即归竟相左不值作长句贻药亭》："余来始春杪秋去。"时为九月。

与韩公吉同舟归，至南昌慨然念庐山之游不可失也，遂留诗与别，于吴城买舟独游庐山。

《已畦诗集》卷四《余同韩大参行东归至南昌慨然念庐山之游不可失也大参东行余遂北发留诗以别》、《余于吴城买舟往庐山归装寄逆旅旬日而返去之夕馆人不戒于火装委于烬过半旁人颇归咎山游若有司之者当不至是余乃作诗以自解》。

于大林寺遇心壁上人，唱和数叠，为撰《庐山大林寺心壁上人诗序》，心壁上人有诗送行。此游前后不满十日，得诗四十余首。

《已畦文集》卷六《追记黄山庐山两游》："越乙丑之冬，游于庐山，寝食于山者不及旬，足之所历得山之十三四，目之所及得山之十五六。（中略）游庐山得诗四十余首。"卷八《庐山大林寺心壁上人诗序》："乙丑冬以便道始得一游，意谓庐山犹昔也，今日必无远公其人矣。于大林寺遇心壁上人，（中略）心壁出诗示余，余和其韵数首，心壁再叠韵以答，余又叠作以酬之。"诗见《已畦诗集》卷四。释名一《国朝禅林诗品》卷三："超渊字心壁，滇之昆明人。天岳昼禅师法嗣。商丘宋中丞荦高其品，请主庐山开先寺。丙子秋归滇省亲，慕陈蒲鞋之孝养未遂，故自号愧蒲道人。有《漱玉亭诗集》。"心壁《送叶星期归吴门》云："行过松关又竹关，留君不住送君还。囊中长短诗千首，题遍匡庐处处山。"

访张远不值，有诗记事，张远次韵酬之。

张远《无闷堂集》卷九《酬叶星期过访不值次韵》其三："吴江枫冷荷知音，虚誉宁烦远见寻（予有吴江城楼诗为叶所称）。岂有微才堪说相，几人背面肯输心。鸥边海客机原息，弋外冥鸿见自深。正是倦游孤棹反，满天疏雨宿寒林。"

康熙二十五年(1686)丙寅　六十岁

归里后，访张玉书于京口，出《西南行草》，张读竟，请述为诗之旨。叶燮曰："放废十载，屏除俗虑，尽发箧衍所藏唐宋元明人诗，探索其源流，考镜其正变。盖诗为心声，不胶一辙，揆其旨趣，约以三语蔽之，曰情曰事曰理。自雅颂诗人以来，莫之或易也。三者具备而纵其气之所如，上摩青旻，下穷物象，或笑或啼，或歌或詈，如泉流风激，如霆迅电掣，触类赋形，骋态极变，以才御气而法行乎其间，诗之能事毕矣。世之缚律为法者，才茌而气薾，徒为古人佣隶而已，乌足以语此。"时叶燮将游语溪，偕吴之振同选唐宋元诗选。

《已畦诗集》卷首载张玉书序。

三月十三日，张玉书为撰诗集序。

《已畦诗集》卷首载张玉书序，末署日期为康熙丙寅上巳后十日。

九月八日，同人集草堂，用韩愈《醉赠张秘书》诗韵同赋。

袁景辂《国朝松陵诗徵》叶燮小传："先生风流宏奖，所交皆当世人宗。丙寅九日大会于二弃草堂，冠带之集，几遍江浙。同用昌黎《赠张秘书》与《人日城南登高》韵，赋诗纪事。所刻《用九集》，见者以不得与会为恨。"《已畦诗集》卷五《丙寅重阳前一日诸同人枉集草堂用昌黎醉赠张秘书韵同赋》为是日作。《国朝松陵诗徵》汝承汪小传："汝承汪，字鸿书，有《蓼斋诗钞》。鸿书得横山先生指授，诗必可观。访之禊湖，人皆云其诗散佚久，不可考。今从《用九集》中得诗二章，次和韩韵，尚能不失步武。"则汝承汪亦为当日与会者之一。吴之振《黄叶村庄诗集》卷六《重九前一日集二弃草堂用昌黎醉赠张秘书韵》为是日所作。

九日，顾嗣协复集同人登楞伽山泛舟石湖，用韩愈《人日城南登高》韵赋诗。夜，曹叔则与吴之振乘舟来访。

《已畦诗集》卷五《九日顾迂客雷阮徒集同人登楞伽山泛舟石湖用昌黎人日城南登高韵》、顾嗣协《依园诗集》卷一《九日石湖雅集次昌黎人日城南登高韵》。卷八《曹叔则七十初度诗》自注："丙寅九日叔则与孟举方舟夜至草堂。"吴之振《黄叶村庄诗集》卷六《题曹希文廉让拥书图次星期夏重韵》为此时所作。

顾嗣协偕史苍山、雷阮徒冒雨来访，集二弃草堂分韵赋诗。

顾嗣协《依园诗集》卷一《雨中同苍山阮徒访叶星期舟过横塘分赋》、《次日集星期二弃草堂分得缸字》诗，次于《九日石湖雅集次昌黎人日城南登高韵》、《十日雷阮徒携尊董就村斋中雅集分赋兼送吴历所归娄东》、《雨夜同潘双南史苍山饮畅轩分赋》诸诗后,当为九月间作。

十二日,编二姊小纨《存余草》成,为作《存余草述略》。

《午梦堂集·存余草》附录叶燮述略,署日期为康熙丙寅重阳后三日。

邀林云铭至草堂,出《原诗》请序。林云铭复为作《二弃草堂记》。

林云铭《挹奎楼选稿》卷四《叶星期诗原序》:"嘉善叶子星期,诗文名宿,著有《原诗》内外篇四卷,直抉古今来作诗本领,而痛扫后世各持所见以论诗流弊,娓娓雄辩,靡不高踞绝顶,颠扑不破。岁丙寅九月,招余至其草堂,出而见示,促膝讽诵竟日,余作而叹曰:'今人论诗,龂龂聚讼,犹齐人井饮相捽,得此方有定论矣。'"林云铭《挹奎楼选稿》卷六《二弃草堂记》题下注丙寅作。

钟定自江山归,与吴之振、曹正则小饮橙斋。

吴之振《黄叶村庄诗集》卷六《喜钟子静远自江山归同叶已畦曹正则胡圆表侄有原东阳小饮橙斋次坡公韵》约为此时所作。

十月,沈珩为《原诗》撰序。

文见《原诗》卷首,末署日期为康熙丙寅冬十月。

汪森读《原诗》,有诗相赠,称"卓识恣评骘,一编惊众闻"。

汪森《小方壶存稿》卷三《读叶已畦原诗一编用昌黎醉赠张秘书韵有赠》,系于本年。

康熙二十六年(1687)丁卯　六十一岁

春,郭琇自京致书问讯,有诗答谢。

《已畦诗集》卷五《丁卯春日郭华野中丞京邸惠牋远讯荒畦答谢》。

座主张玉书晋升刑部尚书入京,有诗送行。

《已畦诗集》卷五《送座主京江先生晋大司寇还朝》。

五月,卜吉西华之阡,为父改葬。

《已畦文集》卷一四《西华阡表》。

六月一日，撰《西华阡表》。

《已畦文集》卷一四《西华阡表》，末署日期为康熙丁卯六月朔。

八月十八日，同人集吴之振橙斋赋诗，复集陈用亶尚友堂。

《已畦诗集》卷五《中秋后三日同人集孟举橙斋次东坡松江风字韵》、《中秋后同人集用亶尚友堂忆五年前秋岳先生有此集限微字韵兴怀怆然仍限前韵》。

除夕，有诗纪时。

《已畦诗集》卷五《丁卯除夕》。

康熙二十七年(1688)戊辰　六十二岁

正月元旦，有诗。

《已畦诗集》卷五《戊辰元旦》。

十八夜，同人集草堂分咏。

《已畦诗集》卷五《上元后十八夜集草堂同人分咏》。

春，王式丹呈诗三首。

王式丹《楼邨诗集》卷五《呈叶已畦先生叠韵三首》："家在横山白道南，幽居风味此中谙。漆园寄托枝巢一，栗里经营径辟三。随处清吟凭鸟和，有时小饮共花酣。已知身世弃相弃(先生有二弃草堂)，岭月溪云拥半龛。""何人肄雅与歌南，著论原诗夙所谙(先生有《原诗》二篇)。参悟只须伸指一，雕锼真已伐毛三。因风绮縠文澜细，摩垒旌旗笔阵酣。四座匆喧雄辩发，曼陀花雨落高龛。""小山窃拟附淮南，岁月菰芦我自谙。平子愁多聊托四，退之书上已经三。无情天亦随春老，有恨人须藉酒酣。昨夜醉醒搜数句，颇同枯衲卧禅龛。"同卷又有《呈乔侍读表书叠韵三首》、《用韵再呈叶乔两公四首》，按：此诗前有《六月七日泊台庄读先君子南归日记感赋三首》自注："先君子以壬子六月七日舟次台儿庄，余以丁卯是日至。"此诗作于春日，当为本年作。

七月,至虞山访友。

《已畦诗集》卷五《暮抵虞山宿严武伯山房》、《宿蒋文孙斋阁有怀其尊人莘田》、《再赠文孙》、《文孙惠酒米诗以谢之》、《早秋赵安臣招集同人湖舫泛山前竟日》、《同人集安臣简斋》、《虞山别诸同人》诸诗均此游所作。《文孙惠酒米诗以谢之》云"秋暑余仍在,庭梧荫尚丛",时应为七月初。

九月,乔莱过横山,叶燮留饮草堂,有诗唱和,订明年宝应之游。

《已畦诗集》卷五《乔石林先生和十三覃韵十首见贻无重押予报以十章仍限前韵愧不能一一步押也》附录乔莱诗自注:"去年秋杪余过横山,先生留饮二弃草堂。"《乔石林侍读来过草堂即事八首之七》云"翦韭乏残秋",应是九月事。

康熙二十八年(1689)己巳　六十三岁

五月,往宝应访乔莱,与沈受宏、缪念斋同游乔氏纵棹园,有诗,乔莱及子崇烈和之。示乔莱以《原诗》,乔莱以为"辨源流正变甚确"。

《已畦诗集》卷六《题乔石林纵棹园八首之六》、《己巳夏五访故人于白田诸同好存慰有加赋长句奉贻拈十三覃韵四首》、《乔石林先生和十三覃韵十首见贻无重押予报以十章仍限前韵愧不能一一步押也》、《石林复叠前韵八首贻我始一一叠其来韵报之》及沈受宏《白溇集》卷六《同缪念斋侍讲叶星期明府游乔石林侍读纵棹园》、乔崇烈《蒹葭书屋诗·喜叶已畦前辈过白田奉和十三覃原倡》(存一)、《秋日感怀呈已畦前辈暨同学诸子四首仍用十三覃韵》皆为当时所作。乔崇烈《喜叶已畦前辈过白田奉和十三覃原倡》云:"横山书屋昨曾探,鸡黍留宾烛跋三。自说闭门堪一纪,何妨处士惯多谈。耽书独抱莲心苦,适俗终输蜜口甘。记得跨塘塘上别,江天四五月平南。"后乔崇烈编诸诗为《叶已畦前辈白田倡和集》,见崇烈《枣花庄录稿》中《捡架上所有诗文散篇者悉装钉藏之得十二种各赋二十字》。乔崇烈,字紫渊。乔莱子。曾任镶红旗教习。有《蒹葭书屋诗》、《芥舟集》、《枣花庄录稿》。

六月，在扬州访孔尚任，示以所著诸集。

孔尚任《湖海集》卷六《叶星期过访示已畦诸集》。据袁世硕《孔尚任年谱》考，孔尚任七月即渡江游江宁，叶燮过访当在本月。

八月十五日，在宝应撰《宝应重修六事亭碑记》。

文见《已畦文集》卷七，末署日期为康熙己巳八月望日。

十月，与诸友论诗。

《已畦诗集》卷六《与千子文虎彝上诸子论诗竟日仍叠韵二首》，次十月所作《余癸亥冬过白田临行朱勛孺孝廉赋二律送别忽忽六载尚未赋答兹复至白田漫赋奉投兼报癸亥之作仍限覃韵四首》诗后。

今年，幼女姜以痘殇，得布政司胡存仁兼金之惠而殓。

《已畦文集》卷一七《女姜圹铭》、《已畦诗集》卷七《胡存仁方伯顾余草堂感旧言怀》自注。

康熙二十九年(1690)庚午　六十四岁

春，侄藩来访。

《已畦诗集》卷七《庚午春王桐初侄远来访我草堂贻五言二章次少陵西枝村韵别去至秋复来始得次韵答之》。

至京口，与诸友唱和。

《已畦诗集》卷七《酬京口孙月潭次韵》、《同人集环山阁仍叠韵》、《三叠韵再赠月潭》、《旅次言怀呈张韦存世执并壮輿处冲两世兄四叠韵》、《五叠韵答章圣可夏用修》、《六叠韵答皇士》、《答张禹村次韵》、《答张龄度次韵》自注："以上京口作。"

四月，至苏州访顾嗣立秀野草堂，适周屺公亦至，同宿谈笑竟夕，顾嗣立有诗纪事。顾嗣协为题"小天平"假山。

顾嗣立《秀野草堂诗集》卷三有《周即墨屺公从四明来适叶宝应星期自横山至同宿草堂谈笑竟夕漫成一律纪之》，作于康熙二十九年庚午，诗云："脱箨笋牙投豆煮"，时为初夏。顾嗣协《依园诗集》卷二《题叶已畦小天平》、《初夏喜晤四明周屺公次侠君弟韵二首》、《半塘归读屺公同宪尹苍山犀月集侠君弟梧语轩唱和诗补作二首》为当时所作。

五月，至嘉兴访曹三才酬唱，于旅舍晤同年曹石闾。

《已畦诗集》卷七《同项东井过盐宫访曹希文廉让堂即席呈曹石闾俞汉乘张皜亭杨崙木沈苍舒诸同学》、《翌日张皜亭招集遂初堂仍叠韵》、《叠韵答陈言扬》、《和杨崙木孝廉拙宜园十咏之七俱次原韵》、《次韵答项东井》、《赠海盐查又微》、《仲夏曹希文宴集同人烟雨楼》诸诗皆此行作。《已畦文集》卷一五《文学曹理庵墓志铭》："康熙庚午五月，余偶至禾郡城，见同年友海盐曹君石闾于旅舍。"曹三才(1662?—1735)，字希文，一字廉让，号廉斋、而雨、日亭。浙江海盐人。康熙三十八年举人，官湖州儒学教授。工书法篆刻。有《廉让堂诗集》、《半砚冷云集》、《东山偶集》等。

七月，为乔莱作《乐志堂记》。

文见《已畦文集》卷五，末署日期为康熙庚午秋七月。

秋，任藩来访，有诗次韵答之。

《已畦诗集》卷七《庚午春王桐初任远来访我草堂贻五言二章次少陵西枝村韵别去至秋复来始得次韵答之》。

曹寅访二弃草堂，嘱撰《楝亭记》。有诗相赠，叶燮有和章。

叶燮《曹荔轩内部过访有赠即和韵答》系于本年秋。《楝亭记》见《已畦文集》卷五。

故人陈留知县钟定书招游开封，经霍丘，有诗赠同年史麟长、任康贻。

《已畦诗集》卷八《陈留署中作》自注："陈留令君石门钟静远，余三十年前从游士也。远札相招过署，惠诗和答。"《过霍丘赠同年史广文麟长》、《叠韵赠康贻任》。

过陈留，与钟静远游，有唱和诗多首。

《已畦诗集》卷八《陈留署中作》、《次韵答静远》、《由陈留陆行至仪封集静远摄署》等诗均是时作。

十二月十日，汪琬卒，为之伤悼，乃取往日所摘汪文短处，悉焚之。

陈廷敬《午亭集》卷七五《故翰林编修汪钝翁墓志铭》。沈德潜《归愚文钞》卷一〇《叶先生传》："时汪编修钝翁琬居尧峰教授学者，门徒数百人，比于郑众、挚恂。汪说经硁硁，素不下人，与先生持论凿枘，互相诋諆，两家门下士亦各持师说不相下。后钝翁没，先生谓：'吾向不满汪氏文，亦为其名太高，意气太盛，故麻列其失，俾平心静气，以归于中正之道，非为汪氏学竟谬盭圣人也。且汪没，谁讥弹吾文者，吾失一诤友矣。因取向时所摘汪文短处，皆焚之。"

除夕，在钟静远宅守岁，有和韵诗。

《已畦诗集》卷八《庚午除夕和静远韵》。

康熙三十年(1691)辛未　六十五岁

正月十四日，钟静远招集同人宴集，有诗。

《已畦诗集》卷八《和静远上元前一日招集同人作》。

游开封，闻周伯章名，往访，有诗赠之。

《已畦文集》卷一五《仪封处士竹友周君暨配王氏继室王氏合葬墓志铭》："康熙庚午，余游大梁。至仪封闻邑有明经周子伯章，读书绩学，有道士也，往访之。"《已畦诗集》卷八《赠仪封周伯章》。

五月五日，在苏州观竞渡，有诗纪事。

《已畦诗集》卷八《吴阊竞渡行》:"吴阊城中百万户,倾城出嬉五月五。"

夏,苏州邓尉山圣恩寺新住持仁叟上人来访。

《已畦文集》卷一六《邓尉圣恩仁叟震禅师塔志铭》。

七月,撰《积善庵改建律院碑记》。

文见《已畦文集》卷五,末署日期为康熙辛未秋七月。

八月十七日,顾天石过访草堂,有诗酬答。

《已畦诗集》卷八《中秋后二日锡山顾天石过予草堂和十三覃韵诗见贻次韵答之》。

九月八日,张远等集二弃草堂赋诗。

张远《无闷堂集》卷一三《重阳前一夕集二弃草堂用韩韵》。按:诗次于辛未夏与闰七夕之间。考今年闰七月,诗当为今年作,或编次偶紊耳。

与陈訏、金子亮、张皜亭饮于廉让堂,限韵赋诗,陈訏有诗赠别。

陈訏《时用集》辛未诗《同叶已畦金子亮张皜亭饮廉让堂限韵分赋》:"廉让良朋集,严宵兴转豪。雄谈芒角利,前辈典型高。蟾魄寒愈皎,鲸波卷竞豗。为欢忙索句,火急似追逃。""醉头昂更俯,雄辨折偏豪。不觉庭霜重,相看夜月高。坐深灯易跋,语妙耳频豗。世路风波阔,糟丘可共逃。"又有《赠别叶已畦次白田倡和韵四首》。据诗所述,似为秋间事。陈訏字言扬,一字宋斋。海昌人。从黄宗羲学。有《时用集》,又编有《宋十五家诗选》。

冬,张皜亭邀馆于其涉园旬月,为作《海盐张氏涉园记》。

《已畦文集》卷六《海盐张氏涉园记》:"涉园者,海盐张都谏螺浮先生所作也。康熙辛未冬,都谏令嗣张皜亭邀余馆于园旬月,悉得其园之概,因为志其广狭高下寻丈。"

康熙三十一年(1692)壬申　六十六岁

三月三日,与海盐举人张小白同访顾嗣立秀野草堂,以《已畦集》

相赠。听十番新曲，限韵作诗。

顾嗣立《秀野草堂诗集》卷四又有《上巳日叶宝应星期同海盐张孝廉小白过访草堂听十番新曲限三字为韵三首》，列于《壬申清明前三日游西湖看桃花作》后，当作于康熙三十一年壬申三月。诗中自注："时星期以《已畦集》见赠。"

春暮，作《平湖孙郭过赵传》。

《已畦文集》卷一八《平湖孙郭过赵传》："居平湖十年，所与交者年或长幼于余不等，皆读书大雅之士，尤投分者为孙子元襄、郭子皋旭、赵子天来、过子吉云。四君皆气谊中人也。"

九月初过梁溪，宿布政司胡存仁斋。

《已畦诗集》卷八《重九前过梁溪宿胡存仁方伯斋》。

曹寅过访二弃草堂，有诗三首见赠。

曹寅《楝亭诗钞》卷二《过叶星期二弃草堂留饮即和见赠原韵》其二："九月胥江阔，轻舠逆晚飔。"时在九月。

二十一日，友人项徽谟夫妇卜葬于秀水，为撰墓志铭。

《已畦文集》卷一六《太学项君暨配张孺人合葬墓志铭》。

秦松龄招同游徐乾学山庄。

《已畦诗集》卷八《秦留仙太史招偕徐尚书健庵山庄》。

康熙三十二年(1693)癸酉　六十七岁

正月十四日，撰《永定寺大悲殿碑记》。

文见《已畦文集》卷七，末署日期为康熙癸酉春王上元前一日。

二月，在苏州饯送顾嗣协赴任陕西，撰《送顾迂客赴陕序》。

《已畦文集》卷一〇《送顾迂客赴陕序》："康熙癸酉顾子迂客以新例得授县令，将赴陕西幕府，于仲春戒期北征。其同学知交饯之阊门之浒。"

三月，庐山开先寺僧心壁游吴将归，宋荦等以诗送行，汇为诗卷，心壁属叶燮序之。

《已畦文集》卷一〇《送心壁上人还庐山序》:“康熙癸酉春,出山来吴,春暮将还山。巡抚中丞宋公为诗以送之,凡与壁公交者咸属和,汇为送壁公还山诗卷,壁公属余序其事。”

五月二日,同人集草堂分韵赋诗。

《已畦诗集》卷九《午日前三日同人集独立苍茫处即事赋断句九佳》。

冬,为殷斐仲作《松鹤堂记》。

《已畦文集》卷五《松鹤堂记》:“今癸酉冬,予复过寒山,上人在昔留予度岁。予因讯及所谓松鹤堂者,悉如(殳)山夫言,但松鹤堂已易主矣。已斐仲来过予,予始识之。”

今年,尚撰有《汇刻慈幼堂诗文序》、《宝华山见月大律师塔表》。

文见《已畦文集》卷九,末署日期为康熙癸酉。

康熙三十三年(1694)甲戌　六十八岁

正月,徐乾学招诸公集遂园分韵赋诗。

《已畦诗集》卷九《甲戌人日健庵尚书招同愚谷孚若诸公集遂园分韵得乡字》。

为姚松颜作《听松堂姓字记》。

文见《已畦文集》卷五,末注:“甲戌年作。”

七月七日,游京口,程紫星招同人宴集。

《已畦诗集》卷九《七夕京口程紫星招同陶颖儒何雍南孙元潭章圣可张壮舆处冲集西郭别墅分韵得莲字》。

九月,名士徐枋卒,为撰墓志铭。

《已畦文集》卷一六《孝廉徐俟斋先生墓志铭》。

康熙三十四年(1695)乙亥　六十九岁

春,至扬州卖文,携《已畦集》一部,托聂先赠张潮祈为之地。

张潮辑《尺牍友声二集》聂先札云:“高朋盛会,荷承招与,感何如也。(中略)叶星老带来《已畦集》,止此一部,因不概投,托弟代上,幸为赐阅。星老欲此地卖文,代撰墓志碑铭。”

中州冯子泌遣人持父行状来求表墓。

《已畦文集》卷一四《县进士文林郎德清县知县冯君墓表》。

重访平湖,昔邻居友周日芳已卒,应其子之请为作传。

《已畦文集》卷一八《周太学传》:“距三十五年,岁丙子至湖邑,而兰生已为异物,其生平之概犹历历在目,欷嘘久之。其嗣君向予曰:‘微先生孰能传之。’”

康熙三十五年(1696)丙子　七十岁

秋,有题钱瞿亭园十首,用杜甫《游何将军山林十首》韵,唐孙华和之。

唐孙华《东江诗钞》卷四《和叶星期明府题钱瞿亭园用杜工部游何将军山林韵》(十首存八),次于《浙闱撤棘后闻以铨曹公事连染左官》、《寿朱立云七十》二诗后。按:唐孙华本年秋出任浙江乡试副考官,《浙闱撤棘》诗即当时作。后又有《闰三月十八日同忍庵宫赞钱瞿亭舍人王宪尹太守曹九咸明府邀韩州牧集忍庵堂中观伎》,则为明年闰三月作。观唐孙华和诗其八云:“仕路幽端集,家居胜赏多。”知钱氏以舍人辞官乡居者。卷八《钱瞿亭舍人挽诗》作于康熙四十四年(1705)乙酉。

康熙三十六年(1697)丁丑　七十一岁

正月,与钱立三坐黄叶上人精舍,有诗题赠。

《已畦诗集》卷一〇《丁丑孟春同钱子立三坐黄叶上人精蓝题赠和韵》。

除夕,在苏州东北大乘寺守岁,有诗。张景崧有和作。

《已畦诗集》卷一〇《丁丑除夕寓大乘招提作》。张景崧《丁丑除夕和横山先生韵》为当日和作。《同治苏州府志》卷二八:“张景崧,字岳未,康熙己丑进士,官乐亭知县。学诗于叶燮,称入室弟子。论诗以新鲜明丽为主,谓与其为假王孟,不如为真温李,以王孟可伪为,温李不易伪为也。王士禛比之韩门张籍。”

康熙三十七年(1698)戊寅　七十二岁

宋荦来访,辞不见,宋荦留诗而去,有诗和其韵。

袁景辂《国朝松陵诗徵》叶燮小传:“既归,携家人入横山,筑小圃,颜曰‘独立苍茫处’,著述其中。商丘宋中丞闻其名,减从往访,辞不见。宋公曰:‘独立苍茫处,容一立否?’留二绝句而去,先生不往报也。”《已畦诗集》卷一〇《奉和宋大中丞绵津先生过访二弃草堂不值原韵》、《再叠前韵》、《三叠前韵》、《四叠前韵》,当为此时作。

春,将有中州之行,门人赋诗送行,和韵答之。

《已畦诗集》卷一〇《寅春有中州之行及门赋谦别诗以送和韵答之》。

四月,沈德潜谒于张景崧席上,随即执弟子礼,列于门墙。

《沈归愚全集》所附《沈归愚自订年谱》。

五月,同人集虚己斋纵谈竟日,有诗。

《已畦诗集》卷一〇《戊寅仲夏同人集虚己斋纵谈竟日旁及内典步东坡岐亭韵》。

秋,于老友金亦陶家观祝枝山行书陆机《文赋》,为跋于其后。

《已畦文集》卷二二《跋祝京兆行书陆士衡文赋后》。

康熙三十八年(1699)己卯　七十三岁

张潮刻《昭代丛书》,第一帙收公所著《江南星野辨》。

张潮刻《昭代丛书》乙集自序:“余乡曾有《昭代丛书》之辑,颇为宇内诸名流所欣赏,不揣固陋,续为是编。经始于戊寅之冬,告成于庚辰之夏。(中略)康熙上章执徐则如之月歙县张潮山来氏撰。”

除夕,有和释海印诗。

《已畦诗集》卷一〇《和海印弘公除夕韵》。

康熙四十年(1701)辛巳　七十五岁

五月,为金禹安撰五十寿序。

《已畦文集》卷一〇《金禹安五十初度序》,序云岁在辛巳,月在鹑火。

将门人沈德潜诗呈张玉书,张玉书索德潜近作,德潜赋《金山行》以进。

沈德潜《一一斋诗》卷三《金山行》下注:"横山先生以拙咏呈京江相公,承索近诗,因赋此篇。"诗系于辛巳。

邀诸君集黄与坚如松堂观朱素臣剧。

沈德潜《归愚诗钞》卷五《凌氏如松堂文讌观剧》:"忆昔康熙岁辛巳,横山先生执牛耳。堂开如松延众英,一时冠盖襄阳里。酒酣乐作翻新曲,龙笛鹍弦斗声伎。云鬟小队舞《柘枝》,雪面参军堕簪珥。"自注:"时朱翁素臣制曲,有《杜少陵献三大礼赋》、《琴操问禅》、《杨升庵伎女游春》诸剧。"《嘉庆直隶太仓州志》卷五十一古迹:"如松堂,官赞善黄与坚宅,在南门内。康熙三十八年御书赐额。"沈德潜时如松堂已归凌氏。

康熙四十一年(1702)壬午　七十六岁

有书与王渔洋,渔洋逡巡未复。

王士禛《蚕尾集賸稿·答叶宝应星期》:"前奉瑶华,旷如复面,即欲有数行报谢雅意,而苦乏便邮,耿耿于怀且经岁矣。"书作于明年,言"且经岁",知寄书在今年也。

游浙江绍兴会稽山,归遂病。

沈德潜《归愚文钞》卷一〇《叶先生传》:"岁壬午,年七十有六,慕会稽五洩之胜,欲往游焉。先是游泰山、嵩山、黄山、匡庐、罗浮、天台、雁荡诸山,而五洩近在六百里内,游屐未到。裹三月粮,穷山之胜乃归。归已得疾矣,越一年卒。"

康熙四十二年(1703)癸未　七十七岁

寄王渔洋《已畦集》,旋于秋间下世。九月,王士禛作书报叶燮寄书及《已畦集》,以门人张尚瑗南归之便寄之,而叶燮已先卒。叶燮卒后家式微。有一子名舒昙,字长扬,曾读于沈德潜执教之紫阳书院;一女名姜,早夭。孙启祥,吴县县学生。

沈德潜《归愚文钞》卷一〇《叶先生传》:"先生既卒,新城王尚书阮亭寓书,谓先生诗古文鎔铸古昔而自成一家之言(下略)。"《沈归愚自订年谱》:"秋,横山先生卒。先是横山以所制诗古文并及门数人诗致书于王渔洋司寇。至是渔洋答书极道先生诗文特立成家,绝无依傍,诸及门中,以予与张岳未、张永夫不止得皮得骨,直已得髓。"按:王士禛书不见于渔洋诸集,唯载于北京图书馆藏《蚕尾集塍稿》,题作《答叶宝应星期》。略云:"忆与先生岭南一别,弹指已十九年,燕吴修阻,鳞羽阔疏。前奉瑶华,旷如复面,即欲有数行报谢雅意,而苦乏便邮,耿耿于怀且经岁矣。顷荷寄示《已畦》大集,诗笔皆凿凿有特见。(中略)贵门人远书下问,陈义甚高,以秋官之署牒诉旁午,未及作答,希先生一致之。弘蘧太史行,附申积怀,不尽。"详笔者《王渔洋事迹征略》(人民文学出版社2001年版)康熙四十二年。

(本文初刊于《国家研究》第10卷,北京大学出版社2002年版)

叶燮的文学史观

如果说19世纪是批评的时代，那么20世纪就是文学史的时代。相对蓬勃发展的文学史研究和著述而言，有关文学史理论和文学史学的研究一直处于滞后状态，以致在某种程度上影响了文学史研究的发展。本文作为对中国古代文学史理论的一个初步探讨，将讨论清代诗论家叶燮的文学史理论。标题所以称“文学史观”而不是“文学史理论”，是因为迄今我们对什么是“文学史理论”既没有清楚的界说，也没有完整的认识框架①。在这样的情况下，用“文学史观”也许更适合指称那些对文学发生、发展、构成、演变的历史进程及其原理的基本看法，而与较成熟而抽象的“理论”形态相区别。

严格地说，在19世纪中叶之前，在尚未形成现代意义上的“文学”概念的前现代时期，“文学史观”是不存在的，只存在具体文类的史观，如诗歌史观、小说史观、戏剧史观。然而由于这些文类分别都具有文学的基本属性，其历史发展也都在某个方面体现了文学发展的一般状况，因而对它们进行历史的观照，就必然带有一定的超越具体文类的普遍意义。事实上，正如伊格尔顿所指出的，“文学理论大多都是在无意之间把某种文学形式‘置于突出地位’，然后以此为出发点得出普遍的结论”。而诗歌由于“看上去是最与历史无关”，“‘感

① 本文发表于《文学遗产》2001年第6期，当时佴荣本《文学史理论》（社会科学文献出版社2012年版）尚未出版。

受力'能以一种最纯净、最不受社会影响的形式发挥作用"，因而被普遍认为是最集中地代表了文学的本质特征，"诗意"或"诗性"简直就成了"文学性"的同义词[①]。基于这种认识，诗歌的历史发展自然可以成为讨论文学史原理的重要参照。如果一部诗论著作对诗歌的历史发展作出富有深度的思考并显示出卓越的见解，那么其背后的诗史观念就值得我们关注，并由此进一步探讨作者对文学史原理的一般理解。在我的视野中，叶燮的《原诗》正是这样一个出色的文本。它虽是诗论，但所阐述的问题、使用的概念都兼文而言之，行文中更常举文章的例子为论据，它所表达的诗史观念可以说比通常的诗论更接近文学史的一般原理，它对中国古代诗歌史进程的具体判断和对诗史原理的一般理解，因而也就成为中国古代文学史观念研究的一个经典个案。

《原诗》一向被视为中国古代诗论最出色的著作，叶燮也因写作《原诗》而被认为是清代最有成就的一位诗论家，自黄葆真等先生合著《中国文学理论史》以降[②]，今人的论著多给予极高评价。然而，叶燮诗学的理论价值究竟何在呢？我的评价大体与张少康、刘三富两位先生相近：叶燮诗学更多的是对前人理论的系统阐述和总结发挥，精辟独到的创见不很多[③]。而这不多的创见，我以为也并不在学界乐道的诗歌本体论、创作主体论方面，乃是在诗史观念中。仔细掂量叶燮诗学的理论命题和批评方法，我觉得郭绍虞先生指出的"用文学史家的眼光与方法以批评文学"[④]，是最值得我们注意的。但历来对叶燮诗学的研究大都着眼于诗歌本体论、创作论和艺术辩证法，涉及其诗史观的只有杨松年《叶燮诗论的重变精神》[⑤]和黄葆真等《中国文学

---

① 伊格尔顿《文学原理引论》，文化艺术出版社 1987 年版，第 63—64 页。

② 黄葆真等《中国文学理论史》，北京出版社 1987 年版。

③ 张少康、刘三富《中国文学理论批评发展史》，北京大学出版社 1995 年版，第 312 页。

④ 郭绍虞《中国文学批评史》，上海古籍出版社 1979 年版，第 494 页。

⑤ 杨松年《中国文学批评论集》，台湾文史哲出版社 1989 年版。

理论史》等少数论著。廖宏昌的博士论文《叶燮文学之研究》第五章“叶燮的文学理论”第三节专门讨论叶燮的文学史观，将叶燮的看法概括为踵事增华的进化观、长盛不衰的正变观、因沿革创的发展观，相当全面，但仅就叶燮学说加以梳理，未能放到古代文学理论史的进程中去阐发其理论价值和学术史意义[①]。而近年新刊著作，如萧华荣《中国诗学思想史》、张健《清代诗学研究》、李世英《清初诗学思想研究》[②]，都在“祢宋”的诗学背景下，对叶燮的主“变”做了很好的论析。我以为，叶燮的诗史观及其学说不只具有批评史意义，还具有超越具体诗学语境的理论价值，是中国古代文学史理论的重要内容，其中还有许多有待深入开拓的问题，这里试就自己的初步思考略做阐述。

一、作论之体:《原诗》的理论品位

通览叶燮现存的全部著述，他对诗学的见解集中表达于《原诗》。这部诗学著作所以得到学术界的推崇，很大程度上是因为理论具有系统性：既有理论框架的周密，又有概念分析、命题推阐的严谨。重点阐述诗歌原理的内篇，虽也采用对话的形式，但文体明显有别于吴乔《答万季野诗问》和王渔洋师弟子的《师友诗传录》。道理很简单，后者是随机性的解答疑问，而《原诗》却是精心构思的设问立论。我们知道，在很多情况下，问答的对话形式更便于展开问题，更利于表达作者的观点，尤其是当他的观点有一定现实针对性时，设问可以自然地引出作者想说的话，而避免给人强作解事的印象。如果一篇对话的提问不是出于兴之所至，而是精心设计，那它引出的对答就会成为结构完整、理致细密的论说。《原诗》正是这样一篇论说。

---

① 廖宏昌《叶燮文学之研究》，中国文化大学博士论文，1992 年。

② 萧华荣《中国诗学思想史》，华东师大出版社 1996 年版；张健《清代诗学研究》，北京大学出版社 1999 年版；李世英《清初诗学思想研究》，敦煌出版社 2000 年版。

根据现有资料，《原诗》写成于康熙二十五年(1686)，叶燮正好六十岁。在这之前，他有一次远游广东的经历，康熙二十三年秋出发，二十五年初返回江南。其间于二十四年三月底在广州邂逅出使祭南海的名诗人王渔洋，有诗送渔洋回朝，当时两人有无诗学的切磋不详①。回到江南后，叶燮赴京口谒张玉书，以此行所作《西南行草》求序。张读毕，请叶燮自述为诗之旨，叶燮说：

> 放废十载，屏除俗虑，尽发箧衍所藏唐宋元明人诗，探索其源流，考镜其正变。盖诗为心声，不胶一辙，揆其旨趣，约以三语蔽之，曰情曰事曰理。自《雅》、《颂》诗人以来，莫之或易也。三者具备而纵其气之所如，上摩青旻，下穷物象，或笑或啼，或歌或罢，如泉流风激，如霆迅电掣，触类赋形，骋态极变，以才御气而法行乎其间，诗之能事毕矣。世之缚律为法者，才茬而气苶，徒为古人佣隶而已，乌足以语此？②

看来，正是罢官后闲居十年的沉潜阅读，形成了他对诗歌的基本观念，同时也确立起他的诗史观，最终产生《原诗》一书。由沈珩序所署年月可知《原诗》至迟到康熙二十五年十月已成书，曾与朱彝尊合编《词综》的汪森当年就读到了它，称"卓识恣评骘，一编惊众闻"，显然《原诗》甫问世就产生了反响③。迄今还没有材料说明《原诗》内篇是与人对话的真实记录，这部书的文体正如书名所示，是韩愈《原道》、《原人》式的"原"，是对诗歌基本原理的探讨和阐述。《四库提要》批评《原诗》"词胜于意"，"亦多英雄欺人之语"，虽不免苛刻，但断言它

---

① 叶燮《已畦诗集》卷四《送王阮亭宫詹祭海还朝》，康熙刊本。有关叶燮事迹系年，参看本书所收《叶燮行年考略》。

② 张玉书《已畦诗集序》，《已畦诗集序》卷首。

③ 汪森《小方壶存稿》卷三《读叶已畦原诗一编用昌黎醉赠张秘书韵有赠》，系于本年，康熙四十六年刊本。储雄文《浮青水榭诗》卷一也有《阅叶丈星期原诗内外篇有感》，康熙四十三年刊本。

“极纵横博辨之致，是作论之体，非评诗之体也”[①]，却无疑是很有见地的，张健在《清代诗学研究》中也强调了这一点。确定这一点非常重要，由此我们才能理解《原诗》何以具有如此强烈的理论色彩。它不是一部传统形式的诗“话”——如果我们以《六一诗话》的漫笔形式为诗话正体的话，而是一部诗“论”，并且是广征博讨、多方取譬的闳论，一如沈珩序所强调，“非以诗言诗也”，“凡天地间日月、云物、山川、类族之所以动荡，虬龙杳幻、鼪鼯悲啸之所以神奇，皇帝王霸、圣贤节侠之所以明其尚，神鬼感通、爱恶好毁之所以彰其机，莫不条引夫端倪，摹画夫毫芒，而以之权衡乎诗之正变与诸家持论之得失，语语如震霆之破睡，可谓精矣神矣”。正是这“作论之体”，决定了《原诗》理论话语的形而上学品格和超文体意义的抽象性。我们从叶燮理论思考的着眼处很容易看出这一点。

尽管叶燮丰富的诗歌史知识和历史主义态度使他的论述总是立足于广阔的诗史背景并富有历史感，但他关注的中心却是一个“理”字。《原诗》内篇上开宗明义即揭其旨归，曰：

> 诗始于三百篇，而规模体具于汉。自是而魏，而六朝、三唐，历宋元明以至昭代，上下三千余年间，诗之质文、体裁、格律、声调、辞句递嬗升降不同。而要之，诗有源必有流，有本必达末；又有因流而溯源，循末以返本，其学无穷，其理日出。

叶燮在《赤霞楼诗集序》里曾写道：“理一而已，而天地之事与物有万，持一理以行乎其中，宜若有格而不通者，而实无不可通，则事与物之情状不能外乎理也。”[②]他接受理学的观念，坚信万事万物都遵循着一定的“理”，诗歌也不例外：“盖自有天地以来，古今世运气数，递变迁以相禅。古云天道十年而一变，此理也，亦势也，无事无物不然，宁独

① 《四库全书总目》卷一九七集部诗文评类存目，中华书局1965年影印本。
② 叶燮《已畦文集》卷八，民国六年叶氏重刊本。

诗之一道胶固而不变乎?"(《原诗》内篇上)人类历史自来就是在变动中发展的,"变"既是历史运动的抽象法则,又是历史发展的实际趋势。诗歌写作作为历史运动中的一个事项,当然也不能逃逸于历史的必然性之外,关键是诗歌史的运动是否拥有自己的"理"和"势",亦即自己的法则、规律和趋势、单位。当时在一般意义上肯定诗歌嬗变的必然趋势,已是诗家共识[①]。叶燮对此的看法也是明确的,他肯定"诗之为道,未有一日不相续相禅而或息者也",但他没有停留于此,而是根据诗史经验,进一步论定诗史演进有"相续"和"相禅"两种趋势,具体表现为时尚和风貌的正变。比如《诗经》,"风有正风,有变风,雅有正雅,有变雅"。正风、正雅为相续,变风、变雅为相禅,两者都是诗史演进的必要环节,可明代格调派却一味地伸正黜变,遂导致一种有正无变的僵化的诗史观。叶燮针对这一点,用宗经征圣的策略,抬出孔子删《诗》的权威,肯定"风雅已不能不由正而变,吾夫子亦不能存正而删变也。则后此为风雅之流者,其不能伸正而诎变也明矣"(《原诗》内篇上)。其实,明代格调派后劲李维桢即已倡言"有正而后有变,变所以济正也"[②],叶燮的论点并没什么创新之处,但他的论证更清晰有力,不仅消除了汉儒附加在正、变概念上的价值判断色彩,同时赋予它们以诗史单位概念的属性,配合相续、相禅一对概念,构架起自己的诗史发展观和相应的理论框架。

应该肯定,在诗歌产生和发展的根本问题上,叶燮基本上是沿着《文心雕龙》的传统思路,由中国固有的宇宙论模式演绎出自己的诗歌史观,并由此决定自己认知和解释的起点的。但他不同于前人之处,是对诗史学的目的有更理性的追求。他心目中的诗歌史研究,不

---

① 如顾炎武云:"《三百篇》之不能不降而《楚辞》,《楚辞》之不能不降而汉魏,汉魏之不能不降而六朝,六朝之不能不降而唐也,势也。"见黄汝成《日知录集释》卷二一"诗礼代降"条。

② 李维桢《大泌山房集》卷九《李杜五言律诗辩注序》,万历刊本。

仅要穷究诗歌创作的流变，而且要抉发出诗史运动的内在逻辑，使贯穿其间的“理”呈现出来。这“向上一路”的理论追求，使叶燮诗学从一开始就超越具体现象而深入到诗史运动的深层规律中去，显出一种罕见的形而上学色彩。众所周知，“通变”乃是中国诗学最基本的方法论原则之一，也是诗家的老生常谈，然而对它理解和阐释始终停留在现象层面。叶燮在“通变”之上更拈出“理”字，标志着诗学对诗史现象背后的诗史规律的哲学思索。这种超越性的思考无疑与康熙时代和他个人的理学背景有关，但更多地我想还是与他探究历史哲学的兴趣及“于诗文一道稍为究心”，“亦必折衷于理道而后可”[①]的著书宗旨有关。《原诗》“原”的不只是本体论、创作论问题，它关注的中心是诗史的流变，围绕诗史之“变”探求“变”中之“理”，以究明如何达成“变”。这就是《原诗》逐步展开并建构起来的理论框架。

二、文学史发展观：周期论和阶段论

关于叶燮的诗史发展观，学术界尽管认为有进化论倾向，但最终结论还是历史循环论[②]。我认为这是值得商榷的。按一般的理解，历史循环论指的是意大利哲学家维柯所代表的那种将历史发展理解为简单的重复过程的历史观念。叶燮的诗史观，若据著名的“地之生木”之喻，抓住“自宋以后之诗，不过花开而谢，花谢而复开”（《原诗》内篇下）一句立论，当然有循环论之嫌，但这一比喻及其所指并不能涵括叶燮对诗史的全部看法，更不代表叶燮在诗史观上的根本立场。迄今为止，学者们所重视的是叶燮诗论中有关“变”的思想，认为他完

---

① 叶燮《已畦文集》卷一三《答沈昭子翰林书》，民国六年叶氏重刊本。

② 见霍松林《原诗校注》序言，人民文学出版社 1979 年版；张少康《叶燮文艺思想的评价问题》，《苏州大学学报》1983 年第 4 期；黄宝真等《中国文学理论史》，北京出版社 1987 年版，第 4 册第 382 页。

成了由崇正到主变的理论转向[1]。这无疑是值得注意的问题，不过“变”本身并不决定诗史观的进(退)化论或循环论倾向。进(退)化论和循环论的根本区别在于是否要求一个有方向性的，持续积累的，不可逆的矢量。我认为叶燮对诗史的总体判断——“踵事增华”，提出了进化概念所要求的矢量，从而决定了他的进化论倾向。这个问题关系到对叶燮诗史观的理解，需要从诗史认知中周期性与阶段性的原理开始探讨。

在叶燮的诗史理论中，有关诗史运动的周期性与阶段性的学说，首先引起我的注意。《原诗》内篇下曾从师法的角度，就是否“且置汉魏初盛唐诗勿即寓目，恐从是入手，未免熟调陈言相因而至，我之心思终于不出也。不若即于唐以后之诗而从事焉，可以发其心思，启其神明，庶不堕蹈袭相似之故辙”的设问，做如下申述：

> 余之论诗，谓近代之习大概斥近而宗远，排变而崇正，为失其中而过其实，故言非在前者之必盛，在后者之必衰。若子之言，将谓后者之居于盛，而前者反居于衰乎？吾见历来之论诗者，必曰苏、李不如《三百篇》，建安、黄初不如苏、李，六朝不如建安、黄初，唐不如六朝。而斥宋者，至谓不仅不如唐，而元又不如宋。惟有明二三作者，高自位置，惟不敢自居于《三百篇》，而汉魏、初盛唐居然兼总而有之，而不少让。平心而论，斯人也，实汉魏、唐人之优孟耳。窃以为，相似而伪，无宁相异而真，故不必泥前盛后衰为论也。

这段话所针对的“历来之论诗者”涵盖了中国古代根深蒂固的退化论文学史观，这种观念在明代达到了顶峰。明初欧阳玄《梅南诗序》云：“诗得于性情者为上，得之于学问者次之，不期工者为工，求工而得工者次之。《离骚》不及《三百篇》，汉魏六朝不及《离骚》，唐人不及汉魏

---

① 参看张健《清代诗学研究》，第333—342页。

六朝，宋人不及唐人，皆此之以，而习诗者不察也。”[①]胡应麟《诗薮》开篇在肯定“诗之体以代变”后，马上强调：“《三百篇》降而《骚》，《骚》降而汉，汉降而魏，魏降而六朝，六朝降而三唐，诗之格以代降也。”[②]明人在一笔抹杀前代诗歌甚至唐诗的同时，又高自位置，以有明直接盛唐而建构起他们的诗统。他们的模拟蹈袭在清初遭到了无情的抨击，诗评家出于对“假盛唐”的痛恨，一方面否定明诗的诗史价值，将其逐出诗统，一方面推崇独创性，力倡“真诗”。叶燮置身于风气之中，观念上也打上了时代的烙印，“相似而伪，无宁相异而真”的主张，无疑是“真诗”思潮的反响。但他不像同时的许多批评家那样过于情绪化地纠缠在真伪的问题上，而是由独创性与真诚性优先的原则出发，解构了诗史价值观上时间与经典的绝对性。“不必泥前盛后衰为论”的宣言，表明他的诗史认知已超越简单武断的进化论或退化论观念，真正深入到诗史的实际过程中。对诗史过程的认真考察和深刻反思，不仅让他看到退化论诗史观的狭隘，更让他洞见起而矫之者“不能知诗之源流、本末、正变、盛衰互为循环”之理，“往往溺于偏畸之私说”的后果——“其说胜，则出乎陈腐而入乎颇僻；不胜则两敝，而诗道遂沦而不可救”。

源流、本末、正变、盛衰都是批评史上很古老的概念，诗论家对其内涵的把握和使用相当随意。但有一点是可以肯定的，即它们都是带有价值色彩的，每组概念都意味正负两极。在叶燮的理论框架中，它们的所指有了明确的区分：源流和正变指向现象认知，本末和盛衰指向价值判断，两者的交叉即构成完整而合理的诗史认识。由于正变的价值判断色彩，即所谓“正之与变，得失于此者”消退[③]，而成为中性概念，本＝正＝源＝盛、末＝变＝流＝衰的对应关系被打破，四组

① 欧阳玄《圭斋文集》卷八，四部丛刊影印明成化刊本。

② 胡应麟《诗薮》内编卷一，上海古籍出版社 1979 年版。

③ 王令《王令集》卷一六《上孙莘老书》，上海古籍出版社 1980 年版，第 294 页。

概念在诗史认知和解释中就呈现为复杂的关系。《原诗》内篇上在讨论李攀龙著名的“唐无古诗”说时指出：

> 历考汉魏以来之诗，循其源流升降，不得谓正为源而长盛，变为流而始衰，惟正有渐衰，故变能启盛。——吾乃谓唐有古诗。

这样，诗史的发展过程在叶燮眼中就不是一个简单的直线，而是节节相生、环环相扣的螺旋上升曲线。《原诗》内篇下就这样写道：

> 夫自《三百篇》而下，三千余年之作者，其间节节相生，如环之不断；如四时之序，衰旺相循，而生物，而成物，息息不停，无可或间也。吾前言踵事增华，因时递变，此之谓也。

作者认为，诗史的发展是局部的循环和总体的进化的统一，每个局部如四季循环，各有其兴盛、衰落的过程，而这些局部的循环又环环相扣，构成更大的起伏运动，共同推进诗歌艺术的发展，构成一个踵事增华的过程。这种历史运动观正像对地球运动的描述：一方面自转而形成四季，一方面围绕太阳公转，完成一个更大的运动周期。不同的是，诗史的运动不是简单的周期循环，而是自身由简单到复杂的进化过程，是一个局部运动和整体运动交互作用的历时性过程。“就一时而论，有盛必有衰；综千古而论，则盛而必至于衰，又必自衰而复盛。非在前者之必居于盛，后者之必居于衰也。”(《原诗》内篇上)这种具有系统论色彩的诗史观，更接近生物进化论。事实上叶燮也的确独创性地以生物的生命周期来比喻诗歌艺术的进步，以反驳退化论的诗史观。他说：“不读《明良》、《击壤》之歌，不知《三百篇》之工也；不读《三百篇》，不知汉魏诗之工也；不读汉魏诗，不知六朝诗之工也；不读六朝诗，不知唐诗之工也；不读唐诗，不知宋与元诗之工也。(中略)譬诸地之生木然：《三百篇》则其根，苏、李诗则其萌芽由蘖，建安诗则生长至于拱把，六朝诗则有枝叶，唐诗则枝叶垂荫，宋诗则能开花，而木之能事方毕。自宋以后之诗，不过花开而谢，花谢而复开。”（《原诗》内篇下）这个为后人发挥且津津乐道的著名比喻[①]，尤其是最后断言宋以后诗是花开而谢，花谢而复开，让人想到萌生于亚里士多德，在乔治·瓦萨利《意大利最杰出的的建筑师、画家和雕塑家传记》一书中浮现出来，到维柯、温克尔曼的著作自觉加以运用的一种艺术史观，他们都将艺术史“描述为生长、增殖、开花、成熟、僵化以及最后的衰亡所组成的过程”，“假定存在着一个与动物的生长相类似的缓慢而稳定的变化”[②]。这种生物有机体循环的隐喻看上去像是堕入循环论的理障。但在叶燮那里，我认为循环只意味着对元明诗加以否定的有限阶段，并不是贯穿于全部诗歌史的认识。树虽每年有花开叶落，但它的枝干在拔高，它的年轮在增长。一代文学一种文体虽有兴衰，但文学整体在生长，文学表现的技术在进步。叶燮对此显然是持肯定和乐观的态度的：“大凡物之踵事增华，以渐而进，以至于极。故人之智慧心思，在古人始用之，又渐出之，而未穷未尽者，得后人精求之，而益用之出之。乾坤一日不息，则人之智慧心思，必无尽与穷之日。（中略）不可谓后此者不有加乎其前也。”萧统《文选序》云：“盖踵其事而增华，变其本而加厉，物既有之，文亦宜然。”叶燮发挥其说，明确地肯定了文艺创作的历史是表现手法、技巧发展和进步的过程，这一判断成为进化本质的概念所要求的矢量，赋予诗史的“变”以合目的性，从而与仅仅意味着运动、变化的一般的“变”区别开来，也与退化论、循环论史观区别开来。可以肯定地说，叶燮的诗史观是相当开放，相当闳通的，他对诗歌的未来充满信心，“人之智慧心思，必无尽与穷之日”的论断，为未来的诗家留下了一个创

① 王尧衢《古唐诗合解》凡例即发挥此义，詹福瑞《王尧衢〈古唐诗合解〉与叶燮的文学思想》（《古代文学理论研究》第19辑，华东师范大学出版社2001年版）曾指出这一点。

② 韦勒克《文学史上的进化概念》，《批评的诸种概念》，四川文艺出版社1987年版，第47页；保罗·杜罗、迈克尔·格林哈尔希《西方艺术史学——历史与现状》，常宁生编译《艺术史的终结？》，中国人民大学出版社2004年版，第27页。

造和评价的空间。

当诗歌的历史被理解为一棵生长的大树，一个发育并进化的生命时，生根、发芽、抽叶、开花、凋谢和幼、少、壮、老每一阶段就成了有特定意义的不可替代的生命环节，其意义和价值也需要从对整个生命历程的参与上来把握。与上述生命周期的诗史观相应，叶燮对具体诗史时段的评价完全不同于单纯以艺术价值判断为前提的传统观念。在叶燮那里，不同的诗史时段不仅平等地获得了作为历史存在的一般价值，某些时段还呈现了不同寻常的历史意义。《原诗》外篇下曾用绘事比喻诗歌发展的历史，继而又用造屋来比喻：

> 汉魏诗如初架屋，栋梁柱础门户已具，而窗棂楹槛等项，犹未能一一全备，但树栋宇之形制而已。六朝诗始有窗棂楹槛，屏蔽开阖。唐诗则于屋中设帏帐床榻器用诸物，而加丹垩雕刻之工。宋诗则制度益精，室中陈设种种玩好，无所不蓄。大抵屋宇初建，虽未备物，而规模弘敞，大则宫殿，小亦厅堂也。递次而降，虽无制不全，无物不具，然规模或如曲房奥室，极足赏心，而冠冕阔大，逊于广厦矣。夫岂前后人之必相远哉？运会世变使然，非人力之所能为也，天也。

叶燮在此撇开了高下优劣的审美价值判断，只是从认知的角度指出从汉魏诗到宋诗在诗歌史上所处的位置和阶段性特征。其间虽也指出技巧的精致与气象宏狭的对应关系，但那是着眼于诗歌发展的历史趋势，而绝非工拙的评判。对叶燮来说，工拙是个历史的概念而不是绝对的标准。他认为“汉魏诗不可论工拙，其工处乃在拙，其拙处乃见工，当以观商周尊彝之法观之。六朝之诗工居十六七，拙居十三四，工处见长，拙处见短。唐诗诸大家名家始可言工，若拙者则竟全拙，不堪寓目。宋诗在工拙之外，其工处固有意求工，拙处亦有意为拙。若以工拙上下之，宋人不受也。此古今诗工拙之分剂也”。《四库提要》曾批评叶燮对宋诗的论断犯有以偏概全的毛病[①]，但这不妨碍叶燮结论在整体上的深刻性。如此讨论工拙问题，远比简单地谈论一时一代诗歌的工拙更有意义。因为它从诗歌艺术发展的阶段性和诗人写作态度的变化中揭示了范式问题，将审美判断的工拙问题提升到了范式的高度。不难理解，文学研究进入文体形式内部之后，只有在范式的高度上，才能真正把握文学的时段和阶段性。叶燮诗史观之深刻，在很大程度上得力于他对范式问题的自觉。回顾一下中国古代的文学研究历史及其核心观念，我们更能体会到这一点的可贵。

回顾中国古代批评家对文学史的基本观念，基于阴阳二元哲学观念之上形成的正与变、古与今、通与变、唐与宋四组对立的范畴构成了历来思考文学史的基本模式[②]。四种模式间的演进过程长达两千多年，却始终没摆脱二元对立的思考方式，始终将文学史的变化理解为两种对立价值的互相转换，或对预设绝对价值的偏离与复归。这种思考方式在叶燮诗学中终于被彻底扬弃，上述四组范畴有机地融入了叶氏的诗史发展观，融入了复调的诗史演进模式中。其中“变”的范畴在叶燮诗学中占有核心地位。学者们都注意到了《原诗》中作为诗史阶段性标志的两种正变概念，注意到他将《诗经》的正变与后代的正变区分开来[③]。叶燮这么做，看来是出于将文学问题与经学问题分开讨论，将文学的历史作为独立的东西来把握的考虑。从经学的立场说，他主张作为诗歌源头的经典《诗经》本身是无所谓正

---

① 《四库全书总目》卷一九七《原诗》提要谓是书“亦多英雄欺人之语，如曰‘宋诗在工拙之外，其工处固有意求工，拙处亦有意为拙。若以工拙上下之，宋人不受也’，此论苏、黄数家犹可，概曰宋人，岂其然乎？”

② 和田英信《“古与今”的文学史》(《日本中国学会报》第49集，1997年10月版)一文有精当论述，可参看。

③ 参看萧华荣《中国诗学思想史》，华东师范大学出版社1996年版，第317页。和田英信文也指出了这一点。

变的，正变不过是时代的反映，那是政治学和社会学的问题，不是文学的问题，所以说"正变系乎时"。《原诗》内篇上有云：

> 且夫《风》、《雅》之有正有变，其正变系乎时，谓政治、风俗之由得而失，由隆而污：此以时言诗，时有变而诗因之。时变而失正，诗变而仍不失其正，故有盛无衰，诗之源也。

但《诗经》以后的时代就不同了，诗歌丧失了经典的神圣性，它的正变成了文学内部的盛衰问题，因其盛衰的倚伏遂形成诗歌的时代，故言"正变系乎诗"：

> 吾言后代之诗，有正有变，其正变系乎诗，谓体格、声调、命意、措辞、新故、升降之不同：此以诗言时，诗递变而时随之，故有汉、魏、六朝、唐、宋、元、明之互为盛衰。惟变以救正之衰，故递衰递盛，诗之流也。（《原诗》内篇上）

虽然诗史的延续是由正、变共同支撑的，但推动诗史发展的主要动力却是变，因为变是为救正之衰而出现的，变带来新异和创造。这样，变客观上就成了分析诗史的基本单元，大到一朝一世，小到一时一地，一个又一个"变"构成了环环相生的诗史的阶段。

历史地看，以变为诗史基本单位由来甚远，叶燮的独到之处是以深刻的文学史眼光对历史上的"变"作了高屋建瓴的鸟瞰和说明。其中最著名的应属《唐百家诗序》对中唐文学为"百代之中"的论断，他说"吾尝上下百代，至唐贞元、元和之间，窃以为古今文运诗运，至此时为一大关键也"。何以见得呢？

> 三代以来，文运如百谷之川流，异趣争鸣，莫可纪极。迨贞元、元和之间，有韩愈氏出，一人独立而起八代之衰。自是而文之格之法之体之用，分条共贯，无不以是为前后之关键矣。三代以来，诗运如登高之日，上莫可复逾。迨至贞元、元和之间，有韩愈、柳宗元、刘长卿、钱起、白居易、元稹辈出，群才竞起而变八代

之盛。自是而诗之调之格之声之情，凿险出奇，无不以是为前后之关键矣。[①]

因而他断言中唐“乃古今百代之中，而非有唐之所独得而称中者也”，盖“诸公无不自开生面，独出机杼，皆能前无古人，后开来学”。从这个意义上说，中唐诗诚为“诗运之中天，后此千百年，无不从是以为断”。我们知道，中唐是唐诗划时代的转折点，也是中国古典诗歌从体式到风格都发生巨变的历史时期。宋代严羽就已敏锐地认识到这一点，他曾指出“大历以前分明别是一副言语，晚唐分明别是一副言语，本朝诸公分明别是一副言语”[②]。这一论断经元代周弼的发展，到明代形成了后世奉为圭臬的初盛中晚四唐说，在明末，中唐之变的历史意义又更为诗论家们所重视。梅鼎祚说“诗之变至大历以还极矣，而其趋寖下，其于古寖微”[③]；许学夷则断言“大历以后，五七言古律流于委靡，元和间韩愈、孟郊、贾岛、李贺、卢仝、刘叉、张籍、王建、白居易、元稹诸公群起而力振之，恶同喜异，其派各出，而唐人古律之诗至此为大变矣”[④]。但这都只是就唐诗立论，而叶燮则超越了时代和文体，在整个文学史的宏观视野中认识中唐时代，从古代文学的总体发展来把握中唐文学。“古今百代之中”，“古今文运诗运，至此时为一大关键”的奇警论断，包揽古今，诗文并举，从通史的高度对古代文学史作了独特的分期。这是真正意义上的文学史论，在这闳通的观照下，古代文学史以中唐为界，明确分为前后两段。尽管叶燮没有像严羽那样陈述他的理论依据，也没有说明他的分期标准，但他的结论——哪怕只是出于直觉，也已征服了后代学者。我们从胡适《白话

---

① 叶燮《已畦文集》卷八，民国六年叶氏重刊本。

② 严羽《沧浪诗话·诗辨》。关于严羽的诗史观及分期理论，可参看蒋寅《作为批评家的严羽》(《文艺理论研究》1998 年第 3 期，日译载《文艺论丛》第 52 号，大谷大学文艺学会 1999 年 3 月版)一文。

③ 梅鼎祚《八代诗乘》自序，作于万历十一年(1583)癸未，明刊本。

④ 许学夷《诗源辨体》卷二八，人民文学出版社 1987 年版。

文学史》分期中分明可以听到叶燮的回声，而当代学者对《唐百家诗序》的频繁引用，更直接显示出“百代之中”说的深远影响和学术界日趋一致的认同。值得注意的是，由中唐文学、艺术推广到中唐政治、思想、文化对于中国历史之意义的综合研究，已由日本学者新刊的《中唐文学的视角》(创文社，1998 年)一书显露端倪。

通观叶燮的诗论，还可以发现他对诗歌史的一个独特见解，那就是以宋诗为讨论诗歌艺术发展的终点。上文所引叶燮的议论，无论是植物喻、绘画喻还是造屋喻，都将宋诗置于完成的位置。这固然与当时诗坛流行宋诗风的时尚及他本人喜爱宋诗的趣味有关，但从另一个方面说，也是进化论诗史观的具体表现。因为当时正值明代唯唐是尊，束宋不观之后，宋诗的流传和当时诗家对宋诗的认识都很有限。即便是宗宋派诗人，对宋诗的美学特性和艺术价值也不是那么清楚。比如宋诗派的主帅黄宗羲就说：“夫宋诗之佳，亦谓其能唐耳，非谓舍唐之外能自为诗也。”[①]这种认为宋诗的好处就在于得唐人真髓的看法在当时很有代表性，宋诗派固不讳言，唐诗派更认定如此。徐乾学即说：

> 近之说诗者厌唐人之格律，每欲以宋为归，孰知宋以诗名者不过学唐人而有得焉者也。宋之诗，浑涵汪茫莫若苏、陆。合杜与韩而畅其旨者，子瞻也；合杜与白而伸其辞者，务观也，初未尝离唐人而别有所师。[②]

徐氏的矛头所指是当时“挟杨廷秀、郑德源俚俗之体，欲尽变唐音之正”的倾向，他斥之为“变而不能成方”的邪道。当时宋诗在人们心目中的形象就是如此，其上者无非学唐有得，下焉者斯其滥矣。除王渔洋等少数见识通达的诗论家外，很少有人能摆脱这种成见。

---

① 黄宗羲《南雷集·撰杖集》，四部丛刊本。

② 徐乾学《渔洋续集序》，王士禛《渔洋续集》卷首，康熙刊本。

而叶燮公然将宋诗置于诗歌发展的顶点，不能不说是有过人的胆识。

三、文学史动力论：自律与变

文学史研究的任务，不只在于描述文学现象，评述作家作品以及梳理文学观念、文学表现方法及技巧的发展历程，还需要对产生这些文学事实的原因加以说明，揭示其背后起主导作用的种种因素。叶燮既然肯定了诗史的进化过程，同时也勾勒出持续增长的文体知识和表现技巧的积累，那么摆在他面前的更深刻的问题就是这一进程及其矢量的推动机制了。对诗史现象的因果律研究，归根结底就是对文学史发展的动力学探讨。作为一部以探讨诗歌原理与诗史流变为核心内容的理论著作，《原诗》对诗史发展的动力问题也给予了充分的关注。

对于在宇宙论上持天道观的中国古代学人来说，在文学史发展观上持他律论的立场，是很自然的。中国古代文论的传统也确是如此，大多数批评家对文学史演变的思考都停留在政治、风俗、君主的好尚等外部因素上。但叶燮的见解完全不同，他对古今诗风之异，在终极意义上虽也肯定是“运会世变使然，非人力之所能为也，天也”，但具体到文学发展的历史过程，却肯定和强调文学史的自律性。《唐百家诗序》开篇即说：

> 自有天地，即有古今。古今者，运会之迁流也。有世运，有文运。世运有治乱，文运有盛衰，二者各自为迁流。然世之治乱杂出，递见久速，无一定之统。孟子谓天下之生，一治一乱，其远近不必同，前后不必异也。若夫文之为运，与世运异轨而自为途。统而言之曰文，分而言之曰古文辞，曰诗赋，二者又异轨而自为途。

作者着意强调的是,文运与世运各有其变迁轨迹,文章之盛衰并非系乎世运,而是“与世运异轨而自为途”,他认识到文学有自律性的发展趋势,其自律性不仅贯穿于文学史的整体运动中,也贯穿于诗与文两大文学门类的局部运动中。这种在整体把握文学史的基础上形成的见解,深刻而辩证;它超越具体文类而达成对文学史的整体观照,真正具备了文学史理论的品格,在18世纪初提出来尤为难能可贵。在欧洲,发展的观点和“自然法则”正是18世纪史学的伟大思想。

自律性的发展观要求从文学创作内部来解释其发展变异的动因,包括主观的和客观的。古代文论向来对客观方面的因素关注较多,从萧子显“若无新变,不能代雄”[①],到顾炎武“一代之文沿袭已久,不容人人皆道此语”[②],诗论家从正反两方面反复强调变的必然性和必要性,朱熹《答巩仲至》还从诗体与诗法演进的角度论述了古今诗的三变[③]。这些对叶燮来说都是常识,他没有为此花费笔墨,而是将讨论的重点放到个人的历史作用上。《原诗》内篇上有云:

> 《三百篇》一变而为苏、李,再变而为建安、黄初。建安、黄初之诗,大约敦厚而浑朴,中正而达情。一变而为晋,如陆机之缠绵铺丽,左思之卓荦磅礴,各不同也。其间屡变而为鲍照之逸俊,谢灵运之警秀,陶潜之澹远;又如颜延之之藻缋,谢朓之高华,江淹之韶妩,庾信之清新:此数子者,各不相师,咸矫然自成一家。(中略)小变于沈、宋、云、龙之间,而大变于开元、天宝高、岑、王、孟、李:此数人者,虽各有所因,而实一一能为创。而集大成如杜甫,杰出如韩愈,专家如柳宗元,如刘禹锡,如李贺,如李商隐,如杜牧,如陆龟蒙诸子,一一皆特立兴起。其他弱者,则因循世运,随乎波流,不能振拔,所谓唐人本色也。

① 萧子显《南齐书·文学传论》,中华书局1996年版标点本。
② 黄汝成《日知录集释》卷二一“诗礼代降”条。
③ 朱熹《朱文公全集》卷六四,四部丛刊本。

这段话里出现三组值得注意的概念，一是因与创，二是小变与大变，三是自成一家与本色。因与创有关诗人在诗史上的作用，小变与大变是作用的结果，而自成一家与本色则关乎诗人在诗史上的地位。叶燮用很大的篇幅来阐述因与创在诗歌发展中的实际作用，着重强调创对于变的意义。在他看来，变是由创推动的，建安诗中献酬、纪行、颂德诸体的创同时也就是“变之始”。文学史演进的根本动力就源于创，小创则小变，大创则大变，大变构成诗史的主潮，小变填充了诗史的细浪。相反，因既属无创，自然也就不变，于是成为诗史最平缓的流程。由于诗人们在诗史上发挥的作用不同，他们的成就和地位便形成几个等级：因的诗人共同构成了本色即时代风貌，所谓“其他弱者，则因循世运，随乎波流，不能振拔，所谓唐人本色也”；独具特色的专家，如六朝陆机、唐柳宗元以下诸家之“特立兴起”，矫然自成一家，于诗风属小创，于诗史为小变；至于盛唐高适、岑参、王维、孟浩然、李白等诗人，则诚为大创的诗人，因而成其大变。《原诗》内篇上另一段文字表达了同样的意思：“六朝诸诗人，间能小变，而不能独开生面；唐初沿其卑靡浮艳之习，句栉字比，非古非律，诗之极衰也。而陋者必曰此诗之相沿至正也，不知实正之积弊而衰也。迨开、宝诸诗人，始一大变。”看得出来，叶燮对历代诗人的评骘，完全是以他们在诗史上的创新程度亦即变的功绩为标准的。他所以最崇杜甫、韩愈、苏轼三家，说“杜甫之诗独冠今古，此外上下千余年，作者代有，惟韩愈、苏轼，其才力能与甫抗衡，鼎立为三”[①]，也正是这个意义上说的。

由是叶燮将诗史的动力与诗人主体的禀赋联系起来，在传统的才能论中增添了“力”之一项，并提出“力大者大变，力小者小变”

① 叶燮《原诗》外编上。刘献廷《广阳诗集》七古《叶星期以诗稿见惠步昌黎韵酬赠》云“杜陵昌黎君所爱，眉山之外皆除殳”，沈德潜《分干诗钞序》云“予少从横山先生学诗，先生以杜韩苏三家指授”，均其证也。

(《原诗》内篇上)的命题。力的概念使伟大诗人改写诗史的能量和自觉性凸显了出来。他论杜甫,承前的方面并未越出元稹的评价之外,但启后的方面却深刻地指出了杜诗开中唐千百法门的大变作用:

> 杜甫之诗,包源流,综正变。自甫以前,如汉魏之浑朴古雅,六朝之藻丽秾纤,澹远韶秀,甫诗无一不备。然出于甫,皆甫之诗,无一字句为前人之诗也。自甫以后,在唐如韩愈、李贺之奇奡,刘禹锡、杜牧之雄杰,刘长卿之流利,温庭筠、李商隐之轻艳,以致宋、金、元、明之诗家,称巨擘者无虑数十百人,各自炫奇翻异,而甫无一不为之开先。此其巧无不到,力无不举,长盛于千古,不能衰,不可衰者也。

论韩愈,叶燮着重指出他变唐启宋的历史作用,以为"韩愈为唐诗之一大变,其力大,其思雄,崛起特为鼻祖。宋之苏、梅、欧、苏、王、黄,皆愈为之发其端"。自唐代以来,论者对韩文殊无间言,而于韩诗则毁誉参半,即便是誉之者也多称其风格的奇肆排奡,鲜有从开宋诗先声的角度来肯定其诗史意义的。叶燮力排俗儒固见,高度评价韩诗的"大变盛唐",真正具有不寻常的胆识。他终究是放眼于变,因而对创变总是持赞赏的态度。即便对历来所鄙薄的晚唐诗,他也在创的理由下为之开脱,以为"晚唐诗人,亦以陈言为病,但无愈之才力,故日趋于尖新纤巧。俗儒即以此为晚唐诟厉,呜呼,亦可谓愚矣"。至于苏东坡诗,他许其"境界皆开辟古今之所未有,天地万物,嬉笑怒骂,无不鼓舞于笔端,而适如其意之所欲出。此韩愈后之一大变也,而盛极矣"。苏诗的"出奇无穷","极风雅之变",当时吕本中在《童蒙诗训》中即有定论。但对苏诗创变之功的评价,历来论者见仁见智。张戒《岁寒堂诗话》说苏黄作风"乃诗人中一害",至于说诗到苏黄而坏,也绝非他一家之言[①]。自明七子倡“诗必盛唐”之说,举世束宋集不观,苏诗遂不流行。连号称博雅的王渔洋也是到康熙八年(1669)他三十六岁时才读苏诗的,读后叹其“淋漓大笔千年在,字字华严法界来”[②],也仅肯定其体会佛理之深而已。叶燮乃竟推东坡为“盛极”,恐不免惊世骇俗。此虽挟宋诗风的时尚而为言[③],但核心是在强调:“从来豪杰之士,未尝不随风会而出,而其力则尝能转风会”(《原诗》内篇上)。这种见解后来为诗家所发挥[④],也与当代学者的文学史动力观相一致[⑤],但在当时还是传统偏见主宰着人们的观念:“人见其随乎风会也,则曰其所作者,真古人也;见能转风会者,以其不袭古人也,则曰今人不及古人也。”这种偏见不仅在实践上禁锢创新的活力,还在价值观上拒斥文学史意识。毫无疑问,作家在文学史上的价值和地位是与独创性及其影响有关的,《原诗》外篇下所谓“古人之诗必

① 如胡应麟《诗薮》外编卷五:“二宋之富丽,晏同叔、夏英公之和整,梅圣俞之闲澹,王平甫之丰硕,虽时有宋气,而多近唐人。永叔、介父始欲汛扫前流,自开堂奥,至坡老、涪翁,乃大坏不复可理。”上海古籍出版社 1979 年版,第 209 页。

② 王士禛《冬日读唐宋金元诸家诗偶有所感各题一绝于卷后凡七首》,《渔洋山人精华录》卷四,康熙刊本。

③ 王渔洋康熙四年入京后,在同人间提倡宋诗,举世从风,而批评者亦随之蜂起。王渔洋本人康熙二十二年后改弦更张,重树盛唐大纛,至康熙二十七年《唐贤三昧集》出,而为晚年定论。我在《王渔洋与清初宋诗风之兴替》(《文学遗产》1999 年第 3 期,收入《王渔洋与康熙诗坛》,中国社会科学出版社 2001 年版)一文中将王渔洋提倡宋诗的时间定于康熙十五、十六年,现在看来不太准确,详陈伟文《论清初宋诗风的兴起历程》(《中国诗学》第 12 辑,人民文学出版社 2008 年版)一文。

④ 乾隆间顾奎光《元诗选·序》论性情、气格与风会的关系,谓“其雄者性情居先,气格后立,足以翼持风会;否则为风会所转,性情囿于气格,视当时所崇尚而助其波澜耳已”,即发挥叶燮的意思。

⑤ 如葛红兵《论文学史家》认为:“文学史的流变机理是由‘少数人的创造性颠覆与多数人的模仿’构成的,当一个时代的少数在艺术与思想上富于颠覆性的文学家的创造性大到足以影响整个时代的文学风格的取向,使得大多数的人愿意接受并模仿之,这个时代的文学流变就进入一个跃进期;而当一个时代的具有颠覆倾向的文学家的创造性受到压制,使得其他的写作者失去模仿的源泉时,这个时代的流变就进入一个缓落期。”见《原创性与文学、美学》,社会科学文献出版社 2002 年版,第 177 页。

有古人之品量,其诗百代者,品量亦百代”,正是这个意思。品量也就是品格与度量,也就是才胆识力的综合,其中核心的部分我相信是力。照叶燮的看法,“立言者无力则不能自成一家”(《原诗》内篇下),又遑论担负百代?“力足以盖一乡,则为一乡之才;力足以盖一国,则为一国之才;力足以盖天下 ,则为天下之才。更进乎此,其力足以十世,足以百世,足以终古,则其立言不朽之业垂十世,垂百世,垂终古。”这种“力所至远近之分量”(《原诗》内篇下),就是品量。这个词虽非叶燮所造,但他的用法却是独创性的。我们应该记住这一指称创造能力的概念,并把它写进古代文论辞典。

写到这里,我忽然觉悟,叶燮的诗歌史论实际上是要表达一种英雄史观,而这种英雄史观铺垫和印证了他的诗人主体论的四个要素。时至今日,也许人们已很难接受一种英雄史观了,但我觉得历史学家奥曼(Sir Charles Oman)的说法还是有道理的,“否认英雄的重要性要比夸张他的重要性更容易犯错误”[①]。叶燮最终要阐明的是伟大诗人究竟伟大在何处,如何方能成为伟大诗人。这决定了他的诗史论绝不是自觉的纯粹意义上的文学史研究,而实际上中国古代也很少有单纯以认知为目的的文学研究和文学史研究,大凡历史批评都是针对现实的诗坛,指向实际的创作问题的。叶燮的诗史观同样如此,与其说他志在建立一个诗史认识框架,还不如说他希望示人以正确的认知方式,从而确立自己对待文学传统的态度。他这样谆谆告诫读者:“吾愿学诗者,必从先型以察其源流,识其升降。读《三百篇》而知其尽美矣,尽善矣,然非今之人所能为;即今之人能为之,而亦无为之之理,终亦不必为之矣。继之而读汉魏之诗,美矣,善矣,今之人庶能为之,而无不可为之;然不必为之,或偶一为之而不必似之。又继之而读六朝之诗,亦可谓美矣,亦可谓善矣,我可以择而间为之,亦可

---

① 田汝康、金重远编《现代西方史学流派文选》,上海人民出版社 1982 年版,第 283 页。

以恝而置之。又继之而读唐人之诗，尽美尽善矣，我可尽其心以为之，又将变化神明而达之。又继之而读宋之诗，元之诗，美之变而仍美，善之变而仍善矣；吾纵其所如，而无不可为之，可以进退出入而为之。此古今之诗相承之极致，而学诗者循序反覆之极致也。”（《原诗》内篇下）传统的中国批评家所从事的文学批评和文学史研究，目的都在于为写作而学习，急功近利之心，不足以使他们付出颠沛以之、造次以之的学术努力，因而我们也就很难向他们的著作索求严格意义上的文学史知识和文学史理论。我们应该满足于他们在刻意的学习中留下的不经意的见解，并将这一体会本身视为中国古代文学史学的一个基本知识。

（本文初刊于《文学遗产》2001 年第 6 期）

《逃禅诗话》与《围炉诗话》的关系

吴乔《围炉诗话》是清初诗学中一部很重要的著作，关于它的写作情况，作者在康熙二十五年(1686)自序中说："辛酉冬，萍梗都门，与东海诸英俊围炉取暖，啖爆栗，烹苦茶，笑言飙举，无复畛畦。其有及于吟咏之道者，小史录之，时日既积，遂得六卷，命之曰《围炉诗话》。"[1]辛酉为康熙二十年(1681)，是年冬吴乔客京师徐乾学邸。陈维崧《湖海楼诗集》卷八有《屡过东海先生家不得见吴丈修龄诗以柬之》诗云："最爱玉峰禅老子，力追艳体斗西昆(修龄精禅学，又善拟无题诗)。朱门纵视如蓬户，入幕长愁似隔村。索饭叫号孙太横，抄书历碌眼尝昏。此间赤棒喧阗甚，隐几偏知处士尊。"此诗次于是冬所作《喜汉槎入关和健庵先生原韵》前，知当时吴乔正在徐邸[2]。序已将写作动机和写作时间交待得很清楚，似无问题。但自 1973 年台湾广文书局编印《古今诗话续编》将台湾"中央图书馆"所藏吴乔《逃禅诗话》稿本影印出来，《围炉诗话》的实际写作过程就让人产生疑问了。因为向来只知有《围炉诗话》，而它在作者生前并未刊行，现在又冒出一部《逃禅诗话》稿本，两者的关系如何，是研究《围炉诗话》乃至吴乔诗学首先必须究明的问题。

《逃禅诗话》也未曾刊行，仅有稿本今藏台湾"中央图书馆"。这

---

① 吴乔《围炉诗话》，张钧衡刊适园丛书本。

② 详蒋寅《王渔洋事迹征略》康熙二十年，人民文学出版社 2001 年版。

部手稿书写相当工整，行文则未免粗疏，征引文献多凭记忆，时有错误。其中称叶方蔼谥文敏，考叶氏卒于康熙二十一年(1682)，十月二十四日得谥文敏[①]。则诗话撰写之时应在康熙二十一年之后。将它与《围炉诗话》对读，可以断定后者是在前者的基础上增订而成。也就是说，吴乔先写作了《逃禅诗话》，后增订为《围炉诗话》。所以自序所述的都门问答并不是撰写《围炉诗话》的直接起因，它的写作动因也许要到两书的异同中去找。

广文书局影印的《逃禅诗话》稿本，前后无序跋，正文共 241 则，不分卷，而有"变复"、"哀乐"、"诗中有人"、"体格名目"、"五言诗"、"三唐"、"李杜"、"五绝"、"宋诗"诸目。第 27 则论晚唐某人《剑客》诗，作者与诗第六句均空缺，显见是一时记忆不起，暂缺待补。由此可以推断它是作者的原稿。第 1 则谓"弘治间庸妄全不知诗，侈意于复，止在状貌间，为奴才，为盗贼，为笑具"，末云"事有关系而话言颇烦，别具卷末"，然而卷末并无论明诗之语，卷中也无申论此说的内容，想是作者计划中有这一节而终未写成，然则此稿当为作者未竣的初稿，看来是没问题的。再看书的编次，各目下或仅一则，或数十则，殊无条理。我怀疑吴乔撰写时曾拟每则标目，后来终未实现。

将《逃禅诗话》稿本与流行于世的《围炉诗话》比勘，内容大多重复，互见的条目计有 169 则，而且都在《围炉诗话》前五卷中。对比互见条目，则明显以《围炉诗话》文字为长，可见后出转精。比如：

> 第 70 则"刘长卿云：'诸城背水寒吹角，独树临江夜泊船。'一本作'独戍'，余意'独树'为是。有戍卒处堪泊船也"。《围炉诗话》卷三引刘诗作"孤城背岭寒吹角"，此为改正引诗误记之例。
>
> 第 201 则"《隐居诗话》云：放翁好缀辑南朝人语成诗，故句

① 王士禛《国朝谥法考》，收入《王渔洋遗书》。

虽新而不浑厚”,《围炉诗话》卷五“放翁”作“山谷”,此为改正人名误记之例。

第183则“人自有意,人自言之。宋人每言夺胎换骨,去瞎盛唐字仿句模有几?”第185则“宋人翻案诗即是蹈陈言,看不破耳。又多摘前后人相似语以为蹈袭。诗贵见自心,偶同前人何害?作意袭之,偷势亦是贼”。《围炉诗话》卷五将两条合并,此为编定文字之例。

第193则“义山诗被杨亿、刘筠弄坏,永叔力反之,语多直出,似是学杜之流弊,而又生平不喜杜诗,盖取资于乐天耳”。《围炉诗话》卷五“盖取”一句作“何也?”此为修正不确论断之例。

第221则“山谷欲自成家,以生强为高奇,放翁轻浅无含蓄,皆违于唐”。《围炉诗话》卷五作“山谷专意出奇,已得成家,终是唐人之残山剩水。陆放翁无含蓄,皆远于唐”。此为修改评判分寸之例。

第234则“宋人咏梅云‘疑有化人巢木末’,奇哉!而唐人思路不出此”。《围炉诗话》卷五作:“忆得宋人咏梅一句云‘疑有化人巢木末’,奇哉!是李义山《落花诗》‘高阁客竟去’之思路也。唐人犹少,何况后人?”此为修改论断、补充论据之例。

由此可见,《逃禅诗话》实际上就是《围炉诗话》的雏形与蓝本。试观其中对宋诗的批评仅限于宋诗本身,尚未如《围炉诗话》直斥学宋诗之人及学宋诗风气,可知吴乔当时对宋诗的态度还比较和缓;日后增订为《围炉诗话》,便激烈地大肆抨击,不假辞色了。《围炉诗话》既行于世,《逃禅诗话》遂湮没而不为人知。

比勘两部诗话,《逃禅诗话》溢出《围炉诗话》之外者计74则,引人注目的是其中保留不少有关作者诗学观念及师承的内容。吴乔诗学奉贺裳、冯班为宗,人所周知,吴乔本人也不讳言。但他还曾受许学夷的沾溉，就鲜为人知了。《围炉诗话》屡屡称引冯班、贺裳之说，只字未提许学夷。可是我们从《逃禅诗话》中却看到，他原是受许学夷诗学很大影响的，而且在前辈诗论家中他最佩服的也是许学夷。他说：

> 晚唐至今日，七百余年，能以才情自见者，如温、李、苏、黄、高、杨辈，代不乏人。而知有体制者，唯万历间江阴许伯清先生及亡友常熟冯班定远、金坛贺裳黄公三人。

他与许学夷时代不相及，只不过讽味遗言，而于冯班、贺裳则是亲承音旨。他比较三家之学，认为“黄公详于近体，凡晚唐两宋诗人之病，其所作《载酒园诗话》一一举证而发明之”；“定远古体近体兼详，严沧浪之说诗，在宋人中为首推，而所得犹在影响间，未能脚踏实地。后人以其妙悟二字，似乎深微，共为宗仰。定远作一书以破之，如汤之泼雪，读之则得见古人唐人真实处，不为影响之言所误”；而“伯清先生所见体制之深广，更出二君之上。自三百篇以至晚唐，其间源流正变之升降，历历举之，如数十指，为古体为近体，轩之轾之，莫有逃其衡鉴者。不意末季澜浪之中乃有是人”，可见对许学夷的评价之高。当然，他对三人尽管十分景仰，却也不盲目迷信，在接受其学说的同时，也清楚地洞见其缺陷。他说：

> 余于三君，伯清先生，严师也。定远、黄公，畏友也。皆如李洞之于阆仙，铸金为像者也。而私心尚有所恨焉。黄公以重体制，反殢于伪冒复古之李献吉，而称为先朝大雅才。定远诗有体制，有才情，近代所鲜。而所见体制，不及伯清之深广，却以此故得伸其才情。伯清得于体制者，尽善尽美，至矣极矣，其所自作反束于体制，惟恐一字之逾闲，才情不得勃发。

又云：

> 杨基以其无题为艳情，许伯清论千古诗人无不确当，唯于义

山，眼同（洪）觉范。

这本是很好的议论，但不知何故，编《围炉诗话》时却悉数删去了。究竟是不愿意批评欲铸金事之的先辈，还是悟其前言之非，不得而知。

相比《围炉诗话》，《逃禅诗话》的文字清楚地表明了吴乔写作诗话的动机在于重新确立诗歌的理想。其诗学的基本倾向，是奉许学夷、贺裳、冯班为宗，推崇晚唐诗歌。这在康熙中期的诗坛应该说是很独特的取向。因为从康熙初期王渔洋倡导宋诗起，诗坛盛行的是宋诗风。到康熙三十年代，宋诗风受到广泛批评，王渔洋本人经过反思，也回到唐诗的路子上来，在新的起点上重新倡导盛唐诗，所谓神韵诗风逐渐形成[①]。在这种形势下，吴乔提倡晚唐诗，虽属承冯班之绪论，却也不啻是空谷足音。要了解他的思路，线索就保留在《逃禅诗话》中。他在比较了唐、宋、明诗的同异后，认定"唐诗有意而婉曲出之，宋诗有意而直出之，隆嘉诗唯事声色"，也就是说唐诗作为诗歌艺术之理想是最可取的。其实，就理想而言，他也认为盛唐是最高的境界，但最高境界并不意味着就适宜取法。他觉得盛唐高妙不可学，比如七律，"盛唐七言律，春容浑成，不求妙也；中唐乃妙，晚唐则巧甚，是盛中晚之界也"。不求妙而妙，所谓"天然高妙"是学不得的，因此只能从晚唐的巧入手。这一选择基于一种对才能缺乏自信的认识："中唐如士大夫之家，犹可几及；盛唐如王侯之家，如何可学？人被二李辈弄成恶道，有志而识见未到，轻易学之，先入恶道。此不佞所身受者，岂可坐视匍匐入井耶？"那么，为何又不学中唐呢？诗之为典范，不外乎才情之正与体制之纯两端。"由盛唐而钱刘，而子厚，而用晦，而山甫、昭谏，自一源流出，降杀以等，故为正变。韩、孟、元、白千奇万变，其派各出，不与初、盛同流，故为大变。用晦、山甫、昭谏犹今世之儒生，韩、孟、元、白，老、庄、杨、墨也"。今世儒生虽属末流俗

① 关于这个问题，别详蒋寅《王渔洋与清初宋诗风之兴替》一文，《文学遗产》1999 年第 3 期。

学，不失为正统；老、庄、杨、墨则直是异端，中晚唐从而有邪正之分。“古体至于陈隋，近体至于宋之江西派、江湖派，体制尽亡，并才情而失”，而“晚唐才情大横而体制未亡”，所以尚足师法。众所周知，韩、孟、元、白乃是宋调先声，宋诗才情、体制的亡失当然是与韩、孟、元、白的千奇百变分不开的。这样，宜以取法的楷模就非晚唐莫属了。当然，吴乔对晚唐诗的总体评价是不高的，以为“五言古温、李而外无作者”，七律许浑至罗隐、李山甫以下也不足数，所以他的取法晚唐实出于无奈，出于一种消极的策略意识。这是一种极为冷静的现实的选择，与王渔洋神韵诗论的积极取向，出发点是不同的。

诗史流变论也是《逃禅诗话》中很有价值的部分。吴乔论诗以“正穷流复变”为基本宗旨，以为“变乃人所必趣，流乃势所必至，复则千古杰士之所为”。他强调诗史的时段划分应该以人为据，而不应该机械地以时代为限。他曾引钱谦益、阎若璩两家的说法，详细举证以年代论人的缺陷，从而得出“分之以人，不以时”的论断，即根据诗人的创作特征而不是他的生卒年来定其时代归属。这无疑是高于旧说的。钱锺书先生《谈艺录》开卷说唐、宋诗之别以诗不以时，正是这一意思。由于吴乔对诗史的发展有着很透彻的见解，他对诗史的流变和得失每有独到的宏观勾画，而这类论述都保留在《逃禅诗话》中。如论唐前的诗歌流变云：

> 诗道姑置三百篇而祖两汉十九首，建安已稍变，阮公又稍变，颜、谢又稍变，永明乃大变，以梁、陈视汉魏，犹江海之望泰山矣。唐以后之大势，沈、宋至大历为正，元和为变，晚唐至明初为衰，弘治、嘉靖为邪。

这种议论不像明人那样是由退化论的历史观导出的，而是出于自己的研究。其过人之处在于能超乎价值判断之上，细致地梳理诗史事实，唯其如此，他对唐诗发展阶段的划分就比明人更加清楚。比如在论选诗时，他曾说：“唐三百年，人非一伦，诗非一种，愚意选之者，须分五时，行五法。五时者，贞观以下为始时，开元、天宝为次时，大历以下为三时，元和以下为四时，开成以下为终时也。”这一划分，我认为较高棅的四唐说更符合唐诗发展的阶段性特征。与这五时段相对应，吴乔又提出唐诗有五个类型：王、杨、卢、骆、陈、杜、沈、宋充实光辉为一类，天宝大而化之为一类，并钱、刘于大历清婉丰神为一类，元和五伯狎盟，唯力是视为一类，晚唐残山剩水为一类。因五个时段的特征不同，故选诗者不能采用同样的标准，而应行“五法”，即一严二正三恕四宽五滥。初唐要严，其时作者都未脱陈、隋旧习，草昧之世，不将沿袭旧习者析之去之，则陈、杜、沈、宋、王、杨、卢、骆八人开创之功不显。盛唐之诗久有定论，故曰正。大历以后力量稍弱，而气脉相通、清新圆转固在，因其从开、天之别派而来，不恕则失其气脉，而所见于盛唐者亦不全，故须恕。元和为唐诗之大变，变则情态百端，严与正必不可行，故须宽。凡《才调集》所有者多收之，以尽见八十年士人之才情，非滥则有所束矣。又论初唐有四种人、五种诗，谓：

> 四种人者，虞世南辈守旧习者为一种，陈伯玉复古为一种，王、杨、卢、骆变纤丽为雄壮者为一种，杜、沈、宋定唐体者为一种。人则于四种诗外有变而未纯，非古非律之诗，不特余人，即陈、杜、沈、宋亦有之，是五种诗也。

又论盛唐、中唐其人其诗大略相类，唐末则有两种人，一人有两种诗。两种人者，如赵嘏、韦庄之于皮、陆、杜荀鹤也。一人有两种诗者，如薛逢有“绛节几时还入梦，碧桃何处更骖鸾”、“邠王玉笛三更咽，虢国巾车十里香”，又有“细推今古事堪愁，贵贱同归土一丘”、“光阴自旦还将暮，草木从春又到秋”。李山甫《公子家》云：“骤衰似龙随日换，轻盈如燕逐年新”，又有“总是战争收拾得，却因歌舞破除休”，胡曾有“花对玉钩帘里发，歌飘尘土路边闻”。叙失意不寒陋，而又有咏史诗意也。当时《全唐诗》尚未行世，吴乔能有这般高屋建瓴的见识，诚属不易。最后，他说“昔之选者，尚体制则失中晚，爱才情则离初盛，皆以己意权衡唐人者也”，这是指的许学夷和冯班，尽管他夙心师承许、贺、冯三人，但爱之而能知其所短，也很难得。

吴乔又颇善于批评，论析不乏精致入微的见解。比如，他指出“不清新即非诗，而清新亦有病。清之病，钱、刘、开宝人已中之；新之病，大行于元和”，就极有见地。所谓“清之病”，就是清而不厚，带来单薄的感觉。大历十才子中钱起、李端都不免此病[①]。又比如，他说“初唐诗似盛唐者即佳，出草昧也；中晚诗似盛唐者即不佳，堕残迹也”，这也很有意思。要之，吴乔用功于唐诗甚深，又耳濡目染于明诗，故于这两朝的诗史，议论都能中肯。至于宋诗，则不免信口雌黄，多模糊影响之说。曾引冯班语云：“宋人诗逐字逐句讲不得，须别具心眼方知其好处。”此言应该说深有见地，但吴乔却不太以为然，说：“宋人之有好处者，不过是不违唐人者耳，未有得唐人深大处者也，况有胜过唐人与自辟世界者乎？”如此见解，适足显出他对于宋诗全未入门。后来《围炉诗话》卷五论宋诗之部，多钞撮贺裳《载酒园诗话》，或许正是为了避己所短吧。但他却说：“读宋人诗集，有披沙觅金之苦，苟读黄公之书，则晚唐、两宋之瑕瑜毕见。宋人诗集可以不读，大快事也！”这像什么话！再好的诗话，也是附庸于诗歌的，若读诗话可以代替读诗，那么还要诗人干什么呢？这种地方，特别显出吴乔见识、气局的促狭来。

然而最让人不能平气的是，吴乔论诗一以好恶为去取，非唯排击李梦阳、李攀龙不遗余力，至谓之优伶、奴仆、不入士类；就是他崇尚的晚唐，也仅取温、李两家，此外不要说杜荀鹤、胡曾一辈，就是杜牧也在“奇丑”之列。更令人不能理解的是，吴氏不过一个村学究，却总是摆出一副极正统的面孔，说什么“‘农夫背上题军号，贾客船头插战旗’，甲申、乙酉（指明亡的顺治元年、二年——引者）后目击者也。三

---

① 参看蒋寅《大历诗人研究》，中华书局 1995 年版，上册第 217 页。

国至隋末兵火多矣，而七子、阮公无此等句。天宝乱时亦不见此。人生境遇甚多，要以不违风雅者方可命句。如画山水，只画可居、可游处”。如此典型的回避现实、粉饰太平的论调，若发自王渔洋一辈缙绅大夫之口倒也罢了，身居庙堂，言不由己。以穷老村儒而出此议论，就不由人不对他诗家的品格有所怀疑，并从而推想他的尊崇晚唐，独取温、李一派，是否果真出于西昆派的唯美主义动机了。不仅如此，吴乔还以时代和诗体来论雅俗，说："以唐、明言之，唐诗为雅，明诗为俗；以古体、唐体言之，古体为雅，唐体为俗；以绝句、律诗言之，绝句为雅，律诗为俗，以五律、七律言之，五律犹雅，七律为俗。"这同样也是不能让人同意的。总体看来，《逃禅诗话》里有不少精彩的见解，也有许多轻率不可取的议论，在改编成《围炉诗话》时两者都有删削。后者被删去意味着作者见识的成熟，而前者删去就难以理解了。其中的缘故，既有观点方面的，也有别的方面的，需要进一步考察《围炉诗话》，才能弄清。

现存《围炉诗话》六卷，条理相对清楚，比起《逃禅诗话》来，各卷内容明显经过系统的整理。它从《逃禅诗话》241 则中撷取了近 170 则，可以说基本保留了《逃禅诗话》的规模和核心内容。当时作者已年过七十，编订此书，可以视为晚年定论。由于有《逃禅诗话》可参照，我们可以窥见吴乔改编《围炉诗话》的经过，及其改编的意图。

浏览《围炉诗话》，首先引人注目的是自序所述自己诗学的师承：

> 一生困厄，息交绝游，惟常熟冯定远班、金坛贺黄公裳所见多合。皎然《诗式》持论甚高，而止在字句间。宋人浅于诗，而好作诗话，迩言是争，贻误后世，不逮二君所说远甚。（中略）定远于古诗、唐体妙有神解，著书一卷，以斥严氏之谬；黄公《载酒园诗话》三卷，深得三唐作者之意，明破两宋膏肓，读之则宋诗可不读。此中载其精要者，而实尽读者也。

奇怪的是这里只推崇冯班、贺裳两家之学，许学夷的名字不见了。再看全书的改编,《逃禅诗话》中的许多条目被删除,而最有意味的首先是删去了那些论述许学夷、冯班、贺裳之学的条目,冯班、贺裳两家之说,因增抄《载酒园诗话》、《钝吟杂录》二书及自序的说明,得以保留;而许学夷,非但那些景仰之情溢于言表的赞扬话全被剔除,即其论述五七言流变的大段文字也被删削,论李义山无题时说的"许伯清论千古诗人无不确当,唯于义山,眼同(洪)觉范"一句及"李杜"条所引述论李白两条也被刊落。于是,许学夷的名字就不再见于《围炉诗话》中,他对许学夷的师承关系也被抹掉痕迹。如果不读《逃禅诗话》,我们就不会知道许学夷曾对他产生多大的影响。同样的情形是,《围炉诗话》还删去了阎若璩的两段话。《逃禅诗话》引述阎若璩论王昌龄籍贯之说,称"余友山阳阎若璩百诗,博极群书,可敌顾宁人",可见吴乔对阎若璩也是很佩服的。可是为什么与许学夷一样,要抹掉他们的名字呢?如果说是发觉他们的说法不足为据,那么论四唐当别之以人而不以时,说"余友山阳阎若璩百诗,经史澜翻,谈三千年事如指掌。其说诗曰'诗固有时代,然有不必分而分之以致舛误者,唐之初盛中晚是也'",与下引钱谦益之说正好互相发明,根本无须删掉。结果是《围炉诗话》只保留了钱谦益的话,而无阎若璩一段。这似乎说明,从《逃禅诗话》到《围炉诗话》的修订过程中,是夹杂进一些学术以外的因素的。

但不管怎么说,《围炉诗话》对《逃禅诗话》的取舍,还是可以看出作者诗学上的磨勘与精进。《逃禅诗话》被删去的条目,有些是转抄别人的话,如"五言诗"首条抄许学夷论五七言递变之迹。有些是大而无当的议论,如:

> 唐诗初读之往往不知其意何在,宋诗开卷了然,而明诗有语无意,读之反不能测。
>
> 唐人诗以周室譬之,初唐,太王、王季时也;盛唐,武王、成王时也,受命制礼,超绝前后;大历、永泰,昭、穆时也。元和,五伯

> 也,开、宝之王纲已散。开成以后,则七国之维事诈力,小词出而诗绝,如封建之变郡县。
>
> 全部《史记》是《答任少卿书》之注,玄、肃二朝国史稗官是杜诗之注,全部杜诗是《秋兴八首》之注。

也有些是强作解事的文字,比如他一方面斥李攀龙"唐无古诗,陈子昂以其古诗为古诗"之说为"奴才下贱梦中呓语",一方面又说"唐体既出,而后唐人散句可名古诗。自汉至隋,人作其诗,何名古诗?只当名其八代之诗耳",仍旧在蹈袭李攀龙的思路。还有些是记忆不清的内容,如论晚唐某人《剑客》诗一条,因记不清作者名姓,诗又缺四字,遂将它割爱。

《围炉诗话》所增益的部分,主要是卷六论明诗之部及其他各卷所采贺裳《载酒园诗话》之说。吴乔自言"一生困厄,息交绝游,唯常熟冯定远班、金坛贺黄公裳所见多合",所以刺取、表彰二家之说独多。冯班《钝吟杂录》、贺裳《载酒园诗话》二书,《逃禅诗话》已采录多则,《围炉诗话》又续加采掇,尤以论宋诗的部分采贺氏议论最多。卷五 146 则中,保留《逃禅诗话》47 则,新撰 12 则,而采贺书多至 87 则,足见其倾倒备至。康熙二十年代正当渔洋倡导的宋诗风方兴未艾之际,吴氏承贺、冯二家之学,素不喜宋诗,于是卷五首则即设问:"朝贵俱尚宋诗,先生宜少贬高论。"而答语就是《逃禅诗话》第 178 则,而冠以"厌常喜新,举业则可,非诗所宜"十数字。由此看来,《围炉诗话》的增订很可能与当时的宋诗风气有关,出于要公然独树一帜以矫之的意识。其间多采贺裳之说,就是希望读者"读之则宋诗可不读"(自序)。然而吴氏终究不通宋诗,比较唐、宋诗的得失仅比兴一端为言,而批评宋诗又以唐诗为准绳,看不到宋人的佳处,徒自形其见解之狭隘而已。

也许是觉得《逃禅诗话》中的论述还不尽兴,在编纂《围炉诗话》时,他将写作形式改成了更能畅达引发自己见解的对话体。比如,他的主要观点“诗中有人”，在《逃禅诗话》中是这样表达的：

> 诗中有人，故读其诗，而心术之邪正、制行之纯杂、学问之深浅、境遇之得失、朋友之谅柔，皆可见焉。上而《文王》、《大明》、《楚词》，可以想见文、武、周公、屈子；下而温、李之集，可以想见飞卿、义山，乃至刘伯温、杨孟载犹然也。如是乃谓之诗，不悖于采风贡俗。若于身心无涉，而唯敩学前人，纵得酷似思王、子美，不过优孟衣冠。
>
> 问曰：“此说古未有也，何从得之？”答曰：“禅家问答，禅人未开眼，有胜负心；诗人未开眼，不知有自心、自身、自境。堕于声色边事者，皆徇末而忘本者也。”

《围炉诗话》卷一将两条及后面论鱼玄机、黄巢诗一条相合并，改为：

> 问曰：“先生每言诗中须有人，乃得成诗。此说前贤未有，何自而来？”答曰：“禅者问答之语，其中必有人，不知禅者不觉耳。余以此知诗中亦有人也。人之境遇有穷通，而心之哀乐生焉。夫子言诗，亦不出于哀乐之情也。诗而有境有情，则自有人在其中。（中略）故读渊明、康乐、太白、子美集，皆可想见其心术、行己、境遇、学问。刘伯温、杨孟载之集亦然。唯弘、嘉诗派浓红重绿，陈言剿句，万篇一篇，万人一人，了不知作者为何等人，谓之诗家异物可，非过也。”

原文“禅人未开眼”云云，与“诗中有人”离题较远，有些牵强。改后不具体指实，笼统而言，使人思而得之，有不落言筌的长处。不过，他的说法终不免有英雄欺人之嫌。

《围炉诗话》对《逃禅诗话》原有的文字，都有些修改，这些修改不只是文字上的修饰，还常涉及判断的斟酌与推敲。如开卷第 1 则，《逃禅诗话》原为：

> 诗道不出于变复。变谓不袭古人之状貌，复谓能得其神理。

> 汉魏变三百篇之四言为五言，而能复其淳正；初盛变古体为唐体，而能复其高浑；变六朝之所靡而为雄丽，而能复其挺秀。晋宋至陈隋之古体，元和至明初之近体，唯元和至两宋，唯变不复，势必滔滔日下；弘治间庸妄全不知诗，侈意于复，止在状貌间，为奴才，为盗贼，为笑具。

《围炉诗话》除在前面加一段话，论述“诗道古今之大端”外，又将上文改作：

> 诗道不出乎变、复。变谓变古，复谓复古，变乃能复，复乃能变，非二道也。汉魏诗甚高，变三百篇之四言为五言，而能复其淳正；盛唐诗亦甚高，变汉魏之古体为唐体，而能复其高雅；变六朝之绮丽为浑成，而能复其挺秀。艺至此尚矣！晋宋至陈隋，大历至唐末，变多于复，不免于流，而犹不违于复，故多名篇。此后难言之矣。宋人唯变不复，唐人之诗意尽亡；明人唯复不变，遂为叔敖之优孟。二百年来，非宋则明，非明则宋，而皆自以为唐诗。试读金正希举业文，不貌似先正，而最得先正之神，以其无逢世之俗情，唯发己意故也。诗可知矣。无智人前莫说，打你头破额裂。

这样一改，不仅文字更顺畅，逻辑性也增强了，将变与复的辩证关系，以及古今诗歌复变的得失剖析得更为细致。

综而言之，《逃禅诗话》增删成《围炉诗话》六卷后，内容更具系统。卷一为诗本体论，泛论诗格、诗法、学诗的途径，其中有两个论点影响甚广：一是诗中有人，针对明人而发，说人的境遇有穷通，而心之哀乐生焉。诗有境有情，自有人在其中。而弘、嘉诗派剿袭陈言，万篇同一篇，万人如一人，了不知作者面目，是谓无人。二是酒饭之喻，强调诗的比兴特征。“意喻之米，饭与酒所同出。文喻之炊而为饭，诗喻之酿而为酒。文之措词必副乎意，犹饭之不变米形，啖之则饱也。诗之措词不必副乎意，犹酒之变尽米形，饮之则醉也”。这一比喻从特性与功能两方面区分诗文的界限，相当深刻，后人许为“自来论诗文之分，无明划若斯者”①。卷二自古诗十九首至唐近体，列论古今诗歌体制，兼论作品，基本上包括《逃禅诗话》“体格名目”之部，而多引冯班之说。卷三论唐诗流变，基本上相当于《逃禅诗话》“三唐”之部，但《逃禅诗话》中辨析很细致的几则反为删去。卷四乃是《逃禅诗话》“李杜”之部增以贺、冯两家之说而成，论李、杜之诗，下及明诗风气。卷五为《逃禅诗话》“宋诗”之部益以《载酒园诗话》而成。卷六专论明诗，排击七子辈不遗余力，至谓“诗人不跳过弘、嘉深没顶阑、百丈之粪沟，终是四平腔戏子”，近于骂市，以致后人读其书，多有不满。雷国楫《龙山诗话》就以为“其书大抵左袒冯氏，痛诋李、何、李、王以及弘治、正德、嘉靖、隆庆间诸子。其言诗准绳处颇有可掇，足备坛坫圭臬，其绎论唐诗处并无发明，徒增拘迂”②。钮树玉则称吴乔：“上下千载，其于诗学深矣。而持论要未得其平，失温厚之旨，奈何持一端之说而尽废其余也哉？”③两家的评论都能深中其弊。

《围炉诗话》撰成后未能于作者生前刊印，仅以钞本流传，世间罕见。赵执信三过吴门，访之不得；雷国楫任官于苏州时，询之故老也不知下落。直到嘉庆十三年(1808)始有刊本，今传版本有借月山房汇钞本、道光三年(1823)三槐堂刊本、适园丛书本等数种，还有几种钞本存世。吴乔诗学的价值及其在清初诗学中的位置，诸家批评史与清代诗学研究的著作都有论述，但不曾注意到《逃禅诗话》与《围炉诗话》的关系。本文从两书的比较入手，探讨诗话的撰写过程，希望能在揭示其诗学的渊源及倾向性方面提出一些假说，以引起学界的

① 林昌《河间先生试律矩》，道光三十年重刊本。此外，赵执信《谈龙录》、姚椿《樗寮诗话》、李重华《贞一斋诗说》、刘熙载《艺概》亦皆称道之。

② 雷国楫《龙山诗话》卷二，乾隆间味经堂刊本。

③ 钮琇《匪石先生文集》卷下《围炉诗话》跋，雪堂丛刻本。

注意并展开更深入的研究。吴乔的诗学蕴含不少独创性的见解，值得进一步发掘。

（本文初刊于《苏州大学学报》2000 年第 3 期）

黄承吉及其《梦陔堂文说》略述

清代是文学批评的时代，涌现了数量超过历代总和的文学批评家和文学理论、批评著作。不少人已被载入各种文学史、批评史、文论辞典或作家辞典，但更多的还没有进入当代学术研究的视野，甚至不为学界所知。这些人物的暗晦并不是他们个人和作品的原因，纯属当代学术研究的偏见所致。在传统经史之学的学术史中，清代一直都是学者们重视的时代，但在文学研究的学术史中，清代几乎不太为人关注。清代文学理论和批评的文献也未得到认真的考察和整理，以至于我们在《中国历代文论选》和《清诗话》、《清诗话续编》之外，很少意识到还有许多有价值的批评家有待于发掘，还有不少值得重视的著作需要探讨。我这番感触源于若干年前读到过的一位扬州学者黄承吉的著作。黄承吉其人，除了因与黄生《字诂》、《义府》有关，偶尔被训诂学研究者提到，一般人恐怕已不知道这位曾经很著名、被谭献推为“绝学”的文学家和语言学家了[①]。最近读到赵航老师的新著《扬州学派概论》(广陵书社 2003 年版)，里面有一章专论黄承吉，不啻空谷足音。赵老师对黄承吉的训诂学成就作了细致的梳理和评说，这里我想对黄承吉文学创作尤其是散文批评的成就再补充做些评述。

---

① 谭献《复堂日记》卷一，河北教育出版社 2001 年版。

一、黄承吉的诗文创作

黄承吉(1771—1842),原名萼棣,字谦牧,号春谷。其先本歙县人,系名学者黄生族孙。生于扬州,占江都籍。乾隆五十四年(1789)始应乡试,嘉庆三年(1798)以江苏乡试第一名中举人,翌年赴京应会试报罢。嘉庆六年(1801)再北上,秋七月至汉阳一带,这是他唯一的一次游历。翌年六月即闻母噩耗奔归。嘉庆十年(1805)中进士,补广西兴安知县,翌年春暮方抵桂林。在兴安任间曾两度摄岑溪知县,十三年任乡试同考官。十四年四月,有左江镇文书过境,循旧例佥役赍递。不意役因病而雇人代替,致邮箱遗失,为全州拾获,径送上官。黄承吉因被劾于六月革职。罢官后寓居县署东偏岳王庙,至嘉庆十五年(1810)初北归。道光六年(1826)呈请捐复官,翌年春入京加捐道员。三月二十六日圆明园引见,随遵酌增常例捐升道员,未赴选。道光二十二年(1842)春夏间,英军入长江口,承吉与扬州官绅筹办捐输防御局事,城乡往来,感染风寒,于七月三日溘然逝世。其一生梗概略见于诗集自序,阮元撰的墓志铭有更详细的记载,但有关晚年筹办捐输防御局抗英一事,只见于男必庆撰《梦陔堂文集》跋。

黄承吉少有异禀,十三岁以诗见赏于名儒金兆燕、潘雅林,潘目为后进诗人领袖。后见礼于阮元,获交姚鼐、王昶、凌廷堪、吴鼒、吴锡麒、洪亮吉、徐熊飞、王豫、凌霄、孙尔准、张惠言、周济、陈文述、李兆洛、屠倬等当世名流,与同里焦循、江藩、钟怀、李钟泗齐名,或称江焦黄李,或称钟焦黄李。扬州一带名士黄文旸、李斗、刘文淇、刘宝楠、梅植之、汪潮生、王翼凤等,也都往来密切。嘉庆二十二年(1817)前后,承吉有《忆某公》(卷一八)诗云:

> 昔年有某公,诗名世相夸。引人入下里,度曲流三巴。和者千万辈,一时太欢哗。俗士无不笑,折杨而皇华。时予陆机年,

声誉亦已颇。相闻未相见,余论欲齿牙。秋风莫愁湖,光景胜若耶。传语特置酒,为我开鹦螺。我时漫不顾,隔水如蒹葭。意实为千古,挽溺存无邪。逮今三十载,其人已烟霞。而我忆当时,亦复深咨嗟。老辈器后生,其意亦孔嘉。道在不能往,惆怅无如何。彼亦岂非贤,歧途忽经过。少趋正法眼,老作阿修罗。虚名实误认,人生忌蹉跎。渭城不暇唱,日暮前途赊。吟咏岂小道,六经重诗葩。片言不假借,讵为争声华。要之彼少作,所迈非一家。后世须论定,谁能掩瑜瑕。[①]

由诗所述某公在当时的影响看,此人非袁枚莫属。袁枚是颇能如此接引后辈的,而黄承吉却因为对他有看法,凭着少年意气,傲然不愿趋附。晚年想想,毕竟也是前辈器重之意,转而怀知己之感。由此看来,黄承吉弱冠之年诗名已很大,甚至为袁枚所青睐。

黄承吉的诗歌创作非常勤奋,至老不辍。早年羁旅游宦,集中多纪行诗,罢归以后,生活圈子变窄,除与朋辈宴集酬唱外,多为题咏之作,现存读前人诗集题辞即多达数十篇。平生抒情言志之作,唯情是摅,明白如话,晚年反愈出愈奇,意警语工。如《暮赴真州二首》(卷二四)之一:

夜色空蒙泛,轻风荡水纹。桨明双拨月,笛远四飘云。雁影迎潮见,河流绕寺分。劳劳众舟楫,吾亦事纷纭。

通篇句法富于变化,用字不苟,平中见奇,给人洗练而有表现力的印象。据黄承吉的友人说,黄承吉很喜欢谈诗。的确,从他诗集中保留的读诗、与人论诗之作之多,也可以想见诗歌在他日常生活中所占的位置。集中《集问樵斋中分咏二题》(卷二七)一为《诗学》:"擅场原自苦心成,研切方资妙悟生。大雅由来须酝酿,别裁莫漫恃聪明。升堂

① 黄承吉《梦陔堂诗集》,道光十二年刊本。下引该集,只注卷数。

入室曹刘诣,极貌穷辞鲍谢情。下笔有神因万卷,文章得失岂虚名。”一为《诗魔》:“结习难除花满襟,几多迷障入仙心。狂来遇鬼应教泣,幻去为妖亦解吟。相著似愁争得遣,欲降和睡不能禁。巨鹏香象穷三昧,击碎修罗一杵金。”前者可见于诗学体会之深,而后者则又见痴迷不已之情,如此浸淫一辈子,但最后说只有一个心得,就是“凡学莫易于诗而莫难于诗”。为什么呢?他解释道:

> 盖凡学,皆以树中之一气自拔为千芳,惟诗则以树外千芳逗和于一树,非为杂糅,体固如斯;纤忽戾宜,全芳俱失。此所以难耳。

这就是说,诗是一种高度有机性的精密组织,略有丝毫之疏,即全体失败。因而他说“凡以心志、音声、气体、格律、神致、词采一切等况之,必不能浅深高下出入进退安然犁然而各合,则难之至也”。有一次刘文淇、梅植之、王翼凤在他家谈诗,他作《且斋谈记》纪其事,文中未及所谈的内容,只是反复譬况论诗之难:“是不独作诗之难,而辨诗之良不易也。惟其难作,是亦难辨,惟其难辨,是以难作。予研究有年,乃至今日,见古人之作而犹贸然卒无以辨,不过稍知其难,及至己作则百弊滋,则不能入,入而即出,而终不能即得而适合,则难之至也。”[①]此文也可与《梦陔堂诗集》卷二七《与客谈渔洋诗赋简》参看。乾隆以后,诗家以讥评王渔洋为时髦,而黄承吉诗中却一再表扬之。客问为何,承吉答:“诗不有声乎?非必其声之至也,就其所自为者之声而叩之,而人亦罕协也。诗不有情与词乎?非必其至也,就其所自为者之情、词而印之,而人亦罕适也。渔洋则于其所为者而能协之、适之,予慕而弗能及,是以称之也。”客去,遂成诗一首简之:“迢递青云漫许登,到来楼阁一层层。东牵西曳成何步,尺短寻长尽是能。兹事更无余子目,平生最服此公膺。君才十倍求余地,突过前贤望不

---

① 黄承吉《梦陔堂文集》卷九,民国二十八年燕京大学图书馆排印本。

胜。”正因为对论诗之难的敬畏，他除了作序及读《文选》、陶渊明、阴铿、张正见、陈子昂、骆宾王、岑参、杜甫、韦应物、孟郊、贾岛、陆游、元好问、高启、吴梅村、吴嘉纪、王士禛集题诗外，没有留下专门的论诗著作。这甚至让友人感到意外，但我们只要明白他的上述感觉，就不难理解他“学粹于诗，博大于《文说》”[①]，乃是自然的结果。这在他固然是知难而退，可是我们不禁要问，难道文章就不难了吗？

黄承吉对文章的研究远不如诗用功深，早年对古文夙不用心，晚年在友人怂恿下才用力作文，时已五十五岁。就像一般人老年学书不耐烦临帖，他作文也不耐烦揣摩家数，讲习篇章，往往挟书卷以行，间杂以骈骊之辞，不唐不宋，自为其一家之文而已。《梦陔堂文集》卷六《谈星台时文序》称赞谈星台文之富于变化，“方赏其廉峭劲拔，而彼作则又铺张扬厉也；方赏其抑扬顿挫，而彼作则又沈著痛快也”，似乎也可用来形容他自己的文风。他对文体基本上没什么规范意识，随心而发，意到为止。《与刘孟瞻书》因序刘文淇《春秋左氏传旧疏考正》，覆核刘著所引旧籍，发现顾炎武《左传杜解补正》有四处解释有误，而刘文淇未能觉察，便提出商榷意见，竟成为一篇两万两千多字的论文，整整占了文集一卷。这么长的论学书札，即使在清代也不多见。至于为罗茗香撰《四元玉鉴补草序》，最终写成一篇近两万言的商榷、发挥文字，就有点出格了。这篇长文也整整占了文集一卷的篇幅，末云“芜辞不合序体，匪云应属，藉用相质而已”。知道不合序体而仍洋洋洒洒地发挥己见，只能说明他不愿为文章体制所束缚。对他来说，文体只是承受言说的载体，达意是唯一的目标，只要能实现达意的目标，没什么写法是不可以的。他的学术著作和文学批评著作都贯穿着这种指导思想，在文体上独树一帜。

焦循与阮元论同邑友朋之学，称黄承吉“深刻于诗”[②]，黄承吉对

---

① 黄承吉《梦陔堂文集》黄必庆跋。

② 焦循《答阮芸台先生》，《焦循诗文集》，广陵书社 2009 年版，下册第 624 页。

自己的著述最看重的也是诗。在道光九年(1829)五十九岁时编成四十卷,不幸翌年即毁于火,所存别本仅十分之二。幸而友人梅植之处存有借阅的稿本,约占全稿的十分之四。经四处搜集缀补,加上日后所作,最终编成三十四卷,于道光十二年(1832)刊行,不久又续刻一卷,成为通行的《梦陔堂诗集》三十五卷。黄承吉卒后,其子黄必庆于道光二十三年(1843)复刻诗续集十五卷、《梦陔堂文集》十卷。文集也是火余之稿,经黄必庆与王翼凤多方搜罗,只得八十一篇。这部文集后来流传极少,到民国间已很罕见,1939 年燕京大学图书馆据原刊本重新排印,才通行于世。尽管黄承吉不以诗自命,晚清谭献读到《梦陔堂诗集》,还是认为黄承吉诗"不露锋锷,自然神到",且说黄承吉在诗学上"断为乾隆后第一大家"[①],给予极高的评价。

诗文之外,黄承吉还撰有《经说》、《文说》、《读周官记》、《续毛诗记》。《经说》体例不同于一般解经著作,主要是就字词训诂引申大义,发明经旨。其书已不传,仅存若干篇章如《中字说》、《丁字说》、《怨字说》、《缩字说》、《兄字说》等散附于黄氏诗文的各种抄本。《文说》十一卷传本也很少,寓目者尠,以致学界每有误解。中国社会科学院文学所藏有《文说》抄本一部十二册,有"孝劼所藏书画金石"朱文印。前有天津张鸿来题记,事关《文说》的内容、性质及其书在近代的流传,迻录于此:

> 昨在琉璃厂文莱阁购此残抄本十二册,考知为黄承吉所著。黄氏《梦陔堂文说》十一篇,刻于道光辛酉,钱玄同、阎润轩均见之。钱云一题文字或长至一册,阎云有两册为一篇者。此抄各篇题章节一气到底,或系《文说》初稿,尚未整理就绪者。然观刘文淇《梦陔堂文集序》谓黄氏著有《文说》、《经说》,《文说》已刊行者十一篇,《经说》百余万言,尚未编次;又云《文说》第一篇论文

① 谭献《复堂日记》卷一,河北教育出版社 2001 年版,第 219 页。

章关系至重，首详文之体用，次述文之藻缋声韵，是《文说》为论作文之书，而此抄乃考据字义之作。《经说》尚未编次，而此抄虽未编次，又不类《经说》，且篇中屡云《经说》已详言之，是此抄当在《经说》以外。今姑假定其名为《文说》，尚不如假定其名为《字说》为允当。然不见《文说》刻本，究莫能明也。孙耀卿《贩书偶记》又注有《续文说经说》未分篇（十七卷二十页），抑此为《续文说》欤？耀卿赴粤，容俟其归来询之。

民国三十一年五月十二日又续记云：

高阆仙先生藏书有《梦陔堂文说》一部，计文十一篇。刘文淇序，云其中论雄者至多，而论固者仅一篇，以是书专为辨雄而作也，与此抄本截然不同。此抄本眉上朱字各条，有云此以下当节为《剥床说》，入《经说》中。又云包孚二字，《经说》书十万言皆本之以立论。又云此说包孚二字相通，引据精博，但《经说》中若已有此说，则此为复衍，而彼非新异矣。须对，《经说》无则存此。又云宜以包孚说名篇，又云此可录为宛字说，又云此可录为然字说。此抄本既非《文说》，又非《经说》，而先生著作中又未闻有字说专书，岂此抄本类乎作史者之长编而为著作各书取材之资欤？

按：抄本内夹有签条，有铅笔开列《梦陔堂诗集》十二册五十卷、《文集》四册十卷、《文说》十四册十卷，有一九五〇年九月十三日记："此书系闵尔昌所藏拟出售者，初索价八十万元，继减至六十万元。此条为白廷智所开，观《文说》十四册，可知阆仙之书确缺四册矣。予藏抄本当系《经说》（经说即说字，类乎字说）之稿未整理付印者，容再取《字诂义府合按》查之。"又云："就《字诂义府合按》观黄春谷之著作，实觉牵扯杂乱，头绪不清。《文说》各篇亦然。十五年前听说黄君《文说》有一篇文章订一本者，或订两本者，为好奇心驱使，多方寻觅，数十年来只习见诗集（刻印精），并文集亦未得见。后闻孙蜀丞以一百廿元由上海买得《文说》一部（蜀丞买得者当系文集，非《文说》，燕京大学曾借用排印）。”据诸题跋可知，张鸿来旧藏的这部稿本应该是黄氏所著《经说》的底稿，观今存十二本，大抵求微言于训诂之中，文繁义复，篇幅极长，以致偶有文理不清、莫辨旨归之处。这种情形也见于《文说》一书中。

二、《梦陔堂文说》的内容及特点

黄承吉《梦陔堂文说》十一卷，今已稀见，国家图书馆藏有胡玉缙旧藏道光刊本，钤“元和胡氏玉缙所藏”朱文印，系郑振铎先生家属所捐西谛藏书之一。共十一册，每半页十行，行二十一字。前有道光二十一年（1841）辛丑四月刘文淇序、阮元撰黄承吉墓志铭、道光二十一年三月自序。刘序称书作于道光十三年（1833）癸巳，成于二十年庚子，先梓其十一篇，而命文淇序其缘起。然则其书撰著于作者六十三至七十岁之间，是晚年学问成熟时期的著作。不过此书实际上并不是一次刊行的。中国社会科学院文学所藏有一套《梦陔堂诗文集》附有一册《梦陔堂文说》，仅《论汉书中多诬陷司马迁之语第□》一篇，共三百零三页，末有“歙里吴大勋、子婿程官垿同校”题记。书皮为原装，有胡朝宗收藏印。书内大题作“梦陔堂文说”，书口及标题标卷次处皆留墨丁未刻，知此卷为较早写定初刻之作。

刘序既应承吉之请而作，所述其著书宗旨应该可信：

> 先生以扬雄有“童子雕虫篆刻，壮夫不为”之语，而后世之轻视文辞者辄祖述雄语，以为口实。雄又以史迁行不副文，是非谬于圣人，而班固亦即以其语为迁传赞，又申之以先黄老后六经等说，俨然与雄为一倡一和，因作《文说》正之，凡若干篇。其中论雄者至多，而论固者仅一篇，以是书专为辨雄而作也。

由此知《文说》的撰著动机是要清算扬雄轻视辞赋价值所造成的历史

影响，并辩驳扬雄、班固对司马迁的诬枉。这无疑是个翻历史大案的课题，阮元撰黄承吉墓志铭，竟详列《文说》十一篇纲要，以之为承吉毕生学术之所在。铭曰："黄君之学，在于《文说》。雄固枉迁，无人能决。熟精古书，其私始讦。诬二千年，其冤始雪。"当时学者对《文说》的崇高评价由此可见。

众所周知，扬雄轻蔑辞赋的一番话，对中国文人的文学价值观影响深远。以立德立功为首要理想的古代士人，每当立德、立功的希望破灭，不得不以文人而终老时，他们的自伤、自叹和自哂，往往就引扬雄语为口实。晚清邓绎也曾指出："扬雄曰，使孔门而用赋，则贾谊升堂，相如入室。于是悔雕虫小技焉。后儒始轻词赋之用小矣，由雄言之未晰故也。"[①]然而，作为文学家的扬雄并不因轻蔑辞赋而稍减声价，邓绎对扬雄的看法相信能代表人们的一般评价：

> 两汉之世专以大儒归扬雄，经术盛而人知有《易》也。魏晋以来始以辞人视雄，至于盛唐遂以扬、马并称。"赋料扬雄敌，诗看子建亲"，"斯文崔魏徒，以我似班扬"，"悠然想扬马，继起名硉兀"，杜少陵亦云然矣。独韩退之以荀、扬大醇追配孟子，为起衰之特笔。然其论古文章，仍以司马相如、扬雄为一流，不能无狃于前人之说也。雕虫小技，壮夫不为，扬雄之所悔也。而后人乃津津乐道之，习非之胜是也久矣。[②]

正因为如此，黄承吉要力驳扬雄的说法，并揭露扬雄、班固对司马迁的歪曲污蔑。他的工作不是诉诸情感或道德的申斥，而是付以详尽的考据、周密的论述，就像刘文淇说的，"条举二家之失，皆根据史传，不为凿空之谈"，"至其所以表章太史公者尤不遗余力"。

从许多方面来看，黄承吉《文说》都堪称是一部论文的奇书。无

① 邓绎《藻川堂谭艺·三代篇》，光绪四年自刊本藻川堂集所收。

② 邓绎《藻川堂谭艺·三代篇》，光绪四年自刊本藻川堂集所收。

论是十一册三十多万字的篇幅，还是集中讨论问题的逻辑思路，或繁言复证的论述方式，在古代文学理论乃至古代文学研究史中都是绝无仅有的。单看其篇章目录，就显出非同寻常的论辩路径：

第一，扬雄有雕虫篆刻之说，致文为后世诟病，首著此篇，以明文章关系至重

第二，论《法言》内谓赋为童子雕虫篆刻壮夫不为，其壮夫乃指壮年，及考雄赋，皆是壮年所为

第三，论《汉书》中不当有扬雄传

第四，论《汉书》中扬雄传是雄自作

第五，论扬雄《甘泉赋》赋与序不合

第六，论《甘泉赋》通体皆以昆仑谀颂

第七，论扬雄《河东》、《校猎》、《长杨》、《逐贫》、《太玄》诸赋

第八，论扬雄设风劝二字贬赋，就以诬陷司马相如，乃先误解《诗序》，兼误及一切诸书

第九，论扬雄因毁东方朔，致毁柳下惠为乡原仁贼，并论《法言》中各等辞

第十，论《汉书》中多诬陷司马迁之语

第十一，论《太玄》自谓合天应历，其实所设皆臆数，与天历不合

由这一目录看，《文说》的书名准确地说应是《扬雄研究》(附论班固)。黄承吉的驳论，层层深入，逻辑相当严密。首先从扬雄的雕虫篆刻之语入手，指出它对后世文章写作的消极影响，重申文章的重要性。接着考证扬雄自己的赋作，证明它们都作于壮年，从而揭破扬雄心口不一、言行不一的虚假面貌。由此推广到扬雄的生平、人品，断定凭扬雄的品德和行事，根本无资格在《汉书》中立传。班固所以为他立传，是因为他诋毁司马迁，暗合自己内心对司马迁既嫉妒又自卑，必欲毁之而后快的卑劣心理。然而扬雄人品既无足称，事功复无可述，只得

全取其自述及赋作来充卷帙，于是《汉书》的扬雄传就等于是扬雄自作。那么这些材料是否可征信呢？黄承吉再取历史记载与扬雄自述相对照，证明扬雄《甘泉赋》的主旨与自序所述根本不符，后世注家轻信其言，不加深考，在肯定其讽谏意义的同时反而误解了司马相如，以至于是非颠倒，黑白混淆。为此黄承吉比较两家赋中对昆仑传说的运用，考定扬雄《甘泉赋》通篇都是以昆仑谀颂汉成帝和赵飞燕，进而考察扬雄《河东》、《校猎》、《长杨》、《逐贫》、《太玄》等赋作，发现全都存在着竭力谀颂、殊无讽谏惩戒之意的通病。由此他推断，扬雄赋序每设风、劝二字贬赋，其实是用来诬陷司马相如的，其根子首先在误解《毛诗序》，从而误及所有典籍。在勘究了扬雄的辞赋后，黄承吉又将目光投向扬雄的其他作品，指出他因诋毁东方朔而导致诬柳下惠为乡原仁贼，并酿成《法言》中的若干悖谬论断。因为扬雄的诬谤经班固之手融入《汉书》，影响深远，第十卷插入一篇专论班固如何在《汉书》中诬陷司马迁的文字，以见其与扬雄之诋毁司马相如实出同一动机与心态。最后，黄承吉以自己在历法方面的专门知识，逐条驳斥《太玄》自谓合天应历，其实所设皆逞臆说，与天历不合。经过这番详尽的辩驳，前人对扬雄的推崇之词，扬雄对前人的诬枉不实之词，就全都瓦解了，扬雄其人及其著作的品格、价值成了需要重新加以论定的问题。这就是黄承吉不辞辛劳，以三十余万言的罕见长篇剖析扬雄全部著作的动机和意义。阮元称“凡此十一篇三十余万言，于是千古之诬枉始正，人心之是非始正，人心之忠奸始正，经史之是非、孔孟之指归是非亦皆正”，表达了那个时代学界对《文说》价值的估量和肯定。今天我们重读《文说》，还可以从文学理论和批评的角度再作一些申发。

近人闻宥曾说：“读文而不讲派别，即不明其体格之要，与不读等也。”[1]研究黄承吉的《文说》，如果不联系扬州学派的学术精神来看，也不易理解和把握其学术特征。诚如张舜徽先生所说，吴学博，徽学精，扬学通。扬州学派最突出的学术品格是无门户之见，不墨守旧说，勇于创新[2]，相比吴、徽二派，扬州学派的学者不仅精于小学，淹贯经史，谙熟典制，见识闳通，而且学问、创作兼擅，诗、古文、骈文创作成绩斐然。黄承吉所处的时代，正是汉宋学由对峙而转向融合的时期，与他同时的扬州学者如凌廷堪、焦循、阮元、江藩、黄文旸、刘文淇、刘宝楠等都是兼收并蓄，得汉宋学之长，且各有专门之学的通儒。黄承吉也深于经学，尤其精于训诂，其《字义起于右旁之声说》一文继王圣美右文说后为“因声求义”之法的经典论文，刘师培认为黄承吉“友焦循，移焦氏说《易》之词以治小学，故以声为纲之说寖以大昌”[3]。他解字义的基本原理是“凡字义以所从之声纲为主，而偏旁则乃逐物形迹之目”，同时主张“字义必视乎随文所用，而字之本义则一核其本字之声”，可见是立足于依声定义，而视语用之境定其训诂，在训诂思想和方法论上有一定的超前意义。他治经则主要是就字词训诂以引申大义，发明经旨。《文说》的论述方式，不仅发挥了作者治经的特点，也贯穿了扬学“通”的精神。

黄承吉在《谈星台时文序》中曾说：“星台之文不名一格，有合予论学之旨矣。予以为，为学犹食食也，无论其为膷为臛为胾为腊为胥鲊为餈饵；犹被服也，无论其为锦为绣为纨为绮为布帛为裘罽；犹陈器也，无论其为金为玉为角为木为瓷泑为髹漆，惟其美而已矣，惟其适于口，彰于身，娱于目而已矣。”这段话部分地表明了他学术思想中的实用主义观念，只求通达意旨，解决问题，不拘拘于门户和形式。这或许也是“扬学通”的一个表现。《文说》第一篇论文章之功用与价

① 闻宥《野鹤零墨》卷三“黄妳余札”，民国七年枕霞阁排印本，第49页。

② 赵航《扬州学派概论》，广陵书社2003年版，第14—15页。

③ 刘师培《近儒学术统系论》，《左盦外集》卷九，收入《刘申叔先生遗书》第49册。

值，虽同样也有以训诂来论定《毛诗序》的讽、刺、谏、戒等字初不主于刺恶，从而断言“上以风化下”数句仍为正风而非变风的例子，但通篇的论述则体现了大处着眼、大处立论的通识。他先肯定“文者，与天地俱生者也”，由是推导出文具有普遍和永恒的属性：

> 文字者，附丽于事物而无已焉者也。夫惟万事万物无不根于天地，故天地之所至，即文之所至。于是乎有德之文，有象之文，有事之文，有礼之文，有声之文，有辞之文。

然后他揭示文与道的关系，指出“天地自然之故，本根于道，而非徒著其辞以明道”，因而阐明“夫文之在德者，道之体也；其为象、为事、为礼、为声、为辞者，道之用也”。这样，文和德也就有了一种互体性：“象、事、礼、声、辞五者为文德之用之目，殆如五行五色五音五事之出于一定，所谓天经地义矣。”而在象事礼声辞这五者中，辞又是最基本的用，所谓“五者之文又莫大于辞”，这就确定了六经作为辞的价值依据——“六经之所以载德者，辞也。《易》主于象，《书》与《春秋》主于事，《礼》主于礼，《诗》与《乐》主于声，而皆非辞不明，则辞乃统乎六经。然则德者体之全，而辞者用之全。”六经与辞的关系既定，就顺理成章地引出六经与后世之文的关系如根本与枝叶，各为不同发展阶段的结论。基于这样的认识，他批评了前人的“文必辅翼六经”之说，肯定后世文辞多样化的合理性。在澄清了文辞存在的正当理由后，他考察两汉儒林和文苑的分合，指出范晔《后汉书》分立儒林、文苑传，“不过就致力之专兼，一分两界，并非主以文苑为轻。迨后扬雄雕篆之语日益通行，于是逐习为重儒林而轻文苑。攻文者见绌而涉经者自高，反之则致文士复以谈经为诟病，两不持平”。在当时那个崇尚学问的时代，黄承吉无论如何也不可能否定经学，于是强调文苑的地位，最终只能达成一个折衷的结论：“要之经义之与文艺，必兼尽乃可各全。”尽管如此，他已驳倒了扬雄的旧说，在理论上为文确立了合法地位。这虽不是什么独到之见，但他的论证是清晰有力的，只可惜论述的冗长不免使逻辑的力量有所削弱。

文章篇幅巨大，论证冗长是《文说》最引人注目的特点。张舜徽先生说“古今著述文字，实亦无此体制”[①]，就更不要说论说古文辞的文话了。章学诚曾说：“近日才人风气，好呈繁博而不甚求文理之安，故于辨难之文摭故拾典，如经生之对策，意在炫所有，而谛审义意与所辨之旨，往往不甚比切，或至反相背驰，览之殆不觉失笑也。”[②]黄承吉的考证，虽不至于论证背驰，但庞大的篇幅在保证逻辑层次之展开和理论细节之充实的同时，也带来文理不清的缺点。张鸿来读黄承吉的《字诂义府合按》和《经说》，已留下“牵扯杂乱，头绪不清”的印象，张舜徽先生也说“顾其为文，率病芜冗”[③]，我读《文说》同样不能摆脱繁复冗长的感觉。第六篇论扬雄《甘泉赋》也许是书中得失两方面都表现得最为典型的一篇，就让我们看看作者是如何论证其结论的。

黄承吉考定《甘泉赋》通篇借昆仑来谀颂汉成帝和赵飞燕，是从它与司马相如《大人赋》的对比来展开的。作者首先概述昆仑传说在先秦两汉的流变，揭示诸家运用昆仑传说意旨的不同：

> 昆仑之说至周末而盛著，是《庄子》、《山海经》等书之昆仑非复《禹贡》、《管子》之昆仑矣。如《吴越春秋》“范蠡筑城象昆仑”，书虽后人所为，盖必有其遗事。而《离骚》通篇辞语，皆言昆仑。至汉主好神仙，其时愈言昆仑，故相如《大人赋》亦通体以昆仑结撰。然《离骚》之昆仑，因怀王不纳谏而主于指天帝以自明；《大人赋》之昆仑，因武帝好神仙而主于明西王母以寓谏。盖昆仑者，相传为天帝之下都，而西王母之所居也。至扬雄之《甘泉赋》，则全篇专主于以昆仑献媚，与相如之以昆仑陈谏者，正为相反。

---

① 张舜徽《清人文集别录》，中华书局 1963 年版，下册第 350 页。

② 章学诚《丙辰札记》，中华书局 1986 年版，第 95 页。

③ 张舜徽《清人文集别录》，中华书局 1963 年版，下册第 350 页。

接着先分析司马相如赋中昆仑的讽谏之意，指出何以武帝见之“反缥缥有凌云之志”的缘由：

> 雄与相如赋中同举称昆仑之西王母。相如赋云：“吾乃今目睹西王母暠然白首、戴胜而穴处兮，亦幸有三足乌为之使。必长生若此而不死兮，虽济万世不足以喜。”斯言也，乃直刺武帝之失。夫武帝专主于慕西王母，而相如以是折之，言西王母不过穴处之族类，而又暠然白首，犹幸有此乌为之取食。其曰幸者，言外云若无此乌，或致饿死，今即使遇之而何益？且彼如此形状，则即使遇之而长生，即使遇之而长生万世，亦不足以为喜。赋止四句，足抵千百语反覆申明，可谓至言极谏。至其下文仍接以“不周”、“幽都”等语者，乃其谋篇结体，本假昆仑进谏，不能反置线脉不言。而赋体本于古诗，原主婉约以待人之善听，非表疏章奏等之侃侃直陈可比。然如相如此数语，已极深明剀切，武帝览之，岂有不知不喻？假如武帝见而猛省，则相如遂可格君心之非；若武帝执意不回，则虽别为直言陈谏何益？且此辞亦何异于直陈，故当时帝反缥缥有凌云之志者，乃由于武帝之不改其行，非相如之过也。

这里从赋体婉言讽谏的特征出发，强调讽谏效果的实现最终有待于读者的接受态度，从而解脱了司马相如的责任。继而分析扬雄赋的写作动机，以及后世不明就里，以致是非颠倒的结果：

> 至于雄则见成帝之亦极慕昆仑，适值赵昭仪从幸甘泉，故其赋亦以昆仑结体，就以昭仪当西王母，而申其谀颂。又适值昭仪妒绝后宫，成帝于一切妃嫔皆已屏却，故遂以诸妃嫔当玉女虙妃，而谓之西王母上寿，屏玉女而却虙妃。犹恐其不明也，则更申之曰：“玉女无所眺其清庐兮，虙妃曾不得施其蛾眉。”夫如是，则成帝与昭仪当无不知其所以为谀己、颂己者，而从此可以干进

矣。然则雄赋之主言昆仑，岂非正与相如相反？乃雄反谗陷相如而誉己，其语皆明于前篇。无如两赋之主言昆仑，后世察之者鲜，所以李善注解西王母数句，反以雄语为戒好色之败德；而其“琁室”、“倾宫”二句，服虔、应劭不知其昆仑也，乃谓雄举桀、纣当以亡国为戒，是非黑白，颠倒混淆久矣。今若概以雄赋为主言昆仑，而不为一一载明其所自出，则人犹或非之，故予此篇又有不得不著者。非必欲置雄无地，乃以相如含屈已久，窃欲著明千古之公，虽复烦言，有所不恤。

他的烦言不是一两千字，而是整整四册三百七十一页，用洋洋逾十五万五千字的篇幅来考论这个问题！通过字句、典故的疏证，他居然举出六十多处扬雄暗寓昆仑的例子，然后再就西王母传说的由来、赋中词语的用法、训诂等多个角度加以考辨，断定“其全篇无不以昆仑之言叙甘泉之事也”。这样的考证分明是清人治经的路数，属于用治经之法来治文。阮元称赞黄承吉“幼读书聪敏，博综两汉诸儒论说”①，从第六篇的考论我们可以清楚地看出他精熟先秦两汉典籍的学问根基。太长的文字无法举例，这里姑举一个由词语来考证扬赋暗寓“昆仑”的最短的驳论：

其赋云“徒回回以惶惶兮”，观者但谓寻常叠字耳，而不知其言昆仑也。何以征之？《楚辞·九怀》云：“肠回回兮盘纡。”又云：“乘云兮回回。”《九怀》多言昆仑，而始有“回回”之叠字。此赋之所以言“徒回回以惶惶”也。按：此句赋即用《九怀》之“回回”，似无足异也，而必引以证其昆仑者，则以其全篇无语而不由于昆仑也。《九怀》如“微观兮玄圃”、曰“乡吾路兮葱岭”、“越炎火之万里”等句，皆明明昆仑也。又如“乘日月兮上征”，王逸注云：“想托神明升天庭也。”“驰六蛟兮上征”，注云：“乘龙直驱，升

① 阮元《黄承吉墓志铭》，《梦陔堂文说》卷首，道光二十一年刊本。

> 阊阖也。”天庭、阊阖皆昆仑也。雄采其昆仑,因并采其“回回”二字。《九怀》以前并无“回回”二字也,后此张衡《思玄赋》云“焱回回其扬灵”,则又用《九怀》及此赋之“回回”而稍别其义者也。《九怀》“肠回回兮盘纡”句,王逸注云:“意中毒闷,心纡屈也。”“乘云兮回回”句注云:“载气溶溶,意中恶也。”雄赋下云“徨徨”,又云“魂固渺渺而昏乱”,正《九怀》之义,所谓盘纡而闷屈也。或谓雄时书籍,今多遗佚,安知“回回”之字必出于《九怀》?然雄赋具在,其所用之字句,今之无可考者罕矣,安能舍实据而托空言,以为之回护也。然则雄赋虽如“回回”等之叠字,而亦昆仑也。

这里由出自《九怀》的“回回”一词原为描绘昆仑所用,而推断扬雄赋中“徒回回以惶惶兮”一句是暗寓昆仑,乍看不无穿凿附会之嫌。但问题是,作者不是只凭这一个孤证而立说的,类似的证据他举了几十条,这就有说服力了。第十篇论《汉书》中多诬司马迁之辞,也是用了三册三百零三页的篇幅,逐条论定班固对司马迁的诬枉。类似的周密论证,除了清人考证经书真伪外,在文学研究中从未出现过。由此也可看出,清代的学术风气是如何深刻地影响到诗文研究和批评。

我曾指出,清代诗学与前代最大的不同,就在于清人是将诗学也当作学问来研究的,清代朴学的实证学风同样也培养了清代诗学的求实品格[1]。现在通过黄承吉的《文说》,我们又可以得出结论,清代的散文辞赋研究也曾受到经学实证风气的影响。这种疏解经义式的考辨,虽不免显得烦冗复杂,但它详尽地疏证了扬雄辞赋作品素材和语词的来源,由此探明作品本事及其与史实的关系,为深入研究文学素材的因袭、文学语言的嬗变和作家写作动机、思想意识、构思方式的特征,提供了详备的资料长编,其结论当然更直接地给我们以启发。从这个意义上说,黄承吉其人和《文说》都是值得我们重视并加

① 蒋寅《论清代诗学的学术史特征》,《南京师范大学文学院学报》2003 年第 4 期。

以深入研究的课题，对类似作家或著作的发现，将改变我们关于传统文学批评都是零星的、印象式的、点到为止的等等先入为主的结论，在古典文学研究和批评的基础层面上改写我们的学术史。

（本文初刊于《励耘学刊》第3辑，北京师范大学出版社2007年版）

汪端诗歌创作与批评初论

自女性主义文学批评兴起，女性的文学活动及其历史就被从性别的角度重新审视，女性在历史上遭受性别压迫的认识也自然地投射到文学领域中来，在女性文学传统及文学地位的问题上有时表现为一种情绪化的索赔态度。女性文学研究者认为，“妇女被拒斥在文学史之外，说到底是因为妇女一直被拒斥在写作之外”。“在中国，那些确曾存在过的女性文学天才，每每被既定文学史封杀在青楼和闺阁里，成为永远的无名氏。李清照、朱淑贞的成就，就是妇女文学能力的一种强烈表达，但李清照和朱淑贞只是也只能作为奇观而为文学社会与文学史所认可，她们是男权秩序一道不慎的裂隙(断不是宽容的见证)，由于历史之手的涂抹而使之在距离之下产生花纹般的装饰效果”①。对于这样一种抗诉，我能理解作者的心情，但很难同意他对事实的指认。历史上女性的文学活动，各国情形不一，很难一概而论。就中国古代而言，尽管先贤业已指出：“古今女士，必赴流蹈火，若曹娥、宋姬之为者，然后可传哉。终身庸行，内抱至德，多名不出于家也。”②但是在文学才能和文学创作方面，女性似乎并未被轻视和遮蔽。“女子无才便是德”毕竟是陈腐的古训，而左芬、鲍令晖、上官婉儿那样的才女却一直是文士赞美的偶像，倾慕的好逑。他们对女性

---

① 王侃《“女性文学”的内涵和视野》，《文学评论》1998年第6期。

② 应扮谦《应潜斋先生集》卷九《沈母陆孺人传》，咸丰四年刊本。

才华的欣赏和珍视，甚至到了猎奇的地步。像王士禛、陈维崧、袁枚、陈文述、郭麐一等风流自赏的诗人，无不由衷欣赏女性的创作，热心于赞美女性的才华。郭麐在《樗园销夏录》里曾写道：

刘景叔(祁)云，“贤人君子得志可以养天下，不得志天下当共养之”，其言甚大。诗人闺秀亦天地间所当珍重爱惜之物，其有坎坷，亦宜相共存之，无所于让。宜秋贫至绝食，竹溪诸子敛金周之，风义甚高。宜秋以二律为谢，读之凄人心脾。然弥见风骨。词云：“惠比指困赠，情同挟纩温。感深惟有泪，欲报恐无门。得食诸雏长，衰宗一线存。应知姑与舅，泉下亦衔恩。”“回头语儿辈，汝勿太憨痴。不有诸君子，何堪卒岁时。可怜饥冻久，未敢再三辞。他日如成立，生生尸祝之。”余去岁入都《留别故园诸君》卒章云：“金源刘氏祁，一语足深思。天下有贤者，世人当养之。况于闺阁内，值此困穷时。周急须公等，临行申以诗。”盖为宜秋作也。①

宜秋女士姓汪名玉轸，在当时还不算有名，而吴江士大夫已护惜如此，著名闺秀的宠遇可想而知。只不过如张云璈所言，“天之生一才人也不易，生一闺阁之才更不易；闺阁有才而又得全家之多才以张其才，则尤不易”而已②。在我的知识范围内，清代女诗人汪端可以算是一个尤不易之才。将她作为典型来研究，也许足以究明中国古代女性的文学创作和批评是如何被男性社会所接受和赏誉的。

一

汪端(1793—1838)，字允庄，号小韫，出生于浙江钱塘一个书香

① 郭麐《樗园销夏录》卷下，嘉庆间家刊灵芬馆全集本。

② 张云璈《自然好学斋诗钞序》，《自然好学斋诗钞》卷首，同治十三年重刊本，又见《简松草堂文集》卷六，民国三十年燕京大学图书馆影印本。

世家。祖父名宪，字千波，号鱼亭。早成进士，官刑部员外郎，二十六岁即乞养告归，家振绮堂藏书之富甲于杭州。父名瑜（？—1809），字季怀，自号天潜山人。候选布政司经历，归隐不仕。博学多才，工诗善琴，并精于医道，梁绍壬《两般秋雨庵随笔》卷六还载有他以医理来解释《左传》疑点的见解。母梁应铜，出身名门，祖父为宰相梁诗正，父敦书官工部侍郎，一门多著名作家。汪端来到世间时，家族长辈享有盛名的有外伯祖梁同书，诗人兼书法家；表舅祖张云璈、姨母梁德绳，诗人；姨父许宗彦，诗人兼古文家；舅父梁玉绳（嗣梁同书后）、履绳，著名学者；表舅钱杜，诗人兼画家。姑嫂、中表、甥侄间也多为名闺秀，而振绮堂后人、著名藏书家汪小米则是她的从侄。这样一个家世和亲属名单，足以让任何人引为骄傲。

汪端母亲早逝，父不再娶，教两子两女，都能读书作诗。汪端最幼，乃父视同掌珠，延秀才高迈庵课她读书，倍加慈爱而宽容。而女儿却"性好儿嬉，塾课既毕，即爇芸弄蚁以为乐。天潜翁以其幼稚，不忍诃也"[①]。汪端的童年可以说是幸福的，自由玩耍对她天性的发展大有益处，她的聪慧很早便显露出来。在杜甫"开口咏凤凰"的年龄，汪端也应父亲之命赋春雪诗，当时以为不减柳絮因风之作，因呼为小韫。诵木华《海赋》，两遍即能背诵，不遗一字。读书更是过目不忘，而且极有主见。父亲见她喜欢诗，便取宋元明及本朝人诗集给她读。她一过目辄弃去，独留高青丘、吴梅村两家，既而去吴留高。父亲问是何故，答："梅村浓而无骨，不若青丘澹而有品。"从此奉《青丘集》为圭臬。父亲为幼女的教养不知付出多少心血，以致陈文述后来感叹："端之来归余家也，重亲以下称其贤者，无间言。又熟于史传得失、诗派流别者，皆君教之也。"[②]父亲为女儿未来的幸福也做了妥善安排。夙有知人之鉴的他，听友人华秋槎称赞陈文述子裴之才华出众，特地

① 陈文述《汪端传》，《自然好学斋诗钞》卷首，后凡引此传，不一一注明。

② 陈文述《颐道堂文钞》卷三《汪天潜墓志铭》，道光刊本。

到苏州访察。一阅裴之《春藻堂初集》,叹为隽才,当即属华秋槎做媒,与陈文述结秦晋之好。嘉庆十二年(1807),汪端与陈裴之订婚,当时汪端十五岁[①]。

正当汪端对未来充满憧憬时,不幸继踵而至。嘉庆十四年(1809),长兄初卒于四川军营,未几父亲也以悲伤过度而奄逝。孤露的汪端被接到姨母梁德绳家。梁德绳(1771—1847),字楚生,以诗名于时,著有《咏春轩诗草》,并主持风雅,号为闺秀龙门。汪端在姨母家,终日独坐一室默诵唐诗,遇意得处,溘然而笑,一家上下咸目为书痴。她的聪敏强记再次表现出来,读庾信《哀江南赋》两遍,即能背诵不误[②]。梁德绳见甥女有异才,乃悉心授以诗,后来汪端选明诗就出于姨母的引导[③]。姨父许宗彦是当代名诗人,著有《鉴止水斋集》。他每见汪端所作,必为指示瑕疵,使修改臻于完善。汪端《自然好学斋诗钞》卷二(以下凡引《诗钞》径注卷数)有《落叶和楚生姨母》,许宗彦《鉴止水斋集》卷五有《落叶和汪小韫姨甥女》,都是当时所作,想见一室唱和之乐。

嘉庆十五年(1810)二月初五,十八岁的汪端归于陈氏,成了著名诗人陈文述的冢媳。夫君裴之(1794—1826),字孟楷,又字朗玉,以父字云伯,故又字小云。小云幼承家学,声名早著,人称"神清似卫叔宝,才略似温太真,文章经济似贾长沙,风流儒雅似周公瑾"[④],有国士无双之目,汪家长辈梁同书、许宗彦都激赏其才。嘉庆十九年(1814),梁同书以九十二岁高龄,为汪端诗作序,称裴之"天性过人,

① 陈文述《颐道堂文钞》卷一三《裴之事略》,梁同书《自然好学斋诗钞序》,《自然好学斋诗钞》卷首。

② 许宗彦《自然好学斋诗钞序》,《自然好学斋诗钞》卷首。按:此与诵木华《海赋》两遍成诵,疑为传闻异词。

③ 罗以智《恬养斋文钞》卷四《梁恭人传》,合众图书馆丛书本;梁德绳《明三十家诗选序》,《明三十家诗选》卷首,道光二年自然好学斋刊本、同治十二年蕴兰吟馆重刊本。

④ 徐尚之《陈小云司马传》,《颐道堂文钞》卷一三附录,道光刊本。

学识超越”，又借钟嵘语称其《澄怀堂诗》“情兼雅怨，体被文质，粲溢今古，卓尔不群”，许之可谓至矣。故汪端之归裴之，一时有金童玉女之目，拟于祁彪佳商景兰。陈文述《颐道堂诗选》卷一〇《再成一首示芹儿并示新妇汪端》云：“应笑痴人有痴福，果然佳妇胜佳儿。崔卢门第吾犹愧，鲍谢才名我所知。”言下对这位儿媳妇也十分赞赏。汪端过门不久，即有应婆婆命作的《姑大人命题花海扁舟图》诗，初展她已趋成熟的才华：

西溪之滨梅万树，迷离香雪春如雾。恍疑三千白凤从天来，振羽缤纷集瑶圃。又疑罗浮仙子颜冰玉，一笑嫣然隔修竹。波底花光滃若烟，荡漾兰桡划春绿。一床斑管擅风华，新咏相赓丽晓霞。翠羽影边渔笛起，晴峦深处暝烟遮。清绝溪山好卜居，铜坑铜井可能如。生平亦抱烟霞癖，应许同游侍著书。

陈文述为人一向追慕袁枚，风流自赏，“一门之中，人人有集”，又有女弟子三十多人，当时拟于随园①。集中为作序传题诗的女诗人即有金纤纤、胡智珠、沈采石、李锦娵、吴仙芝、陈景垣、汪端、辛丝、王仲兰、李佩金、杨芸、席佩兰、屈秉筠、陈德卿、陈长生、孙琦、顾翎、赵兰素、赵灵箫、陈隽君及前代才女多人，还曾刊印陈维崧《妇人集》，为菊香、小青、杨云友三女士修墓，征诗遍及海内。汪端才名早著，归于陈氏，更如鱼得水，当时闺秀自前辈诗人李佩金、归懋仪、王琼以降都折节下交，约为姊妹。仅由《自然好学斋诗钞》的酬赠题挽所见，她交往的闺秀就有恽珠、曹贞秀、席慧文、吴苹香等六十余人。平日家居读书作诗，与裴之琴弹瑟应，伉俪甚笃。嘉庆二十一年(1816)初，她有《丙子孟陬上旬与小云夜坐以澄怀堂集自然好学斋诗互相商榷偶成二首》，不仅述流露出对“花落琴床春展卷，香温箫局夜谈诗”的满足之情，还宣明了“不将艳体斗齐梁，不骛虚名竞汉唐”、“明珠翠羽非吾

① 陈文述《颐道堂诗选》卷九《琴河女士归佩珊谓余神似随园感而有作》，道光刊本。

好，善病工愁未是痴”的写作态度。从“诗张一帜原非易，胸有千秋未肯狂”的自白中[1]，我们分明可见一对青年诗人胸有主见且充满自信的神采。

汪端夫妇的婚姻生活很容易让人联想到李清照和赵明诚，情投意合，恩爱而风雅。但这只是明亮的表面，在它背后有着浓厚的阴影。裴之才大难用，功名之途颇为坎坷。初以通判筮仕，江南大吏异其才，请留江南补用，吏部以格于例，改选云南府南关通判。裴之以地过僻远，不愿赴任，一直在乃父县署中行走，又参河道幕府，辗转不宁。汪端自幼丧母，及笄丧父与长兄，嘉庆二十一年(1816)姊筠复徂谢，痛何可言。所生两子，长男孝如早夭；嘉庆十八年(1813)生次子孝先(后改名葆庸)，形质孱弱。为此汪端居常悒悒寡欢。距前述《偶成二首》的写作仅一年，《丁丑人日感旧作》所表达的感触就完全不同了：

回首欢悰似隔尘，玉梅花下泪纵横。又逢剪彩传觞节，不尽悲离感逝情。

年方二十五岁的女诗人，心里已负荷过于沉重的忧伤。嘉庆二十四年(1819)，为翁姑双病，汪端与裴之一同斋祷，立愿持斋三年，诵《观音经》，从此夫妇分室。其间汪端因选明诗而患神经衰弱，经常失眠，服参芪也无效。自以体弱不任中馈，又以子嗣不广，遂请为裴之纳妾，娶秣陵王姬紫湘。此后她静摄数年，病况稍愈。而紫湘又入门两年即病卒，令汪端为之伤恸，作《紫湘词》八律哭之。读者都赞美她的宽容不妒[2]，但又有谁知道她的凄苦和无奈呢？忧亲伤逝的接连打击，使汪端形劳神瘁，到道光六年(1826)，三十四岁的她已早生华发。

---

① 汪端《自然好学斋诗钞》卷三，同治十三年重刊本。

② 苏垣《题汪允庄女史传后》之八云：“哀艳诗成恸紫湘，生时何虑宠专房。闺中不解闻狮吼，应笑璇玑织锦忙。”见《自然好学斋诗钞》卷首。

而更大的不幸接踵又至，岁暮裴之客死汉皋，葆庸闻父讣，惊悸失常，久治不愈。亲族劝汪端为娶妇纳婢，以续后嗣，她不忍误人之女，想等葆庸病痊再作计议，终竟不果。所有这些事实都说明，汪端的家族天伦之乐其实是并不多的。她在《七夕送怡珊姊之越》（卷五）诗中说"中年我是伤心者"，在《题吴节妇漏屋茹冰图并柬令娣顾螺峰夫人》（卷一〇）诗中说"我亦茹冰饮蘖人"，绝不是那种为文造情者的无病呻吟。

汪端原先从不读释道之书，对二氏之说概不信崇。早年作《反游仙诗和山舟外伯祖》十四首，取神仙故事一一驳难，可以说是一组诗体的反游仙论。归于陈氏后，题《花海扁舟图》有"生平亦抱烟霞癖"之句，这只是热爱自然的另一种说法，但她的生活从此却和道教相连在一起了。原来公公陈文述是个笃诚的道教信徒，师从金盖山道士闵小艮，将闵供养在家中。他从妹羲也是在家修行的道姑，为龙门派第十二代弟子。汪端一进陈家，马上就接触到《书碧霞元君玉印拓本后》这样的题材，此后道教的典故在诗中日益增多。裴之卒后，汪端伤痛成病，一年间"肠断遗文扶病校，忍哀还抚膝前孤"[①]。由于一向不问家事，亲族关系比较疏远，"而家人有遗忘及难处事，辄条举以对，悉中肯綮；偶有经理，整洁倍人"[②]，这种水清无鱼的精明，难免招人忌惮和敌视。两个小姑萼仙、苕仙与她也不亲近。自她病笃，两人日往探视，把臂深谈，汪端这才悔恨往日的孤高，说："吾向日疑人远我，今乃知我故使人难近也。此贪嗔痴爱之病，今日始知之也。"又向陈文述忏悔贪嗔及口过，说自己"嗔最重，初见其枝叶，后见其根株，六贼潜踪，藏身甚固，去之甚难。所谓一念嗔心起，百万障门开也。始知圣贤仙佛之不可及也。此后惟当亲亲睦之，冤亲解之耳。端每觉世人泰而益骄，过而仍怙，心虽非之，以为无与吾事，而不知皆吾之

① 汪端《自然好学斋诗钞》卷五《题澄怀堂遗集后》之一，同治十三年重刊本。
② 管筠《自然好学斋诗钞序》，《自然好学斋诗钞》卷首。

镜也。吾镜亦垢而未尽拂拭也”。由此可以间接推知她在陈家的日常境况。《诗钞》卷五《寒夜读书感兴》云:“梅能傲雪终嫌冷,兰竟当门敢怨锄。”又《丛兰》云:“生阶郑重当门怨,九畹萧萧泣露寒。”都曲折地流露出一种遭嫌忌怨恨的挫折感。她的传记资料没有出现或暗示过这种家庭氛围,似乎她在家族中人缘甚好,上下爱敬,但她的诗中却隐约然而真实地传达出切肤所感的逼人冷意。不难理解,以长房孤儿寡母处于旧式的家族中,宗嗣继承、财产分配、家庭主权争夺,一切矛盾都会集中到汪端母子身上。聪敏过人的汪端岂能不明白这点,又岂能袖手坐视?关键在于采取什么策略来保护自己而已。

道光八年(1828)春,汪端抱病编定裴之《澄怀堂遗集》,并自题四律。其二自注:“余尝梦至一所,若清虚之府,君(小云)据案修文,不数语而寤。见余所撰《梦玉生事略》。”①《事略》未见传本,内容不得而知。可以肯定的是,该文乃是她日后自神其说的张本。道光十年(1830)十月,她又有《庚寅孟冬二十七日纪梦诗》四首,其中对梦的叙述殊觉隐晦,似乎又埋下了一些伏笔。末一首则明确宣告了对道教的皈依:“一唱荒鸡梦易残,扫除尘累此心安。久尝桐树孤生苦,且耐梅花彻骨寒。宝月光辉通佛国,金丹元妙叩仙坛。茫茫碧落黄泉恨(谓小云),我欲投书问夜阑。”②随后她又写了《即事书澄怀堂集后》,有“黄鹤楼头月一轮,鹤归何处认前身。桂宫校录冰衔旧,玉局司书绛节新”之句。“桂宫”一联将裴之神化,赋予他李贺式“玉局司书”的角色;“魂梦有缘通骨肉”一句又将前梦的内容坐实,以为后续话语的张本。而结联“愍孙愚弱君应佑”一句则属点睛之笔,明为祈愿,暗地却流露了她心底急欲乞灵于裴之的秘密。对孤儿寡母日后地位的担忧,促使汪端选择神道设教的道路。

① 汪端《自然好学斋诗钞》卷五《题澄怀堂遗集后》之二,同治十三年重刊本。

② 汪端《自然好学斋诗钞》卷八,同治十三年重刊本。

当时陈文述夫妇奉道谨笃，汪端也随着修道请业[1]。同年冬她作有《冬夜感怀》(卷八)，发挥释道思想："云影水中原是幻，花枝劫后尚留香。春深瑶草梯仙国，月朗珠林选佛场。"自注："时阅《云笈七签》及释典诸书。"然而一结云"兜率海山俱缥缈，鬓丝青镜渐成霜"，可见她心底并不对释道的神力抱有希望。汪端的学道及以后种种作为，总让人觉得是出于一种策略而非迷信。试想汪端是何等聪明的人，对历史和人事都洞察得那么透彻，她孤儿寡母要在陈家这么一个笃信道教的家庭生存下去，还有什么比学道更好的方式呢？当然这只是一种推论，但不管怎么说，此后汪端的确显示出潜心学道的姿态，不光学道，也学佛。道光十一年(1831)作《送春》(卷八)，末云"绮语年来都忏尽，半帘香篆诵《楞伽》"，又有《题贝叶书五福德经后》诗。平日案头则常置《神仙通鉴》、《金华宗旨》等道教典籍十余种，于西王母《女修正宗》、李泥丸《女宗双修宝筏》参究不辍。因为巫言小云身后有孽，又遵从闵真人言，日对小云遗像诵《玉章经》。据说她"不参语录，不事元功，礼诵七年"[2]，或闭关数月不出。礼玉皇忏及朝真斗以千计，诵《玉章经》以数十万卷计，诚信逾常，以致最终皈依陈文述从妹羲(兰云)为长春真人龙门派第十三代弟子，法名来涵。她曾对人说："名士牢愁，美人幽怨，都非究竟，不如学道。"此言颇耐人寻味，到底是无可奈何呢，还是真正的悟彻，不得而知。但此后汪端的笃信就不断产生奇迹。据陈文述说：

> 宜人选刻明诗竟，论定三百年诗人以先生为第一，世无异议。尚以不知身后真灵位业为憾，于吕祖前立愿诵《玉章经》十万八千卷，求为超升天界。诵既竣，为塑像，期供奉葆元堂。为浮议所阻，则大哭，兰云见而哀之，谓曰："葆元堂吾所创捐，堂事

① 汪端《自然好学斋诗钞》卷八《秋日寄呈翁大人汉皋》其二自注："翁大人暨静初夫人近俱奉道甚笃，端亦预闻微论焉。"

② 陈文述《哭子妇汪宜人》之三自注，《自然好学斋诗钞》卷首。

吾所司，与若辈何与？第卜日吾偕子送往可也。”则大喜。是日，兰云语在堂诸弟子，咸集礼忏。宜人具疏，长跪诵且泣失声，闻者无不哀感。翌日神降于坛，言久已借境升天，掌法南宫，辅相北帝。又翌日降于邗上，为通元祷雨，甘霖大沛，至今无不知九天洪济明德真圆真人之为青丘先生，则宜人一诚之所感格也。

汪端在道光九年(1829)就绘了宋濂、高启两人像，附祀于涵真阁，及此降乩显灵，因赋《瑶潭精舍礼洪济真人像》(卷九)一诗。她有感于高启的悲惨结局，深恨明太祖而赞赏张士诚的礼贤下士、保全善类，以为不可以成败论人[①]。于是采辑资料，撰成《元明逸史》小说八十卷[②]，还扬言："吾前生为青丘先生弟子，既知之矣，抑岂张吴旧从事乎？何于此事拳拳不释也？"高启灵验既显，她就在诗中又加自注：

端前世为吴人张某，元之故将，先生(高启)弟子也。详见庚寅十月《记梦》诗。今先生示云“师恩已报”，则此说洵不诬矣。

尽管高启显灵示言的具体情形不可考知，但其中的机巧不难想见。后来道光十六年(1836)十二月二十五日，她又有梦至赞化宫寤而祷雪于高祖师的事，述于《妙香天室祷雪诗》(卷九)中，再次证实高启的灵验。从诗中隐约的梦境到落实为高启弟子，汪端没有少造神话和舆论，以致到临终易箦之际，当时的虚拟不实之词已变成确凿不移的神谕。

汪端原本蔑视九流家言，以为不足学，奉道后乃喜读《易》。夫亡子疾、翁姑年迈的情势，不容她不考虑修习一种实用技艺，以为异日孤寡生计。为此她具疏祷于高祖师，竟一夕而通星命之学，“于纳音

---

① 这并不是汪端所独有的评价，持这种看法的人应该说是相当多的。林传甲《筹笔轩读书日记》："明太祖崛起东南，苏常隶版图最后，盖张士诚犹得民心也。"民国三年商务印书馆排印本，第116页。

② 寅按：胡敬《汪允庄女史传》作十八卷。

衰旺生克别有会心，取古今名流八字推算之，以证其生平出处，曰太极玄机”。这显然是汪端自造的又一个神话。但深谙世故物理的她毕竟见识不凡，竟敢为阮元、潘奕隽推算庚甲。当时两人尚未入阁，汪端就断言：“两公皆太平宰相。他日相业可方唐之姚宋，宋之韩范。惟阮为飞天禄马格，能久任封疆而不能久处台省；潘为彩凤朝天格，但入赞丝纶而不外膺节钺也。”后二人出处果如所言。其他测算也无不奇中，令精于此道者大为叹服。这些机巧对聪明绝顶的汪端来说大概只是雕虫小技，事实上她自信已贯通儒释道三家之学，惟恨天不假以年，不得阐述传世而已。故病笃时她说：“余生寄死归，亦无所苦，所自惜者腹笥耳。记诵之学，自问不愧行秘书，至如神霄玉府之职司，元始灵宝之谱系，正乙全真之派别，《参同》、《悟真》之得失，不特非儒家所能言，即道家亦无人能言者。惜不及勒为一书矣！”古往今来，才女何限，博学女子也不少，但像汪端这样经史满腹，而又旁通曲学，神机莫测，无奇不有的女子却罕见其俦。汪端真正是个奇才，奇女子。

汪端自学道以后，非但日常生活发生了巨大变化，对文学的态度也全然改变。陶云汀约陈文述一同续选《国朝诗别裁集》，汪端对征求她意见的公公说：“翁生平虚怀若谷，不以文学自矜，故忌者尚少。若操此选，过宽则滥，过严则隘。此中前辈各有后人，请托不行，谤讟易起。端前此尚可助翁定去取，奉道以来，觉此事不甚有味。翁亦道缘深矣，不宜更以此扰清净心。”然后从权宜考虑，又说：“惟宫保于翁谊甚厚，知己之感不减琅嬛相国。近年举家得饱饘粥，皆宫保之惠，谊不可辞。无已，则任参订校阅之役，而不必列名耳。翁六十年来，诗逾万首，亦过多矣。多则难传，不若以此暇日，精选己作，专刻单行，于身后名较为有益。”她自幼熟读史传，深谙人情物理，故持论极为老成。当年居姨母家，许宗彦与她论史，也常为所绌，呼为端老虎，比之禅家西余狮子。汪端论陈文述之学，以为：

翁学贯通三教，故欲辟道统而扫理障。端意人皆可以为尧舜，道不可离，不必有统，辟之可也。理所以范围中行，过于通达，或致流为放废，恐障去而理亦去，且恐障未去而理先去也。不可扫也，在删繁就简、崇俭黜奢，以默挽之耳。

陈文述称赞她深于史学，故论事砭砭，不少假借。她又论陈文述的古文：

不受八家牢笼，足以自成一子。说理论事，深切著明。此由见解通达，不尽关于文字。然端于翁文，取《莲花筏》而不取《葵藿编》，以《莲花筏》劝人为善，体用兼备。闵真人谓救劫度世，功行非凡，当非虚语。《葵藿编》则事权不属，而空有议论，乃杜樊川《罪言》、《原卫》之流，视文中子《太平十二策》未必胜之。位卑言高，难免谗人藉口，当事侧目，《海运》之议可为前鉴。近作《禁烟管见》，正本清源，以举重若轻出之，何尝非救时良策？然当事已各抒高议，而欲使俯听刍荛，其遭人忮刻，不较《海运》更甚乎？幸此文尚未付梓，然恐稿本流传于外之非宜也。

这些议论无不显出汪端的洞明世事、练达人情，连陈文述也心服，故晚年倚为左右臂，事无大小都听取她的意见，还准备将平生著作付之删定。孰料天不怜才，道光十八年冬，年仅四十六岁的汪端竟因脾脏疾病所导致的腹泻，于十二月十八日不治而终。陈文述痛不堪言，为作《哭子妇汪宜人》四律。“玉女金童膝下人，佳儿佳妇说无伦”，这是何等自豪；“墉城仙传呕心作，老泪淋浪更满巾”，又是何等悲绝！汪端临终前诵诸仙佛宝诰及尊号，嘱咐高祖师（启）香火不可废；裴之以经忏力，在高祖师座下，并为文宫侍班，像设香火也不可废。又“自言前世为元末张氏子，名佛保，师事青丘先生，并事张吴左丞潘公为云从。张吴亡，入山修道，赖青丘师接引，入吕祖玉清宫为从官，奉敕降世，为明此段因果。今事毕，夙世之因亦尽，将归故处”。这里不仅继续强化高启和裴之的神话，还将自己的前生坐实，新撰了个佛保的名字，足见用心之绵密。值得注意的是，汪端临终嘱咐："吾耳勿为著环，将转男身。"这表明她内心深处对自己的性别终究是有所遗憾的。的确，凭她的才华，若生为须眉，也许会有更大的自由发展空间，也许可以更从心所欲地生活。但最终是否定能功成名就呢？还很难说，裴之的殷鉴就在眼前。若仅就文学上的成功而言，那么汪端可以说已取得了足够的成就，即使在男性作家中也可欣然无憾。

二

汪端是个不平凡的女子，无论文才、妇德、道术都博得时人的赞美，文学方面的成就尤为引人注目。她曾撰成历史小说《元明逸史》八十卷，为古代闺秀中所仅见。学道后她心境变得平和，自言："愤激何须成谤史，孤危容易著谗书。从今悟彻浮生累，扫地焚香意有余。"[①]又因陈文述已著文为张吴诸臣翻案，于是自焚其稿。现在她传世的作品只有《自然好学斋诗钞》十卷，收诗1143首。这些诗作几乎贯串了她的整个生命历程，相当完整地记录了一个才女才华的成长和发挥过程。

由传记和《诗钞》卷一的自述，我们得知汪端七岁便开始写诗，并出手不凡。她最初的作品多毁于火灾，但幸运的是包括《家大人命同诸兄伯姊咏春雪》在内的十岁以前的作品，还是保留了十六首在诗集卷一。这些少作都经父亲点定，她自称"存其尚可句读者"，未免过谦。因为诸诗遣词虽稚嫩，但取意颇为不凡，甚至令人疑惑小小年纪怎么会有如此的感觉。比如开卷第一首《乌夜啼》：

乌心思反哺，绕树最依依。不学梁间燕，春深各自飞。

---

① 汪端《自然好学斋诗钞》卷五《寒夜读书感兴》，同治十三年重刊本。

至于扬才女之名的《咏春雪》一首，全文是这样的：

寒意迟初燕，春声静早鸦。未应吟柳絮，渐欲点桃花。微湿融鸳瓦，新泥殢钿车。何如谢道韫，群从咏芳华。

尽管尾联的切题略显得生硬，但前三联炼字造句都已不俗，甚至可以说很老练，令人难以相信是出自七岁女童之手。从这批最早的诗作，已可看出她很会用化实为虚的手法，像“寒意迟初燕”便是一例。《潜山隐几楼待雨》“雨势欲来云意暝”一句，也可以说是异曲同工。而《纳凉》“萤影动边明”、《为伯姊纫青题幽篁坐月画卷》“娟娟凉影侵衫子”的“影”，更显出化静为动的生动意味。《为伯外祖梁山舟学士题画山水》中两联云：“人归空翠外，秋到夕阳边。万木围凉影，孤云化暝烟。”她对“影”似乎有特别的爱好，十六首诗中竟写了九次，很引人注目。

汪端十岁以前的诗作，风格明显处在有意识的模仿中。《拟太白凤凰台置酒》的题目显然是太难为她了，有些力不能支。《秋夕次伯兄问樵初韵》“菊荒彭泽冷，波远洞庭秋。落叶随鸦起，孤云带雁流”数句如明人学唐，一派空腔大套。不过《田家》一首学得还不错：

一夜梨花雨，田畴新水生。邻家饭黄犊，荷锸出柴荆。妇子供晨馌，儿童话午晴。萧萧竹林外，布谷又催耕。

构思取景虽无甚新意，但造语闲适自然，显示出良好的诗歌修养和写作能力。如此早慧殊为尠见，难怪一家长辈惊为奇才，赞叹不已。

汪端才华的早熟是显而易见的，她的心理也很早熟。自幼爱读乙部书，谙熟史籍。陈文述举十七史中隐僻事考问，辄应口对答[①]。又生性僻静，终日独处一室，左图右史，与古人晤对。在平静的岁月中，历史和古人成为占据她内心世界的主要角色，也是她涉笔的重要

---

① 萧纶《自然好学斋诗钞序》，《自然好学斋诗钞》卷首。

题材。在那些诗章里,她不光是尚友古人,不知不觉中自己就化身为特定的角色。在卷一的少作十六首后,紧接有《拟古》十六首,是因袭魏晋《杂诗》传统的作品。其中贯串的旨趣并不一致,既有怀才不遇的愤懑、哀伤,也有自甘退隐的愉悦和旷达;既有"物无才不才,荣悴系运会"的排解,也有"苟怀适世才,遇合终得所"的自励;更有"用如违其才,嗟哉徒尔为"的议论和"一朝跻轩冕,昔之皆成虚"的针砭。我们从中读到的是自伤的文士、孤傲的隐者,还有慷慨的侠少和偶堕人寰的谪仙人,一个个虚拟的角色,一个个戏剧化的情境,满足了少女汪端的幻想和寄托,同时也给她带来"一洗闺阁纤秾之习"的评价[①]。然而这并没有引发她对遭受性别压抑的不满,我认为《拟古》的第一首实际上已暗寓了作者对性别及由此形成的社会角色的认同。诗云:

> 长河泛巨舰,大陂溉平田。奔流不暂息,功在宇宙间。空山松竹静,中有潺湲泉。入夜明月映,照影孤花妍。虽无济物用,澄莹全其天。

这里大河和山泉,一刚一柔,一动一静,一有济物之用,一呈幽独之美,恰好是男女两性社会属性的对照,作者之意显然在于肯定和赞美后者的独立价值。然而正如她题归懋仪诗集所说,"才人自昔悲遭际,莫恨蛾眉称意难"[②],她也清楚地意识到古来才人共同的不幸命运,所以并不特别为女性的命运而悲叹。基于这种心态,她的作品很少显出女性意识,题材更是相当地男性化。这在中国古代女诗人中是很罕见的。当代女性文学研究者强调,尽管女性历史在她们的写作中成为重要素材,但"'女性'或'女性经验',本身并不构成文学性,

---

① 梁同书《自然好学斋诗钞序》,《自然好学斋诗钞》卷首。

② 汪端《自然好学斋诗钞》卷二《琴河归佩珊夫人懋仪过余白环花阁酹酒焚兰言欢竟夕且出示所著绣余续草因书四律于卷首奉答见赠之作》之三,同治十三年重刊本。

并不提供鲜明的区别，以显示'女性文学'与主流或既定文学传统的裂痕"[①]。汪端的写作正是如此，虽然她对女性历史相当关注，女性题材在她的笔下占有很大的比重，但她的写作却明显表现出以时代、社会的共同写作标准(这种标准往往被女性主义者判定为男性标准)自律的意识。这是一种平等姿态的挑战，她有这种自信。

由于体弱多病，汪端平居读书多，写作少。性格的早熟使童稚过早地从她身上褪去，传统的闺阁题材和少女情怀几乎没有在她诗中留下痕迹。她也很少叙写家庭日常生活，直到中年以后才偶尔回味一下少女时代，而那已伴有浓重的苦涩："斗草心情成昨梦，牵萝况味逼中年。"(《春暮雨中作》，卷六)《诗钞》中所存少作大多是练笔性质的乐府及拟古之作，这部分作品并不能说很成功，但《陇头水》、《琴娘曲》、《春夜曲》等篇已颇见才情。十七岁所作《哭伯兄问樵》五古九十五韵，朴实无华，真情淋漓，浑浑灏灏，一气回荡，很难让人相信出自十七岁少女之手。归于陈氏后，汪端的生活圈子愈益狭窄，题咏成了最主要的写作动机，《铜雀瓦砚歌》、《薛淀湖古剑歌》之类的历史题材占了很大比重，借咏古忠臣孝子、节妇烈女故事来表达自己的伦理观念、历史评价，也成为作品的主要内容。这部分咏史的作品，后来成为她创作中最引人注目之处。张培仁《妙香室丛话》卷九曾摘"汪小韫女史咏史"、"小韫女史读晋史诗"数十联。在咏古或闺秀间唱酬题咏中，历史上的女性不断作为主题或背景涌现在她的笔下，构成她诗歌的另一个重要内容。中年丧夫后，她开始咀嚼到孤凄的况味，诗多单凫寡鹤之音。道光八年(1828)三十六岁时作的《戊子仲冬续刻自然好学斋近作二卷告成感赋即书寄怡珊兰上飞卿耕畹诸姊》比集中所收诗作更清楚地传达了她的心境："寒月沉烟叶堕林，暮猿征雁有哀音。梦中残锦丝成泪，霜后孤花澹到心。楚雨潇潇怨斑竹，湘云黯

① 王侃《"女性文学"的内涵和视野》，《文学评论》1998 年第 6 期。

黯碎瑶琴。惟将逸史千秋感，并作疏窗五夜吟。”[1]尾联两句是指《张吴纪事诗》(卷六)25首，这组咏张吴群臣、妇女事迹的七律，各以小序述其事，再系以诗，是最集中地表达她的历史评价，凝聚她的才情的一组作品。“一代铁崖诗史在，论人成败亦堪悲”(《自题张吴纪事诗后》，卷六)。像杨维桢那样始附终背、议论无常乃是古代文人习见的行径，而“胜者王侯败者贼”更是正统史观的基本逻辑，汪端焚毁《元明逸史》，却又写下《张吴纪事诗》，或许是要用诗歌来改写历史，用“诗史”来挑战“正史”吧？这样的勇气，从古以来不作第二人想。

说起来，诗歌对汪端的意义，决不同于一般闺秀的消闲和寄托，她是以诗歌为性命的。十七岁作《七夕词》(卷二)，有“可能乞我鸳机锦，幻作毫端五色花”之句，泄露了心底愿弃女红而从事文学的志向；到了中年，却又感慨“苦耽佳句成何事，镜里流光鹤发添”(《初夏萝月山房即事效放翁体》，卷六)，无聊亦复无奈。在艺术上，她心仪的典范自然是高启，“铮铮一卷青丘集，得与香奁共晓昏”[2]，乃是人所共知的事实。但她早年所作缺乏高启那种神完气足、意到句成的整体感和浏亮节奏，给人一联一联分别打造的感觉，句法和音节也偶有滞涩喑哑之处，大体是由于缺乏明晰主题和完整构思的缘故。而其中的上乘之作则不乏清隽明丽、流转自然之美，如集中卷一所收《游金鼓洞》：

> 衣袂湿空翠，笋舆增晚凉。四山无夕照，一径入修篁。清磬石坛静，落花潭水香。鹤飞终不返，松桧自苍苍。

汪端是个志在高远的作家，曾与裴之共勉：“流俗何须矜月旦，与君得失寸心知。”[3]据管筠说，她“自信七律可传，盖学颐道中年以后诗而一

---

① 汪端《自然好学斋诗钞》卷七，同治十三年重刊本。

② 苏垣《题汪允庄女史传后》之四，《自然好学斋诗钞》卷首。

③ 汪端《自然好学斋诗钞》卷三《丙子孟陬上旬与小云夜坐以澄怀堂集自然好学斋诗互相商榷偶成二首》之二，同治十三年重刊本。

变也”[①]。现存1143首诗中，七律竟有565首，《秣陵古迹分赋同小云作》（卷三）、西湖怀古组诗（卷四）、《张吴纪事诗》（卷六）、《元遗臣诗》（卷七）、《和马秋药抵掌八十一吟》（卷一〇）等力作也都是七律，看得出她确于此体用功最深。早年之作，取意造句尚多脱胎于唐人的痕迹，也不免明人学唐的空腔俗套；入陈门后，想是亲炙于颐道老人，笔调日趋成熟。如《题翁大人花月沧桑录》四首之类，堪称炉火纯青，不同凡响。但遗憾的是，中年以后她诗中常阑入道教的玄言礼忏，不免枯燥乏味。

汪端七律擅长议论，工于用典。由于精详史事，她用典不仅数量丰富，而且驱使自如，分外贴切。如卷七《书王常宗彝文集后》颔联云：“杜牧论文轻白傅，王涯爱士误卢仝。”王彝尝著文斥杨维桢为文妖，后为苏州太守魏观幕客，观被谗连坐诛。诗中用杜牧、卢仝的典故喻之，最为妥帖。就总体倾向而言，汪端七律以格调意趣胜而不以造句胜，但浏览之下，无论赋事写景都佳句迭出，频频入眼。如：

露华涤笔香生纸，花影横琴月上衣。（《赠吴门陈灵箫夫人》，卷六）

竹砌微风疏有韵，花帘斜月澹无痕。（《夜坐与苹香论画次首赋呈松壶舅氏于野鸥庄》，卷一〇）

萤度暗香荷叶浦，虫吟凉露豆花棚。（《夏夜》，卷一〇）

如此清逸灵动的景致和语言，固已属超妙不凡。然而就我看，这些一般性的应酬题咏，实在还不足以充分展现汪端的才情，只有那种虚拟情境，才能提供她尽兴驱驰的疆场。临终前一年冬补成的嘉庆二十五年《消寒杂咏》旧稿《寒浦》（卷一〇）写道：

老树风多聚暝鸦，烟深拳鹭不眠沙。荒桥断岸云如墨，败苇

① 管筠《自然好学斋诗钞序》，《自然好学斋诗钞》卷首。

枯荷雪作花。替月一星明蟹火，敲冰夜半响鱼叉。野翁系艇归来晚，霜满蓑衣问酒家。①

诗中熔唐人情韵与宋人格调于一炉，造句、用字都非常讲究，虽取寻常之景、寻常譬喻，却有着不寻常的表现力。如此老健的笔力，莫说闺秀诗中难得，就是男性诗人也不易企及。这样的佳作，如果照某些女性主义批评家的意思，用女性自己的文学传统和价值标准——姑且承认它们确实存在——来衡量，就如同国际象棋男女分赛，等于先承认了女性在智力上的弱者地位，非但无助于提高女性的地位和自尊，倒适足贬抑了女性的创造能力。

作为一位女诗人，汪端存诗千余首，数量相当可观。除了七律之外，其他诗体也各有造诣。绝句玲珑剔透；五律萧疏流宕；七言歌行则铺陈开阖，气势淋漓，如《玉笥生歌题元张思廉贤诗集后》，悲壮慷慨，脱尽脂粉气。乐府旧题则往往能摆脱传统主题，自构独特的情境，《猛虎行》是典型的例子。管筠说："君以选明诗及多病之故，不暇多作。偶一命笔，必以和雅为宗，于选声傅色皆精意出之，得古人清艳之妙。"②"清艳"二字道出了汪端诗歌的风格特征，且看卷二《夜坐》一诗：

明河清浅浴疏星，风定珠栊度冷萤。一剪秋花凉影瘦，月波扶上画罗屏。

她笔下的景物常有这种水晶般玲珑剔透的清，秋花般冷淡凄清的艳。为了追求这种趣味，她常刻意描写虚拟的情境，像卷二《秋江词》：

遥山苍，寒荻短。美人愁倚西风楼，欲采蘋花秋水远。黄陵庙下月娟娟，渔唱一声湘浦晚。

---

① 汪端《自然好学斋诗钞》卷一〇，嘉庆庚辰季冬余与澄怀分题消寒杂咏未及存稿今冬偶于故纸堆中捡得二首纸墨残缺因足成之附存于此以志雪鸿之感》，同治十三年重刊本。
② 管筠《自然好学斋诗钞序》，《自然好学斋诗钞》卷首。

汪端履迹不出江浙一带，此诗忽然写到湘浦，自属想象而非写实。写秋江不取江南山水，而虚拟湘江风景，只能说明她存心要描绘一种由屈原、元结、柳宗元、李群玉等众多诗人的作品所共同渲染的印象之美，也是她理想的清艳之美。汪端诗的一个突出特征，就是没有一般闺秀诗的多愁善感，很少涉及自己的日常生活，也很少深入内心的情感世界。即使是《秋雨书感》(卷四)那样的题目，也只是冷淡而平静地描写景物。也许她的心境就是那么平静，也许她只有唯美的关注。直到晚年她的生活和心境都不那么适意时，她笔下的诗章仍是那么清艳：

> 鹭飞雪影破溪烟，翠络萝花瘦石妍。晓雨嫩凉蒲藻长，蜻蜓碧点水痕圆。(《书所见》，卷六)

通观汪端的全部作品，“清”、“澹”是她最心爱的形容词，而“影”、“烟”则是她最爱描写的对象。即使在这速写式的短章中，影和烟仍是作者刻意捕捉的意象。其他作品更几乎是无影不成句，无烟不成章。她顽强地要表现她心赏的那种清艳之美的神韵，哪怕烟、影两字连篇累牍也在所不计。这样富有个性的女诗人实在是古来罕见的，难怪舒位要感叹“此才闺阁见尤难”[①]，潘奕隽、石蕴玉甚至许为曹大家后一人。男性世界对汪端的接受和赞誉，应该说是十分慷慨的。如果这样的待遇还不算公正和优渥，那么众多男诗人，尤其是《明三十家诗选》中的明代诗人，对自己受到的待遇就不知要怎么愤愤不平了。

三

如果汪端仅仅是《自然好学斋诗钞》的作者，也许还不能引起我

① 舒位《瓶水斋诗集》卷一七《题武陵闺秀汪端次韫自然好学斋诗集》，上海古籍出版社1991版，又见《自然好学斋诗钞》卷首。

的注意。《诗钞》固然水准不凡，但在女诗人辈出的清代，要举出一连串堪在伯仲之间的女诗人，应该不太困难。我之倾倒于汪端，乃在她诗人和批评家的双重身份。后者对于她，对于中国文学史的意义，无疑更为重要。事实上，汪端这个名字对大多数人来说，只是《明三十家诗选》的编者，而非《自然好学斋诗钞》的作者。

汪端以评选《明三十家诗选》著闻于世，但平生批评业绩并不局限于明诗。她曾撰《颐道堂诗说》十余则，评陈文述诗甚为精当。又曾选罗浮道士诗，与裴之合选乾隆三大家诗、二王君（仲瞿、井叔）诗。裴之去世后，她益肆力于诗学，集中所存题前人诗集之作即有《读李义山集》、《读贾长江集》、《玉笥生歌题元张思廉宪诗集后》、《读谢皋羽集》、《元遗臣诗》（戴良、王冕、吴讷、伯颜、王翰、徐舫、郑玉、李祁、顾瑛、张昱、丁鹤年、钱惟善、周砥、鲁渊、邵思文）、《书王常宗彝文集后》、《读高青丘集感题四律》等。《读许用晦丁卯集》指出许诗的艺术渊源是“韦柳烟霞骨，钱刘山水情”，极有见地；《题郑板桥诗集》谓“爱仿孟郊句”，《题吴澹川南野堂集》谓“早学储王见性灵”，“苍凉最是关中草，好当秋笳晚角听”，《小云尝与余合选简斋心余瓯北三先生诗手录存行箧中今冬检理遗书偶见此本感题于后》谓“三家可配白元刘”，兼具知人论世之识。在本朝诗人中，汪端较推崇施闰章、厉鹗两家的萧澹闲旷，而舒位、钱杜、邵帆三位前辈诗人是她最喜爱的。舒、钱诗已刊行，她读后都作题咏，有铸金师事之意。邵帆曾指授陈文述诗学，其诗为阮元所称而不行于世，汪端访得遗稿，慨其远承高启，开浙派生面，而不为世人所知[①]，遂悉心校雠那些残缺难辨的草稿，录数百篇藏之箧衍，以待刊行。又作《书镜西阁集后》七绝十二首，详论邵帆生平行事及诗作。直到临殁的道光十七年（1837）秋，她还密切关注诗坛的动向，有《阅近人诗集有感题后》（卷一〇）云：“托足归愚气自

① 汪端《自然好学斋诗钞》卷七《题邵梦余先生镜西阁集》“生面君将浙派开”，《自然好学斋诗钞》卷八《庚寅新秋即事》“清才绝代谁知己，太息青门此故侯”。

雄，史才经学诩娄东。三唐画界心何苦，两宋无诗论岂公？剑拔弩张希有鸟，钟鸣漏尽可怜虫。青丘太息遗山笑，玉局应难著此翁。”自注：“夫己氏论诗尊唐斥宋，硁硁可哂，而于放翁、遗山、青丘三家尤妄肆诋诃，大乖诗人忠恕之道，宜其毕生困抑，身后名亦不昌。”此诗未详所指，想应是格调派的流裔。此后汪端又有《题赵云松瓯北集后》（卷一〇）云：“暮年远过钟嵘识，论定诗家启正声。”自注：“云松所著瓯北十家诗话自太白至梅村并论列精当，其识远迈竹垞、归愚，乾嘉以来罕有及之者。惟查初白究不可称大家，以罗浮山人易之，庶为全美耳。”这里涉及对屈大均和查慎行的评价，我个人赞同汪端的意见。《论诗示苏孙侄》（卷一〇）约作于十月，是汪端最后的二十几首诗之一，除告以“骋才容易敛才难”的心得外，结句对性灵派的流弊表示了隐忧：“三生福慧仓山叟，笔孽谁回大海澜。”自注：“吾乡文体士习，随园实始败之。”直到生命的最后时刻，汪端都保持着一位优秀批评家应有的敏锐和犀利，对影响诗歌健康发展的不良倾向提出尖锐的批评。这在一位蛰居深闺的女性显得尤为可贵。

作为一位女性诗人和批评家，汪端对女性文学传统有着强烈的自觉意识。她写下大量题咏怀吊古今闺秀的作品，其中又大量驱遣闺秀事迹的典故。她还写了很多品题女诗人及其作品的论诗诗，出于相濡以沫之情，不免表彰胜于裁量，咏叹多于评骘。但由于迭用历代女诗人的典故，就使女性文学传统成为一种背景性存在，与当代作者的风华交相辉映，共同构成女性诗歌的多彩景观。女性文学典故在此已不仅是才华的暗示、风格的联想或评价的参照，它们在纯知识的意义上也提供了对女性文学史的初步认识。以卷六《读松陵朱沁香夫人珠来阁遗集即题绿窗待月图并书所写梵经墨迹后二首》其一为例，第三句“玉箫宛转鸳鸯梦”自注“明叶小鸾殁，其姊蕙绸悼之，作《鸳鸯梦传奇》”，第四句“锦瑟凄清络纬吟”自注“明徐小淑诗集名《络纬吟》”，结联“琐窗泪洒纱犹绿，烟草湘皋共此心”自注“元傅若金妻孙蕙兰有《绿窗遗稿》。若金悼亡诗:湘皋烟草碧纷纷,泪洒东风忆细君”。一部诗集被赋予如此丰富的联想值,固然是作者的幸运,而叶小鸾、徐小淑、孙蕙兰被读入批评文本,又何尝不是女性诗歌谱系的幸运呢?

早在嘉庆二十一年(1816),二十四岁的汪端就作有《论宫闺诗十三首和高湘筠女史》(卷三),评论了历史上从唐山夫人到朝鲜许兰雪共十七位女诗人。这是她对女性诗歌传统的一次重要发掘。第一首论唐山夫人,高氏原唱只是出于“吾未见好德如好色者”的感慨,讥讽“诗家但赏辞秋扇,不为夫人拜下风”。而汪端的和作却由汉初文学状况入手,强调女作家在诗歌创作方面超出男作家的领先地位:

> 汉代谁开典雅风,唐山文藻擅深宫。桂华都荔房中乐,枚叔相如恐未工。

无论从现有文献还是清人的诗歌知识来看,她的结论都是难以反驳的。就对诗的趣味而言,汪端固然很欣赏元代孙蕙兰、郑允端的清风高格,但她同时也充分肯定婉约之风,为女性诗格辩护。论鲍令晖、刘令娴一首即云:

> 一序玉台传孝穆,刘娘鲍妹句清妍。建安堂庑窥非易,翠羽兰苕亦可怜。

在汪端的诗歌批评中,道德批评是一个重要的方面,不仅贯串在对男诗人的评价中,也屡试于女诗人。“与君细检然脂集,慧业非难立品难”(其十三)。基于这种认识,她盛赞宋代节妇韩希孟而贬抑蔡文姬,称“平生不诵胡笳曲,三复巴陵节妇诗”。又论花蕊夫人云:

> 摩诃池上万花开,百首宫词绝世才。可惜当年艰一死,题诗甘入宋宫来。

这是对花蕊夫人屈节事宋的婉转批评,卷六《读十国春秋吊前蜀昭仪李舜弦》又以她来反衬李舜弦的忠贞，这对一位宫女来说未免责之过苛。不过汪端在称赞柳如是的节操时，也没忘记批评"河东佐选明诗闰集，于徐小淑、梁小玉、许景樊、小青等多寓讥贬，非笃论也"[①]。可见她虽重视道德，却不唯道德是论，态度还是很通达的。

汪端自幼嗜读高启诗，对有明一代诗歌早就存有自己的看法。据陈文述说，她由于喜欢高启，"因觅本传阅之，见明祖之残害忠良，暴殄名儒也，则大恨，犹冀厄于遭际而不厄于文字也；及观七子标榜，相沿成习，牧斋、归愚选本推崇梦阳而抑青丘，则又大恨。及来归余家，则已积此恨十余年矣。裴之塾师萧樊村，娄东老诗人也，宜人属裴之以高、李优劣问。萧固墨守归愚者，左袒梦阳更甚，则益大恨不可解，誓翻五百年诗坛冤案而后已"，于是有明三十家诗之选。此举着手于嘉庆二十四五年为公婆长斋祷病期间[②]，曾受姨母梁玉绳启发，也得到陈文述的大力支持。汪氏原为藏书名家，陈文述又广为购买借阅，并抄录杭州文澜阁藏本以益之。汪端晨书暝写，经常熬夜，竟至神经衰弱，难以成眠。到道光元年(1821)初，终于完成《明三十家诗选》的编撰工作。

全书分初、二两集，各八卷。初集正选十三家，附录二十二人；续集正选十七家，附录四十八人。每家系以事略，旁采各家评论，以备参考。前列《凡例》，说明两集人选及编排原则，"大旨以诗为断，而或其人之勋业操行有足以昌其诗而重其诗者，则仍列正选"，正选与附录的品第是"初集诸家犹主盟之晋、楚也，二集诸家犹列国之宋、郑、鲁、魏也，附录诸家犹附庸之邾、莒、杞、薛也"。附录诸家一般都与正选有亲族、乡党、师友、流派的渊源关系，但也须其诗足取方列入，决不因类滥收。凡前人评语，都芟其偏憎私爱之见，但存平允精当之说。梁德绳一直关注《诗选》的编撰，她如此评价汪端的工作及其意义：

① 汪端《自然好学斋诗钞》卷七《前诗意有未尽更题三绝》自注，同治十三年重刊本。

② 管筠《自然好学斋诗钞序》，《自然好学斋诗钞》卷首。

兹集之选，虽曰诗选，实史论也。盖前明三百年，自高帝以马上得天下，草菅文士；成祖以叔攘侄，芟薙忠良；中间奄人权相，望尘接踵。又以制义取士，词章古文，无真知灼见。虽有前后七子主坛坫者，务以声气相高，文章之途，有市道焉。虞山蒙叟《列朝诗选》富矣，冗杂无次序；小长芦钓师《明诗综》较有次序，亦博而不精；沈归愚《明诗别裁》即《明诗综》约选之，沿袭皆前人旧说，无足观览。今允庄所选，以清苍雅正为宗，一扫前后七子门径，于文成、青丘、清江、孟载诸人表章尤力。至于是非得失之故，兴衰治乱之源，尤三致意焉。读是书者，不特三百年诗学源流朗若列眉，即三百年之是非得失已了如指掌。

这段文字将汪端选诗的动机、旨趣、特点都说得非常清楚。她首先强调《诗选》实质上是一部史论，并非自大其体。汪端的高启情结决定了这部诗选要成为她翻历史旧案，以诗论史的旗帜。汪端论诗一向注重道德评价，此选虽以诗存人，但人品和诗的伦理内容仍是评价的重要依据。每位作者的传论，在引述前人评论后，都附以自己的总案，无不议论风发，显示不凡的见识。例如二集卷三论邵濬："文庄诗别出机杼，语羞雷同，其学问淹通，雍容台阁，亦有明文人之达者。而褊心自用，多所排诋，是以不得与李长沙比肩。且其论古好翻成案，如绝元不与正统，讥许衡不当仕元，均属矫枉过正，流入僻谬。最甚者，贬岳忠武而誉秦桧，是谓好恶拂人之性，虽兔园陋儒闻之，莫不裂眦掩耳，岂特贻诮有识哉？"这里既肯定了邵濬的学问和诗歌的独创性，也指出了他见识的悖谬，并暗示这与"褊心自用"有关，将学风、诗格与人品相联系，作了较全面的评判。

梁玉绳指出汪端选诗的标准是清苍雅正，汪端自己在《凡例》中则宣称"兹集所收，虽面目不一，要皆无悖于清真二字"，强调"诗不可不清，而尤不可不真"。她认为："清者，诗之神也。王孟韦柳如幽泉曲涧，飞瀑寒谭，其神清矣；李杜韩苏如长江大河，鱼龙百变，其神亦未尝不清也。若神不能清，徒事抹月批风，枯淡闲寂，则假王孟而已。”“清”原是古典诗美学的核心概念，到明代已趋定型，汪端这段文字很可能就是源于明代胡应麟的说法：

> 诗最可贵者清，然有格清，有调清，有思清，有才清。才清者，王孟储韦之类是也。若格不清则凡，调不清则冗，思不清则俗。王杨之流利，沈宋之丰蔚，高岑之悲壮，李杜之雄大，其才不可概以清言，其格与调与思，则无不清者。[①]

粗粗一看两者所言几无区别，谛审之则汪端以“神”取代了格、调、思，变换之间寓有深意。众所周知，格调是明代前后七子诗论的基础概念，后人对明代模拟作风的批判往往溯源于格调。比如周亮工就曾说：

> 古人为诗，未有舍性情而专言格调者。今人好称格调，而反略于性情，此诗之所以不古也。夫诗以言性情也，山泽之子不可与论庙堂，华曼之词不可与言憔悴，其情殊也。今无与于颂述，而黼黻其貌；本无所感慨，而涕泗从之。以不情之悲喜为应酬之章句，所谓鞞铎之不中于音也。[②]

由此来看，汪端以神置换格、调、思，就包含着对明代拟古而流于虚伪的警惕和否定，包含着对王渔洋神韵论诗学将明代的单纯拟古改造、提升为深度师古，所谓“善学古人者学其神理”的自觉接受[③]。正因为如此，她才将“真”与“清”并举，强调“真者诗之骨也，诗以词为肤，以意为骨”，又举谢灵运、陶渊明、李白、杜甫四家诗为例，说“后人读之，

---

① 胡应麟《诗薮》外编卷四，上海古籍出版社 1979 年版。关于“清”的问题，可参看蒋寅《古典诗学中“清”的概念》一文，载《中国社会科学》2000 年第 1 期，收入《古典诗学的现代诠释》，中华书局 2003 年版。

② 周亮工《赖古堂集》卷一三《西江游草序》，康熙刊本。

③ 王士禛《蚕尾集》卷七《晴川集序》，康熙刊本。详蒋寅《〈唐贤三昧集〉与王渔洋诗学之完成》一文，收入《王渔洋与康熙诗坛》，中国社会科学出版社 2001 年版。

想见其人性情出处,所以为真诗。若乃生休明之世而无病呻吟,处衡泌之间而恣谈国是,则伪少陵而已”。《诗选》卷五下评谢榛《秋日怀弟》诗曰:“茂秦所以胜于沧溟,只是诗中有怀抱耳。”这里的“有怀抱”关键不在有无,而在乎是否为符合身份境遇的真实胸襟,这才是“真诗”的含义所在。参照上引周亮工语,我们不难理解汪端提出“真诗”的针对性。明代特定的诗学语境,赋予了“清”、“真”这两个较一般的诗美概念以特殊的义指。

以清真为标准,汪端对明代三百年间的著名诗人作了目空百年的评骘。《诗选》卷首《记梦》自称:“余是选颇有知人论世之意,如青丘、孟载、志道、同文、清江、海叟、西涯、二泉、大复、升庵、昌谷、茂秦、沧溟、凤洲、大樽、茶村诸家,诗前咸有论断,凡数百年毁誉失实之案,无不为之更正湔洗。”这些论断是汪端苦心焦思的用功所在。如杨慎诗选十八首,仅六页篇幅,而诗前辑录的评论竟逾十二页。末断言:“就全集观之,其诗品不惟远不逮大复、迪功,尚在华泉、子循、子业之下。国朝王渔洋、沈归愚诸公为其盛名所慑,推为大家,未云具眼。”李梦阳诗选四十首,辑评论多至二十五页,整段引陈文述《书李空同集后》(《颐道堂文钞》卷二)语,论定空同人品之不足取。应该肯定,陈文述对汪端的影响是相当大的,尽管很难断言陈文述的诗人评价在多大程度上左右了汪端的判断,但汪端之推崇顾炎武、陆世仪、陈恭尹三人,显然与陈文述的看法有关。陈恭尹本是岭南三大家之一,倒也不足怪;而顾、陆在清代并不以诗称,由于陈文述格外推许,汪端也予以高度评价,云:“若顾亭林磊落英多,陆桴亭雄深渊雅,则又独辟门径,前无古人矣。”(凡例)又云:“其诗凭吊沧桑,语多激楚,茹芝采蕨之志,黍离麦秀之悲,渊深朴茂,直合靖节、浣花为一手,岂宋《谷音》、《月泉》诸人所能伯仲哉?”(卷七下)论七古,称陆“才气无前”;论五律,称两家“气格沉雄,自是大家”;论七律,又称两家“开辟浑涵,龙骧虎步,并为绝调”(凡例)。这种评价或许与陈文述推崇两家诗,汪端饫闻其旨有关。其他如褒扬徐祯卿、夏完淳，为杜濬辩护等等，也都源于陈文述的看法。《颐道堂诗选》卷七《题杜茶村诗后》有“寄言后来者，未可薄斯人”之句，自注：“随园论诗不满茶村，故云。”而汪端就将这种看法引进了《诗选》中。

尽管如此，我们还是应该承认，汪端选明诗主要是根据自己的看法，自己的会心。比如顾炎武，《颐道堂诗选》卷一三虽有《题顾亭林像》诗，但多颂其道德经学，而汪端推崇顾炎武，却是着眼于其诗的功力。二集卷一上论贝琼说：“清江五古温雅，七古清新，五律沉警者，宗法工部；七律工丽者，方驾道园。在明初诸家中，品居文成、青丘之下，余子之上，而谈艺家罕道及之。余选明诗二集，以清江为冠，亦阐幽之意也。”阐幽发潜的努力使她注意到一些不太有名的诗人，前人或无评论。遇到这种情况，她便自我作古，加以评骘。二集卷三下论浦源曰：“长源诗秀句络绎，韵远情深，而起结往往不振。此盖专工造句，未暇谋篇，亦才力有所偏注也。后人可方之者，其程孟阳乎？”这里不仅指出浦源的得失，还附带论及程孟阳，显示出一种有历史感的批评意识。类似的例子还有二集卷五下评范汭《滇中词》：“奇峭。国朝诗中徐芬若往往有此。”这也是阐幽发潜的一个例子。不过就全书总体而言，阐幽发潜似乎并不是主导的动机，更引人注目的是摘疵指瑕。《凡例》纵论七言古诗，断言“嘉隆以下，作者殊寡。凤洲富健，尚欠安详；沧溟浮嚣，更不足取”，又一一列举明代“夙负盛名而实不能成家”的诗人，计有：

汪朝宗（广洋）诗撰语松利，多流浅率，《静志居诗话》载其佳句数十联，要亦平平，且其人以依违胡惟庸获罪，本非正人，更不足取；若郑少谷（善夫），以学杜自命，拙直枯悴，不免诗囚之目；王稚钦（廷陈）猖狂邪僻，何异桑悦，诗亦赝鼎之流，毋足娱玩；朱升之（应登）、殷近夫（云霄）规模空同，钝涩尤甚；王履吉（宠）、王道思（慎中），袭颜光禄之貌，板重不灵；宗子相（臣）慕太白之风，

> 尚未得其形似，无论神理；蒋子云（山卿）、杨梦山（巍）、李伯远（应征）、朱兆隆（国祚），师法古澹，气格亦完，而殊尠合作；屠长卿（隆）、沈嘉则（明臣）、王承父（叔承）篇什最富，而沙砾盈前，无金可拣，虽多亦奚以为。他如汤临川（显祖）、徐文长（渭）、王百谷（稚登），排斥七子之非，皆有特识。惟临川以词曲名家，诗伤牵率；徐既失之粗野，王又病于纤秾，何其明于绳人而昧于镜己也。至祝（允明）、唐（寅）之俚俗，王（彦泓）、冯（班）之淫艳，三袁（宗道、宏道、中道）之佻仄，钟（惺）、谭（元春）之幽诡，则人所共知，毋庸深论。凡此诸家，大抵不出伪、俳二体。伪体足以惑学人，俳体易于动流俗，其弊均也。兹选概从芟薙。

通过这番爬梳剔抉、刮垢磨光的评核，她希望能拂除岁月的尘封，让诗史的原貌浮现出来。事实上，卷六将徐祯卿与谢榛同列一卷，合而论之，一如太史公将老、庄、申、韩合传，自然显出某种历史眼光，其结论就是告诫“世之拾前人唾余，谓空同造就昌谷、茂秦羽翼沧溟者，亦可爽然悟矣”。后人可以不同意她对徐、谢二人的具体评价，但不能不承认徐、谢二人在前后七子中相似的特殊位置。

正如上文所示，独到的评价不能不建立在对前人定论的商榷上。《诗选》一编到处留下汪端对前辈成说的驳议。论李东阳则云：“西涯七古出入少陵、眉山之间，七律清逸流丽，工于使事，最近刘梦得。余体亦醇规无疵。虽才情秀发未逮青丘、大复，而气度雍容，风骨遒健，究不愧为诗家正宗。虞山过相推挹，以明代第一人目之；渔洋肆口毁斥，以为软靡熟滑，准之公论，均无当也。”论杨一清则云：“文襄诗安和典丽，自是雅音，然视西涯则绛、灌之于韩、彭矣。竹垞谓出西涯之上，岂笃论哉？”论刘基则云：“五七言律及绝句悲凉激越，寄托遥深，足以希风少陵。归愚谓七律为最下，非笃论也。”论高启就《送何记室游湖州》一诗，也对沈德潜之说作了辩驳。相比之下，书中驳钱谦益之论最多，不乏诛心之论。如论曹学佺云：

才气少让陈忠裕，而温婉过之。两公皆以风雅主盟，成仁殉国，坛坫为之有光。而虞山初与两公皆友善，声望相埒。其选明诗，于忠裕则摈置不录，于忠节则大有微词，此犹留梦炎谗文文山，胡光大诋方正学，相形见绌，心窃病之。卒之盖棺论定，著作荡为烟埃，姓氏污人齿颊，复何面目见两公地下哉？

论谢肇淛云：

在杭诗清圆俊朗，远胜王百谷。而虞山深诋闽派庸熟蹈袭，如出一手，又谓在杭风调谐合，得之百谷为多。其月旦颠倒如此。

论程孟阳诗，又总括《列朝诗集》之失云：

虞山之选明诗，逞其私臆，淆乱是非。阳崇阴挤，复摭邪说以诬蔑之者，刘文成、高青丘也；置不留目，无所短长者，贝清江、杨孟载诸人也；浮慕其名，尊之失当者，袁海叟、李西涯、徐昌谷也；有可訾之道，而排击不中窾要者，李空同、李沧溟、王凤洲也；不应贬而贬之者，何大复、边华泉也；无足称而称之者，沈嘉则、王百谷、王承父也；巨擘哲匠遗弃不录者，区海目、陈忠裕、邝湛若诸公也；元恶憸夫，曲护其短者，姚广孝、严嵩、沈一贯、阮大铖等也。

尽管如此，她仍肯定钱氏“惟推重孟阳一事未可厚非”，“朱竹垞谓孟阳格调卑卑，才庸气弱；邵子湘摘其累句，诃为秽亵俚俗；沈归愚谓其纤词浮语，仅比于陈仲醇。是皆因虞山毁誉失实，迁怒孟阳，过事丑诋。今录其诗，爰为湔雪，以见论诗如论史，贵存公是，若必连类讥讪，惩羹吹齑，是徒取快一时，何以昭信于千古哉？”后来她又在《题程孟阳遗像》一诗中重申对朱彝尊的批评[1]，可以说是胸有主见，不随人短长。

对一部诗选来说，议论固然直接表明选家的立场，但选目应该说才更真实地反映编者的趣味。汪端的选目大多本自李时远、陈子龙、钱谦益、朱彝尊、梁崇一、沈德潜、朱琰诸家（这从采录的评语就能看出），但去取之间唯凭己见，自具胆识。前人一致公认的名作或摈而不取，如二集卷四上论凌云翰、李延兴两人诗，谓："柘轩《陪祭作》、《鬼猎图》二篇众推名作，然铺叙平实，绝少生气；一山《石鼓歌》、《松雪画马》诸篇亦伤冗杂，皆非正声，故不入选。"而前人未曾提及的作品，却广搜博采。初集卷三高启《天平山》一诗评语云："青丘山水诸诗不必规模大谢，而秀色可挹，断非宏、正间人所能。归愚仅选《支遁庵》一首，又非佳什，真不可解。"这种直率的态度不仅表明她异于前辈的趣味，更表明她对自己趣味的充分自信，她知道自己的趣味并不逊于历来的选家。一位女批评家能做到这一点是非常难得的，她坚持了自己的立场，尽管并未标榜其立场的性别色彩。

汪端编成《明三十家诗选》后，也没忘记用诗的形式对各家再做一番评说，于是就有了《自题明三十家诗选后》七律三十首。分别收入《诗选》和《诗钞》的这组论诗诗，是汪端心血和才华的结晶，倾注了她对自幼熟悉的那些诗人的全部感情，与其说是严肃的诗评，还不如说是热情的礼赞。

> 封留辟谷寻常事，何似诗城首策勋。（刘基）
>
> 莫信隐侯轻月旦，一编冰雪替人难。（高启）自注："沈归愚《明诗别裁》于青丘颇加排抑，非公论也。"
>
> 俊逸真堪定品题，空同应愧盛名齐。（何景明）

---

[1] 汪端《自然好学斋诗钞》卷五《题程孟阳遗像》之二自注："朱竹垞《明诗综》于先生极意排诋，门户之见，不足凭也。"

一代中原此霸才，名场旗鼓竞风雷。秦山古雪当春积，岱岳浮云带雨来。万卷奇书临水读，三层高阁倚天开。蔡姬鬻饼罗裙泣，身后诗人亦可哀。（李攀龙）

七客寮中论诗派，子云端合让侯芭。（贝清江）

其中当然也有给负分的人。比如李梦阳，汪端给他的判词是："谏疏空称一代雄，簪毫朱邸太匆匆。南山歌已传杨恽，西第文终累马融。恩负泰陵春草碧，猎归梁苑夜灯红。琵琶弹尽扬州怨，良友何曾报武功。"每一句都由惋惜、遗憾、不满和嘲讽的复杂感觉交织而成，是汪端笔下少见的文字。

《明三十家诗选》一经刊印行世，就博得诗坛一致称赞。女诗人曹贞秀在序言中说，朱彝尊《明诗综》重人，沈德潜《明诗别裁集》重诗，均不免或严或滥之失，"今观兹选，论诗则务取清真，力删俳伪；论人则务崇名节，坚斥邪僻，洵能兼两家之美而去其失者"。表舅祖张云璈许其"所论磅礴千古，眼光如月"①；女批评家恽珠也赞其"深于诗学"，"知人论世，卓尔大家"②；而后世则一致肯定汪端的选目远胜于朱彝尊、沈德潜③，"弃取概乎人心，为艺林所重"④，足见这绝非一时一族人的私论。其实教我说，《诗选》中也不是没有可议之处。如二集卷六上选钱澄之诗九首，小传仅云："澄之字饮光，桐城人。有《藏山阁集》。"论曰："季思（归子慕）、长蘅（李流芳）、饮光诗，其源并出于陶公，栖衡饮泌，知命乐天，人品襟抱本皆绝俗，故语不求工而自无不工。此五言正宗也，岂钩章棘句、貌为古奥者所能企及哉？"这里对钱澄之诗的评论显然本自朱彝尊、沈德潜，但她不知道两人都是据澄之

---

① 张云璈《自然好学斋诗钞序》，《自然好学斋诗钞》卷首。

② 恽珠《闺秀正始集》卷二〇，道光刊本。

③ 民国间王蕴章《然脂余韵》谓汪书"远出牧斋、竹垞、归愚诸选本之上"，日本大谷大学藏同治十二年蕴兰吟馆重刊本《明三十家诗选》有癸亥春仲虞山严翼题识："兹选明诗三十家，较竹垞、归愚两先生所选更为精当。"

④ 吴仰贤《小匏庵诗话》卷五，光绪八年刊本。

晚年的《田间诗集》而言。《藏山阁集》则满纸亡国哀思之音，遭清廷禁毁，仅以稿本流传，直到光绪间才由萧穆影印行世。汪端既不详钱澄之出处行谊，仅知有《藏山阁集》，而遽袭朱、沈论《田间诗集》语，不免方枘圆凿，英雄欺人。此外，评论也偶有见识未到的地方。如高启《兵后出郭》诗："俯仰兴亡异，青山落照中。民归邻树在，兵去垒烟空。城角犹悲奏，江帆始远通。昔年荆棘露，又满阖闾宫。"汪端评曰："摹写乱后风景，浑融沉郁，直摩少陵之垒。起结尤能振拔。青丘五律当以此为第一，而诸选家多不甄录，何也?"坦率地说，此诗实在不能算出色，较之唐人写兵后凋残之景的作品（如李嘉祐《自苏台至望亭驿人家尽空春物增思怅然有作因寄从弟纾》、戴叔伦《送谢夷甫宰余姚县》），相去不可以道里计。如果高启五律真以此为第一，那么存而不论也不为过。这种判断上的差异，似乎不足以从性别立场的角度来予以关注。

些许瑕疵无损于汪端的光彩，她的成就也不需要性别角色来润饰。文学的真正价值在性别之间也应该是守恒的。《自然好学斋诗钞》不以女子而减才，《明三十家诗选》也不以女子而益价。只不过在女性文学活动的领域，汪端的业绩产生了特殊意义，那就是陈文述《哭子妇汪宜人》所说的"开辟班曹新艺苑，扫除何李旧诗坛"①。她为女性诗歌贡献了不凡的七律成就，尤以咏史诗和论诗诗开拓了女性写作的疆域；《明三十家诗选》出而诸选失色，论定高启为明诗第一而世无异议②，高启的地位由此而定。汪端对高启的汲汲表彰，不只是一种趣味的争辩，更是一种历史责任的承担。西蒙娜·德·波伏娃曾说，"真正伟大的作品是那些和整个世界抗辩的作品"，它需要对世

① 陈文述《哭子妇汪宜人》之二，《自然好学斋诗钞》卷首。

② 汪端之前，以高启为明诗之冠亦有其人，如李调元《雨村诗话》云："明诗一洗宋元纤腐之习，逼近唐人。高、杨、张、徐四杰始开其风，而季迪究为有明冠冕。"詹杭伦、沈时蓉《雨村诗话校正》，巴蜀书社 2006 年版，第 24 页。

界有一种深切的责任感。然而“这是一个男人的世界，在这个程度上来说妇女是不负责的”[①]。这似乎只能视为女性主义者的负气态度吧？事实绝非如此。汪端的文学活动已表明，也有女性在性别无意识中自觉承担了历史建构的责任，建立起超性别意义的批评话语。当然，若照流行的看法，“女性话语应当包括这样两个相辅相成的方面，基于无意识层面上的女性的思维和观察（潜）话语以及出自这一女性的独特视角而展开的批评和研究话语”[②]，那么汪端的批评仍属于女性话语。女性文学研究者大可以由这一角度做更进一步的研究。

汪端的一生是短暂的。她题叶琼章画曾有“自古仙才命不长”之句[③]，不幸而言中，她自己的生涯也只有短短的四十三年。许多著名的女作家都被文学史忘却了，汪端的被遗忘也是很正常的[④]。但她却是个不该被忘记的女性，她短暂的人生不仅留下数量丰富的诗作，为女性诗歌添写灿烂的一页；而且以独到的批评眼光改变了男性世界对明代诗史的认识，在文学史上留下了女性的批评印迹，使得中国文学史不能再说是男性视角或男性标准的产物。回顾中华民族的文学史，还没有哪位女作家的成就能与汪端相比。当时称许她曹大家后一人，我以为她是无愧于古代第一闺秀诗人的荣誉的。本文所以要表彰这位女诗人和批评家，不是为了帮她竞选第一闺秀，只是想借此说明：在中国历史上，女性的写作权利并没有被剥夺，女性的写作才能也没有遭到歧视和压抑。多如繁星的女作家不是不曾存在，也不

---

① 西蒙娜·德·波伏娃《妇女与创造力》，张京媛主编《当代女性主义文学批评》，北京大学出版社 1992 年版，第 156 页。

② 徐燕红《文化研究与女性话语的建构》，《中外文化与文论》第 4 辑，四川大学出版社 1997 年版。

③ 汪端《自然好学斋诗钞》卷八《叶琼章自写双美图》之三，同治十三年重刊本。

④ 有关汪端的研究非常少，我只知有陈瑞芬《汪端研究》一文，载《台湾师范大学国文研究所集刊》第 32 号，1988 年 6 月出版。

是默默无闻，她们大都有辉煌的业绩和响亮的名声。她们被遗忘在岁月之流，不是男性的过失，而是整个现代人的过失，包括女性主义者和女性文学研究者。女性主义者在索赔之前，应该先将自己的存折找出来。

（本文初刊于《国学研究》第8卷，北京大学出版社2001年版，原题为“开辟班曹新艺苑，扫除何李旧诗坛”）

郑珍诗学刍议

郑珍(1806—1864)是清代晚期贵州最重要的学者和诗人,由于穷处独学,终老僻壤,他的学术和创作成就没有被当世所认识。随着他的遗著在身后陆续刊行,他在经史小学、地方文献研究等方面的成就逐渐引起学界的重视,诗歌创作更是获得越来越高的评价。到今天,已没有人会否认郑珍在经学和诗歌方面的造诣,但他的诗歌创作在近代文学研究中似乎尚未受到足够的重视,有关论文很少[①],只有邢博的硕士论文《〈巢经巢诗钞〉研究》作了较全面的研究,文中对郑珍的诗学也有所涉及,主要是认为郑珍反对诗分唐宋,主张学古而不摹古,由学赡养气以至学而能化,同时认为他在诗歌境界和创作手法方面也有较为新颖的理论[②]。这些结论对认识郑珍的诗歌创作无疑是很有意义的,但若从清中叶以后诗学的发展趋势来看,这些主张都是老生常谈,不能说是很独特的问题[③],相比之下,郑珍诗学中显示的与晚清宋诗派的某些联系似乎更值得注意。已出版的近代文学史著

① 黄万机《论郑珍诗歌的艺术风格》,《苏州大学学报》1987 年第 3 期;龙先绪《关于〈巢经巢诗钞〉的整理与注释》,《苏州大学学报》2002 年第 1 期。

② 邢博《〈巢经巢诗钞〉研究》,山东大学硕士论文,2002 年。

③ 关于清代中叶以后诗歌观念的演进及其主调和和包容的倾向,吴淑钿《近代宋诗派诗论研究》(台北文津出版社 1996 年版)第四章"宽容的艺术精神(一)——法与变"、第五章"宽容的艺术精神(二)——体与风格"有专门论述,可参看。

作也有提到这一点的[①]，但限于体例和篇幅未做深论。本文希望作些补充性的探讨，以窥近代宋诗派诗歌观念流变之一斑。

郑珍的一生，既平凡而又不平凡，或者说是在平凡的生涯中取得了不平凡的成就。诚如其子知同所说，“先子抱不世之才，僻处偏隅，生出晚季，羁身贫窭，暂位卑官，文章事业，半得之忧虞艰阻之境”[②]。郑珍能成为清季黔中第一学人、第一诗家，无疑应归结于他那狷介独守、专精不贰的志节。从他本人的志向说，首先是想在学术上有所成就的，文学或许只是学术的绪余。内弟黎庶昌评价他毕生的造诣，说“先生之学，鸿肆而核辩，经术所不能尽者，益播为诗古文辞以昌大之，瓌奇孤邈，力辟陈常，论者以为汉学家所未有”[③]，正是这个意思。贵州后辈学人陈田也称“经学大师兼长三绝，古有子瞻，今则先生”[④]。他本人虽不屑以诗人自居，但后世的评价却正应验了生前莫友芝的戏语：“论吾子平生著述，经训第一，文笔第二，歌诗第三。而惟诗为易见才，将恐他日流传，转压两端耳。”随着诗集的刊刻传世，他的诗越来越获得诗家的好评。吴敏树曾说：“子尹诗笔横绝一代，似为本朝人所无。”曾国藩颇以为然[⑤]。陈田《黔诗纪略》更推源其家数，抉发其诗的独到造诣：“蚤岁措意眉山，晚乃由韩孟以规少陵，才力横恣，范以轨度，冥心妙契，直合古人。又通古经训诂，奇字异文，一入于诗，古色斑斓，如观三代彝鼎。余尝论次当代诗人，才学兼全，一人而已。”[⑥]陈衍也说：“窃谓子尹历前人所未离（疑应作历）之境，状前人所

---

① 如郭延礼《中国近代文学发展史》第1卷，山东教育出版社1990年版；管林等主编《中国近代文学发展史》上卷，中国文联出版公司1991年版。

② 郑知同《敕授文林郎征君显考子尹府君行述》，白敦仁《巢经巢诗钞笺注》，巴蜀书社1996年版，下册第1483页。下引该书，皆据此本。

③ 黎庶昌《郑征君墓表》，《巢经巢诗钞笺注》，下册第1473页。

④ 陈田《黔诗纪略》后编，转引自《巢经巢诗钞笺注》，下册第1486页。

⑤ 赵恺《郑子尹先生年谱》引，《巢经巢诗钞笺注》，下册第1504页。

⑥ 赵恺《郑子尹先生年谱》引，《巢经巢诗钞笺注》，下册第1504页。

难状之状，学杜韩而非摹仿杜韩，则多读书故也。”[1]陈夔龙许其“所为诗，奥衍渊懿，黝然深秀，屹然为道、咸间一大宗”[2]，梁启超甚至要将郑珍推为晚清诗家之冠[3]，可见后人的评价随着时间的推移越来越高。事实上，自清末迄民国间，《巢经巢诗》被诗坛奉为圭臬，追随者极众。陈夔龙说“近人为诗，多祧唐而祢宋，号为步武黄、陈，实则《巢经》一集，乃枕中鸿宝也”，应该是民国间诗坛的实情。

要说郑珍诗的独到之处，除了翁同书所谓“简穆深淳”这前代诗家少有的气味之外[4]，就是陈田和陈衍指出的因多读书、通训诂，而能以奇文异字入诗。这虽可以说是晚清宋诗派的一般特点，但我们从郑珍的传记和诗文中仍能看出它源于诗人的家学背景和学诗经历。了解这一点，对我们全面地认识宋诗派产生的环境及历史根源，是很有意义的。虽然每一滴海水的颜色都可能是不同的，但它们共同汇聚着大海的蔚蓝。

郑珍出身于书香门第，自幼受到良好的教育。但和一般儒学家庭不同的是，他自幼未曾受到父兄的严格督管，未被禁止接触八股文以外的知识。他“生小家壁立，仅抱经与传。九岁知有子，山海访图赞。十二识庾鲍，十三闻史汉。十四学旧家，插架喜偷看。始知览八千，旧是先生贯”[5]。足见从少年时代就广泛阅读各类典籍。后从母舅黎雪楼学，雪楼非常赏识他的才学，欣然将女儿许配给他。继而，他与莫友芝订交，情谊密切，由此获教于友芝父与俦，得闻乾嘉间前辈的学问真髓。《郡教授独善莫犹人与俦先生七十六寿诗》中写道：

灵光岿然傍横宫，独见老辈之遗风。镇世衣冠荡搰尽，我从

---

① 陈衍《近代诗钞小传》，转引自《巢经巢诗钞笺注》，下册第 1487 页。

② 陈夔龙《遵义郑征君遗书序》，《巢经巢诗钞笺注》，下册第 1518 页。

③ 吴鼎昌《巢经巢全集序》，《巢经巢诗钞笺注》，下册第 1530 页。

④ 翁同书《巢经巢诗钞序》，《巢经巢诗钞笺注》，下册第 1507 页。

⑤ 郑珍《埋书》其二，《巢经巢诗钞笺注》，下册第 1369 页。

先生闻始终。石君伟人古名相，稚存晓岚真学宗。只今不独少此老，见者亦止三数公。春海丈人在南岳，昔年剪烛谭群雄。恨我不见王怀祖，复不及睹覃溪翁。为余生晚再三叹，春海又化吾真穷。①

这里提到的朱珪、洪亮吉、纪昀、王念孙、翁方纲几位，都是乾、嘉间学林名宿，也是汉学的中坚，郑珍的汉学倾向在此清楚地表现出来。其中提到的春海丈人，姓程名恩泽，是对郑珍影响最大的一位前辈，郑珍毕生学术的汉学取向，与此公有绝大的关系。

程恩泽(1785—1837)，字云芬，号春海。安徽歙县人。师从乡前辈学者凌廷堪，嘉庆十六年(1811)进士，历官侍讲学士，国子监祭酒，工部、户部右侍郎，贵州、湖南学政。博学多能，而著述多未成书。传者惟《国策地名考》二十卷及遗集六卷。他于阮元为再传弟子，但同为当时文士领袖，“以博闻强识，受成庙特达之知，负海内重望，天下能文章之士，鳞萃其门”②。在学术上，阮元主汉学，程恩泽则主博综，曾指授过许多与今文经学有关的学者，像今文经学的刘逢禄、龚自珍、魏源，边疆史地学的徐松、张穆及著名学者俞正燮、何绍基、沈垚等，在他的周围形成一个文士圈子。当时诗坛流行性灵诗风，大抵不出元白、苏陆一路流易软熟之风。彭蕴章《江弢叔诗序》云：“余久处京华，得交四方英俊，所见诗集以至零篇多矣。其未脱时趋者，则或工温李，或耽元白，间有一二杰出之才，沉着者追少陵，豪放者师太白。唯昌黎、山谷二家无人蹑迹。”③道咸之间程恩泽以宋诗，尤其是由杜韩入苏黄的路子倡导于京师，为天下所宗仰，在某种意义上成为煽动一时宋诗风气的人物。

程恩泽对道咸诗坛乃至同光体的影响，近代以来为诗家所公认。

---

① 《巢经巢诗钞笺注》，上册第352页。

② 翁同书《巢经巢诗钞序》，《巢经巢集》卷首，中华书局排印四部备要本。

③ 彭蕴章《归朴龛丛稿》卷六，同治刊本。

由云龙《定庵诗话》、王揖唐《今传是楼诗话》等都曾对其开一时风气的作用予以肯定[①]。遗憾的是程恩泽著作流传无多,其论诗的具体宗旨不得而知,论者只能据《金石题咏汇编序》"性情又自学问中出","学问浅则性情焉得厚"两句约略阐说[②]。考察一下郑珍集中从程恩泽学诗的资料,则可以让我们更多地获知程恩泽论诗的具体主张,稍许弥补文献不足征的遗憾。

道光五年(1825),程恩泽正在贵州学政任上,二十岁的郑珍获选为拔贡生,程恩泽读到他的文章大为惊奇,以为孺子可教,开示曰:"为学不先识字,何以读先秦两汉之书?"程恩泽此言本是乾隆间汉学家的座右铭,当年朱筠任安徽学政时,便倡导研读《说文解字》,"劝人为学先识字,语意谆勤"[③],推动了乾嘉小学的发展,被后人誉为"乾嘉朴学的开国元勋"[④]。程恩泽很可能就是朱筠督学风气所化的沾溉者,此时又传心得于郑珍。郑珍从此潜心于文字、训诂之学,至老不辍。这件事《国史儒林传》黎庶昌撰《行传》、郑知同撰《行述》、陈衍《近代诗钞小传》都有记载,足见对郑珍毕生学术历程之重要。程恩泽又以乡先贤汉尹道真珍相期许,字之子尹。此后郑珍就师事程恩泽,列于门墙。不久程恩泽调任湖南学使,道光六年郑珍应廷试不第,应程恩泽之招入其幕中,他的诗集即从本年开始编次。

在湖南学使幕中,郑珍朝夕亲炙于程恩泽,深受启迪,得窥学问门径。后来他回忆起这段求学经历,曾说:"念昔从游于南,以师弟之爱,朝夕之亲,窥先生盘盘郁郁,胸罗众有。其言论类非宋明凭臆拟度者伦,其笔为文章,则如闻先秦两汉人声息。当时虽不识何以至,

① 由云龙《定庵诗话》,民国间云南开智公司排印本;王揖唐《今传是楼诗话》,民国二十二年大公报社排印本。

② 程恩泽《程侍郎遗集》,粤雅堂丛书本。参看关爱和《自立不俗与学问至上:清代宋诗派的两难选择》,《文学遗产》1998 年第 2 期。

③ 姚鼐《朱竹君先生传》,《惜抱轩文集》卷一〇,四部丛刊初编影印本,第 71 页。

④ 姚名达《朱筠年谱》序,《朱筠年谱》卷首,商务印书馆 1933 年版。

然心固已知某所为者，特剽窃涉猎焉耳，非古人学也。”[①]这是他笃志于古学之始。在长沙时，他还得与湖南名诗人欧阳辂、邓显鹤、黄本骥等游，在诗学上拓宽了眼界。欧阳辂、邓显鹤都是嘉、道间湖南省有全国影响的重要诗人，邓显鹤序欧阳辂《磵东诗钞》，称欧阳氏“尝言作诗当自写胸中之天，不期而与古合，所谓非有受于人，忽自得之”[②]。陶澍序则许其“为诗炼骨入声，融神于气，初从义山以窥老杜，쀭而为昌黎，滉而为东坡，晚乃自出一队，天马行空，神龙见首，既雄且杰，而跌宕昭彰，如风水相涣，自然而成，不能辨其为李为杜为韩、苏矣”[③]。从郑珍后来诗学的发展看，非但论诗主旨与欧阳辂相近，师法取径也大略相同。从当时所作《郴之虫次程春海恩泽先生韵》等诗可见，他已颇用功于韩愈、黄庭坚两家集。据《柴翁说》自述，“余年十五六，始见国初顾侠君《韩诗补注》，酷嗜之，钞而熟读焉。继而聚宋之《五百家注》，朱子《考异》，吕、程、洪、方四家《年谱》洎明凌稚隆所刊宋廖莹中世彩堂韩集，以及国朝朱竹垞、何义门朱墨批本，方扶南之《笺注》，莫不取而参稽之，互证之，几无一字一句不用心钩索者，至今垂三十年矣”[④]。而由咸丰十年(1860)所作《题移写韩诗批本》则可知，朱、何两家批都是录自穆章阿重刊本。这种博取前贤评注，精研细读的功夫持续了三十年，最终形成二十则饶有心得的韩愈诗作考辨札记。其中考证《叉鱼招张功曹》在郴州城外西湖，《病中赠张十八》作于贞元十四年冬在汴州时，都极具见识[⑤]。

道光八年(1828)夏，郑珍辞幕归里，有《留别程春海先生》诗云：

我读先生古体诗，蟠虬咆哮生蛟螭。我读先生古文词，商敦

---

① 郑珍《巢经巢文集》卷三《上程春海先生书》，中华书局排印四部备要本。
② 欧阳辂《磵东诗钞》卷首，光绪九年文翰堂刊本。
③ 欧阳辂《磵东诗钞》卷首，光绪九年文翰堂刊本。
④ 郑珍《巢经巢文集》卷五《柴翁说》，中华书局排印四部备要本。
⑤ 郑珍跋韩诗二十则，见《巢经巢文集》卷五，中华书局排印四部备要本。

夏卣周尊彝。其中涵纳非涔蹄，若涉大水无津涯。捣烂经子作醯䤈，一串贯自轩与羲，下迄宋元靡参差。当厥兴酣落笔时，峭者拗者旷者驰，宏肆而奥者相随。譬铁勃卢铁蒺藜，戛摩撟攃争撑持。不袭旧垒残旄麾，中军特创为鱼丽。此道不振知何时，遂尔疲薾及今兹。学语小儿强喔咿，雕章绘句何卑卑。鸡林盲贾为所欺，传观过市群夥颐，厚颜亦自居不疑。间有大黠奋厥衰，鼎未及抗膑已危。其腹不果则力羸，其气不盛则声雌。固宜宛转呻念尸，非病夸毗即戚施。黄钟一振立起痿，伟哉夫子文章医。当今山斗非公谁，种我门墙篱以篱，拥肿卷曲难为枝。络之荆南驱使骓，野马复不受羁羁。锡我美字令我睎，以乡先哲尹公期，无双叔重公是推。道真北学南变夷，此岂脆质能攀追。敬再拜受请力之，头童牙豁或庶几。

通过这首诗，可以清楚地看到他对诗坛现状的不满，以及追随程恩泽的决心。而师门艺术观念和宋诗风对他的深刻影响事实上已清晰地显示在诗中：多用生僻字，多用语助词，多用散文句法及一再插入三句停顿。这种种以文为诗手段的刻意运用，无不体现出程恩泽以学为诗的艺术观念和步趋韩愈、黄庭坚奇肆瘦硬诗风的审美趣味，确实如郭延礼先生断言的，“很可以说明他们这派诗的倾向和学术气味”①。

郑珍回乡后赋闲在家，随岳父黎雪楼受学。雪楼精于诗，郑珍尝言“舅氏黎雪楼先生之言诗，神明于古人，南中未有或之先者”。适值莫友芝随父就任，两人经常在一起切磋经史、书画、版刻之学，结下终身的友谊。其间郑珍虽屡应乡试不中，但他在经史小学和诗书画各方面的学识才艺却得良师益友的熏陶，有长足的进步。道光十年（1830）二十五岁时，有与表兄黎兆勋论画诗《与柏容论画》云：“痴翁

① 郭延礼《中国近代文学发展史》第1卷，山东教育出版社1990年版，第237页。

造化才，天马不受络。手补乾坤缺，山水有全著。拙我何敢望，兴至时间作。常思有事业，而暇谋此乐。哲兄亦多好，见弹求鹗雀。生平傥得闲，消遣殊不恶。但闻识者说，此事无死缚。须得心目间，苍莽露崖崿。下笔逐所见，兔走兼鹘落。意境会其全，形似在所略。必执谱论求，一锢反难药。"[①]从中同样可以看出他在艺术上也持与学术同样通达的见解，尤其可见苏东坡画论的影响。道光十四年(1834)又有《招张子佩琚》诗，向友人自陈为学的趋向：

> 世儒谈六经，孔子手删正。安知口所读，皆属康成定。念昔诸大师，鞠躬守残剩。微公集厥成，吾道何由径？众流汇北海，乃洗秦灰净。师法千年来，儒者各涵泳。未闻道学名，自见忠孝竞，程朱应运生，力能剖其孕。格致岂冥悟，祖周实郊郑。俗士不读书，取便谈性命。开卷不识字，何缘见孔孟？颓波及前明，儒号多佛性。季世略稽古，小悟非大醒。绝学兴皇朝，谈经一何盛。顾阎实开宗，醇博亦莫更。后起复宏畅，贾孔妒且敬。近来经韵翁，照古有全镜。帝遣明六书，群硕莫敢诤。更得卢王辈，精识邈乎敻。顾惟十数公，烂诵不计乘。其于汉前籍，字字经鞫证。精能固殊尤，细心亦天性。直耸高密堂，上与日月并。我无能为役，自觉此身剩。思傍先人墙，操戈助攻并。诸老启旌门，后至许同盟。逝将及今去，神血几何凝。眷言念我友，短小悍而横。招君执桴来，助我鼓声劲。无为百年内，龌龊守贫病。

诗中列举自汉儒郑玄到本朝前辈顾炎武、阎若璩、段玉裁、卢文弨、王念孙的汉学谱系，表明了自己从事汉学，奉郑玄为宗，而又不薄程朱的志向。其中"开卷不识字，何缘见孔孟"既是汉学治经的逻辑起点，也是他个人的学术取向，他的学术研究正是从《说文》起步的，后毕生于小学用功不懈。

---

① 《巢经巢诗钞笺注》，上册第91页。

道光十五年(1835)正月,郑珍入京应会试,多识知名之士。倏忽已别师门七年,此时以《说文新附考》请正,程恩泽极为欣慰,亲为点定。又为介绍馆于学士王宗诚家,郑珍因思归心切,辞师于兵马司前街宅,程恩泽步月送行,直到骡马市大街而别,期望极殷。郑珍治学虽以汉学为宗,但鉴于乾嘉以来汉学的流弊,也兼取宋学之长,钻研程、朱的著作。莫友芝说郑珍"自弱冠后即一意文字声诂,守本朝大师家法以治经。于前辈述作,爱其补苴昔人罅漏者多,又病其或不免杂博横绝,乃复遍宗洛闽遗言,精研身考,以求此心之安。静涵以天地时物变化之妙,切证诸世态古今升降之故,久之涣然于中,乃有确乎不可拔者"①,这和当时汉、宋学融合的时代风气是正相一致的。

道光十七年(1837)秋,郑珍应乡试中举。同年七月程恩泽逝世,郑珍有《追和程春海先生橡茧十咏原韵》寄托悼念之情。对郑珍来说,程恩泽是第一个赏识提拔他的恩人,是将他领入学术之门的导师,更是他文学创作上的楷模,他用自己的创作努力实践老师的艺术理想。尽管程恩泽门下人才济济,但在文章方面,翁同书认为只有他能仿佛老师,而许他为程恩泽文章的唯一传人。其实郑珍不只承传了程恩泽的文章,也承传了他的诗学。程恩泽虽然提倡宋诗,但他对宋诗的推崇并不专注于风格,而是更多地关注宋诗的现实性,主张诗歌要有为而作。这从他对待宋诗的两位前驱的态度明显可以看出。《程侍郎遗集》卷五《徐廉峰仁弟诗律精密才笔华整得唐贤三昧顷以问诗图相属因取问唐贤意仿遗山绝句奉答略举数端罣漏正不少也》有云:"少陵无体不雄奇,韩子精神托古诗。为问南山缘底作,可能无愧北征词。"②杜甫、韩愈都是他推崇的诗人,但在诗歌的现实性面前两人有了高下之分。郑珍虽然没有留下有关诗歌现实性的见解,但他后半生的创作实践鲜明地体现了这一点。

---

① 莫友芝《巢经巢诗钞序》,《巢经巢诗钞笺注》,下册第1505页。

② 程恩泽《程侍郎遗集》,粤雅堂丛书本。

中举并没有给郑珍带来仕途的顺利。道光二十四年(1844)应会试,不幸因病交白卷而出,大挑以教职用。翌年四十岁时才暂摄古州厅儒学训导,未几离任,临去有《诸生次昌黎喜侯喜至诗韵约课诗于余和之》诗云:

> 自我来古州,日抱畏人念。瑟缩冰下鱼,有口不敢噞。我学知不华,难于强同染。俗情又讳疾,喜拒仓鹊砭。以此远非笑,亦免取人厌。岂知拘囚中,竟有烛天剑。求我发其硎,含芒思一闪。文字极衰敝,泛滥已昏垫。殷勤二三子,岂非有所验。惜吾无久居,行待问归店。此意终我留,人力果谁欠。作诗诚余事,强外要中歉。膏沃无暗檠,根肥有新艳。悬知他日作,会得老夫觰。奈何苦穷冗,心源不时堑。谁能绝人事,逐暇当握椠。朝可同脱粟,夕即同灯焰。我懒无斗兴,触事多口占。惟应苦诸子,供我眼福赡。遐荒聊自娱,一笑老伧僭。①

诗开头所显示的对自己诗风和艺术水准的不自信,当然不会是真实的心理,但他到任后保持低调的姿态却是可以想见的。尽管如此,他还是受到了尊崇,不免让他意外地欣喜,遂趁势就自己的诗学观念向诸生开示了一番:

> 我诚不能诗,而颇知诗意。言必是我言,字是古人字。固宜多读书,尤贵养其气。气正斯有我,学赡乃相济。李杜与王孟,才分各有似。羊质而虎皮,虽巧肖仍伪。从来立言人,绝非随俗士。君看入品花,枝干必先异。又看蜂酿蜜,万蕊同一味。文质诚彬彬,作诗固余事。人才古难得,自惜勿中弃。我衰复多病,肮脏不宜世。归去异山川,何时见君辈。念至思我言,有得且常寄。

---

① 《巢经巢诗钞笺注》,上册第577页。

诗中特别强调了读书养气对于培养才华的重要，这正是他秉承师教的一贯宗旨。他在《跋内弟黎鲁新慕耕草堂诗钞》也写道：

> 近人涉笔无槎枒直露大难，遍读诸作，喜婉约之旨于斯而有嗣响。然斯道有利有弊，吾弟学胜于才，不得之静悟，即得之苦吟，故能刊落浮辞，吐属沉挚。只静悟则易增魔障，苦吟则易伤气格，此一定之势，所难免者，当试审之。此后更学养十年，海内精于论诗者必以处之矣。[①]

当时正值宋诗风方兴未艾，学宋诗者在得孤峭生硬之意的同时往往不免粗糙直露之弊，他很欣慰内弟诗能避免槎枒直露之弊，而有婉约温润之致，但以黎鲁新学胜于才的禀赋，这种婉约温润之致不可能是才性的自然流露，而必然是得自静悟或苦吟，这就容易导致不落于理障，便流于刻削伤气，为此他勉之以学养的功夫，也就是要读书养气。而他所以重视培养的功夫，不外是为丰富创作主体的涵容。在他看来，诗只是人品德的表现，人的品德到达一定境界，诗自然就超凡入化。咸丰二年(1852)九月，他在为莫友芝撰《郘亭诗序》时，进一步发挥道：

> 段诚之云，诗非待序而传也。余谓作者先非待诗以传。杜、韩诸公苟无诗，其高风峻节照耀百世自若也。而复有诗，有诗而复莫逾其美，非其人之为耶？故窃以为古人之诗非可学而能。学其诗当自学其人始，诚似其人之所学所志，则性情、抱负、才识、气象、行事，皆其人所语言者，独奚为而不似？即不似犹似也。[②]

这里更进一步提出师法古人不可停留于作品表面，而应该通过作品

---

① 《巢经巢文集》卷五，中华书局排印四部备要本。

② 《巢经巢文集》卷四，中华书局排印四部备要本。

了解作者的为人，从学习古人的品性而养成同样的性情、抱负、才识、气象、行事，发语属辞就自然具有古人的品格。他细述莫友芝平生治学“制境之耿狷，求志之专精，用心之谨细，非似古人之苦行力学者欤？其形于声发于言而为诗，即不学东野、后山，欲不似之不得也”。这与孔子“有德者必有言”的命题可以说有着本质的相通。从清初以来的唐宋诗之争到乾嘉之际的性灵、格调对立，看似纷纭的种种诗歌观念实际上不出师心和师古两种取向。郑珍的说法乃是以师古为心，心古则诗自得古意。这也正是他自己毕生创作的写照。

道光二十八年(1848)是郑珍诗名大盛的一年，《题北海亭图》诗广为传诵，享誉一时。然而命运并没有因此而眷顾他，此后他一直时任时辍地浮沉于贵州地方学官，辗转于兵荒马乱之中，儿孙辈连连夭亡，哭悼不及。所作诗歌也郁郁寡欢，生意索然，辛酸苦语，凄惨到令人不堪卒读的地步。但可贵的是，他的诗笔终究没有只停留在个人苦难的书写上，他同时还用杜甫式的纪实风格描绘了黔中战乱的一幕幕实景，记录了遵义一带战局多变、仓皇反复的历史时刻，他的诗由此而具有“诗史”的品格。

同治三年(1864)，莫友芝入曾国藩幕府，向曾国藩介绍郑珍的才学，曾国藩让他以书邀郑珍游江南。郑珍自知将不久于人世，辞而不出，未几病逝。他的一生除了上京应会试外，游历不出云、贵两省，所以不像当时许多名士那样胸怀远大，以天下为己任，他更多地是沉浸于心爱的经学、小学和地方文献研究中。在诗学上，他也远离诗坛中心，默守于天南一隅，独抱一己之见。他曾在《赠赵晓峰》中写道：“向来有私见，诗品无定派。性情异刚柔，声响遂宏喝。纷纷倏忽徒，乃凿混沌坏。细思究何益，风雅因之败。”[①]这基本上可以说是性灵派的态度，强调任性情而行，反对分门别派和墨守一定之规，见解甚为通

① 《巢经巢诗钞笺注》，上册第521页。

达。落实到具体的诗学问题,他的见解也显得通透可取。比如涉及诗歌注释,他认为:“若各大家诗无一字无来历,字句苟一说即了,必繁曲引证,反胶泥其聪明。至本事本旨,不称载前说,又无以引其灵悟,而鼓舞其幼志,使知世间书之当读者多。”[①]这就对注释征引古书的原则做了很好的说明。

郑珍还热心于乡邦诗歌文献的搜辑、整理,有《书周渔璜先生桐野书屋图后图康熙戊子作》诗云:“贵州数诗家,有明推雪鸿。国朝二百年,吾首桐野翁。雪鸿宦不达,桐野寿未丰。天欲文西南,大笔授两公。谢诗春空云,周诗花林虹。吾以两公较,尤多桐野雄。传本少概见,仅存埋蠹丛。陈选数十首,惜哉何隘胸?归愚拾传钞,又复为目穷。窥斑固识豹,执爪岂见龙?吾昔得《远条》,竹垞不及综。而竹垞所据,其集仍未逢。以付郘亭弟,去年成劂工。虽然略搜遗,究不备始终。今年事公集,实惟京本从。是编出公手,定次自允恭。平生杰作尽,匪一华严钟。因缘得吴本,汪刊后旃蒙。复得谢令编,本成在乾隆。郘亭并校记,亦略有异同。《稼雨》序老晴,去取见精衷。《回青》都不存,此意酺池通。郘亭欲补入,吾谓其毋庸。犹惜省志传,数语完文宗。吾拟详谱状,集前明事踪。”[②]由诗中自述搜集明代乡贤谢三秀、清代乡贤周起渭诗集的经过看,他也是清季保存乡土文献、建构地方文学传统的诗学热潮的预流者。

在中国古代文学史上,创作和批评、研究虽然常统一在一个作家身上,但各方面的成就并不是都可等量齐观的。郑珍当然是一位杰出的诗人,但作为诗论家却没什么建树和影响,研究者也很少注意他的诗论。近年有学者提出道、咸宋诗派和同光体宋诗派之间存在着一个断层[③],如果将郑珍和程恩泽的诗学承传放到清代后期宋诗派的

---

① 郑珍《千家诗注序》,《巢经巢文集》卷四,中华书局排印四部备要本。

② 《巢经巢诗钞笺注》,下册第 779 页。

③ 侯长生《清代道咸宋诗派与同光体派之间的断层》,《河北学刊》2007 年第 6 期。

发展脉络中去看，或许他们正是沟通和连接那个断层的人物。本文从郑珍著作中勾稽出这些论诗片段，就是希望能与其创作相印证，通过这一特殊的个案对晚清诗学获得若干感觉印象，粗疏之处还请有关专家指教。

（本文初刊于《中国文化》2008 年春卷）

后记

每编完一部书稿，最后总想写点什么。其实完全可以不要后记的，关于本书的主旨，关于学术以及自己对学术的一些想法，都已在序言中交代。所以要写后记，无非还有一点感慨，不吐不快。这种感慨，随着年龄的增长，已越来越深，而且越来越像稼轩说的欲说还休。凡是欲说还休的内容，多半只能诉诸文字。其实也可以不说的，既然是欲说还休。可文人结习，即使不说欲说还休的内容，这欲说还休的状态本身，少不得还是要说的。稼轩岂非如此？盖贤者所不免。

夫子有言，“五十而知天命”。我理解，知天命也就是知道了造物赋予我们的能力和时间的限度，知道此生可以做什么，不可以做什么了。从不惑到知天命的十年，是知道应该做什么到知道只能做什么的过程。虽然还像蚂蚁似的每天不停地工作，读书，教学，写作，也有一行行的想法排成铅字与世人相见，但心底早已清楚，精卫填海，多衔一粒石少衔一根草，对大海是没什么差别的。如果说在不惑之年，我还有很大的野心，想用二十年时间研究清代诗学，然后再研究明代诗学、元代诗学、宋代诗学……那么到知天命之年，就知道那都是来生的事业了。妄念既绝，本应当下心安，踏踏实实地做手边的事，做多少算多少，但就是摆脱不了时不我待的焦虑，为有限的光阴一天天流逝于无谓的开会、评审、应酬、应付文债而浩叹。

写后记还有一个原因，是要表示感谢，对养育自己的双亲、相伴生活的家人，对栽培自己的老师、相濡以沫的挚友。人到中年，对生命的甘苦和无常都有了更深的体会，便愈益感念命运对自己的厚爱。以我这么一个资质平平的人，仅凭对学术研究的热爱和努力，可以在中国社会科学院文学研究所专门从事古典文学研究，享受自己喜欢的书斋生活，这不能不说是命运的格外恩宠。近二十年来，在这个有着优秀学术传统和良好学术氛围的环境里，我一直沐浴着师长的关爱、同事的情谊，被这个集体宜人的温度所包裹，我很想借此机会表达自己愉快而充满感激的心情。当然，特别要感谢的是凤凰出版社姜小青总编辑，承蒙他的信任和厚谊，我才得以将十多年的清代文学研究做个小结，以这菲薄的成果奉献于学界。责任编辑樊昕先生为本书的顺利出版付出了努力，在此并致谢忱。

本书所收的论文都曾在学术刊物发表，这次结集各有不同程度的修订。个别结论的修正，得益于新出的研究成果，已在相应的注释中做了说明。面对浩瀚的清代文献，个人有限的涉猎都无非是盲人摸象，粗疏和浅陋在所难免，还请学界同道不吝赐教。

蒋　寅

2008 年 6 月 6 日于中国社会科学院文学研究所

再版后记

前几年承陈小林先生嘱，与宋清秀、刘美燕两位一同整理《全浙诗话》，因与浙江古籍出版社结缘。客岁又蒙小林先生厚爱，约我将近年撰写的清代文学论文编个集子，遂有《清代文学论稿续编》之举。《清代文学论稿》2009 年由凤凰出版社印行，十多年过去，市面已难觅踪影，这次一并重版，令人快慰。旧著重版一般都有修订，我的原则是除非明显的错误，一般不修改论述，只补充一些新见资料。这次重版依旧如此，除了邹祗谟、叶燮两篇行年考补充了若干资料，其他文章基本保持原貌。这部论集是我研究清代文学的初步总结，如今回看十多年甚至二十多年前的旧作，不觉自惭粗陋。聊可自慰的是，这也足以表明今我非复故我，尚有进境，欣慰之余，愈加自励。值拙稿行将付印之际，谨向浙江古籍出版社和陈小林先生表示衷心的感谢！

蒋　寅

2021 年 7 月于华南师范大学文学院